古典詩歌研究彙刊

第十一輯

龔鵬程 主編

第 5 冊

《全唐詩》中
「禽鳥入詩」之研究（上）

高旖璐 著

國家圖書館出版品預行編目資料

《全唐詩》中「禽鳥入詩」之研究（上）／高旖璐 著 -- 初版
-- 新北市：花木蘭文化出版社，2012〔民 101〕
目 4+238 面；17×24 公分
（古典詩歌研究彙刊 第十一輯；第 5 冊）
ISBN 978-986-254-723-6（精裝）
1. 唐詩 2. 詩評
820.91 101001257

ISBN-978-986-254-723-6

9 789862 547236

古典詩歌研究彙刊
第十一輯 第五冊
ISBN：978-986-254-723-6

《全唐詩》中「禽鳥入詩」之研究（上）

作 者 高旖璐
主 編 龔鵬程
總 編 輯 杜潔祥
出 版 花木蘭文化出版社
發 行 所 花木蘭文化出版社
發 行 人 高小娟
聯 絡 地 址 新北市永和區中正路五九五號七樓
電話：02-2923-1455／傳真：02-2923-1452
網 址 http://www.huamulan.tw 信箱 sut81518@gmail.com
印 刷 普羅文化出版廣告事業
初 版 2012 年 3 月
定 價 第十一輯 30 冊（精裝）新台幣 42,000 元

《全唐詩》中
「禽鳥入詩」之研究（上）

高旖璐　著

作者簡介

　　高旖璐，台灣省高雄縣人。國立彰化師範大學國文所博士畢業，現為國立台中技術學院附設高商專任教師、國立勤益科技大學兼任助理教授。

　　著有《《全唐詩》中「禽鳥入詩」之研究》（花木蘭出版）、《張潮與《幽夢影》》（萬卷樓出版）專書；另已發表之學術期刊十四篇，以及散見各報的現代散文創作十五篇之多，頗值得參考。

提　　要

　　點線面聯繫，秉名度實。

　　本書是由博士畢業論文修定而成，在題目方面，雖立足於「意義」之探索，然「研究」之精神並未減損，意即透過這樣的引領，明析研究之廣度與深度。而在內文方面，一些冗贅的、訛誤的，以及較為學術性生澀的用語，儘可能潤飾，力求獲得學界認同，一般閱讀者亦不必望之怯步。

　　書中各章有其精準的獨立性，因為著眼於《全唐詩》之範疇，是以呈現出中國詩歌最主要的精粹；因為立基於「禽鳥入詩」之意義，遂能更掌握「言、意、象、境」之精髓；至於詩人部分，諸多論述難免讓大詩人佔盡版面，但是開發無數鮮少被探究的詩人，卻也是成果斐然的。於是這一個廣泛的涉獵，舉凡文學的、哲理的、藝術的、宗教的，均在浩瀚的文化背景上，展現出詩人情感豐富度與詩的晶瑩與美好。

　　而書中各章又有其密切的聯繫性，藉由「禽鳥」的動靜與象徵，讓詩的歷時性又一次延續，甚至發現其中的大轉折；透過「禽鳥」的入題與入詩，使得詩的共時性更為積極，那種深沉與迂迴，含而不露的巧思，總是謐謐間極具壯大的穿貫力。於是詩人從自己出發，走向身旁的親友，走入人群與國家，優游於天地宇宙，主觀客觀，相愜樞機。

　　拋磚引玉，一切如是觀。

目 次

第一章　緒　論

　　唐人寫詩蔚為風尚，詩歌臻於至盛。明代胡應麟曾言：「甚矣，詩之盛于唐也！其體，則三、四、五言，六、七雜言，樂府、歌行，近體、絕句，靡不備矣。其格，則高卑、遠近、濃淡、淺深、鉅細、精粗、巧拙、強弱，靡弗具矣。其調，則飄逸、渾雄、沉深、博大、綺麗、幽閑、新奇、猥瑣，靡不詣矣。其人，則帝王、將相、朝士、布衣、童子、婦人、緇衣、羽客，靡弗預矣。」〔註1〕真可謂群茂蔚秀，盛況空前。而欲完整呈現這樣的成果，一般選集或是個人詩集收錄難以概全，只有《全唐詩》，方可一窺究竟。

　　本文立基於「禽鳥入詩」之研究，有關唐詩之體例、風格、調性等雖非主軸，但以《全唐詩》作為全面核心卻是必要的；又本文貴在「意義」之探討，不專就藝術特色做專章討論，誠如日人吉川幸次郎所言：「唐詩的卓越，絕不在於韻律，其卓越的基礎，首先還是內容。」〔註2〕是以在深究「禽鳥入詩」之梗概時，透過不同層面與用途的帶領，藝術特色變得次要。詩人究竟為何要以「禽鳥入詩」，而其發揮的效應又是如何；以及哪些層面是作者所要觀照的，表達情牽意繫的「代言人——禽鳥」又有哪些，乃可深中鵠的。

〔註1〕〔明〕胡應麟：《詩藪》（北京：廣文書局，1973 年），頁 479～480。
〔註2〕〔日〕吉川幸次郎著，章培恒等譯：《中國詩史》（上海：復旦大學出版社，2001 年），頁 201。

第一節　論題界定

　　《全唐詩》中以「草木鳥獸」入詩不可勝數，雖從詩歌史而言並非首創，但就其質與量而言，堪稱首屈一指締造巔峰。而本文選擇當中的「禽鳥入詩」作為研究，首先必須對「禽鳥」的義界有所明示；而禽鳥入詩是否與「詠物詩」等同，亦得作出說明。

一、禽鳥釋義

　　先民注意到禽鳥與人的關係，有以誌之。在《說文解字》中提及：「乳，人及鳥生子曰乳，獸曰產。从孚从乙。」〔註3〕又言：「卵，凡物無乳者卵生。」〔註4〕此「乳」有乳汁之義，只有人及四足獸有之，故所生之子為胎生；至於羽麟介等蟲無乳汁，其子為卵生。但是鳥無乳何來「乳」之言？顯然「乳」又有「抱」、「嫗」之義也，如《樂記》中所言：：「以體曰嫗。惟鳥於卵伏之抱之，既孚而或生哺之，有似人之抱哺其子。凡獸之恩勤遜于是，故以鳥之將子與人並言。」〔註5〕從生育的角度而言，二者並無關聯；但因鳥對於其子的孚抱養育與人雷同，是以人們樂於將鳥與人並提。進一步具有象徵或是比擬的意義，也逐一在各種文類中湧現。

　　不過古人的分類法是有些含糊籠統的，首先是《說文解字》中謂「禽」的音為：「『今』聲。」〔註6〕近代學者徐山以為：「禽的小篆型體中的『今』為聲符，『禽』的上古音為群母侵部，而『今』的上古音為見母侵部，兩者韻部相同，聲母亦屬同一發音部位。」〔註7〕是以從「今」聲符是可以遵從的。而在釋義上：「禽，走獸總名。從『厹』

〔註3〕　〔漢〕許慎撰，〔清〕段玉裁注：《說文解字》（台北：天工書局，1992年），〈十二上・乙部〉，頁584。

〔註4〕　〔漢〕許慎撰，〔清〕段玉裁注：《說文解字》，〈十三・卵〉，頁680。

〔註5〕　〔周〕公孫尼子撰，〔漢〕鄭玄注：《樂記》，《諸子集成補編三》（成都：四川人民出版社，1997年），頁125。

〔註6〕　〔漢〕許慎撰，〔清〕段玉裁注：《說文解字》，頁739。

〔註7〕　徐山：〈釋「禽」〉，《安徽農業大學學報》，第15卷第6期，（2006年11月），頁100。有關禽與獸的形與義界，該文有詳細論述。

象形。」〔註8〕另外又釋義爲：「守備者也。一曰兩足曰禽，四足曰獸。」〔註9〕若就此區分，並不明確。反而是《爾雅》所云，較爲明確：「有足謂之蟲，無足謂之豸。隹，鳥之短尾總名；鳥，長尾禽總名。二足而羽謂之禽，四足而毛謂之獸。木謂之華，草謂之榮。不榮而實謂之秀；榮而不實謂之英。」〔註10〕雖然光以外形而分類的方法容易產生錯誤，但至少比起《說文解字》來，其「隹，鳥之短尾總名；鳥，長尾禽總名，二足而羽謂之禽。」反而清楚易懂。而徐生先生又從「禽」字的甲骨文之演變型體上，推論「禽」與「隹」都有鳥狀，具「所擒對象爲鳥」之本義，〔註11〕與《爾雅》之義是可以謀合的。

　　本文在參酌上述相關古籍分類，排除某些具爭議性者，遂以「二足而羽」做爲主要的定論；又以同義構詞將題目以「禽鳥」二字並存，而不單用「鳥」字。

二、「禽鳥入詩」非「禽鳥詠物詩」

　　首先是本論文是以「禽鳥」爲題，而非以「詠物」爲共名。荀子有言：「萬物雖眾，有時而欲無舉之，故謂之物；物也者，大共名也。推而共之，共則有共，至於無共然後止。有時而欲偏舉之，故謂之鳥獸。鳥獸也者，大別名也。推而別之，別則有別，至於無別然後至。名無固宜，約之以命，約定俗成謂之宜，異於約則謂之不宜。名無固實，約之以命實，約定俗成，謂之實名。」〔註12〕以此推理，則禽鳥上推是動物的別名，下推是燕、雀等的共名；既已是共名，則足以論述，便無須以「詠物」作爲大共名。

〔註8〕〔漢〕許愼撰、〔清〕段玉裁注：《說文解字》，頁739。
〔註9〕〔漢〕許愼撰、〔清〕段玉裁注：《說文解字》，頁739～740。
〔註10〕〔晉〕郭璞：《爾雅注》，《十三經注疏》（台北：藝文印書館，1993年），頁187。
〔註11〕徐山：〈釋「禽」〉，《安徽農業大學學報》，第15卷第6期，（2006年11月），頁99～100。
〔註12〕李滌生：《荀子集釋》（台北：台灣學生書局，1986年），〈正名〉，頁515～516。

其次論及「禽鳥入詩」，仍不免涉及詠物；談到詠物，不得不談到其核心「物」的涵義。有關物的界定，下文選材將有所說明；而此處特別提到的是，探討「禽鳥入詩」的意義與範疇，皆大於「禽鳥詠物詩」。因為前者舉凡禽鳥為「題」，或是「引入」於「詩文」中，皆是可以涵蓋的範圍，但是後者大多只是從「題目」方面作為判斷而已。

第二節　學界相關研究之考察

有關本書相關的研究成果，大致上分為專書、學位論文、期刊論文三項；而發表地點，則以台灣與大陸為主。

一、專　書

對於禽鳥的觀察，小自圖鑑，大至各項研討會等，可以參考的數據，與日俱增。但若是針對禽鳥相關的詩作研究，並無完全契合的論述出版，或有也僅是一般詩作評賞選集而已。

（一）禽鳥文學相關研究

1. 吳儀鳳：《詠物與敘事——漢唐禽鳥賦研究》（台北：花木蘭文化事業公司，2007 年）
2. 周鎮：《鳥與史料》（南投：台灣鳳凰谷鳥園出版，1992 年）
3. 林淑貞：《中國詠物詩「託物言志」析論》（台北：萬卷樓出版社，2002 年）
4. 張高評：《宋詩之傳承與開拓——以翻案詩、禽言詩、詩中有畫為例》（台北：文史哲出版社，1990 年）
5. 賈祖璋：《鳥與文學》（台北：台灣開明書店，1982 年）
6. 韓學宏：《唐詩鳥類圖鑑》（台北：貓頭鷹出版社，2003 年）

上述第一本《詠物與敘事——漢唐禽鳥賦研究》是從「詠物與敘事」的寫作觀點，分析漢唐兩代的禽鳥賦。雖然與詩無關，但其提供不少詩人遭遇之寄託與諷諭時事之見解。第二本《鳥與史料》是從生態角

度切入，探討各類禽鳥，但因為其中有諸多引用唐詩部分，所以可謂雙管齊下。第三本《中國詠物詩「託物言志」析論》，對於詠物詩的釐清、釋意以及範疇上，給初學者諸多明確的引導。第四本《宋詩之傳承與開拓——以翻案詩、禽言詩、詩中有畫為例》是探討「禽言詩」的承繼開展，而禽言詩的黃金年代是在宋代而非唐朝，但唐代卻是試作階段，所以張高評先生在該書第二章〈宋以前之禽言詩略論〉，特別針對禽言詩的定義，以及唐及五代的禽言詩作出論述；其中認為白居易、元稹、吳融三家最具代表性。第五本《鳥與文學》，只是分享一些散文作品中的禽鳥陪襯的意涵。第六本《唐詩鳥類圖鑑》，有今人的禽鳥攝影作品配合唐詩解說，所以增添不少賞心悅目的感受；此外內容中除了提供多項古代民俗與傳說，也以現代科學觀點及數據加以比對分析，對於研究禽鳥詩而言，可說是多了一個參考的依據。

　　這些專書有的提供意義界定，並無直接研究助益；有的則是提供本論文在雅俗之間的文化差異之考察、或對於自然宇宙方面多所啟發，另外有關於「追本溯源」的史料探索、禽鳥習性的掌握也有所輔助。

（二）詠鳥、詠物詩選集

1. 毛毓松編著：《鳥獸蟲魚詩大觀》（桂林：廣西師範大學出版社，1992 年）
2. 查慎行：《佩文齋詠物詩選》（台北：廣文書局，1970 年）
3. 徐少舟、張杰編選：《歷代鳥獸蟲魚詩選》（昆明：雲南人民出版社，1994 年）
4. 徐育民、李勤印主編：《中華歷代詠鳥獸蟲魚詩詞選》（北京：學苑出版社，2005 年）
5. 楊汝福等選注：《詠鳥詩選》（南寧：廣西人民出版社，1988 年）
6. 管士光選注：《詠物詩》（北京：人民文學出版社，1989 年）

7. 劉逸生選注：《唐人詠物詩評注》（廣東：中山大學出版社，1985 年）

8. 劉錟：《咏鳥古詩欣賞》（北京：語文出版社，2002 年）

雖然本文並不著眼於詠物，但上列專書對於鳥類詩的探討，大抵能提供本論文「評賞」與「詮釋」的利器，唯其中引用與鑑賞可信度得再求證。

二、學位論文

在學位論文方面，台灣大陸兩地以《全唐詩》為論述範疇的現存研究近二十本，但都無關乎「禽鳥」層面；其他不以《全唐詩》為範疇，但涉及詩詞「禽鳥意象」、「禽鳥意義」或是「禽鳥的文化源流」方面則是有七本：

（一）禽鳥入詩相關研究

1. 田多梅：《「烏鴉」文化象徵意義的源流》（南京：南京師範大學文學碩士論文，2006 年）

2. 許靜宜：《中唐動物寓言詩研究》（台北：國立台灣師範大學國文學系碩士論文，2008 年）

3. 黃喬玲：《唐詩中鶴的意象研究》（台北：國立政治大學中文碩士論文，2003 年）

4. 黃鈺婷：《東坡詞禽鳥意象研究》（台北：私立銘傳大學中文博士論文，2006 年）

5. 楊景琦：《雁在唐詩中所呈現意義之研究》（台中：私立逢甲大學中文所碩士論文，1996 年）

6. 戴麗娟：《宋詞燕意象研究》（高雄：國立高雄師範大學中文碩士論文，2004 年）

7. 陳鳳秋：《阮籍詠懷詩鳥與草木意象之研究》（台北：國立臺灣師範大學國文學系在職進修碩士論文，2007 年）

上述列舉包含大陸與台灣的碩博士論文，依其題材內容可以分為三

類：第一類歸納爲則通稱「禽鳥」或是「動物」之研究，範疇廣，內容也豐富，但受圍於時代斷限；第二類「意象」探討，其中以燕、雁、鶴爲主；第三類爲「文化」類，探討其文化層面、原型研究。

　　值得追蹤的是，原論文付梓同一年，有陳詠幸《唐詩中鳥類意象之研究》（新竹：玄奘大學碩士論文，2009 年）完成。此論文以唐詩中的鳥類意象作爲研究對象，對《全唐詩》中運用鳥意象的詩作進行探究，以求了解其所呈現的內涵與傾向。算得上有志一同，但其僅限風格一隅。

（二）詠物詩相關研究

1. 于志鵬：《宋前詠物詩發展史》（濟南：山東大學文學博士論文，2005 年）
2. 李方婷：《俞琰《歷代詠物詩選》研究》（彰化：國立彰化師範大學國文所碩士論文，2006 年）
3. 俞燕：《唐人詠物詩的生命意識》（烏魯木齊：新疆師範大學文學碩士論文，2004 年）
4. 陳麗娜：《李白詠物詩研究》（台北：私立東吳大學中文碩士論文，1986 年）
5. 彭小廬：《中唐后期詠物詩研究》（南昌：江西師範大學文學碩士論文，2007 年）
6. 曾淑嚴：《李商隱詠物詩研究》（高雄：國立中山大學中文碩士論文，1997 年）
7. 劉國蓉：《晚唐詠物詩論》（西安：陝西師範大學文學碩士論文，2003 年）
8. 盧先志：《唐詠物詩研究》（台北：私立東吳大學中國文學研究所碩士論文，1985 年）
9. 鮑恩洋：《六朝詠物賦研究》（南京：南京師範大學文學碩士論文，2003 年）

10. 簡恩定:《杜甫詠物詩研究》(台中:私立東海大學中國文學所碩士論文,1982 年)

上述列舉的十本有關詠物類的研究,有涉及「發展史」的,有考察某一作家的,有評注「某一斷限」詠物詩的;類別方面則以詩、賦爲主。對於本論文研究上,可提供禽鳥相關詩作的理解。

三、期刊論文

在期刊論文發表方面,台灣大陸的發表不下百篇,以下各列舉十五篇:

(一)台灣地區

1. 王政:〈《詩經》中「鴞鳥不祥」觀念的源流及其域外文化背景〉,《中西文化研究》,第 8 期,(2005 年 12 月)

2. 王麗雅:〈《山海經》中的鳥圖騰崇拜〉,《中國文化月刊》,第 311 期,(2006 年 11 月)

3. 石韶華:〈杜甫詠禽鳥詩主題思想探究〉,《大同技術學院學報》,第 14 期,(2005 年)

4. 沈謙:〈詠鷹的題畫詩——下〉,《中國語文》,520 期,(2000 年 9 月)

5. 沈謙:〈詠鷹的題畫詩——上〉,《中國語文》,第 519 期,(2000 年 5 月)

6. 林宛瑜:〈稼軒詞中鷗鳥意象之探析〉,《語文學報》,第 12 期,(2005 年)

7. 林玲華:〈商始祖——玄鳥研究〉,《東方人文學誌》,第 4 卷第 3 期,(2005 年 9 月)

8. 高旛璐:〈唐詩中「以鷹入詩」的意義表現〉,《台中技術學院學報》,第 8 卷第 1 期,(2007 年 1 月)

9. 陳思穎:〈阮籍五言〈詠懷詩〉中鳥類意象的表現手法及情感意涵〉,《問學》,第 11 期,(2007 年 6 月)

10. 黃麗月：〈「精神創傷」與藝術創作──以曹植〈鸚鵡賦〉、〈離繳雁賦〉及〈白鶴賦〉為例〉，《人文及社會學科教學通訊》，第 13 卷第 5 期，（2003 年 2 月）

11. 蕭麗華：〈從神話原型看李杜詩中的神鳥意象〉，《國文天地》，第 16 卷第 8 期，（2001 年 1 月）

12. 鍾永興：〈李白詩「鵬、鳥」意象析論〉，《東方人文學誌》，第 8 卷第 2 期，（2009 年 6 月）

13. 鍾曉峰：〈政治託喻與禽鳥詩──以元和詩人之貶謫創作為探究中心〉，《中正大學中文學術年刊》，第 12 期，（2008 年 12 月）

14. 鍾曉峰：〈從詠物到遊戲：白居易詩歌中的鶴〉，《淡江中文學報》，第 16 期，（2007 年 6 月）

15. 韓學宏：〈「隔葉黃鸝」、「出谷遷喬」與「千里鶯啼」──從鳥類生態角度談《全唐詩》中的黃鶯與黃鸝〉，《光武國文學報》，第 1 期，（2004 年 6 月）

（二）大陸地區

1. 文成英：〈畫意入詩，詩情入畫──論「題畫詩」的藝術特色〉，《渝州大學學報》，第 3 期，（1994 年 4 月）

2. 牛景麗、何英：〈鷓鴣聲聲總關情──小議古典詩詞中的「鷓鴣啼」意象〉，《古代文學》，第 3 期，（2007 年 6 月）

3. 朱鳳祥：〈玄鳥生商──商族人原始崇拜的內涵及演變〉，《商丘師範學院學報》，第 23 卷第 10 期，（2007 年 10 月）

4. 何輝蘭：〈論太陽與鳥的神話意象及其文化內涵〉，《南方論刊》，第 8 期，（2008 年 8 月）

5. 張于：〈白居易的詠鶴詩〉，《古典文學知識》，第 6 期，（2000 年 6 月）

6. 張虎昇：〈陶淵明的飛鳥情結〉，《理論研究》，第 3 期，（2004 年 3 月）

7. 過常寶:〈穿越現實和歷史的悲涼──讀杜牧〈早雁〉詩〉,《文史知識》,第 4 期,(2007 年 4 月)

8. 劉桂芳:〈羅隱詠物詩析論〉,《屏東師院學報》,第 22 期,(2005 年 6 月)

9. 劉博:〈小議〈禽言〉之名稱〉,《安徽文學‧說文解字》,第 6 期,(2008 年)

10. 劉鐵峰:〈論劉禹錫、柳宗元貶謫創作中禽鳥意象的情感意蘊〉,《貴州教育學院學報》,第 1 期,(2002 年 1 月)

11. 鄭德開:〈古典詩詞鳥意象文化意蘊散論〉,《楚雄師範學院學報》,第 4 期,(2001 年 4 月)

12. 鄧英:〈物微意不淺──解析杜甫詩歌中的燕子意象〉,《西南科技大學學報》,第 4 期,(2006 年 4 月)

13. 黎遠方:〈唐詩中鳥的意象研究〉,《桂林市教育學院學報》,第 14 卷第 4 期,(2000 年 12 月)

14. 蘭香梅:〈漂泊與自由──杜詩中的「鷗」鳥意象〉,《綿陽師範高等專科學校學報》,第 4 期,(1997 年 4 月)

15. 蘭翠:〈論唐代詠物詩與士人生活風尚〉,《齊魯學刊》,第 1 期,(2003 年 1 月)

期刊方面的發表,是三類當中數量最多的;研究者在探討禽鳥相關詩作的意象、主題思想、文化內涵都各有其析論。

　　但不管是專書、學位論文或是期刊,就題目而言,與本論文幾無重疊之處;而在禽鳥種類的分析上,都只是選擇某些代表性禽鳥,如燕、雁、鷹、鶴、鷗等耳熟能詳的禽鳥,而不是以全面觀察與爬梳方式進行研究;至於有關作家與時代的連結,也流於「局促一隅」而非「綜觀全貌」;另外現存的研究成果,對於主題內容的探討,也不如本論文之涵括性之大。是以本論文即便只是選擇《全唐詩》中的「禽鳥入詩」作為分析,但此一「側面」,卻是具「統整性」、「全面性」、「開創性」,值得積極探討的。

第三節　研究意義與範圍之釐定

本節主要說明其研究意義與其範圍之釐定。其中前者細分三點，後者研究範圍方面，也分為三部分說明。

一、研究意義

基於學界相關研究的貧乏，更肯定了本書研究的必要性與價值性。

（一）禽鳥園地，尚待全面研究

有關《全唐詩》中所出現的鳥類十分眾多，今人韓學宏在《唐詩鳥類圖鑑》序言中寫道：「在《全唐詩》中與『鳥』相關的詩作有三千五十多首，如果再涵括『禽』、『羽』、『翼』及各種鳥種專稱的詩篇，全部共有六千首以上，幾占《全唐詩》所有詩篇的十分之一，由此可見唐朝詩人以鳥入詩的風氣之盛。」〔註13〕作者顯然是以「檢索關鍵字」粗估罷了。

以禽鳥入詩的表現，早在孔子強調學習《詩經》的重要性時，就已充分肯定「識鳥」這方面的認知價值，〔註14〕也間接證明《詩經》描寫的動植物比比皆是。而現存 305 首中，運用禽鳥者就有 81 處，出現的禽鳥種類就有 38 種，〔註15〕其中又以《國風》篇章最多，其次是《小雅》；由此可知大自然的鳥獸蟲魚與先民的生活息息相關，成為其生活的代言與寄託。

〔註13〕韓學宏：《唐詩鳥類圖鑑》（台北：貓頭鷹出版社，2003 年），〈緒論〉，頁 4。所列數字只是粗估。

〔註14〕〔宋〕朱熹：《四書章句集注》（台北：大安出版社，1999 年），《論語集注》，卷 9，〈陽貨篇〉：「詩，可以興，可以觀，可以群，可以怨。邇之事父，遠之事君。多識草木鳥獸之名。」，頁 249。

〔註15〕按顧棟高先生曾逐一列出草木鳥獸的種類，但並未作實際統計；是以筆者另作出現次數的相關統計（同一名稱出現在同一首兩次以上，仍以一次計算）。〔清〕顧棟高：《毛詩類釋》，《景印文淵閣四庫全書》（台北：台灣商務印書館，1985 年），經部 82，第 88 冊，詩類，頁 150～160。

而《詩經》以下,《山海經》中更是處處有之,例如:「有鳥焉,其狀如鳩,其音若呵,名曰灌灌。」〔註16〕又如:「有鳥焉,群居而朋飛,其毛如雌雉,名曰䴏,其鳴自呼,食之已風。」〔註17〕大抵各章各則幾乎內文中都會出現各種禽鳥,除了描繪其狀外,也對於其功用有所說明;只是諸多怪鳥及其名稱,流於傳說與想像,現實中難以尋覓。全書包括禽鳥種類、舉例或是譬喻之用,共出現的有172處之多。到了漢魏六朝,禽鳥入詩大行其道,光就詩句出現者就有1500次之多,其種類也不下50種,顯然已蔚為風尚;〔註18〕而本文就《全唐詩》中所運用的加以彙整,其有名稱的鳥類就有79種之多,足登各朝之冠。

如此空前絕後的唐人成績,到了宋代都未能出其右。但卻未有針對《全唐詩》之禽鳥入詩作整體研究,實屬遺憾。

(二)拋磚引玉

以禽鳥一類入詩在唐代以前已經行之有年,但做為詩的王國,本文開拓的意涵卻是具開創性的。而處理這類文本(text),不論是取材、取捨、觀察角度,甚至是作者所要表現的旨意,在不同的時空下本就有其不同處。誠如結構主義符號學者羅蘭・巴特(Roland Barthes)所言:「最卓特的文本乃是無限的機會,可以淋漓盡致、自由自在的活動其間。」〔註19〕正因為這樣,其文學事件「只在讀者依然尾隨其後,或一再對它有所反映時,才會不斷發揮影響。也許是讀者將前人之作據為己有,或作者有意模擬、超越或反駁前人之作。」〔註20〕以

〔註16〕袁珂校注:《山海經校注》(台北:里仁書局,2004年),〈南山經〉,頁6。

〔註17〕袁珂校注:《山海經校注》,〈北山經〉,頁73。

〔註18〕此依據逯欽立輯校:《先秦漢魏晉南北朝詩》(台北:學海出版社,1991年)加以統計而成。

〔註19〕張雙英、黃景進等編譯:《當代文學理論》(Contempory literary theory)(台北:合森文化出版社,1991年),頁141。

〔註20〕張雙英、黃景進等編譯:《當代文學理論》(Contempory literary

此觀照，禽鳥入詩雖不是「文學事件」，但同樣的禽鳥紛飛在不一樣的年代，不一樣的筆調下，早有了不同的起承轉合；而不同的禽鳥——種類的多與寡——被引用或是不再出現，在不同的年代，不同的作者，早已有不同的接受、反應與詮釋的意義。

本文雖著重《全唐詩》中「禽鳥入詩」的主題內容，但也兼具藝術特色之探討；另外對於某些詩作嘗試突破既定印象，重新給予新的詮釋，希望在新的接受與詮釋，對學界作出一些貢獻。日後不管是筆者還是學界同好，對於此一議題的共時性、歷時性方面，能繼續鑽研，甚至可以旁涉其他如「植物」或是「獸類」等議題的全面觀照。

（三）詩意豐富，詩情不絕

拙著〈唐詩中「以鷹入詩」的意義表現〉一文，開啓了今日以《全唐詩》作爲全面觀照的序幕。當然也從中發現與其他的素材比起來，花草是植物，除非憑靠外力，否則無法自行遷移；而走獸除了奔走，難以上天下地飛行自如；只有禽鳥得以在動靜之間，契合不同時空裡的人的行爲或心靈，更能完成心中的想望，如此一來生命的氣象才更爲圓滿。更何況經由禽鳥入詩的傳達，又是另一種意象的發揮，平添更多感官的聯想。近代梁實秋先生就寫道：「我愛鳥。」〔註21〕又說：「世界上的生物，沒有比鳥更俊俏的。」〔註22〕梁先生的感受，不僅道出不同時期的創作者心聲；也讓如吾輩之研究者萌發起探索詩人「以禽鳥入詩」的動機。

但豐富多元的詩意，是需要形象思維的創造的，錢鍾書先生認爲：「『莊生曉夢迷蝴蝶，望帝春心託杜鵑』，皆寓言假物，譬喻擬象，如飛蝶征莊生之逸興，啼鵑見望帝之沉哀，均義歸比興，無取直白。舉事宜心，故『託』；旨隱詞婉，故易『迷』。此即十八世紀以還，法國德國心理學常語所謂『形象思維』；以『蝶』與『鵑』等外物形象體示『夢』

---

theory），頁 151。
〔註21〕梁實秋：《雅舍小品》（台北：正中書局，1986 年），〈鳥〉，頁 157。
〔註22〕梁實秋：《雅舍小品》，頁 157～158。

與『心』之衷曲情思。加上『滄海月明』、『藍田日暖』，這即是借比興的絕妙好詞的具體說明。」〔註23〕的確〈錦瑟〉借「比興之絕妙好詞，究風騷之甚深密旨。」而唐人「以禽鳥入詩」的千迴百轉間的巧思，所贏得的不僅是感動與喜愛，還有更多的託諭與諷刺，這些屬於悲劇性的個人或集體意識，更須加以探討。是以當羅蘭‧巴特（Roland Barthes）說：「作者已死。」〔註24〕其實可以不必全然接受，對我們而言，唐時作者早已死之久遠，可是那畢竟如蘇東坡所言：「逝者如斯，而未嘗往也。」〔註25〕其「心之所思，情之所感，寓言假物，譬喻擬象」〔註26〕的「遺音遠籟」，永遠是後世讀者體察不盡的原動力。

二、研究範圍之釐定

確立了研究意義以及學界研究成果的檢討，進一步要說明的是研究範圍的釐定的。

（一）時代斷限

《全唐詩》的詩比起從西周到隋代一千六百多年間流傳下的總數還多出將近三倍；而且唐詩內容繁複，風格又多樣，是其他朝代難以比肩的。唐代李白就曾寫到：「群才屬休明，乘運共躍鱗。文質相炳煥，眾星羅秋旻。」〔註27〕用以形容浩瀚如江海，璀璨如星空的唐代詩壇。

由於本論文選材全取自《全唐詩》，所以即便《全唐詩》中的收錄有誤謬或闕漏，〔註28〕但在探討主文時，並不參照陳尚君輯校之《全

〔註23〕錢鍾書：《談藝錄》（北京：中華書局，1988 年），頁 48。

〔註24〕 Frank Lentricchia & Thomas McLaughlin 合編，張京媛譯：《文學批評術語》（香港：牛津大學出版社，1994 年），頁 152。

〔註25〕〔宋〕蘇軾：《蘇東坡全集》（北京：中國圖書出版社，1991 年），頁 268。

〔註26〕錢鍾書：《談藝錄》，頁 48。

〔註27〕〔清〕聖祖御定：《全唐詩》（台北：文史哲出版社，1987 年），第 5 冊，卷 161，〈古風第 1 首〉，頁 1670。

〔註28〕《全唐詩》於清康熙四十四年（西元 1705），由彭定求、沈三曾、汪士紘、汪繹等十人奉敕編校；後來曹雪芹的祖父曹寅，奉旨刊刻《全

唐詩補編》；〔註 29〕此外在人物部分，有些屬於五代十國或橫跨到宋初階段，也一併討論。

（二）選材範疇

在研究的取材上，本論文所探討的文本，取材自《全唐詩》；而「禽鳥入詩」中的「入」字，主要是針對以「禽鳥」作詩，或是「引用禽鳥」而言，所以在取材上，有幾項考量：

1. 從詩題審視

以詩的「題目」作爲檢視範疇，大抵可以分爲兩類。

（1）泛稱詩

在泛稱方面，意指題目中多以「禽」、「鳥」、「翼」、「羽」、「翅」等有關禽鳥相關用語；但其內容未必「一物一題」，如孔溫業〈鳥散餘花落〉：「美景春堪賞，芳園白日斜。共看飛好鳥，復見落餘花。來往驚翻電，經過想散霞。雨餘飄處處，風送滿家家。求友聲初去，離枝色可嗟。從茲時節換，誰爲惜年華。」〔註30〕或是韋莊〈聞春鳥〉：「雲晴春鳥滿江村，還似長安舊日聞。紅杏花前應笑我，我今憔悴亦羞君」〔註31〕等，都屬於泛稱。

（2）專題專詠詩

專詠方面是指詩題中明確指出禽鳥之名，如李嶠的〈鷟〉：「芳樹

唐詩》，全書架構建立在明代胡震亨《唐音統籤》和清代季振宜《唐詩》的基礎上：旁採殘碑、斷碣、稗史、雜書，拾遺補缺，可謂巨細靡遺，共得詩四萬八千九百餘首，人數凡二千二百餘人，共計 900 卷，目錄 12 卷。不過也會有誤收、漏收之憾，如其中收唐溫如之詩，但溫如並非唐代人；而漏收的如韋莊〈秦婦吟〉，未見其記載。《全唐詩》可說是網羅了唐、五代十國、宋初等的詩歌，包括尸結集及散佚者而成。它不但收集了全部唐代著名詩人的集子，而且廣泛蒐羅了一般性作品，著實反映了唐詩的繁榮氣象。

〔註29〕陳尚君輯校：《全唐詩補編》（北京：中華書局，1992 年），不僅將原有《全唐詩》納入，且作了增訂與校正。

〔註30〕〔清〕聖祖御定：《全唐詩》，第 15 冊，卷 508，頁 5768。

〔註31〕〔清〕聖祖御定：《全唐詩》，第 20 冊，卷 697，頁 8028。

雜花紅，群鶯亂曉空。聲分折楊吹，嬌韻落梅風。寫囀清弦裡，遷喬暗木中。友生若可冀，幽谷響還通。」〔註32〕對於鶯的描寫；又如杜甫的〈雙燕〉：「旅食驚雙燕，銜泥入此堂。應同避燥溼，且復過炎涼。養子風塵際，來時道路長。今秋天地在，吾亦離殊方。」〔註33〕等都是主要脈流。

2. 從「創作技巧」審視

這一類「禽鳥」入詩，在本論文中佔多數；雖將其作出統計，但不代表每一首都吻合本論文的需求，是以真正可用者，得仔細檢視才行。

（1）直觀而發

將禽鳥入詩，詩人往往會借其動靜、習性而有所感發，如王勃〈蜀中九日〉：「九月九日望鄉臺，他席他鄉送客杯。人情已厭南中苦，鴻雁那從北地來。」〔註34〕就是透過候鳥習性引發思友之情；或是王維〈觀獵〉：「風勁角弓鳴，將軍獵渭城。草枯鷹眼疾，雪盡馬蹄輕。忽過新豐市，還歸細柳營。迴看射雕處，千裡暮雲平。」〔註35〕則是本文探討射獵之所用。

（2）抒懷言志

有的詩人雖不在題目上點明，但在詩中卻可以知曉其引用目的在於「託物言志」，如李白〈上李邕〉：「大鵬一日同風起，搏搖直上九萬里。假令風歇時下來，猶能簸卻滄溟水。世人見我恆殊調，聞余大言皆冷笑。宣父猶能畏後生，丈夫未可輕年少」〔註36〕是渴望能夠一展長才的；又如皮日休的〈正樂府十篇：哀隴民〉：「隴山千萬仞，鸚鵡巢其巔。窮危又極嶮，其山猶不全。蚩蚩隴之民，懸度如登天。空中覘其巢，墮者爭紛然。百禽不得一，十人九死焉。隴川有戍卒，戍

〔註32〕〔清〕聖祖御定：《全唐詩》，第3冊，卷60，頁720。
〔註33〕〔清〕聖祖御定：《全唐詩》，第7冊，卷228，頁2474。
〔註34〕〔清〕聖祖御定：《全唐詩》，第3冊，卷56，頁684。
〔註35〕〔清〕聖祖御定：《全唐詩》，第4冊，卷126，頁1278。
〔註36〕〔清〕聖祖御定：《全唐詩》，第5冊，卷168，頁1740。

卒亦不閒。將命提雕籠，直到金臺前。彼毛不自珍，彼舌不自言。胡為輕人命，奉此玩好端。吾聞古聖王，珍獸皆舍旃。今此隴民屬，每歲啼漣漣。」〔註37〕則是關懷社稷民情。

（3）比興借喻

有時在題目中出現「禽鳥」名稱，藉由禽鳥而有其聯想、寓意者，如張九齡〈二弟宰邑南海見群雁南飛因成詠以寄〉：「鴻雁自北來，嗷嗷度煙景。常懷稻粱惠，豈憚江山永。小大每相從，羽毛當自整。雙鳧侶晨泛，獨鶴參宵警。為我更南飛，因書致梅嶺。」〔註38〕或是白居易〈代鶴答〉：「鷹爪攫雞雞肋折，鶻拳蹴雁雁頭垂。何如斂翅水邊立，飛上雲松棲穩枝。」〔註39〕皆為選材。

一旦「物」的範疇確立，則不管是「物類」、「物象」、「物性」、「物義」等，都是觀照的焦點。

三、數量統計

有關禽鳥種類的記錄，《禽經》是最常被引用的文獻，其中共列出了「鳳、鸞、烏、白脰烏、巨喙鳥、䴔、鵰、鷦、鳩、䳔、奪、鴟、雉、山雞、避株、翡翠、錦雞、戴勝、布穀、鳲鳩、倉鶊、鷥、雞、鴛鴦、玄鳥、鴇、鴈、鶴、鵲、鶖、鶛鶋、鸛𪃕周、鶹鴟、鶌、鷗、鷫、鳶、鵜、鴜、鶺、鳧、黃雀、燕、鷟、鷳、鷺、伯勞、休鶹、駕、鸚鵡、鴝鵒、扶老、鶬鴰、鵰、鶖、鴟梟、蒼鷹」〔註40〕等五十七種之多，其中錯雜一些別名，也引用諸多《爾雅》的注解。而在唐代，段成式《酉陽雜俎‧羽篇》收錄或是類舉時出現的禽鳥計有：「鳳、孔雀、鸛、烏、鵲、燕、雀、鴿、鸚鵡、杜鵑、鴝鵒、鵝、鶛鶋、鷺、

〔註37〕〔清〕聖祖御定：《全唐詩》，第18冊，卷608，頁7021。
〔註38〕〔清〕聖祖御定：《全唐詩》，第2冊，卷47，頁577。
〔註39〕〔清〕聖祖御定：《全唐詩》，第14冊，卷455，頁5151。
〔註40〕舊題〔周〕師曠撰，〔晉〕張華注：《禽經》，《景印文淵閣四庫全書》（台北：台灣商務印書館，1984～1985年），第847冊，子部153譜錄類，頁679～688。

鶗、鴟、異鳥、吐綬鳥、雉、鸛鶹、鸒鵙、老鸚、菸節鳥、戴勝、蛤蟆護、雞、鬼車鳥、白澤圖、鴿、細鳥、鴻鵠、嗽金鳥、鶴、背明鳥、奇嵐鳥、鸕鶿、鷿、鶲、訓狐、百勞等」〔註41〕四十種，名稱怪異特殊者多。在宋代《爾雅翼》中則有：「鵬、鳳、鸞、孔雀、鶴、雞、雉、鷩、烏、鵲、鳲鳩、佳鳩、雎鳩、鶌鳩、鶻鳩、鶌鴿、反舌、倉庚、斲木、子巂、鴟、鸮、鸚鵡、燕、雀、鶉、鷃、鶯、鳭、鸛、鶬、鵁、比翼、鷹、隼、鵰、鶚、梟、鵬、鳩、服翼、蟁母、戴儇、鳧、鷺、鴛、鵝、鴈、鳶、鵜、鶩、鶬、鷺、鸕鷀、鴛鴦、屬玉、昆雞、脊令」〔註42〕五十八種，其中針對「鳩」的區分，頗為細密。到了明代李時珍的《本草綱目》中則有「水禽類二十六種、原禽類二十四種、林禽類十九種、山禽類十三種」〔註43〕共八十二類，不僅有諸多極為少見的專稱，如「伏翼、寒號蟲、鬼車魚、姑獲鳥、鸐瑪」等，而且按照禽鳥習性或棲息地點分類。當然會出現在《本草綱目》，則每種禽鳥都具有其藥用與效用。至於近代，對於禽鳥入詩的種類，大抵有幾本作出相關整理，首先是《唐詩分類大辭典》的目錄中，共收錄了「鳳、鶴、鵠、孔雀、鷿、鸚鵡、伯勞、鶌鴿、百舌、反舌、戴勝、烏、鴉、鵲、鳩、鶌鴿、杜鵑、燕、雉、雀、鷹、隼、鵑、鴛鴦、白鷴、鷗、鳧、雁、鳶、鷺鷥、鸂鶒、題鳲、提壺、啄木、浴浪鳥、精衛、鸐鴉、訓狐、雜禽鳥、山雞、雞、鴨、鵝」等四十二類。〔註44〕這當中所謂的「雜禽」都是無所指的，與專指者混為一談；其次《詠鳥古詩欣賞》一書則區分有：「黃鸝、畫眉、杜鵑、百舌、鶌鴿、孔雀、朱鷺、白鷴、

〔註41〕〔唐〕段成式：《酉陽雜俎》，《景印文淵閣四庫全書》，第 1047 冊，子部 353 小說家類，卷 16，頁 738～741。

〔註42〕〔宋〕羅願：《爾雅翼》，《景印文淵閣四庫全書》，第 222 冊，經部 216 小學類，頁 359～399。

〔註43〕〔明〕李時珍：《本草綱目》，《景印文淵閣四庫全書》，第 774 冊，子 80 醫家類，頁 346～404。

〔註44〕馬東田主編：《唐詩分類大辭典》（四川市：四川辭書出版社，1992年），〈目次〉列出。

戴勝、翡翠、鸂鶒、錦雞、山雞、吐綬雞、文鳥、青鷁、鵁鶄、鸚鵡、八哥、鷹、鴟、雕、鷂、鶻、鸕鶿、翠鳥、啄木鳥、鴛鴦、天鵝、伯勞、斑鳩、百靈、燕、雁、雞、鴨、鵝、鴿、鵪鶉、泥滑滑、婆餅焦、提壺蘆、詠花間之鳥、白鷺、鷗、野鴨、先鶴、喜鵲、白頭翁、鳳凰、大鵬、精衛、欽鴀」等五十四種，〔註 45〕比起前者數量與種類多了，但因其界定在於各代詩作，並未專以唐代或是《全唐詩》爲依循，是以諸如「泥滑滑、婆餅焦、欽鴀、白頭翁、文鳥」都未在《全唐詩》中出現；又如《唐詩鳥類圖鑑》書中則臚列出：:「孔雀、火鳥、白練鳥、白鷴、白鷺、吉了、伯勞、杜鵑、沙鷗、斥鷃、青鳥、隼、啄木、雀、寒鴉、雁、雲中鳥、黃鶯、黃鸝、鳩、梟、翠鳥、鳳、鴆、駝鳥、燕、鴨、鴛鴦、鵁鶄、鴟、戴勝、鴻鵠、雞、鵝、鵜鶘、鵓鴿、鵲、鵯鵊、鶯、鶴、鶴頂、鶺鴒、鷓鴣、鷂、鷦鷯、鷲、鷹、鸂鶒、鷺鷥、鸕鶿、鸚鵡、鸛」等五十二類，〔註 46〕這當中多了拍攝的圖鑑加以比對，但所專指的名稱未必是唐詩中所使用，又「鶴頂」一類的詩作只是「鶴之頂上的肉球」，並非屬於「鶴頂鳥」等。

上述列舉並不能概括所有與禽鳥種類相關紀錄，但諸如此類的文獻，對於其前後年代，確實具有參考價值；更有助於針對某一斷限「專書」、「類書」、「套書」、「群書」等，作出「實際禽鳥運用」的總量統計研究。而本文遂以文獻對照，梳理出《全唐詩》中詩人所運用的禽鳥種類及其總量；經由一一篩選後，所保留下來的都具其「純粹性」的。

（一）禽鳥入詩之總數

首先針對「禽鳥入詩數量」統計，分爲「泛稱」與「專題專詠」兩類。在「泛稱」統計方面（參見〈附錄一〉，頁 489），以「鳥」名之者最多，專詠的有 43 首，陪襯的有 2339 首；其次是「禽」字代表，專詠也有 6 首，而入詩的則有 453 首之數。至於本文並未將「毛」字

〔註 45〕劉錟：《詠鳥古詩欣賞》（北京：語文出版社，2002 年）。
〔註 46〕韓學宏：《唐詩鳥類圖鑑》，〈目次〉。

納入統計，因爲此類全配合鳥類名稱而出現，無須獨立。總計以「泛稱」作專詠者 49 首，而陪襯者有 2804 首，計有 2853 之屬。

而在「專題專詠」統計結果（參見〈附錄一〉，頁 490～492），可以得知最被詩人所樂於運用的是「鶴」，光是詩題專詠就有 138 首，僅入詩陪襯者有 1699 首，堪稱鰲頭；其次的是「雁」，在詩題專詠部分有 68 首，而在詩文中穿插出現者也有 1454 首；另外「鶯」在詩題專詠部分有 56 首，陪襯者有 1016 首，顯然統計出的前三名都是生活中的共同經驗，並非虛想而得；其他尚有 76 類之多，可謂百鳥爭鳴也。至於一般所熟悉的「畫眉」或是「百靈」一類禽鳥等等，則未出現在《全唐詩》中。總計《全唐詩》中描寫禽鳥之詩題「專詠者」有 79 類，其中詩題詠鳥詩共有 757 首；而間接引用入詩，則有 11，241 首，共有 11，998 之多。這些被選用的禽鳥種類中可以顯示九成屬於耳熟能詳，少數如鶯、鳳凰雖是想像而得，但仍大量出現在各作家筆下。至於專詠與入詩陪襯的比重方面，前者仍比後者來的少；其中前三名的入詩陪襯數量更是各高達仟首之數，顯見作家的高度偏愛。另外在禽鳥的種類方面，水禽類的雁、鴛鴦最多；原禽類的雞、雀等與林禽類的杜鵑、鵲等居次；而山禽類的鷹、鳳凰等最少；以此推論，山禽類中的猛禽雖擁有快狠猛準又能高飛的條件，但未必是所有作家的首選。

將泛稱與專題專詠之詩題中「禽鳥」數加總起來約 806 首；其次引用於詩中作爲陪襯，或寄寓比興者則有 14，045 之多，共有 14851 首相關詩作。這些實際的統計，遠遠超過坊間諸多含糊之數。

（二）作家及其創作統計

從《全唐詩》有關禽鳥入詩的數量統計之多，可以想見有眾多作家投入其中；其中不乏有蒐羅各類禽鳥入詩，或是特別偏好於某類禽鳥者。

首先從「作家」與「創作」排序統計（參見〈附錄二〉，頁 493

～494），其中以白居易的創作量拔得頭籌，不管是以泛稱或是專詠，都是數量最多的作家；其次是杜甫，杜甫這方面的詩作幾乎佔其全部作品數的三分之一；第三名是李白，也有其詩作總數的三分之一左右，顯見此類素材甚受作家重視。此外可以得知有些作家專詠方面並不多，而是以作陪襯入詩者佔多數，這當中又以溫庭筠、皮日休、盧綸、劉長卿為主；有些則是專詠為主，陪襯入詩的創作比率反而較少，如僧齊己、陸龜蒙、杜牧等是。

其次從「禽鳥排序」的角度加以統計（參見〈附錄二〉，頁 494～497），這些作家與上一類統計相近，以白居易、李白、杜甫為多；其中白居易對於「鶴」的偏好，特別值得關注。

大抵引用禽鳥的素材入詩，總不離空間的搭配，所以浪漫豪放如李白者，其自然詩派，該是可以聯想其運用的原因；不過山水田園詩派的作者，成天看盡飛禽走獸，其創作卻反而寥寥可數，只如劉長卿、錢起名列其中，諸如孟浩然、王維等均不在此列。至於奇險派的作家如韓愈、孟郊；或是悲苦居多的李商隱、劉禹錫等均在此列，這些詩人或許在現實中，被壓抑、被束縛，於是放縱其心神，利用奇思幻想、超現實的手法，以及不可捉摸的藝術形象，透過具體的禽鳥世界豐富其精神世界。為了力圖擺脫他所厭惡的現實世界，去追求內心渴望的新奇理想生活，諸多作品幻化如雲般的翩翻大翼，乘風振羽，出六合，絕浮塵，俯視茫茫人世，超越了無艮的時空。

第四節　研究方法、步驟與架構

有關研究方法、步驟與架構，都是執行其研究計畫結果的檢視——主要是針對其可行性、合宜性與變異性。

一、研究方法與步驟

對於文學的研究方法，古今中外的學者都曾提出諸多見解，但畢竟文學創作是十分複雜的心理活動，倘若論文只是做　家之言或是某

一流派,問題還單純些;倘若是斷限廣、範疇大,那要作全面的觀照研究,就需要綜合諸多方法。前賢曾言:「文無定法」,而詩歌的詮釋或是解讀亦缺乏既定常規,所以李建崑曾有感而發:「文學研究的重要職責是在讀者與作品之間擔任一個優良的中介者,發人所未發,言人所未言,以引領讀者對於既有的作品作更加深入的賞析。」〔註47〕直是一語中鵠。況當代的文學研究方法日益繁多,不論是以作者為中心的研究趨向,以文本為中心的研究趨向,以讀者為中心的研究趨向,或以社會文化為中心的研究趨向,皆以探索作家獨特的造詣、解讀作品難言的奧秘為宗旨。因此不管使用的方法如何,最重要的是還要在一個寬廣的學術文化視野中,接受檢視與批判。〔註48〕意即在可能的途徑上,它該是一個拋磚引玉的機會。

本文在權衡之下,立基於文學的研究法中的「文獻資料分析法」為主導,在這個非反應類研究法引導之下,本論文需要先透過「統計法」——利用《全唐詩》資料庫的檢索關鍵詞搜尋,並參考《全唐詩》、各家集注等紙本文獻;並藉由「歸納法」的彙整,方能進入所需文獻的閱覽與整理(Reading and Organizing)工作;至於描述(Description)社會風尚、分類(Classfying)不同禽鳥的特色及詮釋(Interpretation)作家心靈、探討自然宇宙等,則交叉運用「文本分析法」——幾乎是各個章節都可參照的;「歷史研究法」——特別是針對作家的相關背景進行查證,方有助於其創作風格之確認;或第四章社會風尚的演變,探究其客觀因素等;以及「心理分析法」——作家寫作的心理狀態、寫作的企圖等,從時代、文學背景以及作者等主軸,分別作出探討。以瞭解時代發展、歷史影響、文學發展軌跡,以及作者所要傳達出的意識等,建構並進窺詩人「以禽鳥入詩」的深層心理意蘊。

〔註47〕李建崑:〈孟郊詩的考校與詮釋〉,收錄於東海大學中文系主編:《學術研討會論文集——傳統文學的現代詮釋》(台北:文史哲出版社,1998年),頁63。

〔註48〕李建崑:〈孟郊詩的考校與詮釋〉,收錄於東海大學中文系主編:《學術研討會論文集——傳統文學的現代詮釋》,頁63。

　　其次是「文史參照」是全面的，相關正史、文學史、作家傳記等
都是基本參照。另外「以詩證詩」也常具輔助意義，除了基本詮釋之
外，其不足之處藉由以作家自己相關作品，以及周邊人物的詩作，都
可以作爲佐證之功。

　　而在「避免重複」一事，舉凡作家的基本資料、引文作品等，原
則上以避免重複爲要。有鑑於本論文以《全唐詩》爲主，所以除非作
家與作品有其多重探究價值，否則在「抽樣」的舉例下，盡可能採多
元發展，不是局限於某些大作家或普及性高的作品。

　　至於文中對於「分期」或是「排序」問題，基本上參酌明代高棅
的見解：「有唐三百年詩，眾體備矣。……至於聲律、興象、文詞、
理致，各有品格高下之不同，略而言之，則有初唐、盛唐、中唐、晚
唐之不同。」〔註49〕所以有關主文中若須提列作家及其作品爲例，也
依上述之四階段，按其活躍的時期先後加以排序。

二、研究架構

　　本書共分六章進行，首章是緒論，二至五章是木論文主體，第六
章則是結論。其中在主體部分，立基於意義之探討，分別由自我、群
己、社會國家以及宇宙大自然四個層面逐一分析。

　　在第二章著重於「作家自我」的分析，藉由禽鳥意象的投射，反
映出的是作家的心志、情蘊以及困頓下如何學會超越。

　　在第三章方面，則是「禽鳥入詩與週遭人事的互動」，其中涉及
到家人、朋友、社會等。至於探討的面向有三個，第一是「互訴關懷」，
說明對於對方的思念、祝福與慰勉；第二是「唱和爭勝」，經由唱和
互動，關涉彼此的感情與寫作；第三是「干謁求職」，透過禽鳥隱喻
更見追求態度。

　　第四章方面，從社會發展的歷史軌跡，加以分析、批評、觀察文

〔註49〕〔明〕高棅：《唐詩品匯》（上海：上海古籍出版社，1982 年），〈總
　　　　敘〉，頁 8。

學的現象，誠如法國評論家丹納所言：「文學是時代、種族、和社會環境的產物。」〔註 50〕又如俄國別林斯基所認為：「每一部藝術作品一定要在對時代、對歷史的現實性的關係中，在藝術家對社會的關係中，得到考察。」〔註 51〕本章有關繪畫與詩的關聯、賞玩禽鳥的風氣以及詩人集體意識的表現，都是值得探討的。

　　至於第五章，則是針對詩人以「禽鳥入詩」所要探討與自然宇宙的連結，因此運用自然科學與文化批評學是必要的。在自然科學部分，對於禽鳥的習性、季節的預告，都是作品中可以發掘的；文化批評方面，涉及玄學與宗教的成分，所以有必要探討這種文化層面的繼承性與變異性。

〔註 50〕〔英〕司各特編著，藍仁哲譯：《西方文藝批評的五種模式》（重慶：
　　　　重慶出版社，1983 年），頁 62。
〔註 51〕〔俄〕別林斯基，滿濤譯：《別林斯基選集》（上海：上海譯文出版
　　　　社，1979 年），頁 595。

第二章 以「禽鳥入詩」表現作家自我

　　任何一個作者可以採用「第一人稱」寫作，這些人以寫自傳、散文居多；當然也可以讓周遭一切作爲「隱喻」或是「他喻」，這些則又以小說、詩歌、戲劇爲主。雖有其直接與間接之別，但都不離錢鍾書所言：「其言之格調，則往往流露本相；猖急人之作風，不能盡變爲澄澹；豪邁人之筆性，不能盡變爲謹嚴。」〔註1〕正所謂文如其人，且往往從中一窺其自我表述。

　　而擇選以自我爲表述的同時，本章著眼於「心物觀」的實質根本。「心物觀」與「心身觀」是中國古代思想的兩大觀點。其中的「心物觀」，楊鑫輝將其分爲：「認爲物決定於心，客觀事物是心理的源泉的，屬於唯物的心物觀；主張心決定於物，心理是人心所固有的，屬於唯心的心物觀。」〔註2〕此二者反射方向不同，一者由內而外，另一者由外而內，雖決定者都存乎一心，但其對於理解的心理變化是十分重要的。潘菽認爲：「人們的具體心理活動和具體的客觀世界或客觀事物的具體關係問題，對心理學是一個根本的問題。只有從人們具體的生活、實踐中和具體的客觀世界中的事物發生怎樣的具體關係角度去考察，

〔註1〕錢鍾書：《談藝錄》（北京：中華書局，1984年），頁163。
〔註2〕楊鑫輝：〈心理學思想的心物觀〉，《中國古代心理學思想史》（台北：遠流出版社，1999年），頁61。

才可以了解人們的心理活動的本質特點。」〔註3〕於是當作者藉由「禽鳥」爲工具，或爲寓言或爲象徵；這些禽鳥物象，經由詩人主觀「以我觀物」的投射，使得各類物象「皆具我之色彩」的意象，從而在特定的語境中賦有新的詮釋與意涵；而且有諸多是作者刻意的凸顯或強化下的結果，它們不僅呈現自然界中的基本「能指」，顯然更寓詩人主觀的「所指」（signified）於其中。概而言之，作者之一切表現，都是希望人們理解其「自己」，這不僅是自己生活的時代，即便是到了未來，也希望後人能夠知道那個「自己」的存在，理解其爲人。〔註4〕於是這個自我的探討中，色彩濃淡與用力與否，總發自其「心」。

既發自於「心」，那麼禽鳥入詩所要展現的作家自我，有意象式的心志展現、有情境式的心情表白，而更能與禽鳥結合的是，想要超越現實藩籬的心。本章規劃的三節當中，第一節是「禽鳥自喻式」的投射，透過形象與某類禽鳥相像或寄託的角度切入，如同屈原以香草作爲君子精神的象徵一樣；然本節在擇選作品時並不以某一類創作數量多寡作爲依據，貴在其是否以譬喻、象徵或是以某類禽鳥直指自我。其次第二節則著眼於「情境」方面，當作家自我與禽鳥對應時，往往都與孤苦、病苦、歸苦與難以言喻鳴啼之苦等主觀投射有關，是以此節專以擷選題目上有其指涉爲主。另外，第三節則是針對生命意識的「超越」爲焦點，雖然其心志表白有其悲壯高遠意涵，但生命中的悲苦意識，往往是積澱更久，也是詩人在心靈層次上，不由自主想要超越的。

第一節　借鳥喻己，彰顯心志

探討到「作者自我」，得涉及自傳。有關中國傳統「自傳」受到重視，應該始於明代賀復徵，他將自傳抬升至史傳並列的位置；〔註5〕

〔註3〕　潘菽：《心理學簡札》（北京：人民教育出版社，1984 年），頁 195。

〔註4〕　〔日〕川合康三著，蔡毅譯：《中國的自傳文學》（北京：中央編譯出版社，1999 年），頁 46。

〔註5〕　〔明〕賀復徵：《文章辨體匯選》（台北：台灣商務印書館，1986 年），

而自傳的分類則是如《中國古典傳記》提及：「傳記文學在史書之外，還大量的存在著。它包括有各種體裁的作品，往往收錄在各家的論文集中。」〔註6〕雖然廣泛且簡略，但卻是十分實用；另外具體規定與意義則是如陳蘭村所言：「生平事蹟眞實、史料要凸顯自我個性、對自我的評價要客觀公允、有文學色彩。」〔註7〕顯然顯揚其個人獨特魅力，是十分必要的。至於近代郁達夫則言：「所有的文學作品，都是作家的自傳。」〔註8〕是以若將每位作家的詩集，按照年代彙整，其實與自傳是極爲接近的；甚或只是透過某些固定的時空且持續的符碼（code）或是載體——禽鳥就是實例——用以傳達自我的意識，反而更具美感展現。

　　依此回應到「禽鳥入詩表現作家自我」的主題上，首先不同的是，詩題沒有「傳」或是「自敍」、「自陳」等用語；其次在家世、個人事蹟的說明上，也較爲缺乏，當然更不會有對人生整體的回顧；更何況詩歌不同於散文、小說或是自傳體的語言，行文常常不使用「我」字的（少數作家例外），所以本文並不想就「全然自傳」觀點深入探究！意即本文並不等同於「自傳」，因爲這些有關「禽鳥入詩」的創作，並不是其著作的全部；而且有些作品可能是虛構的——毫無實質意義，有些只是遊戲性或者是人云亦云罷了——並無動機可言；但對於藉由「禽鳥」寄託自我的過去、現在與未來的那種近乎「自傳性書寫」，〔註9〕以及作者意圖建立或是聲明與讀者間的「自傳契約」〔註10〕則

〈前言〉云：「傳之品有七，一曰史傳，二曰私傳，三曰家傳，四曰自傳，五曰托傳，六曰寓傳，七曰假傳。」頁1。

〔註6〕喬象鍾、徐公持、呂薇芬選編：《中國古典傳記》（上海：上海文藝出版社，1982～1985年），頁1～2。

〔註7〕完整意義上的自傳應具有上述四個方面的規定性，見陳蘭村：《中國古代名人自傳選》（北京：中國青年出版社，1997年），頁1～2。

〔註8〕郁達夫：《郁達夫散文全編》（杭州：浙江文藝出版社，1991年），頁609。他同時也認爲：「自傳本來是用不著冠以一篇自敍的」。

〔註9〕〔法〕瑪格麗特・杜拉斯著，王道乾譯：《情人》（上海：上海譯文出版社，1997年），頁8～9。

是難以割捨的。是以雖不是立基於「自傳」，但其「自在的我、敘述之我、他者之我」〔註11〕都是重心之所在。就如西方歷史學家愛德華‧吉本所言：「我必須意識到，任何人都不如我本人有資格描述自己的思想和行動。」〔註12〕但是也就因爲作家自述，有著揭露自我內心不爲人知的專利，人們反而對其文本的眞實性容易產生懷疑。此時，經由轉移性的處理，如本論文探討「作者透過禽鳥」來詮釋敘述中的「我」，反而更能間接傳遞其可信度，使其內外密切聯繫。至於清代金聖嘆則論述道：「《史記》是以文運事，《水滸》是因文生事。以文運事，是先有事生成爲如此，卻要算計出一篇文字來，雖是史公高才，也畢竟是吃苦事。因文生事即不然，只是順著筆性去，削高補低都由我。」〔註13〕不管作者隱藏還是假借，是眞實或是虛僞，是模糊或是明確，既然這些詩作掛其名下，都有其「自我」的意義。

當然要表現作者自我，最主要是傳達其「心志」。而除了「自傳性書寫」之外，透過外在的一切作爲「他喻」，也是常有的；只是以禽鳥入詩的作品中，採用「外在直指自我」的色彩並不鮮明，更何況經由禽鳥的「寄寓性」創作手法，其「他喻」已在「自喻」中具足，所以本文僅以自喻爲主。

一、昂揚壯闊，氣勢磅礴

唐詩有個普遍的逸趣，是「情」與「景」交融爲一；因爲交融，

〔註10〕〔法〕菲力浦‧勒熱訥著，楊國政譯：《自傳契約》（香港：生活讀書新知三聯書店，2001年），頁219。他指出：自傳就是一個人以眞實爲承諾所寫的關於自己的傳記，是建立在作者與讀者相互相信的基礎上的體裁。

〔註11〕王成軍：〈自在　敘述　他者——中西自傳主體論〉，《國外文學》，第4期，（2006年4月），頁11～16。他認爲自傳主體中的我，是複雜多變的；但又都包含在我之中。

〔註12〕〔英〕愛德華‧吉本，黃宜思，黃雨石譯：《羅馬帝國衰亡史》（北京：商務印書館，1997年），頁2。

〔註13〕〔清〕金聖嘆：《金聖嘆全集》（台北：長安出版社，1986年），〈讀第五才子書法〉，頁18。

所以詩人所利用的外物，所附加的東西，總是帶著人性的寄託與象徵在，禽鳥入詩就是一個證明。這種象徵，也正流露出每個詩人的思想，即便有些人採取迂迴婉轉，但其個性反而更佳明顯。日人吉川幸次郎就認為：「唐人不願掩飾各自不同的個性，這一點和唐以前的詩往往缺乏個性的情況不同。六朝作品集《文選》中的詩，如果遮住作者的姓名來讀，要指出作者是誰，頗為困難；但唐詩，杜甫就是杜甫，白居易就是白居易，只有頹衰的晚唐時期，才有千篇一律的傾向。」〔註14〕雖然其論點不具有絕對性，但由此觀照詩人選擇特定形象的禽鳥，或說是偏好某類型的禽鳥，卻呈現出這樣「專屬」的精神來。

首先作者投射出的自我意識是屬於陽剛強健的，而這樣的訴求就非大型禽鳥莫屬；但並不是所有大型禽鳥皆具「自喻」的明確表述，本節選擇契合者有「鷹」、「鵬」兩種。

（一）如鷹揚掣，忍辱負重

禽鳥的形、音、義等都可能構築它在詩人心中或是文學作品中的意象，學者黃永武曾寫：「意象是作者的意識與外界的物象相交會，經過觀察審思與美的醞造成為有意境的景象。」〔註15〕這些鮮明的意象，經由現實與想像的融合，有時會成為象徵的原型；有時又在創作者力量的轉換中，呈現更多面向，如同吳戰壘所言：「意象是寄意於象，把情感化為可以感知的形象符號，為情感找到一個客觀對應物，使情成體，便於觀照玩味。」〔註16〕這樣的推論，對於喜歡將猛禽類的「鷹」視為一種標誌者，不啻為人性的印記。

有關「鷹」入詩的數量統計，專題專詠者有 23 首，內文入詩者則有 179 首（參見本論文〈附錄一〉，頁 490），在總數量排序第十位。其中又以杜甫、章孝標二人的自喻性最強烈，

〔註14〕〔日〕吉川幸次郎著，章培恒等譯：《中國詩史》（上海：復旦大學出版社，2001 年），頁 204。

〔註15〕黃永武：《中國詩學・設計篇》（台北：巨流圖書公司，1999 年），頁 3。

〔註16〕吳戰壘：《中國詩學》（台北：五南圖書公司，1993 年），頁 27。

　　鷹在形象上的飛揚、勇猛；眼神的銳利、威嚇；聲音上的質堅而峻磳，都讓詩人視爲「比德」之最佳代言。在本論文的統計中畢竟透過物的連結，其困難，非肖維也，惟不局局於物之難。〔註17〕特別是詠物詩不可緊扣所詠之物，導致亦步亦趨，甚至失之有物無我；而應「直是言情，非複賦物。」〔註18〕是以將「鷹」自許，寄託濟世的理想與抱負，雖在唐代每個階段都曾有過；但其中又以杜甫最能讓人體驗那股砰然的躍動。近代葉嘉瑩先生曾論述：「杜甫除了是一位寫實詩人的巨擘之外，同時卻又是一位感情最爲深厚熱摯的詩人，他經常把自己的一份強烈的感情，投注於他所寫的一切事物之上，使之因詩人的感情與人格的投注，而呈現意象化的意味，而這正是『以情入詩』的結果。」〔註19〕其中經由「禽鳥」入詩的表現，其掩藏不住的眞情，格外動人。以〈去矣行〉爲例：

> 君不見鞲上鷹，一飽則飛掣。焉能作堂上燕，銜泥附炎熱。
> 野人曠蕩無覥顏，豈可久在王侯間。未試囊中餐玉法，明
> 朝且入藍田山。〔註20〕

在《全唐詩》中以鷹爲專題書寫者，以杜甫6首爲最多，也最具多元性。此詩夾序中言：「鮑欽止曰：『天寶十四載，甫在率府，數上賦頌，不蒙采錄，欲辭職去，作〈去矣行〉。』」可知這是杜甫在天寶十四年（西元755）所寫，在困守長安的十年之中，類似這樣的作品還有〈贈韋左丞丈〉：「老驥思千里，飢鷹待一呼。君能微感激，亦足慰榛蕪。」〔註21〕顯見不管是從「君不見鞲上鷹，一飽則飛掣」或是「老驥思千

〔註17〕郭紹虞編選：《清詩話續編》（台北：木鐸出版社，1983年），頁1408。

〔註18〕〔明〕沈謙：《東江集鈔》，《四庫全書存目叢書》（台南：莊嚴文化事業公司，1997年），第195冊，〈雜說〉，頁272。此篇章針對詞而發，但與詩之理相通。

〔註19〕葉嘉瑩：《迦陵談詩》（台北：東大圖書公司，2005年），頁280。

〔註20〕〔清〕聖祖御定：《全唐詩》（台北：文史哲出版社，1987年），第7冊，卷216，頁2264～2265。以下有關禽鳥引文均採文末夾注，不另注。

〔註21〕〔清〕聖祖御定：《全唐詩》，第7冊，卷224，頁2388。

里，飢鷹待一呼。」皆處處表現出想要實現自己的理想抱負，必須採取「仕進」之路的認知。

　　杜甫在詩中特別強調的是「鷹的強健」，合乎當時正值四十四歲的盛壯之年；但寫此詩時正擔任右衛率府兵曹參軍，由於是個開缺，所以有志難伸，不久後即罷官求去。對於一位想做事的人而言，顯然詩中「一飽則飛掣」的雄心壯志是十分顯著的；相對的他根本鄙視成為梁上燕，只拘泥於「銜泥附炎熱」的小人之舉。而後四句則是另比自己為野人，既無規矩又無靦顏；但其實是暗喻自己的不同凡俗，不喜歡那些阿諛奉承的卑微行徑，所以不可能長久待在王侯之家，寧可枕石漱流，歸隱山林，正印證此詩寫作緣由「不蒙采錄，欲辭職去」。不過看似與鷹沒有關聯，卻讓人更體會出，干謁是可以少的，退隱也只是短暫的，內心的冀望如同鷹的強健，是隨時待命的。

　　另外一組詩〈見王監兵馬使說近山有白黑二鷹羅者久取竟未能得王以為毛骨有異他鷹恐臘後春生鶱飛避暖勁翮思秋之甚眇不可見請余賦詩〉則是寫於大曆元年（西元766）：

　　　　雪飛玉立盡清秋，不惜奇毛恣遠遊。在野只教心力破，
　　　　千人何事網羅求。一生自獵知無敵，百中爭能恥下鞲。
　　　　鵬礙九天須卻避，兔藏三穴莫深憂。

　　　　（〈二首之一〉，《全唐詩》，第 7 冊，卷 231，頁 2552。）

　　　　黑鷹不省人間有，度海疑從北極來。正翮搏風超紫塞，
　　　　立冬幾夜宿陽臺。虞羅自各虛施巧，春雁同歸必見猜。
　　　　萬里寒空祇一日，金眸玉爪不凡才。

　　　　（〈二首之二〉，《全唐詩》，第 7 冊，卷 231，頁 2552。）

寫此詩時杜甫已經五十五歲，與〈去矣行〉相比較，十多年後的自己的氣勢絲毫不減當年，就像其中的白鷹一樣「一生自獵知無敵，百中爭能恥下鞲。」自信與架式十足；又像黑鷹一般「萬里寒空祇一日，金眸玉爪不凡才。」充滿飛快的英姿與超凡的特質。

　　雖然這組詩中的黑白鷹，杜甫並沒有親眼看見，但鷹的猛悍形象

卻使得詩人可以找到最直接的共鳴。只是這樣的熱切感受，杜甫並不
會加以恣肆的擴張，因此在其筆下用以「自喻的鷹」，既不是大啖冷
血的動物──「兔藏三穴莫深憂」，這些弱小者是不必多慮的；更不
是徒具外型而無能力──可知「鵬礙九天須卻避」、「春雁同歸必見猜」
是必然的。

杜甫詩中出現「病」字計有 163 處，而他的確年過五十以後身體
更是每下愈況，所以五十一歲時寫了〈病柏〉：「靜求元精理，浩蕩難
倚賴。」〔註 22〕、〈病橘〉：「蕭蕭半死葉，未忍別故枝。」，〔註 23〕
五十六歲又寫了〈老病〉：「老病巫山裏，稽留楚客中。藥殘他日裏，
花發去年叢。」〔註 24〕然而這些事實，都湮沒不了他的淑世報國意志
──於是這種「自喻式的意象」：〈老病〉真的老的，〈病柏〉、〈病橘〉
植物型的，無法動彈的，枝葉也不再婆娑；但在飛揚的鷹身上，他
不談飢、不談籠，全然在「翩搏風揚」中散放動的本能，也就是說在
他心中──屬於英姿煥發的精神，永遠可以化為鷹──強健翱翔。

而章孝標所寫的〈飢鷹詞〉、〈鷹〉，則與杜甫有所不同，忍飢挨
餓或是看人臉色總是有的：

> 遙想平原兔正肥，千迴礪吻振毛衣。縱令啄解絲條結，未
> 得人呼不敢飛。（《全唐詩》，第 15 冊，卷 506，頁 5752。）

> 星眸未放瞥秋毫，頻掣金鈴試雪毛。會使老拳供口腹，莫
> 辭親手啖腥臊。穿雲自怪身如電，煞兔誰知吻勝刀。可惜
> 忍飢寒日暮，向人鶄斷碧絲縧。（《全唐詩》，第 15 冊，卷 506，
> 頁 5751。）

章孝標（生卒年不詳），兩《唐書》無傳，字道正，登元和十四年進
士第，除祕書省正字。太和中，試大理評事。〔註 25〕對於寫作風格，

〔註 22〕〔清〕聖祖御定：《全唐詩》，第 7 冊，卷 219，頁 2306。
〔註 23〕〔清〕聖祖御定：《全唐詩》，第 7 冊，卷 219，頁 2306～2307。
〔註 24〕〔清〕聖祖御定：《全唐詩》，第 7 冊，卷 229，頁 2493。
〔註 25〕傅璇琮主編：《唐才子傳校箋》（北京：中華書局，2002 年），第 3 冊，
卷 6，頁 133～135。

明代楊慎將晚唐試分爲二派中提及:「『一派學』晚唐之詩分爲二派:一派學張籍,則朱慶餘、陳標、任蕃、章孝標、司空圖、項斯其人也;一派學賈島,則李洞、姚合、方幹、喻鳧、周賀、「九僧」其人也。其間雖多,不越此二派,學乎其中,日趨於下。其詩不過五言律,更無古體。」〔註26〕張籍雖是韓愈弟子,但其詩風接近元、白社會寫實,而章孝標學張籍而不學賈島,其特色已見。

在上列兩首詩中,第一首的〈飢鷹詞〉中「鷹」正如其「千迴礪吻振毛衣」是躍躍欲試的;但這是一隻馴服的鷹,雖具有捕獵的專長,卻飢腸轆轆,若沒有主人的指示,絕對不敢有任何越軌的動作。而第二首的〈鷹〉,形貌上則是「星眸未放」;在能力上則有「試雪毛」的預備,「啗腥臊」的等待,「身如電」、「吻勝刀」的本領;但從「頻掣金鈴」就可以明白,這不是杜甫翱遊天際自在的黑白二鷹,而是受限於主人的支配者。兩首詩中的鷹都得聽命行事,而章孝標的化身勢必是忍辱負重、盡忠職守的臣下。

章孝標累試不第,後於元和十四年(西元 819)進士科有其名,這是唐人仕進的重要途徑,而且唐人科舉,進士科最難,明經科較易,是以《唐摭言》有言:「雖位極人臣,不由進士者,終不爲美。」〔註27〕顯見他極爲興奮,遂寫下〈初及第歸酬孟元翊見贈〉:「六年衣破帝城塵,一日天池水脫鱗。未有片言驚後輩,不無慚色見同人。每登公讌思來日,漸聽鄉音認本身。何幸致詩相慰賀,東歸花發杏桃春。」〔註28〕而在唐代,進士及第後,得到吏部參加考試,才可以獲得官職,是以也藉此證明〈飢鷹詞〉、〈鷹〉兩首詩都寫於進士及第之後。

章孝標以鷹自喻與杜甫的心志是不同的,而二人不當將晚唐與盛

〔註26〕〔明〕楊慎:《升庵詩話》,丁福保輯:《歷代詩話續編》(台北:木鐸出版社,1983 年),卷 10,頁 851。

〔註27〕〔五代〕王定保撰,姜漢椿校注:《唐摭言校注》(上海:上海社科院出版社,2002 年),卷 1,頁 10。

〔註28〕〔清〕聖祖御定:《全唐詩》,第 15 冊,卷 506,頁 5757~5758。

唐的況味，間接流露。

（二）似鵬翱振，八裔搏遠

有關鵬的入詩統計，在專題專詠方面欠缺，但在詩文中出現則有 105 首，在總數排序第二十二（參見本論文〈附錄一〉，頁 490）。雖沒有專題專詠之作，但其自喻性卻絲毫不減。

一談到大鵬，會令人直接聯想到的就是李白。李白（西元 701～762）寫高山大川、風花雪月、奇禽異獸、醇酒美人、神仙幻境以及其他一些似乎遠離社會、遠離現實、遠離政治的事物，常常不是他的創作目的，而是他的比興手段。他或借大鵬展翅紓發壯志凌雲，或借行路難形容世途坎坷，或借仙山幻境象徵待詔翰林，或借生離死別寄託辭都之苦，或借日昏月蝕預言國運之衰，而屢見不鮮的曠男怨女之情卻是他的孤臣孽子之心。〔註 29〕不解者以爲終日沈飲，或浪跡江湖，或水中撈月，殊不知豪放之際，最是寄託之重。

在《全唐詩》中有關鵬的意象，都出自《莊子》：「諧之言曰：『鵬之徙於南冥也，水擊三千里，搏扶搖而上者九萬里，去以六月息者也。』」〔註 30〕這種誇大虛構的意象，自莊子以下從未停歇；而對於熱衷佛、道的李白而言，不僅志氣宏放，又有飄然且超世之心，唯有鵬可以帶起其天才英特之駿逸。李白詩中與「鵬」字連結的有四首，分別是〈臨路歌〉、〈贈從孫義興宰銘〉、〈上李邕〉、〈獨漉篇〉，其中又以〈上李邕〉、〈獨漉篇〉、〈臨路歌〉最能表現詮釋自我。〔註 31〕其實李白以鵬自喻，最早是從〈大鵬賦〉獲得奮發的開展：

> 南華老仙發天機於漆園，吐崢嶸之高論，開浩蕩奇言徵，
> 志怪於齊諧，談北溟之有魚。

〔註 29〕〔唐〕李白著，安旗等編：《李白全集編年注釋》（成都：巴蜀書社，1990 年），〈論李白——代前言〉，頁 18。

〔註 30〕〔戰國〕莊周等著，〔清〕郭慶藩：《莊子集釋》（台北：頂淵文化事業公司，2001 年），〈逍遙遊第 1〉，頁 4。

〔註 31〕其中〈上李邕〉一首本文將其留到第三章「干謁」單元作討論。

吾不知其幾，千里其名曰鯤，化成大鵬，質凝胚渾，脫鬐鬣於海島，張廣翅於天門，刷渤澥之春流，晞扶桑之朝，暾燀赫乎。

宇宙憑陵乎，崑崙一鼓一舞，煙朦沙昏，五嶽爲之震蕩，百川爲之沸騰，爾乃蹶厚，地撝太清，互層宵突重溟，激三千以掘起，摶九萬而迅征，背業泰山之崔嵬，翼舉垂雲之縱，橫左迴，右旋倏，陰忽明歷汗漫以天矯，排閶闔之崢嶸，簸鴻濛扇，雷霆斗轉，而天動山搖，而海傾怒，無所搏雄，無所爭固，可想象其勢，髣髴其形，若乃足縈虹，蜺目耀日月，連軒沓拖，揮霍翕，忽噴氣，則六合生雲灑毛，則千里飛雪邈彼北荒，將窮南圖，運逸翰以傍擊鼓，奔飆而長驅，燭龍銜光以照影列缺，施鞭而啟塗塊，視三山杯觀五湖，其動也。神應其行也，道俱任公見之，而罷釣有窮不敢以彎弧，莫不投竿失鏃，仰之長吁，爾其雄姿，壯觀映背，河漢上摩，蒼蒼下覆，漫漫盤古開天而直視羲和，倚日以傍歎繽紛乎，八荒之間隱映乎，四海之半當胸臆之掩畫，若混茫之禾判忽騰覆，以迴轉則霞廓而霧散，然後六月一息至，於海湄欵翳景以橫楛，逆高天而下垂，憩乎。

泱漭之野入乎，汪湟之池，猛勢所射，餘風所吹，溟漲沸渭巖巒紛，披天吳爲之怵慄，海若爲之躩跙，巨鰲冠山，而卻走長鯨，騰海而下馳縮殼挫鼇，莫之敢窺，吾亦不測，其神怪，而若此蓋，乃造化之所爲，豈比夫蓬萊之黃鵠誇，金衣與菊裳恥蒼梧之元鳳，耀綵質與錦章，既服御於靈仙亦馴，擾于池隍精衛，殷勤於銜木，鶒鶹悲愁乎，薦觴天雞警曉於蟠桃，踆烏晳耀於太陽，不曠蕩而縱適，何拘攣而守，常未若茲鵬之逍遙，無厭類乎。

比方不黩大而暴猛，每順時而行藏參元，根以比壽，飲元氣以爲漿戲，暘谷而徘徊，憑炎洲而抑揚，俄而希有鳥見而謂之曰偉哉。鵬乎若此之樂也，吾左翼掩乎，東極右翼蔽乎，西荒跨躡地，絡周旋天綱以恍惚爲巢，以虛無爲場我呼，爾遊爾呼，我翔於是大鵬許之，欣然相隨此二禽已

登於寥廓而斥鷃之輩，空見笑於藩籬。〔註32〕

李白寫〈大鵬賦〉於開元十三年（西元 725），時年二十五歲，距離寫〈上李邕〉已是五年之後的事。在賦的序文中有：「予昔於江陵見天台司馬子微，謂予有仙風道骨，可與神遊八極之表，因著〈大鵬遇希有鳥賦〉以自廣。此賦已傳於世，往往人間見之，悔其少作，未窮宏達之旨，中年棄之。及讀《晉書》，睹阮宣子〈大鵬讚〉，鄙心陋之，遂更記憶，多將舊本不同。今腹存手集，豈敢傳諸作者，庶可示之子弟而已。」其中提及的人物有兩位，其一是司馬子微（西元 647～735），乃司馬承禎，是唐代有名的道教學者，〔註33〕在中國道教史上頗具影響力。特別是則天、睿宗、玄宗等曾多次詔他入京傳道，並詢問以國政，深得朝廷敬重。李白在年輕時遇見他，對於道教又獲得更多啓發，以鵬「自廣」遂見。另一位「阮宣子」則是阮修，阮籍從子，嘗作〈大鵬讚〉曰：「蒼蒼大鵬，誕自北溟。假精靈鱗，神化以生。如雲之翼，如山之形。海運水擊，扶搖上征。翕然層舉，背負太清。志存天地，不屑唐庭。鷽鳩仰笑，尺鷃所輕。超世高逝，莫知其情。」〔註34〕李白閱讀之後，發出「鄙心陋之」之言，頗有一較高下之意。

李白曠放高傲，眾所皆知，所以《鼠璞》言：「李白不能屈身，以腰間有傲骨。」〔註35〕雖屬無稽，但從他的詩文中不難看見其倜儻高傲的風貌。特別是〈大鵬賦〉中以大鵬自比，賦中將這種鳥的體型

〔註32〕〔唐〕李白著，安旗等編：《李白全集編年注釋》，頁 1843～1850。

〔註33〕道士司馬承禎，字子微，河內溫人。周晉州刺史、琅邪公裔玄孫。少好學，薄於爲吏，遂爲道士。事潘師正，傳其符籙及辟穀導引服餌之術。師正特賞異之，謂曰：「我自陶隱居傳正一之法，至汝四葉矣。」承禎嘗遍遊名山，乃止於天台山。則天聞其名，召至都，降手敕以讚美之。及將還，敕麟臺監李嶠餞之於洛橋之東。見〔後晉〕劉昫撰，楊家駱主編：《新校本舊唐書》（台北：鼎文書局，1979 年），卷 192，〈列傳 142‧隱逸‧司馬承禎〉，頁 5127。

〔註34〕〔唐〕房玄齡撰，楊家駱主編：《新校本晉書》（台北：鼎文書局，1979 年），卷 49，〈列傳第 19‧阮籍從子脩〉，頁 1366。

〔註35〕〔宋〕戴埴：《鼠璞》，《景印文淵閣四庫全書》（台北：台灣商務印書館，1985 年），第 854 冊，子部 160 雜家類，頁 68。

極盡誇大之詞加以描繪，其意境宛如噴溢的火山、奔飆而長驅；曠蕩而縱適，縱橫變化，不可窮其究竟，而天第之間唯有鵬可以獨大。是以即便蕭士贇〈鳴皋歌送岑徵君詩・序〉中對其評價不高：「白天才俊麗，不可矩矱。然要長於詩，而文非其所能也。蓋賦近於文，故白〈大鵬賦〉辭，非不壯也；不若其詩盛行於世也。」〔註36〕但是劉維崇以爲：「〈大鵬賦〉和〈大獵賦〉等，也有漢賦的格調。」〔註37〕不管評價如何，李白就是保有其「雖無飛，飛必沖天；雖無鳴，鳴必驚人。」〔註38〕的年輕活力。

　　書寫〈上李邕〉時年輕氣盛，寫〈大鵬賦〉則開啓其「雷霆斗轉，而天動山搖，而海傾怒，無所搏雄。」的氣象，而到了〈獨漉篇〉時，他已經五十七歲，是否還有這樣的雄心壯志：

> 獨漉水中泥，水濁不見月。不見月尚可，水深行人沒。越鳥從南來，胡鷹亦北渡。我欲彎弓向天射，惜其中道失歸路。落葉別樹，飄零隨風。客無所托，悲與此同。羅幃舒卷，似有人開。明月直入，無心可猜。雄劍掛壁，時時龍鳴。不斷犀象，繡澀苔生。國恥未雪，何由成名。神鷹夢澤，不顧鷗鳶。爲君一擊，鵬搏九天。（《全唐詩》，第 5 冊，卷 163，頁 1689。）

這首詩寫於至德二載（西元 757），〈獨漉篇〉原爲樂府〈拂舞歌〉五曲之一。〔註39〕李白善於從民歌、神話中擷取養分，豐富其詩歌內容，「獨漉」就是一例。「獨漉」在今河北省，傳說此處濁流滾滾、遄急浚深，就算是在月明之夜，也吞沒許多不熟悉惡劣環境的行人。所以在詩的起首先述說著「水濁不見月」的混濁無法映照月色，又在遞進

〔註36〕〔唐〕李白著，安旗等編：《李白全集編年注釋》，頁 775。
〔註37〕劉維崇：《李白評傳》（台北：台灣商務印書館，1972 年），頁 208。
〔註38〕〔戰國〕韓非著，陳奇猷：《韓非子集釋》（台北：漢京文化事業公司，1983 年），〈喻老〉，頁 412～413。
〔註39〕〔宋〕郭茂倩編撰：《樂府詩集》（台北：里仁書局，1999 年），頁 790。古辭以「刀鳴削中，倚床無施。父仇不報，欲活何爲」，抒寫污濁之世爲父復仇的兒女之憤。

一層的意涵中，覺得「不見月尚可」，但是「水深行人沒」卻是令人難以接受的可悲。

接著下四句，從「越鳥從南來」到「悲與此同」則寫詩人飄泊東南、報國無門的悲憤。因為眼看著雁飛北歸的地方，正是京師所在，而今卻陷於叛軍的鐵蹄下，而自己除了避難之外，別無他法；即便想要「彎弓向天射」，但又擔心會誤傷了飛行禽鳥，使它們中道折翮、失去歸路，所以真讓人左右為難。此刻落葉在風中飄墜，與自我「無所託」真的是「悲與此同」！

而自「羅帷舒卷，似有人開。明月直入，無心可猜。」則掀起一番似有若無的情思，絕妙中以動寫靜，愈發加深詩人寂寞與孤寂；也同時傳達詩人有所待的不變意志。這種情境驟轉，無非是由沉悶的谷底將自己提振，希望風帆再次揚起，雪恥報國。

於是李白引用龍泉劍的典故，〔註 40〕不希望如此雄劍壁上掛，只徒具形式；無法斷犀象，流於繡澀苔生的命運。其怫鬱之氣在胸中盤結，久久不散；於是豪放詩俠終於嘯吟：「國恥未雪，何由成名？」語帶憤懣，卻又格調雄邁，顯示出其悲慨豪放的本色。

此詩末尾，突然以「神鷹」〔註 41〕擊空的雄奇虛境，對於兇猛的鴟、鳶毫無興趣，只想遠矚雲際。而大鵬並未被神鷹擊落，反而可以為君一擊，鵬搏九天。

〔註40〕《史記‧索隱》按《吳越春秋》楚王令風胡子請請吳干將、越歐冶作劍二，其一曰龍泉，二曰太阿。又《太康地記》曰：「汝南西平有龍泉水，可以淬刀劍，特堅利，故有龍泉之劍，楚之寶劍也。以特堅利，故有堅白之論云：『黃，所以為堅也；白，所以為利也。』齊辨之曰：『白，所以為不堅；黃，所以為不利也。』故天下之寶劍韓為眾，一曰棠谿，二曰墨陽，三曰合伯，四曰鄧師，五曰宛馮，六曰龍泉，七曰太阿，八曰莫邪，九曰干將也。」參見〔日〕瀧川龜太郎：《史記會注考證》（台北：漢京文化事業公司，1983 年），〈蘇秦列傳第 9〉，頁 901。
〔註41〕〔南朝宋〕劉義慶：《幽明錄》，《叢書集成初編》（北京：中華書局，1991 年），第 2697 冊，頁 18。

　　整首詩已不是爲父報仇的兒女私情而已，而是爲國雪恥的決心。如果說「獨漉」水是濁世的象徵，「水深行人沒」是安祿山叛軍的肆虐；那麼「雄劍斷犀象」就是從漂泊中清醒，從悲憤中振作，作出天之東南所挾帶的自信和壯志豪情的嘯吼；而「神鷹夢澤」的勁健有力，「爲君一擊，鵬搏九天。」大鵬的磅礡直上，就是慨然從軍，投入驅除叛軍的鬥志昂揚。此詩從背景入手，由意志激盪；文意由低處盤旋、排宕而致高點翻揚，雖作於詩人五十七歲的晚年，卻是李白式的——充滿奇幻崢嶸、雄邁悲慨之氣——將李白的自我志向，推向人生境遇的最高點。至於〈臨路歌〉這一首則是：

> 大鵬飛兮振八裔，中天摧兮力不濟。餘風激兮萬世，遊扶
> 桑兮掛左袂。後人得之傳此，仲尼亡兮誰爲出涕。(《全唐詩》，
> 第 5 冊，卷 167，頁 1728。)

詩題中的「路」字，據唐代李華〈故翰林學士李君墓銘序〉：「年六十有二不偶，賦臨終歌而卒。」[註42] 則〈臨路歌〉的「路」字應作「終」字，因形近而誤用，後世學者多從之。將此首與前面的幾首相比，前者的「鵬」都是展翅翱翔的，可是在〈臨路歌〉卻是深感自己已經到了無法再飛的困蹇，可說是爲大鵬也爲自己所唱的一支悲壯的歌。

　　詩的前兩句，呈現強烈的對比，一樣有著大鵬展翅遠舉，一樣有振動八方的威勢；但飛到半空時翅膀遭摧，力道不濟，無法再迎風翱翔。光是這兩句詩，幾乎已經概括了李白一生的美麗與哀愁。因爲天寶初，至長安，召見於金鑾殿。[註43] 這一段時日的確是他人生最閃

[註42]　〔唐〕李白著，安旗等編：《李白全集編年注釋》，附錄二，李華：〈故翰林學士李君墓誌銘並序〉，頁 3102。

[註43]　對於李白究竟是何人推薦始玄宗，文獻紀錄不一，如《舊唐書》：天寶初，客遊會稽，與道士吳筠隱於剡中。既而玄宗詔筠赴京師，筠薦之於朝，遣使召之，與筠俱待詔翰林。白既嗜酒，日與飲徒醉於酒肆。玄宗度曲，欲造樂府新詞，亟召白，白已臥於酒肆矣。召入，以水灑面，即令秉筆，頃之成十餘章，帝頗嘉之。參見見〔後晉〕劉昫撰，楊家駱主編：《新校本舊唐書》，卷 190 下，〈列傳 140·文苑下·李白〉，頁 5053。又如《唐才子傳》：天寶初，自蜀至長安，

亮的歲月；〔註44〕但不久後卻受挫，〔註45〕黯然離開長安，此之「中天摧兮」即是這段遭遇的寫照，蘊含著時不我予的悲愴。

在「餘風激兮萬世」句中，則又意謂著大鵬雖然中天摧折，但其遺風典範仍然可以激蕩千秋萬世；而「遊扶桑兮掛左袂」此句應受了嚴忌〈哀時命〉的啓發，〔註46〕原本位居供奉翰林，但如今衣袖總是無法伸展，是以流露出不遭明君而遇暗世的心中隱憂。

末句「後人得之傳此，仲尼亡兮誰爲出涕？」則是運用《史記‧孔子世家》魯人獵獲瑞獸麒麟，孔子感慨麒麟出非其時而被獵捕因而出涕的故事；〔註47〕他日有誰如孔子，能爲中天摧折的大鵬而哭泣呢。這一方面流露出無限惋惜，一方面慨歎沒有知音。學者以爲詩中免不

以所業投賀知章，讀至〈蜀道難〉，知章歎曰：子謫仙人也。乃解金龜換酒，終日相樂，遂薦於明皇。召見金鑾殿，因奏頌一篇，帝喜賜食，親爲調羹，詔供奉翰林。參見傅璇琮主編：《唐才子傳校箋》，卷2，頁385～387。近來學界考證：認爲李白未嘗與吳筠同隱剡中，吳筠亦未曾薦李白入京；據魏顥〈李翰林序〉，李白奉詔入京當爲玉眞公主所薦。《舊傳》誤。參見郁賢皓：《李白叢考》（西安：陝西人民出版社，1982年），頁65～78。但不管何人所薦，天寶初入長安是無庸置疑的。

〔註44〕 〔宋〕歐陽修、宋祁合撰，楊家駱主編：《新校本新唐書》（台北：鼎文書局，1979年），卷220，〈列傳127‧文藝中‧李白〉，頁5762～5763。帝坐沈香子亭，意有所感，欲得白爲樂章，召入，而白已醉，左右以水頮面，稍解，授筆成文，婉麗精切，無留思。帝愛其才，數宴見。白嘗侍帝，醉，使高力士脫靴。

〔註45〕 力士素貴，恥之，擿其詩以激楊貴妃，帝欲官白，妃輒沮止。白自知不爲親近所容，益騖放不自脩，與知章、李適之、汝陽王璡、崔宗之、蘇晉、張旭、焦遂爲「酒八仙人」。懇求還山，帝賜金放還。參見〔宋〕歐陽修、宋祁合撰，楊家駱主編：《新校本新唐書》，卷220，〈列傳127‧文藝中‧李白〉，頁5763。

〔註46〕 〔漢〕嚴忌：〈哀時命〉，〔戰國〕屈原等著：《楚辭四種》（台北：華正書局，1989年），卷14，頁159～160。曰：「……身既不容於濁世兮，不知進退之宜當。冠崔嵬而切雲兮，劍淋離而從橫。衣攝葉以儲與兮，左袪掛於榑桑；右衽拂於不周兮，六合不足以肆行。上同鑿枘於伏戲兮，下合矩矱於虞唐。……」。

〔註47〕 〔日〕瀧川龜太郎：《史記會注考證》，卷47，頁762。

了英雄日暮的悲哀，這麼消極的情調在李白集中是很少見的。〔註 48〕而〈臨終歌〉雖如自撰的墓誌銘，但李白的一生，拿得起——既有遠大的理想，又有非常執著於理想如大鵬的展飛；也放得下——對自己的一生作出回顧與總結的時候，忠實面對人生滿懷眷戀和未能「人盡其用」的深沉惋惜，總是永恆般，飄逝似鵬。

　　李白是一個極其矛盾的詩人。他蔑視權貴，但又接近以皇帝為核心的權貴為榮：「長安宮闕九天上，此地曾經為近臣。一朝復一朝，髮白心不改。」〔註 49〕李白筆下的意象是個性化的，而且往往能夠超越現實，帶有非常強烈的主觀幻想色彩：「大鵬一日同風起，摶搖直上九萬里。」這是別的禽鳥喻志所比不上的，是最引人注目，也是難以窮究其堂奧的。

　　另外一位詩人對於鵬的運用次數超越過李白的是元稹，元稹（西元 779～831）〔註 50〕的詩中運用鵬的有十三首，但大多用以「鵬舉」之思，祝福他人鵬程萬里。其中與自己相關的是〈賦得魚登龍門〉：

　　　魚貫終何益，龍門在苦登。有成當作雨，無用恥為鵬。激
　　　浪誠難泝，雄心亦自憑。風雲潛會合，聲譽忽騰凌。泥澤
　　　辭河濁，煙霄見海澄。迴瞻順流輩，誰敢望同升。（《全唐詩》，
　　　第 12 冊，卷 399，頁 4476。）

這是作者年輕時的作品。詩以魚登龍門為題，顯然是針對考試登科而論；因為登龍門可以由平民而及第或是由微賤變為顯貴，所以躍躍欲試者如魚貫。但是登龍門並不是輕而易舉的，就算魚貫而過，也未必人人可以達高位；是以起首引用「初登龍門，即有雲雨隨之」的故實，〔註 51〕成功則有雨隨之，敗則只能當鵬，因為鵬此時無用，

〔註 48〕施逢雨《李白詩的藝術成就》，頁 36。
〔註 49〕〔清〕聖祖御定：《全唐詩》，第 5 冊，卷 175，頁 1794。
〔註 50〕元稹字微之，河南河內人。六代祖巖，為隋兵部尚書。稹幼孤，母鄭賢而文，親授書傳。參見〔宋〕歐陽修、宋祁合撰，楊家駱主編：《新校本新唐書》，卷 174，〈列傳 99・元稹〉，頁 5223。
〔註 51〕張澍編輯：《三秦記》，《叢書集成初編》，第 3203 冊，頁 2。龍門山在河東界，禹鑿山斷門，闊一里餘，黃河自中流下。兩岸不通車馬。

鯤才是最值得肯定。後四句則是自我勉勵，雖「難泝」，但是只要有雄心壯志，其「鬐鬣忽騰凌」魚鰭也能騰空越過的；此時鯤又有轉而為鵬的氣勢，鵬此時並非無用，反而是變化成龍的基礎。末四句對於騰舉萬里魚登龍門，頗具不可同日而語的得勢之言，從「迴瞻順流輩，誰敢望同升。」更可看出九歲工屬文，十五擢明經，判入等，補校書郎。元和元年（西元 806）舉制科，對策第一，拜左拾遺。〔註52〕元稹之優越感，可見一斑。

詩中巧妙的是，作者未必得將「虛」的鯤、鵬、龍等有所指涉，卻又能幻化出可以推理的象徵；用其意涵又可以道出「實」的及第之能指，虛實間避開了俗世的經驗框架，猶如他另外一首〈寄浙西李大夫四首之四〉：「由來鵬化便圖南，浙右雖雄我未甘。早渡西江好歸去，莫拋舟楫滯春潭。」〔註53〕不管是對於自己還是勉勵他人，都是著眼於「鵬化」，力圖更多的改變；也是「性明銳，遇事輒舉」〔註 54〕藏不住的個性，每每遭人疑忌的一種表徵。

至於另一位運用鵬鳥有五處的是齊己，齊己（生卒年不詳）〔註 55〕本姓胡，名得生。詩名多湖湘間，與鄭谷為詩友。〔註 56〕幼時入大潙

每暮春之際，有黃鯉魚逆流而上，得者便化為龍。又林登雲，龍門之下，每歲季春有黃鯉魚，自海及諸川爭來赴之。一歲中，登龍門者，不過七十二。初登龍門，即有雲雨隨之，天火自後燒其尾，乃化為龍矣。其龍門水浚箭湧，下流七里，深三里。

〔註52〕〔宋〕歐陽修、宋祁合撰，楊家駱主編：《新校本新唐書》，卷174，〈列傳99・元稹〉，頁 5223～5224。

〔註53〕〔清〕聖祖御定：《全唐詩》，第 12 冊，卷 417，頁 4603。

〔註54〕〔宋〕歐陽修、宋祁合撰，楊家駱主編：《新校本新唐書》，卷174，〈列傳99・元稹〉，頁 5223～5224。

〔註55〕又研究者以為生於西元 843 可以確定，卒於西元 943 或稍後。參見劉雯雯：《齊己的詩歌研究》（揚州：揚州大學文學碩士論文，2007年），頁 8。

〔註56〕〔宋〕計有功輯撰：《唐詩紀事》（上海：上海古籍出版社，2008 年），卷 75，頁 1096。其他如孫光憲、方干、曹松、沈彬等都是，另見劉雯雯：《齊己的詩歌研究》，頁 21～25。。

山同慶寺出家，〔註 57〕與貫休、皎然並稱唐代三大高僧。在《全唐詩》中詩僧〔註 58〕人數有 115 人，〔註 59〕佔全部詩人總數的二十分之一左右，其中又以中晚唐時期人數最多，而此三人可說是當時有名詩僧中的翹楚。〔註 60〕僧人創作盛況空前。

與元稹雷同的是，在這五首與鵬相關的創作中，也用以祝福友人；但不同的是憑弔古人，如〈吊杜工部墳〉:「鵬翅蹋於斯，明君知不知。域（城）中詩價大，荒外土墳卑。瘴雨無時滴，蠻風有穴吹。唯應李太白，魂魄往來疲。」〔註 61〕詩中將杜甫、李白以鵬比喻，且都是不受明君重視而折翼的。而其中又以〈善哉行〉能夠詮釋其自我的心性：

> 大鵬刷翮謝溟渤，青雲萬層高突出。下視秋濤空渺瀰，舊處魚龍皆細物。人生在世何容易，眼濁心昏信生死。願除嗜慾待身輕，攜手同尋列仙事。(《全唐詩》，第 24 冊，卷 847，頁 9583。)

詩僧可以說是詩與禪結合的文化側影，而這首〈善哉行〉正有這樣的風貌展現。全詩以大鵬作爲引線，由下往上先談論振翅離開宏闊的大

〔註 57〕〔宋〕陶岳：《五代史補》，《景印文淵閣四庫全書》，第 407 冊，史部 165 雜史類，卷 3，頁 665～666。

〔註 58〕此一詞語或以爲沾惹譏評之意而成爲貶詞，但以之作爲衲子能詩的身份特稱，倒不一定語涉貶責。見蕭麗華：〈晚唐詩僧齊己的詩禪世界〉，《台灣大學中文系佛學中心學報》，第 2 期，(1997 年 7 月)，頁 158。

〔註 59〕見《全唐詩》卷 805～851，凡 47 卷，起於寒山詩，終於荊州僧，凡 115 人。

〔註 60〕辛文房言：「自齊、梁以來，方外工文者，如支遁、道猷、惠休、寶月之儔，馳驟文苑，沉淫藻思，奇章偉什，綺錯星陳。……其喬松於灌莽，野鶴於雞群者，有靈一、靈徹、皎然、清塞、無可、虛中、齊己、貫休八人，皆東南彥秀，共出一時，已爲錄實。」參見傅璇琮主編：《唐才子傳校箋》，第 1 冊，卷 3，頁 534。另外陳洪認爲：在辛文房所提出的八位詩僧中，皎然、貫休、齊己應爲其中翹楚。參見陳洪：《佛教與中國古典文學》(天津：天津人民出版社，1993 年)，頁 53。

〔註 61〕〔清〕聖祖御定：《全唐詩》，第 24 冊，卷 843，頁 9522。

海，然後高展青雲層層突出；緊接著由上往下俯瞰，則不僅秋濤已經因爲距離而渺彌，就連水中的水族也一一成爲眼中的細物。一上一下間，視覺摹寫頗具有震撼力。後段則由物的體驗回到人的部分，前段文意的寬廣此時成了迷津，而濁世的生死也使人無法如大鵬摶風而起，成爲難以超脫的困境；而此時作者的期許湧現：「願除嗜慾待身輕，攜手同尋列仙事。」擺脫人間的嗜慾，放掉俗世的貪嗔，雖無法羽化，但可以同大鵬一般飛天，將是同登仙境的最佳安排。

但這樣的曠放自由看在某些研究者眼中，卻是怪異荒誕，如劉雯雯針對此詩就以爲：「詩中刻劃大鵬的展翅騰飛，眼底萬物皆變爲『細物』的場景。然詩人如此大手筆的描寫大鵬的氣勢，是爲了末句展現人生的渺小而設置的參照物體。詩中力圖用浮誇於文字的氣勢來支撐整個作品。然而脫離了生活的氣息，一味追求語言的浮誇，意象的出奇，詩歌成了詩人逞才的工具，也就失去它的趣味性。」〔註62〕論述者基於他是詩僧，是以其詩風不該古怪誇張，乃持不可取之見解。但若因其身分而忽視其詩之意境，論述者恐失之偏頗！更何況齊己身在儒、道、佛三教調和的唐代，雖爲僧人，但其思想一定程度受到其他教義影響，也是必然的；先以「兼容並蓄，思想多元化」給予稱讚，〔註63〕後以「詩人逞才，失其趣味。」批判，實是失之千里了。至於如《四庫全書總目・白蓮集》條云：「唐代緇流能詩者眾，其有集傳於今者，惟皎然、貫休及齊己。皎然清而弱，貫休豪而麤，齊己七言律詩不出當時之習，其七言古詩以盧仝、馬異之體縮爲短章，詰屈聱牙，尤不足取。」〔註64〕就更有「以偏概全」的疑慮了。

〔註62〕劉雯雯：《齊己的詩歌研究》（揚州：揚州大學文學碩士論文，2007年），頁43。論者以爲齊己詩風爲「清、苦、怪」，此詩屬於怪的行列。

〔註63〕劉雯雯：《齊己的詩歌研究》（揚州：揚州大學文學碩士論文，2007年），頁28。論者言：「可以看出齊己對於《莊子》的熟習與對莊子思想的汲取。」所以認爲他的思想是多元化的。

〔註64〕〔清〕紀昀、永瑢等撰：《四庫全書總目提要》（台北：台灣商務印書館，1983年），卷151，頁1304。

　　雖然齊己之禪，如人飲水，冷暖自知，完全難以言詮，只能以詩示機；然齊己之詩，以禪入詩，並且以禪論詩，理論與創作兩方面都有具體成就，值得在詩歌歷史及詩學理論史上予以確認。〔註65〕但更多的是，就像此詩一樣，其精神透過「直指心性，見性成佛。」〔註66〕形體超脫生死；內心寄託道家精神，更見其遊仙出世逍遙自在！更何況其自寫〈自遣〉：「了然知是夢，既覺更何求。死人孤峰去，灰飛一燼休。雲無空碧在，天靜月華流。免有諸徒弟，時來弔石頭。」〔註67〕老莊也好，南北二宗也罷，就在〈喻吟〉：「日用是何專，吟疲即坐禪。此生還可喜，餘事不相便。頭白無邪裏，魂清有象先。江花與芳草，莫染我情田。」〔註68〕或是〈答禪者〉：「五老峰前相遇時，兩無言語只揚眉。南宗北祖皆如此，天上人間更問誰。山衲靜披雲片片，鐵刀涼削鬢絲絲。閑吟莫學湯從事，拋卻袈裟負本師。」〔註69〕處處皆透露出，其不拘泥的隨緣清靜了。至於覃召文認爲：「在中晚唐之前，僧侶固然也作詩，但大多把作詩看做明佛證禪的手段，並不把詩歌看成藝術；比較起來，中晚唐詩僧往往有著迷戀藝術的創作動機。」〔註70〕因爲中晚唐詩僧專意作詩，積極尋索詩禪二者間的矛盾、依存與主次關係，最後不僅沒有捨棄詩事，反而融會貫通。

　　觀照此詩，頗能藉由大鵬超脫生死，同尋列仙；把那個化外的我與本我直指，跨越一切的迷障。

〔註65〕蕭麗華：〈晚唐詩僧齊己的詩禪世界〉，《台灣大學中文系佛學中心學報》，第 2 期，（1997 年 7 月），頁 175。

〔註66〕齊己在潙仰宗的發祥地同慶寺出家，「納圓品法，習學律儀。」左右其一生。而此「直指心性，見性成佛。」正是南宗禪的宗旨。參見〔宋〕贊寧撰，范祥雍點校：《宋高僧傳》（北京：中華書局，1987年），卷 30，頁 751。

〔註67〕〔清〕聖祖御定：《全唐詩》，第 24 冊，卷 841，頁 9497。

〔註68〕〔清〕聖祖御定：《全唐詩》，第 24 冊，卷 843，頁 9525。

〔註69〕〔清〕聖祖御定：《全唐詩》，第 24 冊，卷 846，頁 9572。

〔註70〕覃召文：《禪月詩魂》（香港：三聯書局，1994 年），頁 57。

二、高潔清奇，隱逸脫俗

論及唐詩中有關於「高潔」、「隱逸」、「清新」等不同流俗的意涵，小自花草樹木、特定人物，大至自然宇宙，可以說有很多足以作為代表的意象。這些意象有單純性的，有複合性的，當然更有的是承襲往昔，繼續發展延續成為象徵的。西方學者休・霍爾曼（C.Hugh Holman）提出：「象徵是一個意象，它能觸發讀者心中客觀具體的事實，而那事實會令讀者聯想另一層次涵義。」〔註71〕而中國學者劉若愚就認為：「意象與象徵之間的界線並不是固定的。一個複合意象或者是一個單純意象，在滿足描寫一個人或一個事物這種直接目的的同時，也可能被賦予較廣的意義，並因此成為象徵的。」〔註72〕是以即便這當中有關複合意象與象徵之間，有其主旨與媒介的確認困難等問題，〔註73〕但因襲以及二者並用的結果，皆有可能產生新的力量。

在詩中為了表示隱逸脫俗，或是清新高潔的人品，向來多以鶴、鷗、鷺等作為代表，而《全唐詩》也不例外。這些磊落的氣質象徵，再加上作家本身的意象營造，不僅是因襲的象徵，更是個人特質的象徵。〔註74〕於是人與物之間，不必揣測或臆想，自然連結成為其個人的獨特符碼。

（一）如鶴松棲，介然不群

鶴除了仙禽之名外，尚有仙客、露禽、皋禽、胎禽、鶴鴰、陽鳥、玄鳥、介鳥、胎仙、仙驥、陰羽、元鶴、沈尚書、蓬萊羽士、仙羽等

〔註71〕原文見於 Hugh Holman. A Handbook to Literature.Indianapolis: Jhe Bobbs-Merrill.1972（1930），p519。另外參考鍾玲：〈先秦文學中楊柳的象徵意義〉，收錄於《古典文學第七集》（台北：台灣學生書局，1987年），上冊，頁83。

〔註72〕劉若愚著，杜國清譯：《中國詩學》（台北：幼獅文化事業公司，1981年），頁156。

〔註73〕劉若愚著，杜國清譯：《中國詩學》，頁156。

〔註74〕劉若愚著，杜國清譯：《中國詩學》，頁156。劉先生將象徵分為因襲的與私人或個人的兩種。

別稱，除了陰羽、元鶴、沈尚書、蓬萊羽士、介鳥、玄鳥外，其他都曾在《全唐詩》中出現過。而且從第一章的統計數據可知，鶴是詩人的最愛，出現的次數名列第一（參見本論文〈附錄一〉，頁490），顯見唐人對此「一品鳥」〔註75〕的關愛。

　　鶴在中國文化中是非常重要的吉祥物之一，《淮南子》記載：「鶴壽千歲，以極其遊。」〔註76〕另外《爾雅翼》也提及：「鶴一起千里，古謂之仙禽，以其於物爲壽。」〔註77〕因其壽不可量又被稱爲仙禽，就其能指而言，成爲人們希望的寄託與憧憬。另外《埤雅》解釋鶴的特性時，又能對應到人的品格：「舊云：『此鳥性警，至八月白露降流於草上，點滴有聲，因即高鳴相警，移徙所宿處，慮有變害也。』蓋鶴體絜白舉則高至，鳴則遠聞，性又善警，行必依洲嶼，止必集林木，故《詩》、《易》以爲君子言行之象。」〔註78〕顯見壽命的恆久，成爲一種精神長存的指標；而其潔白外表，行止有據，又是高潔情操的象徵。而這樣的呈現，在《全唐詩》中又以白居易最爲突出，成爲鶴的縮影。

　　白居易（西元 772～846）在以鶴爲題的作品計有二十八首，另外只以鶴入詩的則有一百三十四首，是全唐詩中寫最多鶴題的作家，

〔註75〕〔元〕周履靖校梓：《相鶴經》，《叢書集成初編》（北京：中華書局，1991年），頁1～2。《相鶴經記》：「鶴陽鳥也，而遊於陰。因金氣，依火精，以自養。金數九，火數七，故稟其純陽也。生二子毛落而黑，易三年頂赤爲羽翮，其七年小變而飛薄雲漢，復七年聲應節，而晝夜十二鳴，鳴則中律百六十年大變而不食生物，故大毛落，而茸毛生，乃潔白如雪，故泥水不能污。……與鸞鳳同群胎化而產，爲仙人之騏驥矣。……蓋羽族之清，崇者也。」後人因其爲「羽族之清，崇者也」爲羽族之宗長，遂將其圖案繡於一品官服上，故有一品鳥之稱。

〔註76〕〔漢〕高誘注：《淮南子》（台北：世界書局，1962年），〈說林〉，頁2。

〔註77〕〔宋〕羅願：《爾雅翼》，《景印文淵閣四庫全書》，經部216，小學類，第222冊，頁363。

〔註78〕〔宋〕陸佃：《埤雅》，《景印文淵閣四庫全書》，第222冊，經部216小學類，卷6，頁112。

也是《全唐詩》中以禽鳥入詩最多的作家（參見〈附錄二〉，頁 494
～495）。這 28 首專題中有病鶴、代鶴、問鶴、籠鶴、鶴嘆、感鶴、
失鶴等，不僅記錄了養鶴愛鶴的過程，也流露出自我心境的轉折，特
別是晚年的自我意識。

　　從任職杭州刺史起的三年間（西元 822～824），一首〈求分司東
都寄牛相公十韻〉：「……萬里歸何得，三年伴是誰。華亭鶴不去，天
竺石相隨。……」〔註79〕其詩序曰：「余罷杭州，得華亭鶴、天竺石，
同載而歸。」開啓了他愛鶴的情緣。而後調任蘇州刺史（西元 825～
826），仍然利用空閒與鶴爲伴，〈郡西亭偶詠〉：「……共閒作伴無如鶴，
與老相宜只有琴。……」。〔註80〕到了大和元年（西元 827）在失鶴後
又覓尋到一對雛鶴，於是在〈自喜〉詩中：「……身兼妻子都三口，鶴
與琴書共一船。……」〔註81〕描寫返回洛陽載鶴而歸的自得其樂。此
後寫鶴的詩持續不斷，而藉此自喻的心更爲強烈，其中又以〈感鶴〉、
〈代鶴〉與〈池鶴八絕句〉最能彰顯其心路歷程。首先是〈感鶴〉：

> 鶴有不群者，飛飛在田野。飢不啄腐鼠，渴不飲盜泉。貞
> 姿自耿介，雜鳥何翩翩。同遊不同志，如此十餘年。一興
> 嗜欲念，遂爲矰繳牽。委質小池內，爭食群雞前。不惟懷
> 稻粱，兼亦競腥羶。不惟戀主人，兼亦狎烏鳶。物心不可
> 知，天性有時遷。一飽尚如此，況乘大夫軒。（《全唐詩》，第
> 13 冊，卷 424，頁 4661。）

白居易有關鶴的作品，並不是一開始就是超然物外的。以這首詩爲
例，約作於元和二年（西元 807）至元和六年（西元 811），地點在長
安。〔註82〕詩的開始「鶴有不群者」仍是清高自持的，但是十幾年後，
卻因爲「一興嗜欲念，遂爲矰繳牽。」而改變。這個欲念當然指的是

〔註79〕〔清〕聖祖御定：《全唐詩》，第 13 冊，卷 446，頁 5011。
〔註80〕〔清〕聖祖御定：《全唐詩》，第 13 冊，卷 447，頁 5022。
〔註81〕〔清〕聖祖御定：《全唐詩》，第 13 冊，卷 447，頁 5034。
〔註82〕〔唐〕白居易著，朱金城：《白居易集箋注》（上海：上海古籍出版
　　　　社，1988 年），頁 35。

為官，一旦為官就會被官場的一切所羈絆。至於官場文化如何？作者藉鶴暗喻，鶴本來是沖天之姿，但此時卻只能侷限在小池內，而且爭食的不是同類而是雞；鶴本來是腥羶不沾的，但此時不僅為五斗米折腰，且腥羶不忌；鶴本來是獨立高傲的，但現在不僅眷戀主子，還和烏鳶等惡類狎玩起來。於是不得不感嘆，物心尚且如此，人性更難預料；能吃飽就甘願任人擺佈，那乘軒以後？〔註83〕其醜態豈不畢露。

　　顯然〈感鶴〉是從單純的世界，歷經繁華的洗禮後，所發出的感嘆；在聽見自己內心聲音的當下，也害怕被同流合污。不過白居易卻只是警省般的感嘆，並沒有要遠離喧囂，或是與混濁的官場劃清界線之意。到了〈代鶴〉一首，此詩則是做於大和七年（西元833）的洛陽，〔註84〕當時他已經六十二歲，心境轉折十分尷尬，原以為可以輝煌騰達，殊不知事與願違：

> 我本海上鶴，偶逢江南客。感君一顧恩，同來洛陽陌。洛陽寡族類，皎皎唯兩翼。貌是天與高，色非日浴白。主人誠可戀，其奈軒庭窄。飲啄雜雞群，年深損標格。故鄉渺何處，雲水重重隔。誰念深籠中，七換摩天翮。（《全唐詩》，第14冊，卷452，頁5110。）

白居易的用語向來屬於平易，但是寄寓卻是絲毫不減。從詩的結構而論，可以分為四個部分；其四句將自己化身為鶴，從海上、江南遇客（暗喻貶官）、回京的（重獲任用）的轉折過程作了清楚的說明；其次第二部分的四句則談到回到洛陽以後的感觸，一個「寡」字，不僅道出孤芳自賞，也說出鶴之不願同流合污；畢竟這些非同族，空有出色外表，但其羽色卻不是如鶴的白：「……色雪白泥水不能污，飲而

〔註83〕此以乘軒鶴的典故，諷刺腐敗之思。原文載於《左傳·閔公二年》：「冬，十二月。狄人伐衛，衛懿公好鶴，鶴有乘軒者。將戰，國人受甲者，皆曰：「使鶴！鶴實有祿位，餘焉能戰。」由於衛懿公好鶴，國因此而亡。參見楊伯峻：《春秋左傳注》（台北：漢京文化事業有限公司，1987年），頁265。

〔註84〕〔唐〕白居易著，朱金城：《白居易集箋注》，頁2008。

不食，聖人在上，則與鳳凰翔于甸，其精神氣骨應相故。」〔註85〕——缺乏清高的美質。第三部分則是論及環境不佳的問題，雖然君王之恩可以依戀，但是鶴立雞群並非喜樂，反而處處有小人當道的悲傷。最後四句中，則以歸鄉為訴求，問題是白居易是太原人，海上豈是他的家鄉？更何況「雲水重重隔」，更增添其困難度，所以即便已經多次具有「摩天翮」，卻只能困守牛皂，無法沖天脫穎而出。

　　他出身於仕宦之家，父親、祖父、高祖、曾祖都曾當朝為官，所以自視甚高。可惜的是官場總讓人理想破滅，而得無奈的選擇面對現實，這首詩就是一個最好的寫照。在絕望無法掌握權勢的情況下，白居易只好全然在鶴本質上「白翮」與人品的「清白」著力。至於答辯式的〈池鶴八絕句〉則更凸顯如鶴一般的高尚情操：

1. 一聲警露君能薄，五德司晨我用多。
　　不會悠悠時俗士，重君輕我意如何。

　　（〈八首之一：雞贈鶴〉，《全唐詩》，第 14 冊，卷 459，頁 5232。）

2. 爾爭伉儷泥中鬥，吾整羽儀松上棲。
　　不可遣他天下眼，卻輕野鶴重家雞。

　　（〈八首之二：鶴答雞〉，《全唐詩》，第 14 冊，卷 459，頁 5232。）

3. 與君白黑大分明，縱不相親莫見輕。
　　我每夜啼君怨別，玉徽琴裡忝同聲。

　　（〈八首之三：烏贈鶴〉，《全唐詩》，第 14 冊，卷 459，頁 5232。）

4. 吾愛棲雲上華表，汝多攫肉下田中。
　　吾音中羽汝聲角，琴曲雖同調不同。

　　（〈八首之四：鶴答烏〉，《全唐詩》，第 14 冊，卷 459，頁 5232。）

5. 君誇名鶴我名鳶，君叫聞天我戾天。
　　更有與君相似處，飢來一種啄腥羶。

　　（〈八首之五：鳶贈鶴〉，《全唐詩》，第 14 冊，卷 459，頁 5232～33。）

〔註85〕 〔宋〕陸佃：《埤雅》，《景印文淵閣四庫全書》，第 222 冊，經部 216 小學類，卷 6，頁 112。

6. 無妨自是莫相非，清濁高低各有歸。
　　鷺鶴群中彩雲裡，幾時曾見喘鳶飛。

　　（〈八首之六：鶴答鳶〉，《全唐詩》，第 14 冊，卷 459，頁 5232～33。）

7. 君因風送入青雲，我被人驅向鴨群。
　　雪頸霜毛紅網掌，請看何處不如君。

　　（〈八首之七：鵝贈鶴〉，《全唐詩》，第 14 冊，卷 459，頁 5232～33。）

8. 右軍歿後欲何依，只合隨雞逐鴨飛。
　　未必犧牲及吾輩，大都我瘦勝君肥。

　　（〈八首之八：鶴答鵝〉，《全唐詩》，第 14 冊，卷 459，頁 5232～33。）

序文中言：「池上有鶴，介然不群，烏鳶雞鵝，次第嘲噪，諸禽似有
所誚。鶴亦時復一鳴，予非冶長，不通其意。因戲與贈答，以意斟酌
之，卿亦自取笑耳。」雖是戲與贈答，但自言「介然不群」是其主要
的立基。陳寅恪先生以為：「使諸禽鳥人格化，作為代言問答，凡此
文人所為，雖在文體上自有所承，亦可能受當時戲劇風之激盪而然
也。」〔註86〕潮流與社會風氣使然，無可厚非；而「嘲諷」之舉，則
鶴與其他禽鳥之高下可知。

　　這組詩寫於會昌元年前後（西元 841～842）的洛陽，〔註 87〕詩
中共出現「雞、烏、鳶、鵝」四種禽鳥。第一組的雞雖有「五德、司
晨」之德，但當牠「泥中鬥」時，鶴卻能在此時有「吾整羽儀松上棲。」
的清高風雅之姿。第二組是烏，烏的方面認為顏色一黑一白是天生，
不必比次相輕；再者聲音方面，一個是烏夜啼一個別鶴操，哀怨也無
異。而鶴的方面，首先就聲音而論，一般人以為烏的叫聲與鶴雷同，
但鶴則言：「吾音中羽汝聲角，琴曲雖同調不同」意即指烏的聲音粗
獷於角調，而自己的音韻昂揚在羽調；其次是就獵食而言，烏是低下
找腥羶，而自己是「棲雲上華表」，可謂行止人不同。第二組是鳶，
鳶的來勢洶洶，從「名號、戾天、腥羶」評比，鳶與鶴不分軒輊；而

〔註86〕陳寅恪：《元白詩箋證稿》（上海：上海古籍出版社，1978 年），頁
　　　　340。
〔註87〕〔唐〕白居易著，朱金城：《白居易集箋注》，頁 2532～2535。

鶴的回應是，高低各有歸，特別是「鸞鶴群中彩雲裡，幾時曾見喘鳶飛。」又將鳶的能耐打回原形。第四組是鵝，鵝認為彼此長相外貌類似，何有「不如君」；可惜遭遇卻有天壤之別，因為鶴入青雲鵝入鴨群。對此，鶴則回應，自從王羲之死後，就再也沒有知音依靠，所以隨雞逐鴨理所當然；更何況不管是佳餚還是犧牲，都輪不到這仙風道骨的仙鶴。

　　通過不同禽鳥的比較，鶴的高潔操守、遠大的志向以及出類拔萃的條件，都是其他禽鳥所無法媲美的，如同黃喬玲研究鶴意象時所認為的：「白居易把鶴當作了自身人格的表現。」〔註 88〕白居易其姓氏既為「白」，是以這些「鷗、鴿、鷺、鶴」等具有潔白外表的禽鳥，格外能獲得其青睞；而當中的鶴又更能達其羽儀翩翾，聞天入青雲。這就是白居易，一個從未在仕途上大鳴大放的中唐書生，進出官場幾回，看清人間百態；就算不能沖天，至少也要當一隻保有「貞姿自耿介」的尊嚴，且介然不群的鶴。

　　除了白居易之外，對於寫鶴有興趣者尚多，但除了白居易，其他都只是浮光掠影，此僅就杜牧、鄭谷略提。先以杜牧〈鶴〉為例：

> 清音迎曉月，愁思立寒蒲。丹頂西施頰，霜毛四皓鬚。碧
> 雲行止躁，白鷺性靈粗。終日無群伴，溪邊弔影孤。(《全唐
> 詩》，第 16 冊，卷 522，頁 5973。)

杜牧（西元 803～853），字牧之，京兆萬年（今陝西西安）人。〔註 89〕在這首鶴的專詠詩中先就鶴的聲音、外貌、色澤等型體特質作出描繪，當然也不忘在脫俗中給予幾分主觀的愁思神韻；其次作者則採取對比處理，先將天上的「碧雲」與之相比，但因為碧雲行止飄蕩缺乏定性；又將鶴與水邊的白鷺鶯一較長短，只可惜白鷺性靈低俗輕浮；於是「終

〔註 88〕黃喬玲：《唐詩中鶴意象研究》（台北：國立政治大學中文碩士論文，2003 年），頁 87。

〔註 89〕傅璇琮主編：《唐才子傳校箋》，第 3 冊，卷 6，頁 191～202。杜牧早年即以經邦濟世的才略自負。剛直有奇節，不為齷齪小謹，敢論列大事，指陳病利尤切。其詩情致豪邁，人呼小杜，以別甫云。

日無群伴，溪邊弔影孤。」成了鶴的下場，最後陷溺於孤芳自賞的自我憑弔。

人稱小杜的杜牧，曾自言：「追求高絕，不學奇麗，不滿習俗，所謂不今不古。」〔註90〕杜牧雖崇拜李杜之能，但又能兼具時風，是以寫作風格既不像白居易的平易，也不屬於李賀的怪奇，頗有特立獨行於晚唐的企圖。再加上個性剛直，是個有識見、有膽量的人，每因勇於論列大事，指陳時弊而得罪不少權貴，所以一生失意不得志。由此觀照〈鶴〉一首，既有身在「晚唐浮淺輕靡詩風」之外的本我面目，又將當時的政治之上位者「碧雲」與同列者「白鷺」作出劣等的評比，誠如後人評其詩：「杜牧才高，俊邁不羈，其詩豪邁。」〔註91〕可惜詩風雖骨遒，卻仍不脫感慨不被重用，徒留孤立於寒蒲的愁思。另外鄭谷這首〈鶴〉：

> 一自王喬放自由，俗人行處懶回頭。睡輕旋覺松花墮，舞罷閒聽澗水流。羽翼光明欺積雪，風神灑落占高秋。應嫌白鷺無仙骨，長伴漁翁宿葦洲。(《全唐詩》，第 20 冊，卷 677，頁 7761。)

鄭谷（西元 848～911）字守愚，袁州人。〔註92〕在這首詩中他運用了虛實相襯之法，前四句以虛進行，將鶴與王子喬〔註93〕相媲美，仙鶴仙人悠閒自在，對於人間毫不留戀；而「睡輕旋覺松花墮，舞罷閒聽澗水流。」又是一般詩人絕少出現的歌詠，充滿仙境仙意的聯想。

〔註90〕〔唐〕杜牧：〈獻詩啓〉，《樊川文集》，（台北：頂淵文化事業公司，2004 年），頁 242。

〔註91〕〔宋〕陳振孫：《直齋書錄解題》，《叢書集成初編》（北京：中華書局，1985 年），卷 16，頁 456。

〔註92〕傅璇琮主編：《唐才子傳校箋》，第 4 冊，卷 9，頁 159～165。兩《唐書》無傳。光啓三年進士，官右拾遺，歷都官郎中。

〔註93〕〔宋〕李昉等奉敕撰：《太平廣記五百卷》（台北：新興書局，1958 年），〈神仙傳〉，卷 4，頁 1。王子喬者，周靈王太子也，好吹笙做鳳凰鳴，遊伊洛之間。道士浮丘公，接以上嵩山。三十餘年，後求之於山，見桓良曰：「告我家，七月七日待我於緱氏山頭。」果乘白鶴，駐山嶺，望之不到，舉手謝時人，數日而去。

後四句則以實法入手，先以「羽翼光明欺積雪，風神瀟落占高秋」道盡鶴的美姿與仙氣；又以「應嫌白鷺無仙骨，長伴漁翁宿葦洲」充分展現鶴立雞群般的尊貴與不俗。正所謂：「其詩清婉明白，不俚而切。」〔註94〕而這樣的輕盈高雅，正是俗世凡塵的嚮往。

整首詩既有鶴的仙氣，又有鶴舞的輕盈嫚妙，物與我的融合，的確不愧為「一代風騷主」〔註95〕足以「欺積雪」的穎悟絕倫；也在「風神瀟落」中，讓人看見那個動靜皆宜的自己。

（二）仿鷗與鷺，遺世獨立

除了鶴之外，白鷺或是鷗也常常是詩人用以表示與世隔絕的清靜代表。正所謂「鶴以蒼松為世界，白鷗以水為家鄉。」各有其遺世獨立的空間。雖然鷗與鷺不見得心如止水，但其行云澤畔，遊於江潭，又是一身的「白」，其意象遂與陶然忘機、與世無爭畫上等號；況且白鷺鷥、鷗鳥等並沒有鶴的沖天本領，所以反而增添悠閒的氣息。

鷗鳥是候鳥之一，秋冬南遷，春夏回到北方棲息繁殖，此時飛翔湖畔水邊總平添幾許風韻。在《列子》書中提到：「海上之人有好漚鳥者，每旦之海上，從漚鳥游，漚鳥之至者百住而不止。其父曰，『吾聞漚鳥皆從汝游，汝取來，吾玩之。』明日之海上，漚鳥舞而不下也。故曰，至言去言，至為無為。齊智之所知，則淺矣。」〔註96〕鷗鳥因為單純而與人為伍，但也因為知機，能洞澈人的心靈，既讓煙波釣叟視之為好友，人間萬戶侯都不得不羨慕。

在《全唐詩》中鷗的專題者有 11 首，詩文出現處有 385 首，佔排序第九名（參見本論文〈附錄一〉，頁 490），所以是許多詩人作為

〔註94〕傅璇琮主編：《唐才子傳校箋》，第 4 冊，卷 9，頁 169。

〔註95〕鄭谷幼年，司空圖與刺史（谷之父）同院，見而奇之，曾吟得丈丈詩否？曰：吟得。莫有病否？曰：丈丈〈曲江晚望〉斷篇云：「村南斜日閑迴首，一對鴛鴦落渡頭。」即深意矣。司空圖嘆惜撫背曰：當為一代風騷主。見〔宋〕計有功輯撰：《唐詩紀事》，卷 70，頁 1040。

〔註96〕楊伯峻：《列子集釋》（台北：華正書局，1987 年），卷 2，〈黃帝篇〉，頁 67。

自我表述的用。此先以劉長卿的〈弄白鷗歌〉爲例：

> 泛泛江上鷗，毛衣皓如雪。朝飛瀟湘水，夜宿洞庭月。歸
> 客正夷猶，愛此滄江閒白鷗。（《全唐詩》，第 5 冊，卷 151，頁
> 1577。）

劉長卿（生卒年不詳）字子房，河間人。〔註97〕本詩中先就鷗鳥的毛
衣如雪予以讚美；其次兩句中針對活動的地點不離長江以北，不管朝
飛還是夜宿，一個「宿」字，更確立「水鳥」的特質。〔註98〕而不管
是歸客還是遷客，成群白鷗悠閒漫遊於江上，浪花如雪花，雪白毛衣
似泛泛湖光，翻動中無不令人喜愛；不管是朝飛瀟湘，還是夕宿洞庭，
「愛此滄江閒白鷗」已是不爭的事實。

　　作者擅長五言近體詩，自稱爲五言長城。〔註 99〕詩的內容多寫
荒村水鄉、呈現幽寒孤寂之境，以白鷗爲例，雖只有這首爲專題，但
其他以鷗入詩的就有二十三首。當然反映社會離亂以及政治失意，達
其詩調雅暢。在好友李嘉祐〈入睦州分水路憶劉長卿〉就寫道：「北
闕忤明主，南方隨白雲。沿洄灘草色，應接海鷗群。建德潮已盡，新
安江又分。回看嚴子瀨，朗詠謝安文。雨過暮山碧，猿吟秋日曛。吳
洲不可到，刷鬢爲思君。」〔註 100〕詩中就可以看出「北闕忤明主，
南方隨白雲。」因直言不諱得罪君王的劉長卿，是以「應接海鷗群」
用以安慰並期盼放寬心情的美意。至於這首〈弄白鷗歌〉自賦詩頗有
「傷而不怨」之思，〔註 101〕雖沒有鴻圖大展，但能夠當一隻「閒白

〔註97〕傅璇琮主編：《唐才子傳校箋》，第 1 冊，卷 2，頁 311～320。唐玄
　　　　宗開元二十一年及第，曾任監察御史，因個性剛烈而冒犯皇上，兩
　　　　度邊謫，終於隨州刺史。

〔註98〕〔晉〕張華注：《禽經》，《景印文淵閣四庫全書》，第 847 冊，子部
　　　　153 譜錄類，頁 678。其言：「水鳥曰宿」。

〔註99〕傅璇琮主編：《唐才子傳校箋》，第 1 冊，卷 2，頁 323。傅璇琮以爲
　　　　不是權德輿所稱，是作者自許。

〔註100〕〔清〕聖祖御定：《全唐詩》，第 6 冊，卷 207，頁 2161。

〔註101〕〔唐〕高正臣編：《中興閒氣集》，《四部叢刊》（上海：上海商務印
　　　　書館，1965 年），卷下，頁 18。其評曰：「詩體雖不新奇，其能鍊
　　　　飾。大抵十首以上，語意稍同，於落句尤甚，思銳才窄也。如『沙

鷗」也是把握當下的最清閒的化身。另外又如崔道融〈江鷗〉一首：

> 白鳥波上棲，見人懶飛起。爲有求魚心，不是戀江水。(《全
> 唐詩》，第 21 冊，卷 714，頁 8204。)

崔道融（生卒年待考），唐代荊州人。自號東甌散人。〔註 102〕既自稱
爲散人，那麼正如此詩一開頭的白鷗「見人懶飛起」，只做波上棲。
但雖懶起，現實生活總要兼顧，所以崔道融毫無隱瞞的說出自己有「求
魚心」，而不是「戀江水」。這個求魚心是最基本的需求，只要有水處
就有魚盪遊；既不必在官場緣木求魚，也不必隨波逐流。

崔道融工絕句，語意妙甚。〔註 103〕如其〈寄人二首一〉：「澹澹長
江水，悠悠遠客情。落花相與恨，到地一無聲。」〔註 104〕或是〈寒食
夜〉：「滿地梨花白，風吹碎月明。大家寒食夜，獨貯望鄉情。」〔註 105〕
均是工而有味，澹然有致，而這首〈江鷗〉更是直指人心，爲崔道融
自己下了一個好註腳。

而鷗鷺一家親，水邊就是他們的王國。鷺鷥在詩中最常被寫到的
都以白鷺鷥爲主，形成「紅樹、白羽、綠水」的如詩景象；除此，詩
人也會針對此一涉禽類，描述牠們在休息時，單腳站立的閒姿。只是
鷗也好，鷺鷥也罷，閒立總是令詩人費疑猜的。

鷺鷥在《全唐詩》中出現專題有 38 首，詩文出現者有 317 首，
排序第十。（見本論文〈附錄一〉，頁 490）本文則是選盧仝、來鵠作
爲例證。先以盧仝〈白鷺鷥〉爲例：

> 刻成片玉白鷺鷥，欲捉纖鱗心自急。翹足沙頭不得時，傍
> 人不知謂閒立。(《全唐詩》，第 12 冊，卷 387，頁 4372。)

盧仝（西元約 795～835）范陽人。初隱少室山，自號玉川子。〔註 106〕

鷗鷺小吏，湖色上高枝。』等可謂傷而不怨，亦足以發揮風雅矣。」
〔註 102〕傅璇琮主編：《唐才子傳校箋》，第 4 冊，卷 9，頁 1～3。擅長作詩，
　　　　與司空圖、方干結爲詩友。
〔註 103〕傅璇琮主編：《唐才子傳校箋》，第 4 冊，卷 9，頁 5。
〔註 104〕〔清〕聖祖御定：《全唐詩》，第 21 冊，卷 714，頁 8204。
〔註 105〕〔清〕聖祖御定：《全唐詩》，第 21 冊，卷 714，頁 8206。
〔註 106〕傅璇琮主編：《唐才子傳校箋》，第 4 冊，卷 9，頁 5。《舊唐書》無

其詩〈將歸山招冰僧〉有：「買得一片田，濟源花洞前。千里石壁坼，一條流泌泉。青松盤樛枝，森森上插青冥天。……愛此塵外物，欲結塵外交。苦無塵外骨，泌泉有冰公。心靜見真佛，可結塵外交。占此松與月。」〔註 107〕正是說明其歸隱心境與玉川泉之甘美。而〈白鷺鷥〉此詩起頭就以「刻成片玉」一語雙關，既是自己的化身，也為白鷺鷥的形貌有所兼顧；緊接著的是欲捉水中魚類的焦急，而這樣的急切外人是無法得知的。後二句則是延續並加深這種心境，「翹足沙頭」表達出前一句心急的緣由，而盧仝與其他作家不同的是，直接點明「閑立」是假的，「不得時」而留連水邊才是真的。就如同羅隱所寫：「斜陽澹澹柳陰陰，風裊寒絲映水深。不要向人誇素白，也知常有羨魚心。」〔註 108〕表裡不一是事實，「欲捉纖鱗」也是實情，但鷺鷥的覓食總是等待的，不是廝殺暴虐的；而其特殊的外型，總散放著如玉般的清新魅力，凡人寧可視錯覺為清高。

　　盧仝家貧，朝廷知其清介，徵諫議不起。〔註 109〕但實際上由詩友的作品中可知，宋代晁公武《郡齋讀書志》可能誤記。如賈島的〈哭盧仝〉：「賢人無官死，不親者亦悲。空令古鬼哭，更得新鄰比。平生四十年，惟著白布衣。天子未辟召，地府誰來追。長安有交友，託孤遽棄移。塚側誌石短，文字行參差。無錢買松栽，自生蒿草枝。在日贈我文，淚流把讀時。從茲加敬重，深藏恐失遺。」〔註 110〕詩中不僅道出貧苦無依，也說明「天子未辟召」的事實。晁公武會有此說，應該是被韓愈〈寄盧仝〉一詩的詩句誤導，〔註 111〕所以在此詩中的

傳，《新唐書》附于〈韓愈傳〉之後。玉川二字與玉川泉有關，玉川泉在濟源縣東，盧仝嘗汲水烹茶，亦名玉川井。
〔註 107〕〔清〕聖祖御定：《全唐詩》，第 12 冊，卷 389，頁 4387。
〔註 108〕〔清〕聖祖御定：《全唐詩》，第 19 冊，卷 664，頁 7609。
〔註 109〕〔宋〕晁公武：《郡齋讀書志》（台北：台灣商務印書館，1978 年），卷 4，頁 388。
〔註 110〕〔清〕聖祖御定：《全唐詩》，第 17 冊，卷 571，頁 6618。
〔註 111〕該詩其中有句：「少室山人索價高，兩以諫官徵不起。」其中少室山人所指李渤，而非盧仝。參見〔清〕聖祖御定：《全唐詩》，第 10

「翹足沙頭不得時」的確是其自我的寫照。另外透過其自詠的詩，更見此詩所象徵的眞實生活景況，如〈自詠，三首之一〉：「爲報玉川子，知君未是賢。低頭雖有地，仰面輒無天。骨肉清成瘦，薜蔓老覺羶。家書與心事，相伴過流年。」〔註112〕之於〈白鷺鷥〉一首對照，則「骨肉清成瘦」與「刻成片玉」其實是窮苦導致瘦如鷺鷥；又「仰面輒無天」與「不得時」，眞的無一不愁苦，可惜旁人竟以爲清幽閒立，不啻爲一種諷刺。至於辛文房所言：「而仝之所作特異，自成一家；語尚奇譎，讀者難解，識者易知。」〔註113〕若就此詩而言，盧仝是白鷺鷥的知音，更是白鷺鷥的化身。另外如來鵠〈鷺鷥〉：

> 裹絲翹足傍澄瀾，消盡年光佇思間。若使見魚無羨意，向
> 人姿態更應閒。（《全唐詩》，第 19 冊，卷 642，頁 7359。）

來鵠（生卒年不詳），廣明庚子之亂，鵠避地遊荊襄，南返。中和，客死於維揚。〔註114〕這首〈鷺鷥〉作品比起盧仝〈白鷺鷥〉更有加重效果。起首就直接將「裹絲翹足」的鷺鷥標誌崁進，意象格外鮮明；而消盡年光的變遷，更說明那份等待是寂寞的。後兩句則以反向思考，若是鷺鷥看見魚沒有任何動心起念，那麼呈現出來的姿態應該更悠閒，而不是內外不一。

　　　　　　冊，卷 340，頁 3808。

〔註112〕〔清〕聖祖御定：《全唐詩》，第 12 冊，卷 387，頁 4369。

〔註113〕傅璇琮主編：《唐才子傳校箋》，第 2 冊，卷 5，頁 272。

〔註114〕按《唐摭言》：「來鵠，豫章人，師韓、柳爲文。大中末、咸通中，聲價益藉甚。」參見〔五代〕王定保撰，姜漢椿校注：《唐摭言校注》，卷 10，頁 210。又《北夢瑣言》：「唐進士來鵬，詩思清麗。」見〔宋〕孫光憲：《北夢瑣言》，《景印文淵閣四庫全書》，第 1036 冊，子部 342 小說家類，卷 7，頁 49。另外《唐詩紀事》則分別就來鵬與來鵠二人詩加以分析。其言：「鵬思清麗，福建韋尚書岫愛其才。」參見〔宋〕計有功輯撰：《唐詩紀事》，卷 56，頁 846〜847。後傅璇琮考證後，以爲《全唐詩》卷 642 所附小傳云：「來鵠，一作鵬。」之文乃依據辛文房之言，實有誤。參見傅璇琮主編：《唐才子傳校箋》，第 3 冊，卷 8，頁 428。顯見來鵠與來鵬本是二人也，且《全唐詩》中收錄來鵠 30 首創作，至於來鵬則有李咸用〈贈來鵬〉等作品，參見〔清〕聖祖御定：《全唐詩》，第 19 冊，卷 645，頁 7393。

有關來鵠的相關佐證文獻不多，但從以下兩處作品中，可以得到對於寫〈鷺鷥〉進一步的理解。其〈聖政紀頌〉的序文中有言：「錄君臣臚句之必行。載剛毅進退之敢議。提其篇目曰聖政紀也。至上之即位三年。有鄉校小臣來鵠居山澤間。常私心重惜使臣。以其使臣者。是當國之鏡。千億代之眉目也。因窺穆宗實錄。得解憤釋嫉於立史官爲聖政記者。追而誦出其事。以鑒今之廷列。故拜獻頌曰。」〔註115〕其以「有鄉校小臣來鵠居山澤間。常私心重惜使臣。以其使臣者。是當國之鏡。千億代之眉目也。」作爲聖政紀頌與自我的建言。另外〈洞庭隱〉：「高臥洞庭三十春，芰荷香裡獨垂綸。莫嫌無事閒銷日，有事始憐無事人。」〔註116〕不管是鄉校小臣居山澤間或是高臥洞庭三十春，想來「若使見魚無羨意，向人姿態更應閒。」是人微言輕的情況下，一種最直接的自我影射。

三、輕巧微眇，進退得宜

作爲自身投射或是自我體現的禽鳥，不僅止於大型者；在詩人筆下，有些體型嬌小的禽鳥，如燕、鶯等，也在特殊原因下成爲作者的代言。就如同休‧霍爾曼（C.Hugh Holman）所解說：「文學象徵可以分爲兩種，一種是普遍性，象徵本身的意涵明顯；一種是存在某些作品中，是作者營造出來的。」〔註117〕這些小型禽鳥平常有其聯想的固定意涵在，除非有特定的目的，否則唐人以其作爲自我象徵的機會不大；但若是作爲作者的個人象徵時，往往又是極爲強烈的。

（一）將燕喻己，隨緣自在

不管是燕或是雀、鶯，因其嬌小，所以當其作爲自我的比喻時，每每都是智性（intellectual）的運用，而非只是感官而已。此處的智

〔註115〕　〔清〕聖祖御定：《全唐詩》，第 19 冊，卷 642，頁 7356。
〔註116〕　〔清〕聖祖御定：《全唐詩》，第 19 冊，卷 642，頁 7360。
〔註117〕　A Handbook to Literature.p520.另外參考鍾玲：〈先秦文學中楊柳的象徵意義〉，收錄於《古典文學第七集》，上冊，頁 83。

性，正如鍾玲所言「某一意象中，運用複雜的比喻，把事物之種種相
類的特徵，巧妙的加以比較，因爲複雜，所以需要智性。」〔註 118〕
其中不僅是作者自我的主觀意識在，周遭的客觀因素也常是關鍵。

　　燕子有諸多別稱，如鳦、玄鳥、天女、鷾鴯、烏衣、元鳥、意怠、
神女、意而、游波等，〔註 119〕在《全唐詩》中則以「燕」專稱居多；
至於「鳦、烏衣、元鳥、意怠、神女、意而、游波」等的別稱，並未
使用。其中別稱方面又以玄鳥出現的次數最多，但並無使用玄鳥二字
作爲「專題」書寫。而就種類而論，有「家燕、社燕、紫燕、越燕、
海燕」〔註 120〕都在詩中出現過，所以就其總數統計，題目專指有 55
首，入詩文的有 746 首，排序第四（參見本論文〈附錄一〉，頁 490）。
至於最佳自喻者，就非張九齡〈詠燕〉莫屬：

　　　海燕何微眇，乘春亦暫來。豈知泥滓賤，祗見玉堂開。繡
　　　戶時雙入，華軒日幾回。無心與物競，鷹隼莫相猜。(《全唐
　　　詩》，第 2 冊，卷 48，頁 591。)

張九齡（西元 678～740）字子壽，一名博物。曾祖君政，韶州別駕，
因家于始興，今爲曲江人。〔註 121〕從小聰慧，善屬文。這首詠燕詩
又稱〈歸燕詩〉，據《唐詩紀事》所記載，此詩是張九齡寫給當時的
奸相李林甫的：「九齡在相位，有謇諤匪躬之誠。明皇既在位久，稍
怠庶政，每見帝，極言得失。林甫時方同列，陰欲中之。將加朔方節
度使牛仙客實封，九齡稱其不可，甚不協帝旨。他日，林甫請見，屢

〔註 118〕 鍾玲：〈先秦文學中楊柳的象徵意義〉，收錄於《古典文學第七集》，
　　　　　上冊，頁 82。論者引用布雷特（R.L. Brett）之言，並加以補充。
〔註 119〕 周鎮：《鳥與史料》（南投：鳳凰谷鳥園，1992 年），頁 218。
〔註 120〕 其中的海燕屬於海燕科，有蹼、可以渡河，與一般燕子科的燕子有
　　　　　所差異；但因其銜泥築巢仍不脫燕子特質，是以歸類其中。
〔註 121〕 〔後晉〕劉昫撰，楊家駱主編：《新校本舊唐書》，卷 99，〈列傳 49·
　　　　　張九齡〉，頁 3097。父弘愈，以九齡貴，贈廣州刺史。九齡幼聰敏，
　　　　　善屬文。年十三，以書干廣州刺史王方慶，大嗟賞之，曰：「此子
　　　　　必能致遠。」登進士第，應舉登乙第，拜校書郎。玄宗在東宮，舉
　　　　　天下文藻之士，親加策問，九齡對策高第，遷右拾遺。

陳九齡頗懷誹謗。于時方秋，帝命高力士持白羽扇以賜，將寄意焉。
九齡惶恐，因作賦以獻。又爲〈燕詩〉以貽林甫。」〔註 122〕又《詩
話總龜》中也有類似提到：「張九齡在相，有謇諤匪躬之誠。明皇怠
於政事，李林甫中傷之。方秋，明皇令高力士持白羽扇賜焉。九齡作
〈歸燕詩〉貽李林甫。林甫知其必退，恚怒稍解。」〔註 123〕所以本
詩應該寫於張被罷相的開元二十四年（西元 736）的秋天。

　　詩中張九齡將自己比喻爲微不足道的海燕，雖然在回春時飛回昔
日的崗位，但絕不會戀棧久留的。如同嚴郾所言：「頻嫌海燕巢難定，
卻訝林鶯語不眞。」〔註 124〕海燕總是很難將巢一夕確定的。而燕子並
不去深知泥滓的骯髒草賤，眼見華美的堂奧開啓，就一日數回銜泥築
巢，日夜辛勞穿梭不停。這樣無悔的慘澹經營，爲的只是竭盡股肱之力，
絕無心與鷹隼較勁。顯見張九齡將李林甫暗諭凶狠的「鷹隼」，自己雖
是區區之身，但是心志清高皎潔，甘願退隱也無心與之爭權奪利；更奉
勸鷹隼不必煞費苦心的猜忌，大權並無旁落，有什麼好擔憂的。這樣的
借喻正如劉禹錫〈讀張曲江集作‧序〉所言：「曲江爲相，建言放臣不
宜與善地，多徙五溪不毛之鄉。及今讀其文，自內職牧始安，有瘴癘之
歎。自退相守荊門，有拘囚之思。託諷禽鳥，寄詞草樹，鬱然有騷人
風。……」〔註 125〕鷹在此成了被指摘的投射對象，高高在上的擁權者；
而這種強烈的對比，透過弱小身軀的意象，已經讓目的奏效。

　　九齡爲中書令時，天長節百僚上壽，多獻珍異，唯九齡進金鏡錄
五卷，言前古興廢之道，上賞異之。〔註 126〕又加上其文學冠一時，
所以雖然玄宗器重，卻更受到同儕嫉忌，《本事詩》中寫到：「張曲江

〔註 122〕　〔宋〕計有功：《唐詩紀事》，卷 15，頁 230。
〔註 123〕　〔宋〕阮閱：《詩話總龜》，《景印文淵閣四庫全書》，集部 417，詩
　　　　　　文評類，第 1478 冊，卷 17，頁 465。
〔註 124〕　〔清〕聖祖御定：《全唐詩》，第 21 冊，卷 727，頁 8326。〈賦百舌鳥〉。
〔註 125〕　〔清〕聖祖御定：《全唐詩》，第 11 冊，卷 354，頁 3974。
〔註 126〕　〔後晉〕劉昫撰，楊家駱主編：《新校本舊唐書》，卷 99，〈列傳 49‧
　　　　　　張九齡〉，頁 3100。

與李林甫同列，玄宗以文學精識深器之，林甫嫉之若讎。曲江度其巧
譎，慮終不免。爲〈海燕詩〉以致意。」〔註127〕黑暗的官場如何因
應眞是一大學問，對於正直如他者，以此之海燕卑微的表達，也是迫
於無奈，因爲九齡泊裴耀卿罷免之日，自中書省至月華門，將就班列，
二人鞠躬卑遜，林甫處其中，揚揚自得，觀者竊謂一雕挾兩兔。俄而
詔張、裴爲左右僕射，罷知政事。林甫視其詔，大怒曰：猶爲左右丞
耶！二人趨就本班，林甫目送之，公卿不覺股慄。〔註128〕可知身處
於「猜忌陰中人，不見於詞色，盡至榮寵」〔註129〕的當道者身旁，
比伴君如伴虎更令人憂心。但就像余成教所言：「其『無心與物競，
鷹隼莫相猜。』審用捨，明進退，是何等懷抱，何等識力。」〔註130〕
意即以燕比喻個人胸懷，還是有些不足。

　　海燕的確是微眇的，也是無所求的。中書省姚子顏形容張九齡曰：
「公所得俸祿，悉歸鄉園，先得賜物，上表進納，其清約如此。常賦
詩曰：『清節往來苦，壯容離別衰。』有以見公之情也。公以風雅之道，
興寄爲主，一句一詠，莫非興寄，時皆諷誦焉。」〔註131〕肯定其清約
風雅可見，其中引的詩是九齡〈使還都湘東作〉：「倉庚昨歸候，陽鳥
今去時。感物遼如此，勞生安可思。養眞無上格，圖進豈前期。清節
往來苦，壯容離別衰。盛明非不遇，弱操自云私。孤楫清川泊，征衣
寒露滋。風朝津樹落，日夕嶺猿悲。牽役而無悔，坐愁祇自怡。當須

〔註127〕 〔唐〕孟棨：《本事詩》，《景印文淵閣四庫全書》，第 1478 冊，集
　　　　　部 417 詩文評類，〈憤怨第 4〉，頁 241。
〔註128〕 〔宋〕計有功：《唐詩紀事》，卷 15，頁 230。
〔註129〕 〔後晉〕劉昫撰，楊家駱主編：《新校本舊唐書》，卷 106，〈列傳
　　　　　56‧李林甫〉，頁 3236。林甫面柔而有狡計，能伺候人主意，故驟
　　　　　歷清列，爲時委任。而中官妃家，皆厚結託，伺上動靜，皆預知之，
　　　　　故出言進奏，動必稱旨。而猜忌陰中人，不見於詞色，朝廷受主恩
　　　　　顧，不由其門，則構成其罪；與之善者，雖廝養下士，盡至榮寵。
　　　　　尋歷戶、兵二尚書，知政事如故。
〔註130〕 〔清〕余成教：《石園詩話》，〔清〕郭紹虞編選：《清詩話續編》（台
　　　　　北：木鐸出版社，1983 年），頁 1739。
〔註131〕 〔宋〕計有功：《唐詩紀事》，卷 15，頁 231。

報恩已，終爾謝塵緇。」〔註132〕不管是他人之見還是自喻，溫馴乘春來的海燕，只是「盛明非不遇，弱操自云私。」所以「清節往來苦，壯容離別衰。」又有何意外！與其說是一隻微小的海燕，還不如說張九齡是隻能屈能伸，「牽役而無悔，坐愁祇自怡」的自在海燕吧。

　　另外徐夤（生卒年不詳，或徐寅），也是一例。徐夤，兩《唐書》、兩《五代史》均無傳。莆田人也。乾寧元年（西元894）登第。〔註133〕在《全唐詩》中共收錄有兩百六十八首詩，大抵可以分為三類，一類是詠物，一類是讀史，一類是與人物為題，包含古今人物在內，而李白出現次數最多。這三類中光是詠物就佔七成數量，以燕為題者只有這首〈燕〉詩：

> 從待銜泥濺客衣，百禽靈性比他稀。何嫌何恨秋須去，無約無期春自歸。雕鶚不容應不怪，棟梁相庇願相依。吳王宮女嬌相襲，合整雙毛預奮飛。（《全唐詩》，第21冊，卷710，頁8181。）

在這首詩中，徐夤以七律進行。第一聯就針對燕的特殊性烘托，其「百禽靈性比他稀」讚美之心可謂溢於言表；其次對於燕的候鳥性格加以書寫，春去秋走原本稀疏平常，但作者運用巧妙，去無恨來無期，令人不免莞爾；第三聯中則以對比模式將猛禽與之相比，認為燕更適合棟梁來相庇；末尾兩句則是柔中有剛，奮飛仍是未來的期許。此詩所提的燕應屬「社燕」，〔註134〕巢於梁門，春社來，秋社去。合於季節，又與人極為親近。所以比起雕鶚，更讓人有吳王寵幸西施的嬌柔，也就是自己應當更適合親近君王的，為國效命的。

　　徐夤，時人知其蹭蹬，後果鬚鬢交白，始得秘書正字。〔註135〕

〔註132〕　〔清〕聖祖御定：《全唐詩》，第2冊，卷47，頁575。
〔註133〕　傅璇琮主編：《唐才子傳校箋》，第4冊，卷10，頁289～291。經周祖譔等人求證非大順三年，而是乾寧三年。
〔註134〕　（魏）張揖，王念孫疏證：《廣雅疏證》（台北：廣文書局，1991年），頁374。
〔註135〕　傅璇琮主編：《唐才子傳校箋》，第4冊，卷10，頁291。周祖譔等以為若此可信，則其年已過五十。

在他所寫的一些作品，尤能體會，如〈路旁草〉：「輕蹄繡轂長相蹋，合是榮時不得榮。」〔註136〕不如意之情可知；而在〈長安述懷〉：「黃河冰合尚來游，知命知時肯躁求。詞賦有名堪自負，春風落第不曾羞。風塵色裏凋雙鬢，鼙鼓聲中歷幾州。十載公卿早言屈，何須課夏更冥搜。」〔註137〕蹉跎時日蹭蹬舉場已過十年；另外〈偶題二首之二〉：「賦就長安振大名，斬蛇功與樂天爭。歸來延壽溪頭坐，終日無人問一聲。」〔註138〕延壽溪是其住處，對照仕途現實面的「無人問一聲」真是天差地別。至於朋友所寫的〈哭徐夤〉：「延壽溪頭歎逝波，古今人事半銷磨。昔除正字今何在，所謂人生能幾何。」〔註139〕頗為其鬱鬱寡歡的一生下個註腳。所以若能化為燕，哪怕是嬌小，只要能獲得賞識，有何不可。

（二）與鶯儔匹，冀託深仁

鶯在詩中往往以聲音取勝，與春天為伍。但有些作家則著重於形體，偏愛其靈魂。有關鶯與黃鶯在詩中每每被詩人混為一談，本論文第五章有詳細分論，此處不做贅述。

以鶯入詩方面，在《全唐詩》中專題者有 56 首，內文中出現的有 1016 首，排序第三，（參見本論文〈附錄一〉，頁 490）數量之龐大可見。

這當中列舉兩人為例，其一張鷺（生卒年不詳），開成中人，在《全唐詩》中只收錄詩一首，也就是這首〈鶯出谷〉。而有關其個人資料幾乎等於無，只有《舊唐書》一則：「開成二年五月，授揚州大都督府長史、淮南節度副大使、知節度使事，代牛僧孺。初僧孺聞德裕代己，乃以軍府事交付副使張鷺，即時入朝。時揚州府藏錢帛八十萬貫匹，及德裕至鎮，奏領得止四十萬，半為張鷺支用訖。僧孺上章

〔註136〕〔清〕聖祖御定：《全唐詩》，第 21 冊，卷 711，頁 8187。
〔註137〕〔清〕聖祖御定：《全唐詩》，第 21 冊，卷 709，頁 8156。
〔註138〕〔清〕聖祖御定：《全唐詩》，第 21 冊，卷 711，頁 8189。
〔註139〕〔清〕聖祖御定：《全唐詩》，第 22 冊，卷 763，頁 8666。

訟其事，詔德裕重檢括，果如僧孺之數。德裕稱初到鎮疾病，爲吏隱欺，請罰，詔釋之。補闕王績魏、崔黨韋有翼、拾遺令狐絢韋楚老樊宗仁等，連章論德裕妄奏錢帛以傾僧孺，上竟不問。四年四月，就加檢校尚書左僕射。五年正月，武宗即位。七月，召德裕於淮南。九月，授門下侍郎、同平章事。」〔註140〕對於文學背景的理解，意義不大。但這唯一的〈鶯出谷〉卻深刻流露出其心境：

> 弱柳隨儔匹，遷鶯正及春。乘風音響遠，映日羽毛新。已
> 得辭幽谷，還將脫俗塵。鴛鴦方可慕，燕雀迴無鄰。遊止
> 知難屈，翻飛在此伸。一枝如借便，終冀託深仁。（《全唐詩》，
> 第 16 冊，卷 546，頁 6311。）

收錄在同頁、同題的還有錢可復〈鶯出谷〉：「玉律陽和變，時禽羽翮新。載飛初出谷，一囀已驚人。拂柳宜煙暖，衝花覺露春。搏風翻翰疾，向日弄吭頻。求友心何切，遷喬幸有因。華林高玉樹，棲托及芳晨。」以及劉莊物〈鶯出谷〉：「幸因辭舊谷，從此及芳晨。欲語如調舌，初飛似畏人。風調歸影便，日煖吐聲頻。翔集知無阻，聯綿貴有因。喜遷喬木近，寧厭對花新。堪念微禽意，關關也愛春。」前一首以求友而論，後一首則是因愛春，與張鷟〈鶯出谷〉相比，張鷟的自我寄寓更深。

　　詩中有春天的清新，柳條的搖曳，黃鶯出谷的悅耳，以及羽毛的煥然，都令人讚嘆。而在脫去一身塵俗下，不僅水中的鴛鴦羨慕，也不再與天上的燕雀爲鄰。但畢竟自己還有自知之明，一隻瘦弱纖細的鶯，是沒有沖天的本領的；所以只要能夠藉枝棲身，就已經心滿意足。而這種「終冀託深仁」的心境，正說明著沒有在文學史上留下名聲的人，也曾有稍縱即逝的青春。

　　另外一位是靈澈，或做靈徹（西元 749～816），是唐代詩僧之一。姓湯氏，字澄源，會稽人，雲門寺律僧也。〔註141〕同期諸多文人與

〔註140〕〔後晉〕劉昫撰，楊家駱主編：《新校本舊唐書》，卷 174，〈列傳
　　　　124・李德裕・子燁〉，頁 4521。
〔註141〕傅璇琮主編：《唐才子傳校箋》，第 1 冊，卷 3，頁 612～618。儲仲
　　　　君求證靈澈或靈徹二者在唐詩中通用。

之交遊，這由劉長卿〈送靈澈上人〉：「蒼蒼竹林寺，杳杳鐘聲晚。荷笠帶夕陽，青山獨歸遠。」〔註142〕、盧綸〈酬靈澈上人〉：「軍人奉役本無期，落葉花開總不知。走馬城中頭雪白，若爲將面見湯師。」〔註143〕、張祜〈寄靈澈上人〉：「老僧何處寺，秋夢繞江濱。獨樹月中鶴，孤舟雲外人。榮華長指幻，衰病久觀身。應笑無成者，滄洲垂一輪。」〔註144〕、皎然〈宿法華寺簡靈澈上人〉：「至道無機但杳冥，孤燈寒竹自青熒。不知何處小乘客，一夜風來聞誦經。」〔註145〕等詩可以見證，且俗世方外人士均有。曾從嚴維學爲詩，遂籍籍有聲。〔註146〕貞元中，西遊京師，名振輦下。緇流疾之，遂造飛語激動中貴，因誣奏得罪，徙汀州。〔註147〕後值憲宗即位，遇赦。足見靈澈雖自童年辭父兄入淨，戒行果潔，但對於俗務仍多所關注。

　　《全唐詩》收錄他的作品只有 28 首，不過友人寫他或唱和的詩卻有 20 首。在其創作中有九成是與宗教的寺院、靈修的心境相關，唯一寫鶯的〈聽鶯歌〉相對而言，則顯得十分不同：

> 新鶯傍簷曉更悲，孤音清泠囀素枝。口邊血出語未盡，豈是怨恨人不知。不食枯桑葚，不銜苦李花。偶然弄樞機，婉轉凌煙霞。眾雛飛鳴何蹋促，自鯢游蜂啄枯木。玄猿何事朝夜啼，白鷺長在汀洲宿。黑雕黃鶴豈不高，金籠玉鉤傷羽毛。三江七澤去不得，風煙日暮生波濤。飛去來，莫上高城頭。莫下空園裡，城頭鴟鳥拾羶腥。空園燕雀爭泥滓，願當結舌含白雲。五月六月一聲不可聞。（《全唐詩》，第23冊，卷810，頁9131。）

詩中的新鶯與其他作家所寫不同，音律是悲苦清冷的，特別是在清晨

〔註142〕　〔清〕聖祖御定：《全唐詩》，第 5 冊，卷 147，頁 1482。
〔註143〕　〔清〕聖祖御定：《全唐詩》，第 9 冊，卷 277，頁 3144。
〔註144〕　〔清〕聖祖御定：《全唐詩》，第 15 冊，卷 510，頁 5802。
〔註145〕　〔清〕聖祖御定：《全唐詩》，第 23 冊，卷 815，頁 9184。
〔註146〕　〔唐〕劉禹錫著，瞿蛻園箋證：《劉禹錫集箋證》（上海：上海古籍出版社，1989 年），〈文集紀〉，頁 521。
〔註147〕　〔唐〕劉禹錫著，瞿蛻園箋證：《劉禹錫集箋證》，〈文集紀〉，頁 521。

聽來，讓人更感哀傷。而何以哀傷呢？難道是怨恨沒有知音嗎？這種激問的情緒並未停歇，隨之而來的是，一派高潔自持的表態，比起「眾雛」、「玄猿」、「白鷺」、「黑雕」、「黃鶴」來，「婉轉凌煙霞」還是有自己的一片天。而後續的幾句當中，則是充滿諸多無奈，其一，因為風煙日暮生波濤，所以三江七澤去不得；其二，因為城頭鴟鳥拾膻腥，所以難上高城頭；其三，則是空園燕雀爭泥滓，所以莫下空園裡。至於結語的「願當結舌含白雲，五月六月一聲不可聞。」則鶯啼的清脆意涵已然消失，一聲不可聞的氣勢倒是十足。

其詩名於中唐，就在於「雖結念雲壑，而才名拘牽，聲息經微，吟諷無已。所謂拔乎其萃，遊方之外者也。」〔註148〕此一才名拘牽，不啻也從此詩傾瀉。而能藉此聆聽到內心的真正聲音，也算是「拔乎其萃，遊方之外者也」的混濁底層的超脫，是僧也是詩的「不器」吧。

大抵各類的作家自我投射，並不受時間或是空間的限制，貴在於其自我的評價與對於禽鳥的喜好。是以即便鄧小軍以為：「盛唐詩人借重自然意象優勢，以表現剛健的精神情感，不但蔚為風潮，而且有些詩人對於自然意象與主體心態之間的同一性，還表示過直覺的認識。」〔註149〕觀照盛唐詩人寄託大型禽鳥，以展現其好強好勝的精神，的確是雷同的；但若就其所指的「同一性」而論，在詩人心靈與禽鳥之間，反倒不受「盛唐」斷限的箝制。舉凡禽鳥羽翼張闔之勢、意象起落之興味、色彩象徵之調性、聲音迭宕之強弱，都與詩人在審美、情感、生命意識上，有著層次不一卻情調統一的高度契合。也就是說，禽鳥從生活走入《詩經》，從《詩經》延續後世，經歷了不同的朝代，飛入不同的詩人心底，其鏡面作用是不受時空限制的。

〔註148〕 傅璇琮主編：《唐才子傳校箋》，第 1 冊，卷 3，頁 620。此當是辛文房之評語。

〔註149〕 鄧小軍：《唐代文學的文化精神》（台北：文津出版社，1993 年），頁 153。

第二節　對照禽鳥，傳達情蘊

不同的時空，牽動的是異樣的悲歡離合；不同的遭遇，所引發的又是不一樣的愛恨情仇，其中貶謫、戰爭、落第、羈旅等所牽動的悲歡離合與愛很情仇，又往往能與禽鳥的遷動有極為相似的契合。這當中，藉由詩人以主觀意識的運作下，透過禽鳥入詩的情韻傳達，蘊藉出的是更多自我的孤獨、病苦與感傷。這種悲苦的出現，在中國，既是情欲也是情志的。荀子曾言：「性者，天之就也；情者，性之質也；欲者，情之應也。」〔註150〕三者一體，有生命就有情感，有生命就有欲望，是人情所不能免。而《禮記‧樂記》中則是：「人生而靜，天之性也；感於物而動，性之欲也。物至知知，然後好惡形焉。」〔註151〕本性受到後天外物的影響，方始內心情感活動起來，這與荀子相同，都主張這是人的本性的表現。至於現代學者也認為，認識是產生情感的必要條件，對於外界事物毫無認識，就談不上會對該事物產生情感；同樣對外界事物認識不清楚，也難以表達好惡之情。〔註152〕由此觀之，唐人的情欲與志，因為有了渴望，所以躍動；因為有了挫敗，依然躍動，擺盪間，不管是天性，還是後天的；不管是時間還是空間，生命的愁苦是最重要的基調。

既然灌注于詩歌裡，揮之不去，那麼本節將就「孤獨悽苦，無所遁逃」、「病惙危迫，憂而不懼」、「歸期無望，思返難成」、「鳴禽悲楚，行客神傷」等四種情蘊加以探討。

一、孤獨悽苦，無所遁逃

孤獨意識是人類歷程中的一個不可逃脫的可能，有它的陰影、

〔註150〕〔戰國〕荀況著，李滌生：《荀子集釋》（台北：台灣學生書局，1986年），〈正名〉，頁529。

〔註151〕〔唐〕孔穎達：《禮記正義》，《十三經注疏》（台北：藝文印書館，1993年），第19卷，頁665。

〔註152〕許其端：〈情欲心理思想〉，收錄于燕國材等：《中國古代心理學思想史》（台北：遠流出版社，1999年），頁135～136。

暗點在,透過這一側面,可以了解到人之更深化的精神層面。有關孤獨意識產生的根源,王健以為有三個層次:「其一,主體對對象的依託意識與兩者間事實上的分離相矛盾;其二,主體對對象的超越意識與超越的有限性相矛盾;其三,主體對自身的超越及其有限性。」〔註153〕雖然這些是由西方社會作為考察所得到的結果,但人心都是一樣的,差別只在於客觀環境以及文化與歷史條件的背景不同而已。在中國早在《詩經》中,孤獨意識就從人的生活反映而出,如〈魚藻之什‧白華〉、〈考槃〉、〈葛生〉、〈正月〉、〈蓼莪〉等,這篇章有的是丈夫過世,獨守空閨;有的是單相思,卻有些五味雜陳;有的是父母逝世,徒留自身的喟嘆。亦即人也許能夠忍受諸如飢餓或壓迫等各種痛苦,但卻很難忍受所有痛苦中最痛苦的一種——那就是全然的孤獨。也就是說這種與價值、符號、型態失去關聯的現象,心理學家將其視為「精神上的孤獨」,〔註154〕但不管是精神上還是物質上的,同樣都令人無法忍受。

而詩人的孤獨有時存在已久,但觸及到「禽鳥」之孤獨狀態下,或是想藉想像的表態下,禽鳥之情境等同於人之心境。

(一)孤鳥孤禽,引出孤境

在《全唐詩》中作家想要表達自己的孤獨意境,當然與心理層面有絕大的關係,但不可否認的是,物質上的連動,也不可以漠視。在主觀意識驅使下,大致先從題目上直接以孤獨表示;其中以「孤」為題,只有36首,而用「獨」字為題,則有242首,總計278首;這當中與禽鳥關聯者,僅12首而已。另外不以孤獨為專題,單以「孤或獨」字入詩者,則有7144之多。倘若以這些數據作為一項觀照,可以推論作家對於自我的感受,並不積極直接由題目上呈現,就即便

〔註153〕 王健:〈孤獨意識產生根源探析〉,《青海社會科學》,第1期,(1997年),頁62～66。

〔註154〕 〔德〕佛洛姆,莫迺滇譯:《逃避自由》(台北:志文出版社,1984年),頁15。

是「婉曲」法也不多見。但至少這 12 首透過禽鳥表達的作品，〔註155〕對於「孤獨」的情蘊，成了一個最方便的法門。這些作品主要以「雁」為主，其次有「鵠」、「鶴」，及一首「獨鳥」；而其用字方面，又以「孤」為主要意象。

1、心緒如孤雁

雁是候鳥，每年秋天飛往南方避寒，隔年春天歸北；又是屬於群居的禽鳥，不管是飛翔或是休息都能彼此互相照應。是以詩人提到時空轉換時想到牠，傳遞訊息時用到牠，而當孤單一人時，看到群聚的雁飛，必然更引發詩人與「孤雁」的同理心。

雁在《全唐詩》中出現專題詠寫的有 68 首，內文出現有 1454 首，總排序第二（參見〈附錄一〉，頁 490）。所以不管是以形表達自己，還是以意連結他人，都是十分普及的。王立將曾將「雁」入詩情意分為五類：一、雁意象與懷鄉戀舊，二、雁意象的深在性愛情結，三、雁意象與傳統綱常倫理，四、因雁自傷的內在情感結構，五、民俗傳說中雁文化意蘊的擴散。〔註156〕這當中，唐詩人在第二類中著墨鮮少，其他四類則在不同情境中，發揮多種效能。而孤雁顯然與「自傷」為依，但錯雜的客觀因素，又使意識迥然有別。先以杜甫（西元 712～770）的〈孤雁〉為例：

> 孤雁不飲啄，飛鳴聲念群。誰憐一片影，相失萬重雲。望盡似猶見，哀多如更聞。野鴉無意緒，鳴噪自紛紛。（《全唐詩》，第 7 冊，卷 231，頁 2550～2551。）

這首詩寫於大曆二年（西元 767），安史之亂已經結束，杜甫此時人在西閣，遠離家鄉，而時局更加動盪不安，他到處遷徙流離，藉由「孤雁」無非就是表現自己的形單影隻，「念群」下渴望歸鄉，思念親友

〔註155〕 總計專題者有盧照鄰〈同臨津紀明府孤雁〉、杜甫〈孤雁〉、儲嗣宗〈孤雁〉、陸龜蒙〈孤雁〉、崔塗〈孤雁二首〉、李建勳〈孤雁〉、張子明〈孤雁〉、許渾〈孤雁〉、韋莊〈獨鶴〉、韋應物〈夜 聞獨鳥啼〉、李咸用〈獨鵠吟〉等 12 首。其中盧照鄰一首列於第三章另述。

〔註156〕 王立：《心靈的圖景》（上海：學林出版社，1999 年），頁 108～133。

的心情全然不言可喻。詩中的孤雁，寧可不吃不喝，一邊呼喊一邊奮力飛翔，為了就是要趕時間追上雁群。特別是其中的「一片影」對照「萬重雲」，更見其「孤」。清代浦起龍注曰：「寓同氣分離之感，……惟念故飛，望斷矣而非不止；惟念故鳴，哀多矣而鳴不絕。……寫生至此，天雨泣矣。」〔註157〕天都哭泣，感傷人心無以附加。而最後兩句，既不寫孤雁，也不談己意，而是藉由群鴉鼓譟鬧紛紛——由動襯靜，以鴉之有聲見雁無聲之悲，益發加深雁的孤單。

獨在異鄉為異客，是發生在諸多遷客騷人身上的事。所以王彥輔言：「公值喪亂，羈旅南土，而見於詩者，常在鄉井，故託意於孤雁。章末，譏不知我而譸譠者。」〔註158〕雖是小題大作，但不乏議論與思念兄弟之情。而這種離鄉背井的心境，往往是孤獨的情境下產生，日本三木清曾言：「孤獨之所以令人恐懼，並不是因為孤獨本身，而是由於孤獨的條件。」〔註159〕在觸景生情中，愁苦格外強烈。又儲嗣宗〈孤雁〉，雖也充滿孤寂，但多了些言外之思：

> 孤雁暮飛急，蕭蕭天地秋。關河正黃葉，消息斷青樓。湘渚煙波遠，驪山風雨愁。此時萬里道，魂夢繞滄洲。（《全唐詩》，第18，卷594，頁6886。）

儲嗣宗（生卒年不詳），潤州人。傅璇琮考證嗣宗為儲光羲曾孫。〔註160〕嗣宗正值唐朝經歷安史之亂後由盛轉衰，政治腐敗不堪、天災頻仍之時，李唐王室一蹶不振。大中十三年（西元859）進士及第，這一年正是懿宗初立，四處民變四起，如浙東之裘甫即聚眾起事，到處攻城掠寨；而懿宗咸通九年（西元868），又有桂林戍卒譁變等內亂。

在兩《唐書》無傳，《藝文志》也無著錄，但從其作品〈宿山館〉：

〔註157〕〔清〕浦起龍：《讀杜心解》（台北·台灣中華書局，1988年），卷3，頁393～394。

〔註158〕〔唐〕杜甫著，〔清〕仇兆鰲：《杜詩詳注》（台北：漢京文化事業公司，1984年），卷17，頁1530。

〔註159〕〔日〕三木清，李云云譯：《人生論筆記》（成都：四川人民出版社，1988年），頁50。

〔註160〕傅璇琮：《唐才子傳校箋》，第3冊，卷8，頁407。

「寂寞對衰草，地涼凝露華。蟬鳴月中樹，風落客前花。山館無宿伴，秋琴初別家。自憐千萬里，筆硯寄生涯。」〔註 161〕中的「初別家」可知是初次離家，另外由「筆硯寄生涯」來看，應該有入幕爲賓僚，但府主是誰，無從得知。不過從其〈隨邊使過五原〉中有：「偶逐星車犯虜塵，故鄉常恐到無因。五原西去陽關廢，日漫平沙不見人。」〔註 162〕以及司馬扎〈秋日懷儲嗣宗〉：「故人北遊久不回，塞雁南渡聲何哀。相思聞雁更惆悵，卻向單于臺下來。」〔註 163〕可以了解到他曾出塞，而且出使時間頗長，而這首〈孤雁〉應是此時之作。

由於雁的習性和肅殺淒寒的秋天總是緊密聯繫，是以詩人往往結合二者強調其所指。詩的起首，時間是黃昏，因此「急飛」是必然的；而「蕭蕭風瑟」的季節，凸顯的是孤雁飛翔時的淒苦。其次是「關河」對應著「湘渚」說明南北的距離，也陳述候鳥的路線；至於「青樓」與「驪山」雖點出了宮廷的所在，卻在「消息斷」、「風雨愁」中，詮釋身處動盪的年代，又是異客的悲哀。艱難的旅途，萬里之遠，既是孤雁要克服的，也是自己要面對的。所以最後的「魂夢繞滄洲」，與其說是孤雁的另一種選擇，還不如說是作者在戰亂時代裡的「悠然皆塵外之想」，〔註164〕迫於無奈的「退隱獨居」之可悲。另外又有張子明〈孤雁〉：

> 隻影翩翩下碧湘，傍池鴛鴦宿銀塘。雖逢夜雨迷深浦，終向晴天著舊行。憶伴幾回思片月，蛻翎多爲繫繁霜。江南塞北俱關念，兩地飛歸是故鄉。（《全唐詩》，第 22 冊，卷 770，頁 8744～8745。）

張子明（生卒年不詳）與張鷟一樣，在《全唐詩》中只收錄一首詩，所以如同這首詩只有「孤」字可言。詩中的孤雁是身單影隻，且由身

〔註161〕 〔清〕聖祖御定：《全唐詩》，第 18 冊，卷 594，頁 6884。
〔註162〕 〔清〕聖祖御定：《全唐詩》，第 18 冊，卷 596，頁 6887。
〔註163〕 〔清〕聖祖御定：《全唐詩》，第 18 冊，卷 596，頁 6905。
〔註164〕 傅璇琮：《唐才子傳校箋》，第 3 冊，卷 8，頁 408。儲嗣宗與顧非熊先生相結好，大得詩名，苦思夢索，所謂逐句留心，每字著意，悠然皆塵外之想。覽其所作，及見其人。

旁的鴛鴦更加陪襯其無伴之苦；不過如同詩中所言「雖逢夜雨迷深浦，終向晴天著舊行」，期許未來仍是抱持希望的；至於末尾兩句，江南塞北既然皆關念，那麼兩地飛歸是故鄉。這隻雁不涉及「不飲啄」，也不魂夢「繞滄洲」，反而將候鳥的特質融入其中，「孤」意蕭瑟減少，牽掛多了些。

對於懷鄉主題的雁意象，王立先生以為有些孤雁意象，著重在傾訴自我需要理解、慰藉，二者雖有著極為密切的關係，仍不能等量齊觀。因此孤雁當然常常用來訴懷，其煢煢無依的深切感受、情調的悲涼，非懷鄉之情所能有。〔註165〕對照於此詩或可如是觀。

而人一落單尚且畏懼，孤獨也會擔憂，更何況是雁。若按照雁的特質而論，牠被公認是極為敏銳的動物，在飛行過程中，若有一個成員離群，應該會立即被察覺；而且也會因此造成隊型不整齊，而受到風力的阻撓，影響整體飛行，所以很難單飛的。但既是單飛，則其徬徨無助危疑不安必將產生，如崔塗的〈孤雁二首〉：

1. 湘浦離應晚，邊城去已孤。如何萬里計，只在一枝蘆。
   迴起波搖楚，寒棲月映蒲。不知天畔侶，何處下平蕪。

   （《全唐詩》，第 20 冊，679 卷，頁 7775。）

2. 幾行歸去盡，片影獨何之。暮雨相呼失，寒塘獨下遲。
   渚雲低暗度，關月冷遙隨。未必逢矰繳，孤飛自可疑。

   （《全唐詩》，第 20 冊，679 卷，頁 7775。）

崔塗（西元 854～？），字禮山，江南人。僖宗光啓四年（西元 888）進士。有詩一卷。〔註166〕周祖譔等箋言：「今讀塗詩，亦未見其人入仕之跡，或其及第後，值唐末烽火動亂，遂終生碌碌於江湖羈旅中歟？其足跡所至，多在江湘巴蜀一帶，亦嘗遊至隴上、中州等地。」〔註167〕既是大半生飄泊，離怨遂深。其詩作《全唐詩》收錄 104 首，大多與

〔註165〕 王立：《心靈的圖景》，頁 114～115。
〔註166〕 傅璇琮：《唐才子傳校箋》，第 4 冊，卷 9，頁 187～194。
〔註167〕 傅璇琮：《唐才子傳校箋》，第 4 冊，卷 9，頁 193。

行經的地點與漂泊生活爲題材，亦多天涯羈旅之思。

這兩首詩既定爲「孤雁」，是以詩眼當然就是「孤」字。一個孤字足以將全詩的神韻、意境凝聚在一起，愁緒可知。崔塗在書寫這兩首〈孤雁〉時，顯然有相互對映的意圖，首先是韻部方面，第一首用了「上平七虞」，第二首則用「上平四支」韻，首句都以「仄」聲收尾，不入韻，中規中矩的。清朝袁枚就指出：「後考唐人律詩，通韻之例極多，劉長卿〈登思禪寺〉五律，『東』韻也，而用『松』字。……蘇頲〈出塞〉五律，『微』韻也，而用『麾』字。明皇之〈餞王晙巡邊〉長律，『魚』韻也，而用『符』字。李義山屬對最工，而押韻頗寬。如東冬、蕭肴之類，律詩中竟時時通用，唐人不以爲嫌也。」〔註168〕但唐人作詩講究一韻到底，主要還是受到官方科考的影響爲多。而且此處沒使用襯韻，合乎唐人用韻的嚴格要求。其次，作者選用這兩首「七虞、四支」韻的韻語，也正道出其抑鬱寡歡、日暮窮途〔註169〕的情感。至於在整首詩的情境醞釀上，「離」、「去」、「盡」、「失」、「獨」等字眼，都在統攝著離愁的苦悶；而「晚」、「暮」、「寒」、「冷」則是由時空發酵出與天上一輪孤月的淒涼；而結尾方面，兩首中各有「不知」、「何處」、「未必」、「可疑」等句傳遞世路崎嶇，心生疑慮的矛盾氛圍。

雖然近代鑑賞者認爲這兩首〈孤雁〉字字珠璣，沒有一處是閒筆；而且餘音嬝嬝，令人回味無窮，可稱五言律詩中的上品。〔註170〕但更可以體驗到的是，孤雁的苦令人動容；而自言「獨吟人不問，清冷自鳴嗚」〔註171〕其人生愁苦情調之蒼涼，冥合孤雁的處境，猶爲淒

〔註168〕〔清〕袁枚著，王英志校點：《隨園詩話》（南京：鳳凰出版社，2000年），卷12，頁303。

〔註169〕謝雲飛：《文學與音律》（台北：東大圖書公司，1994年），頁62～63。作者參酌段玉裁之見，以爲「微、灰」韻有氣餒抑鬱的情思，而「魚、虞」等韻的韻語有日暮窮途，極端失意的情感。

〔註170〕蕭滌非等：《唐詩鑑賞集成》（台北：五南圖書公司，1990年），頁1650。

〔註171〕〔清〕聖祖御定：《全唐詩》，第20冊，卷679，頁7774，〈過洛陽故城〉。

切。另外如李建勳〈孤雁〉：

> 欲食不敢食，合棲猶未棲。聞風亦驚過，避繳恨飛低。水
> 闊緣湘困，雲寒過磧迷。悲鳴感人意，不見夜烏啼。(《全唐
> 詩》，第 21 冊，卷 739，頁 8426。)

李建勳（生卒年不詳），少好學，能文，最擅長寫詩。〔註172〕本詩與
崔塗的〈孤雁〉一般情境，並藉由四點顧慮，傳達其孤單落寞；其一
是起筆以「欲食不敢食，合棲猶未棲」直書猶疑不決與心中的畏懼；
其二是「聞風驚過」、「避繳飛低」似乎一些風吹草動，就如驚弓之鳥；
其三是「水闊」而困於湘地，因爲「雲寒」導致迷路；其四「悲鳴感
人意，不見夜烏啼」，這是最難過之處，因爲悲鳴該是足以感動人心
的，但遺憾的是周遭皆是避之唯恐不及的冷漠。其另外一首〈白雁〉：
「東溪一白雁，毛羽何皎潔。薄暮浴清波，斜陽共明滅。差池失群久，
幽獨依人切。旅食賴菰蒲，單棲怯霜雪。邊風昨夜起，顧影空哀咽。
不及牆上烏，相將繞雙闕。」〔註173〕藉由詩中的「失群久」、「幽獨
依人切」、「旅食」、「單棲怯霜雪」、「空哀咽」更能表達出那份孤單與
無助。

　　李建勳曾任相位五年，爲烈祖所忌，所以於天福六年（西元941）
罷相；雖然未幾又復位，但到了天福八年（西元943）再次罷相，出
爲昭武軍節度使等。〔註174〕按有關雁的兩首詩應屬此一階段作品。
後世評論者以爲：「其爲詩，少猶浮靡，晚年方造平淡。」〔註175〕際
遇使人轉變，又可證之。詩中既對孤雁的遭遇感到難過，當然也影射
著自己舉目無依的孤獨情境。

〔註172〕 傅璇琮：《唐才子傳校箋》，第 4 冊，卷 10，頁 377～387。兩《五
代史》無傳，字致堯，廣陵人。仕南唐爲宰相，昇元五年，放還私
第，嗣主璟召拜司空，尋以司徒致仕，賜號鍾山公，有《鍾山集》
二十卷，今編詩一卷。
〔註173〕 〔清〕聖祖御定：《全唐詩》，第 21 冊，卷 739，頁 8420。
〔註174〕 傅璇琮：《唐才子傳校箋》，第 4 冊，卷 10，頁 380。
〔註175〕 〔宋〕釋文瑩：《玉壺清話》，《叢書集成初編》，第 2747 冊，卷 10，
頁 81。

2、情若寒鵠與鶴

除了雁之外，鶴與鵠也是詩人用以表現孤獨意象的所在。雖然創作數量極少，但其簡單的鋪陳卻也道盡眾人的心聲。且離群索居常是詩人畫家選擇的生活模式，這當中或許是尋找創作靈感，但多迫於無奈，如李咸用〈獨鵠吟〉：

> 碧玉喙長丹頂圓，亭亭危立風松間。啄萍吞鱗意已闌，舉頭咫尺輕重天。黑翎白本排雲煙，離群脫侶孤如仙。披霜唳月驚嬋娟，逍遙忘卻還青田。鴦寒鴉晚空相喧，時時側耳清冷泉。（《全唐詩》，第 19 冊，卷 644，頁 7380～7381。）

李咸用（生卒年不詳），兩《唐書》、兩《五代史》俱無傳。工詩。不第。曾任推官之職。〔註 176〕其〈贈來進士鵬〉、〈贈來鵬〉可知與來鵬同時。

在這首詩有一個十分出奇的筆法，他不是採取起承轉合的連結，而是「斷片」的拼貼；又加上樂府詩結構，所以完美的四層組合，最後以另一層總收束。第一聯裡，「碧玉喙長丹頂圓」是形貌的特寫，而「亭亭危立風松間」是其停佇的空間，只是其中的「危」字卻是伏筆蘊生；第二聯則有「啄萍吞鱗」的食性說明，而「舉頭咫尺輕重天」則又是翱翔的本領，但「意已闌」卻也道出真正的心境；而第三聯「黑翎白本排雲煙」乃就羽翼色澤描繪，而本詩的「孤獨」情境於此衍生，只是「孤如仙」雖美，卻不是所願；第四聯，「披霜唳月」有著異乎一般禽鳥的作息，而乍看「逍遙忘卻還青田」還不免令人以為是鶴的寫照，可惜「驚嬋娟」有著幾分遺憾在；至於末尾二句，是喧囂中最寧靜的兩句，也是孤獨中唯一可以排解的餘韻。

每一聯都浮現鵠的各種習性與特徵，但彙總的氛圍都是淒寒無助的；獨鵠是離群，所以意興闌珊；獨鵠是孤寂的，唯有「側耳清冷泉」可以為伴。在其另外的詩中寫到：「湘川湘岸兩荒涼，孤雁號空動旅腸。一棹寒波思范蠡，滿罇醇酒憶陶唐。年華蒲柳凋衰鬢，身跡萍蓬

〔註176〕 傅璇琮：《唐才子傳校箋》，第 4 冊，卷 10，頁 377。

滯別鄉。不及東流趨廣漢，臣心日夜與天長。」〔註177〕獨鵠的心不
正是日夜與天長，期待君王爲探看的作者之情。

　　成爲孤寒的理由，並非詩人所願，當然也不是臆想而來。韋莊〈獨
鶴〉正是說明大環境的悲哀：

　　　夕陽灘上立裴回，紅蓼風前雪翅開。應爲不知棲宿處，幾
　　　回飛去又飛來。（《全唐詩》，第20冊，卷697，頁8029。）

韋莊（生卒年不詳），〔註178〕應舉時正逢黃巢犯闕，著有〈秦婦吟〉，
公卿多訝之，秦婦吟秀才時號，〔註179〕不脛而走。

　　在《全唐詩》中共收錄377首詩，這首〈獨鶴〉屬於七言絕句，
文辭簡潔，意象更是單一。從立到飛，從「裴回」到「不知棲宿處」，
再到「幾回飛去又飛來」，線條一致，中無雜緒。而這所謂的單一，
正是刻劃歷史的滄桑，如同其〈對雨獨酌〉：「榴花新釀綠於苔，對雨
閒傾滿滿杯。荷鍤醉翁眞達者，臥雲迺客竟悠哉。能詩豈是經時策，
愛酒原非命世才。門外綠蘿連洞口，馬嘶應是步兵來。」〔註180〕以
及〈賊中與蕭韋二秀才同臥重疾二君尋愈余獨加焉恍惚之中因有
題〉：「與君同臥疾，獨我漸彌留。弟妹不知處，兵戈殊未休。胸中疑
晉豎，耳下鬥殷牛。縱有秦醫在，懷鄉亦淚流。」〔註181〕兵馬倥傯
之際，親族失散，兵戈未休，內心的惴慄，不僅是「馬嘶應是步兵來」；
而是繞樹三匝，何枝可依！〔註182〕詩中所描述的無以棲宿，不啻控
訴著：戰爭永遠是造成孤獨的源頭之一。

〔註177〕〔清〕聖祖御定：《全唐詩》，第19冊，卷646，頁7405。〈和人湘
　　　　中作〉。
〔註178〕韋莊，字端己，京兆杜陵人。兩《唐書》、兩《五代史》俱無傳。
　　　　自幼孤貧，才敏過人。見傅璇琮：《唐才子傳校箋》，第4冊，卷10，
　　　　頁323。
〔註179〕〔宋〕孫光憲：《北夢瑣言》，《景印文淵閣四庫全書》，第1036冊，
　　　　子部342小說家類，卷6，頁47。
〔註180〕〔清〕聖祖御定：《全唐詩》，第20冊，卷697，頁8022。
〔註181〕〔清〕聖祖御定：《全唐詩》，第20冊，卷697，頁8005。
〔註182〕〔南朝梁〕蕭統：《文選》（台北：藝文印書館，1983年），〈短歌行〉，
　　　　頁398。

3、獨鳥對形單

除了雁與鵠、鶴，還有不指涉其名，但融入其中仍可表現孤獨意境；特別是時間又在晚上，那麼禽鳥聲音的加入，定更加深內心的寂寥，韋應物〈夜聞獨鳥啼〉就是一例：

> 失侶度山覓，投林舍北啼。今將獨夜意，偏知對影栖。（《全唐詩》，第 6 冊，卷 193，頁 1996。）

韋應物（西元 737～792？），唐京兆，工詩。由於父親韋鑾與韋鑒皆以善畫名世，所以其寫作風格也深受影響。〔註 183〕《全唐詩》中收錄有五百七十九首詩，其中有諸多酬答之作。

而這麼多首詩中，他特愛以「鳥」字入詩，不管是山鳥、空鳥、好鳥、棲鳥、春鳥、獨鳥啼等，佔其總數十分之一，且多以五言表現。這首詩從失侶起，到獨夜棲，身影是看不見的，但啼聲中卻勾動人的憂思的哀傷處境。如同〈憶灃上幽居〉：「一來當復去，猶此厭樊籠。況我林栖子，朝服坐南宮。唯獨問啼鳥，還如灃水東。」〔註 184〕以及〈同褒子秋齋獨宿〉：「山月皎如燭，風霜時動竹。夜半鳥驚栖，窗間人獨宿。」〔註 185〕一樣，從洛陽丞遷維京兆府功曹，由除比部員外郎到滁州刺史，後又謫爲江州刺史，再改命蘇州刺史，〔註 186〕這個韋蘇州已是個遷徙不定的林栖子，夜半鳥，雖然傳達其「立性高潔」，〔註 187〕但與獨鳥都是闃幽孤獨的。

其他如以下三首，並非專題書寫的統計之列，但運用詩文間，如杜甫〈獨立〉：「空外一鷙鳥，河間雙白鷗。飄颻搏擊便，容易往來遊。草露亦多溼，蛛絲仍未收。天機近人事，獨立萬端憂。」〔註 188〕、

〔註 183〕 傅璇琮：《唐才子傳校箋》，第 2 冊，卷 4，頁 163～164。

〔註 184〕 〔清〕聖祖御定：《全唐詩》，第 6 冊，卷 191，頁 1959～1960。

〔註 185〕 〔清〕聖祖御定：《全唐詩》，第 6 冊，卷 193，頁 1990。

〔註 186〕 傅璇琮：《唐才子傳校箋》，第 2 冊，卷 4，頁 170～179。

〔註 187〕 〔唐〕李肇：《唐國史補》，《景印文淵閣四庫全書》，第 1035 冊，子部 341 小說家類，頁 444。又傅璇琮以爲此當爲後期生活而言。參見傅璇琮：《唐才子傳校箋》，第 2 冊，卷 4，頁 169。

〔註 188〕 〔清〕聖祖御定：《全唐詩》，第 7 冊，卷 225，頁 2424。

元稹〈獨遊〉:「遠地難逢侶,閒人且獨行。上山隨老鶴,接酒待殘鶯。花當西施面,泉勝衛玠清。鶺鴒滿春野,無限好同聲。」〔註 189〕、杜牧〈獨酌〉:「長空碧杳杳,萬古一飛鳥。生前酒伴閒,愁醉閒多少。煙深隋家寺,殷葉暗相照。獨佩一壺遊,秋毫泰山小。」〔註 190〕看似長空碧杳杳,空外何飄飄,但是遠地難逢侶的情境,獨立萬端憂已是無可選擇。

(二)禽鳥雙飛,映襯獨意

孤獨的意識,並不一定非得有理由的;但唐人寫孤獨,卻總是有原因居多。透過主觀的意識流露出的孤獨是如影隨形的,而經由客觀因素下的引發,其孤獨產生,也格外深刻。前者不必觸動早就存在,是婉曲深沉的;而後者是因景因物而起,是機動的,甚至只是表現手法之一。但不管如何,緣由是一樣的,只是詩人運用「雙」字來凸顯那個「單」,結意更清楚。

1、雙飛令人羨

上述的詩人皆透過單一意象,行諸於筆墨;而此單元的作家則是在雙宿雙飛的禽鳥意象裡,映照著自我的孤獨。其中作家所使用的禽鳥有「燕」、「鴻」等,首先是李白的〈雙燕離〉:

> 雙燕復雙燕,雙飛令人羨。玉樓珠閣不獨棲,金窗繡戶長相見。柏梁失火去,因入吳王宮。吳宮又焚蕩,雛盡巢亦空。憔悴一身在,孀雌憶故雄。雙飛難再得,傷我寸心中。
>
> (《全唐詩》,第 5 冊,卷 163,頁 1690。)

〈雙燕離〉一辭出自《玉臺新詠》,〔註 191〕原為〈樂府雜曲:琴曲歌

〔註 189〕 〔清〕聖祖御定:《全唐詩》,第 12 冊,卷 410,頁 4550。
〔註 190〕 〔清〕聖祖御定:《全唐詩》,第 16 冊,卷 520,頁 5945。
〔註 191〕 〔南朝陳〕徐陵編,〔清〕吳兆宜注:《玉臺新詠箋注》(北京:中華書局,1985 年),卷 9,〈燕歌行〉,頁 396。風光遲舞出青蘋,蘭條翠鳥鳴發春。洛陽梨花落如雪,河邊細草細如茵。桐生井底葉交枝,今看無端雙燕離。五重飛樓入河漢,九華閣道暗清池。遙看白馬津上吏,傳道黃龍征戍兒。明月金光徒照妾,浮雲玉葉君不知。

辭〉之一。〔註 192〕古琴曲有五曲、九引、十二操。自是已後，作者相繼。〈雙燕離〉屬李白河間新歌。詩以五言古體進行，運用敘事手法將內容區分為三段，首先敘述燕恩愛雙飛，令人無比稱羨，就算是「玉樓珠閣」、「金窗繡戶」等華美的誘惑，也無法拆散彼此；其次再敘因「柏梁」〔註 193〕失火，所以只好入「吳王宮」，但是吳王宮又遭祝融，連帶幼雛全遭燒死；末尾以相失的悲傷，藉孀雌的思念和傷感作結。整首詩敘事簡練，但情感跌宕有味。

任何飛鳥比翼雙飛，都是容易牽動人的心思，特別是燕。因其呢喃、嬌小、溫馴，又彼此親暱一起，很難叫人不愛；再者燕不見得喜愛雕樑畫棟山棼藻梲，常愛平常百姓家，更是吸引人心之所在。此番隱喻，道出一旦境遇驟變，親族亡失，憑誰都無法接受。

只是詩中的「孀雌憶故雄」頗令人起疑，作者如何能辨識其雄雌；若是論己身感情之事，又何必先提及「孀雌憶故雄」再談「傷我寸心中」！這首詩寫於乾元元年（西元 758），當時李白已經五十八歲，離大限已近。不管是否論己身感情而見景傷情；或是戰亂頻仍，導致連燕子都無法恩愛團聚而心煩，顯然詩中的「憔悴一身在」就是無以改變的跟蹌寂寞。至於杜甫的〈雙燕〉：

> 旅食驚雙燕，銜泥入此堂。應同避燥溼，且復過炎涼。養
> 子風塵際，來時道路長。今秋天地在，吾亦離殊方。（《全唐
> 詩》，第 7 冊，卷 228，頁 2474。）

思君昔去柳依依，至今八月避暑歸。明珠蠶繭勉登機，鬱金香　為特香衣。洛陽城頭雞欲曙，丞相府中烏未飛，夜夢征人縫狐貉，私憐織婦裁錦緋。吳刀鄭綿絡，寒閨夜被薄。芳年海上水中鳧，日暮寒夜空城雀。

〔註 192〕 〔宋〕郭茂倩編撰：《樂府詩集》，頁 842。

〔註 193〕 「柏梁」指柏梁台，武帝元鼎二年春起。此台在長安城中北闕內。《三輔舊事》云：「以香柏為梁也，帝嘗置酒其上，詔群臣和詩，能七言詩者乃得上。」後來在武帝時被火燒燬。參見（漢）不著作者：《三輔黃圖》，《景印文淵閣四庫全書》，第 468 冊，史部 226 地理類，卷 5，〈台榭〉，頁 25～26。

從詩的起頭「旅食」二字，就已經爲顛沛流離的一生埋下伏筆。詩中
作者逐一列出雙燕「銜泥入此堂」、「避燥溼，過炎涼」、「養子風塵際，
來時道路長。」皆是奔波生活勞碌之寫照；至於他自己，「應同」、「且
復」的往復來去，何嘗與燕有別；最後「今秋天地在，吾亦離殊方。」
更抒發自己歷盡旅途風霜，未來仍然漂泊無定的苦悶。

　　燕與人之間，最大的不同在於牠是雙，而旅人是單。這單並不一
定是與妻兒長別，而是內心無盡的未知數，那種「物是人非事事休」
承載世事難料的愁懣，總在不同的觸發下擺盪，隨即又駐足了。至於
戴叔倫〈孤鴻篇〉：

> 江上雙飛鴻，飲啄行相隨。翔風一何厲，中道傷其雌。顧
> 影明月下，哀鳴聲正悲。已無矰繳患，豈乏稻粱資。噰噰
> 慕儔匹，遠集清江湄。中有孤文鴛，翩翩好容儀。共欣相
> 知遇，畢志同棲遲。野田鸕鶿鳥，相妒復相疑。鴻志不汝
> 較，奮翼起高飛。焉隨腐鼠欲，負此雲霄期。（《全唐詩》，第
> 9 冊，卷 273，頁 3067。）

戴叔倫（生卒年不詳）字幼公，潤州金壇人。師事蕭穎士，爲門人冠。
〔註194〕屬於大曆前後時期的詩人。歷來對於其是否登進士，討論甚
多，近代王樂爲參酌各項文獻，認爲是劉晏管鹽鐵時舉薦走上仕途
的。〔註195〕所以並無中進士第。

　　在《全唐詩》中收錄他的作品有 311 首，其中三分之二左右屬於
贈答之作，詩興頗爲幽遠，但還不至於有「每作驚人」之境界。〔註196〕
而這首〈孤鴻篇〉，從雙飛鴻起筆，相依相隨十分緊密；但好景不常，
受到淒厲寒風的吹襲，其中的雌鴻受傷，因而成爲孤鴻，每當明月高
掛，悲鳴不由自主的生起。緊接著的是「噰噰慕儔匹」的尋覓，煞有

〔註194〕〔宋〕歐陽修、宋祁合撰，楊家駱主編：《新校本新唐書》，卷 143，
　　　　〈列傳 68・戴叔倫〉，頁 4690。
〔註195〕王樂爲：《論戴叔倫及其詩》（西安：西北大學文學院碩士論文，2006
　　　　年），頁 2～5。
〔註196〕傅璇琮：《唐才子傳校箋》，第 3 冊，卷 5，頁 525。原爲辛文房之
　　　　評論。

介事集合於清江湄，尋得的是「孤文鵁」，不僅有翩翩好容儀，且還願意畢志同棲遲。只是野田的「鷗鶄」看在眼裡，不免相妒又相疑。不過結尾幾句卻提出不想與這般庸俗者計較的態度，奮翼高飛才不會辜負雲霄期。乍看之下，會令人以爲他是在尋覓伴侶，但從其中表示願意與「鵁」行，可知乃是班朝相知的工作夥伴。

以戴叔倫而論，雖然時代沒有給他眞正隱逸的機會和權利，但他對功名的淡泊、對仕宦的厭倦，及其渴望隱逸的眞誠和迫切，無不在其詩中留下深深的印記。所以讀他的詩，我們可以明顯地感受到，在那些早年反復應試出仕，入仕後侈談隱逸；而一旦回歸田園又馬上牢騷滿腹，不是嫌罷官受窮，便是感到寂寞難耐的大歷詩人中，戴叔倫算是卓而不群的一個。〔註 197〕若眞如此，那這首詩不僅與其他孤獨意識下的悲傷者劃清界線，而且還具有卓而不群、奮發向上的心志。

有關題目以雙字處理的詩作，由於性質不一，並無意作爲前列統計之數據。此處只是將其中可以反襯出孤單情蘊的詩一併提列。

2、頡頏最難忘

只要有雙就會有參差，可以相抗衡，可以論伯仲，這是美好的一種回憶，但也是最感傷的記憶，如許渾的〈孤雁〉：

> 昔年雙頡頏，池上靄春暉。霄漢力猶怯，稻梁心已違。蘆洲寒獨宿，榆塞夜孤飛。不及營巢燕，西風相伴歸。（《全唐詩》，第 16 冊，卷 528，頁 6040。）

許渾（生卒年不詳），字用晦，一作仲晦，潤州丹陽人。屢試不第，直到文宗太和三年才中進士，官虞部員外郎，睦州、郢州刺史。〔註 198〕著作有《丁卯集》二卷，另外《宋史》又記有《詩集》十二卷。〔註 199〕

〔註 197〕 王樂爲：《論戴叔倫及其詩》，頁 21。

〔註 198〕 〔宋〕歐陽修、宋祁合撰，楊家駱主編：《新校本新唐書》，卷 60，〈志第 50・藝文 4〉，別集類，頁 1612。另外傅璇琮以爲「仲晦」二字，疑以音近訛誤。參見傅璇琮：《唐才子傳校箋》，第 3 冊，卷 7，頁 231。

〔註 199〕 〔元〕脫脫等撰，楊家駱主編：《新校本宋史》，卷 280，〈志第 161・

自少苦學多病，喜愛林泉，詩長於律體，多登高懷古之作。

這首詩以五律進行，詩中則是透過今昔對照，昔日不僅有雄厚的
背景，彼此「雙頡頏」的氣勢，還有「靄春暉」的溫煦；而今獨宿蘆
洲，寒夜孤飛，失去昔日的光彩也就算了，還比不上有家可棲的燕，
只能伴著西風歸。

生命中若是無所比較，有時反而自在安樂；但有了優劣好壞的差
異，其孤獨之覺察就會令人難堪。又如陸龜蒙的〈孤雁〉：

> 我生天地間，獨作南賓雁。哀鳴慕前侶，不免飲啄晏。雖蒙
> 小雅詠，未脫魚網患。況是婚禮鷺，憂為弋者篡。晴鳶爭上
> 下，意氣苦凌慢。吾常嚇鴛雛，爾輩安足訕。迴頭語晴鳶，
> 汝食腐鼠慣。無異鷙駬群，戀短豆㕙棧。豈知瀟湘岸，葭莢
> 蘋萍間。有石形狀奇，寒流古來灣。閒看麋鹿志，了不憂矰
> 彔。世所重巾冠，何妨野夫艸。騷人誇蕙芷，易象取陸莧。
> 漆園逍遙篇，中亦載斥鷃。汝惟材性下，嗜好不可諫。身雖
> 慕高翔，糞壤是盼盼。或聞通鬼魅，怪祟立可辯。䇞籤書尚
> 存，寧容恣妖幻。（《全唐詩》，第 18 冊，卷 619，頁 7130～7131。）

陸龜蒙（？～西元 881），字魯望，元方七世孫也．父賓虞，以文歷
侍御史。龜蒙少高放，通六經大義，尤明春秋。〔註200〕舉進士，一
不中，往從湖州刺史張搏游，搏歷湖、蘇二州，辟以自佐。

雖自比涪翁、漁父、江上丈人，〔註201〕但其詩風善於苦吟，極清
麗。〔註202〕所以不免如這首詩一樣，有諸多苦悶宣洩，但卻不是以清
麗風格。從詩的開頭自比為「南賓雁」起，哀鳴孤獨的意識從未停歇；
但此意識並非鋪陳於時間順序法下的時境獨白，而是透過錯雜著古代
《詩經》、《禮經》、《楚辭》、《莊子》等有關雁的典故而得。〔註203〕這

　　　　藝文 7〉，別集類，頁 5342。
〔註200〕〔宋〕歐陽修、宋祁合撰，楊家駱主編：《新校本新唐書》，卷 196，
　　　　〈列傳第 121．隱逸〉，頁 5612～5613。
〔註201〕〔宋〕計有功：《唐詩紀事》，卷 60，頁 963。
〔註202〕傅璇琮：《唐才子傳校箋》，第 3 冊，卷 8，頁 514。辛文房之評論。
〔註203〕有關《詩經》引用〈小雅．鴻雁〉篇；而《禮經》方面則有《禮記．

種典故的運用，並非彰顯雁的重要，而是成爲犧牲的悲愴。特別是結尾「身雖慕高翔」雖有自我恢弘的意義，但是「糞壤是盼盼。或聞通鬼魅，怪祟立可辯。哲蔟書尙存，寧容恣妖幻。」〔註204〕大環境的惡劣，實難用個人力量抵制的。

　　與前一首比較，此詩採取五層「單雙反襯」的連結，不僅加強反襯的作用，也在於怪異的意象中，讓人看見那個人性化下的雁，是詩人在「寧容恣妖幻」際遇裡的無奈。

　　大致上述不管是主觀引發還是客觀影響，詩人所表達出的孤獨意識主要以仕途受挫、親友離散與背棄、家國遭逢戰亂爲主；而其心境上，黯然神傷有之，恆惴慄有之，渴望有棲身之所者有之，怨忿小人當道者有之；當然無以聊賴下，逐孤芳自賞，縈夢滄洲也無妨。

二、病惙衰危，憂而不懼

　　對於孤獨，其來由錯綜複雜，是主觀也是客觀的盤桓；而生老病死諸事，則又是詩人悲傷情韻中另一無所逃避的問題。早期心理學家張耀翔曾提出：「食物、遊戲、學問、危險、責罰、病痛、傷感七事，最能記憶。」〔註205〕對於詩人透過記憶得以書寫的，除非是寫他人；若是自己，那麼其中如影隨形的「痛楚、病苦、貶謫」等，總是格外椎心刺骨的。

　　詩人對於「殘病衰老」等事，總是比一般升斗小民來得感觸敏銳，藉由詩篇描述起來也更深刻些。詩中舉凡「肺病」，如杜甫〈返照〉：「衰年肺病唯高枕」；〔註206〕「牙痛」，如白居易〈病中贈南鄰覓酒〉：

　　　　　昏義》、《儀禮・士昏禮》等篇章；《楚辭》則是引用〈離騷〉篇；
　　　　　至於《莊子》書中則是引用〈秋水〉篇等。
〔註204〕　其中的「哲蔟」，掌覆天鳥之巢；天鳥，惡鳴鳥。參見《周禮》，〔清〕
　　　　　阮元：《十三經注疏》（台北：藝文印書館，1993），〈秋官司寇第五〉，
　　　　　頁557。
〔註205〕　張耀翔：《心理學文集》（上海：上海人民出版社，1983年），〈人生
　　　　　第一記憶〉，頁9。
〔註206〕　〔清〕聖祖御定：《全唐詩》，第7冊，卷230，頁2529。

「頭痛牙疼三日臥，妻看煎藥婢來扶。」；〔註207〕「消渴」，如陸希聲〈陽羨雜詠，十九首之十四：茗坡〉：「春醒酒病兼消渴」；〔註208〕手疼，如齊己〈送胎髮筆寄仁公〉：「老病手疼無那爾」〔註209〕各類病狀，不可勝數；顯見詩人對於病痛，直接陳述，無意隱瞞。但若是不直接以己身為對象，反而投射於物象上，如病馬：杜甫〈病馬〉：「乘爾亦已久，天寒關塞深。塵中老盡力，歲晚病傷心。毛骨豈殊眾，馴良猶至今。」；〔註210〕如病柳：崔備〈使院憶山中道侶兼懷李約〉：「病柳傷摧折，殘花惜掃除。」；〔註211〕如病草：李中〈春日野望懷故人〉：「暖風醫病草，甘雨洗荒村。」〔註212〕等等，或是本文所要探討的禽鳥方面，在病況與心緒上，都不是單純性的。

詩人在表達病懨衰危方面，其中與禽鳥結合者，幾乎百分百集中在一個「病」字上；由於詩人大都以明確表述病況居多，能寄寓於禽鳥者只有十首而已。〔註213〕其中又以「鶴」為主，「鷗」、「鵲」、「孔雀」居次。

（一）是病非病，焉肯雄心向爾低

詩人在題目上加上了「病」字，明顯是由病而發；但是並不是真得一一陳述病況，說明病中心情不可；又或者這個病不達生命垂危，所以在這個意興闌珊之刻，有時反而激起「不肯示弱」的意志。雖然與選擇的禽鳥意象有關聯，但作者才是支配者。

此處詩人選擇的是鶴與鵲作為表現，先以鶴為例。鶴有沖天本

〔註207〕〔清〕聖祖御定：《全唐詩》，第14冊，卷456，頁5171。

〔註208〕〔清〕聖祖御定：《全唐詩》，第20冊，卷689，頁7914。

〔註209〕〔清〕聖祖御定：《全唐詩》，第24冊，卷846，頁9580～9581。

〔註210〕〔清〕聖祖御定：《全唐詩》，第7冊，卷254，頁2424。

〔註211〕〔清〕聖祖御定：《全唐詩》，第10冊，卷318，頁3586。

〔註212〕〔清〕聖祖御定：《全唐詩》，第21冊，卷747，頁8500。

〔註213〕錢起〈病鶴篇〉、韓愈〈病鴟〉、白居易〈歎鶴病〉、白居易〈病中對病鶴〉、雍陶〈病鶴〉、項斯〈病鶴〉、賈島〈病鵲吟〉、皮日休〈病孔雀〉、羅隱〈病中題主人庭鶴〉、杜甫〈呀鶻行〉。

領，以鶴之病為病，莫過於將焦點放在「羽翼」的正常與否。羽翼無
法開展，正如人的升遷受到阻遏，該如何面對，是一大難題；但運用
不到展翅，則「昂藏瞵視」蓄勢待發，也是可以的，如錢起〈病鶴篇〉：

> 獨鶴聲哀羽摧折，沙頭一點留殘雪。三山侶伴能遠翔，五
> 里裴回忍為別。驚群各畏野人機，誰肯相將霞水飛。不及
> 川鳧長比翼，隨波雙泛復雙歸。碧海滄江深且廣，目盡天
> 倪安得往。雲山隔路不隔心，宛頸和鳴長在想。何時白霧
> 捲青天，接影追飛太液前。(《全唐詩》，第 7 冊，卷 236，頁 2601。)

錢起（西元 722？～785？）字仲文，唐吳興人，工詩，天寶十年及
第，是大曆十才子之一，官終考工郎中，有錢仲文集。〔註214〕與郎
士元齊名，時語曰：「前有沈、宋，後有錢、郎。」〔註215〕大抵活躍
於開元至貞元初期，正當唐代聲勢由盛轉衰的階段。

　　王定璋曾將錢起之生平與作品區分為三階段，第一是及第前的求
仕和漫游時期（天寶十載前）；第二沉淪下僚時期（天寶十載至廣德
元年）；入省為郎至謝世（廣德元年至建中年間）。〔註216〕另外李娜
則言：「縱觀錢起一生三個階段的創作，可以看到文學史上一個普遍
現象：早年立志建功立業，干世欲望強烈，因而頗能寫些關注現實民
生疾苦的作品。但是中年入朝後，年齡的增長和生活圈子的縮小，使
得消極引退之思和無聊的應酬內容充斥于作品中；早期思想上的光芒
已經蕩然無存，只看到一種發展藝術技巧和風格的努力。」〔註217〕
至於晚年，此詩應可以作為其表徵。在《全唐詩》中收錄五百三十三
首詩，以病入詩極為鮮少，此詩與謝世前心境頗有關聯。

〔註214〕劉大杰：《中國文學發展史》（香港：三聯書店，2000 年），中冊，
　　　　頁 491。
〔註215〕〔宋〕歐陽修、宋祁合撰，楊家駱主編：《新校本新唐書》，卷 203，
　　　　〈列傳 128・文藝下・盧綸〉，頁 5786。
〔註216〕王定璋：《錢起詩集校注》（杭州：浙江古籍出版社，1992 年），〈前
　　　　言〉，頁 2。
〔註217〕李娜：《錢起詩歌藝術研究》（南京：南京師範大學文學碩士論文，
　　　　2007 年），〈前言〉，頁 6。

本詩以七言古體進行，一開頭「獨鶴聲哀羽摧折」就已破題表示鶴病之狀，而殘雪更透露著昔日光彩消失殆盡，所以結合「三山」〔註218〕、「五里霧」〔註219〕等道家典故，既對於鶴的身分來處有所烘托，也對於離去此地深表不捨；其次，詩中有兩層比較，第一層由於是病鶴之身，所以在湖泊週遭無人願意與之排列，不及川鳧長比翼，可以隨波雙泛復雙歸；第二層是碧海滄江本是屬於沖天鶴的，但是此時身心俱疲，難以如願。詩的後四句與一般病苦坐以待斃，自怨自艾不同；反而宛頸和鳴長在想，希望有一天得以重返「太液」前。陳玉妮以爲：「觀賞錢起感懷作品，發現他的內心是追求名利的，雖然他喜歡悠閒，卻害怕窮困，所以一旦不順遂，就會在作品中表現出來，而這也是他和王維層次與心境上最大的不同。」〔註220〕作爲大曆詩人，歷經安史之亂的烽火連天，面對歷史難免感傷與迷惘，但此詩不涉及戰爭，純粹在追求名利上著墨，即便是身已獨聲已哀的病中。至於葛曉音認爲：「中唐詩風的三大變化，即注重內在感覺以表現印象，古體詩的苦澀險怪，以及口語、俗語入詩的白話化傾

〔註218〕 革曰：「渤海之東不知幾億萬里，有大壑焉，實惟無底之谷，其下無底，名曰歸墟。……其中有五山焉：一曰岱輿，二曰員嶠，三曰方壺，四曰瀛洲，五曰蓬萊。其山高下周旋三萬里，其頂平處九千里。山之中間相去七萬里，以爲鄰居焉。其上臺觀皆金玉，其上禽獸皆純縞。珠玕之樹皆叢生，所居之人皆仙聖之種：一日一夕飛相往來者，不可數焉。」參見楊伯峻：《列子集釋》（台北：華正書局，1987年），〈湯問篇〉，頁151。又《史記》有：「既已，齊人徐市等上書，言海中有三神山，名曰蓬萊、方丈、瀛洲，仙人居之。請得齋戒，與童男女求之。於是遣徐市發童男女數千人，入海求仙人。」參見〔日〕瀧川龜太郎：《史記會注考證》，〈秦始皇本紀〉，頁121。

〔註219〕 張楷性好道術，能作五裏霧。時關西人裴優亦能爲三裏霧，自以不如楷，從學之，楷避不肯見。桓帝即位，優遁行霧作賊，事覺被考，引楷言從學術，楷坐繫廷尉詔獄，積二年，恆諷誦經籍，作尚書注。後以事無驗，見原還家。建和三年，下詔安車備禮聘之，辭以篤疾不行。〔東漢〕班固撰，楊家駱主編：《新校本後漢書》（台北：鼎文書局，1979年），卷36，〈鄭範陳賈張列傳・子楷〉，頁1243。

〔註220〕 陳玉妮：《錢起詩研究》（台中：私立靜宜大學中文碩士論文，2005年），頁59。

向，都可以在天寶至大曆時期的詩歌中找到一些端倪。」〔註221〕此詩少了些險怪，綜合其他二者於其中，有別於自寫：「曲終人不見，江上數峰青。」〔註222〕早期的體格新奇；多寄託在內心的渴望，是以就算是病鶴，也有無限的未來可期待。

　　而病鶴都能振作，那麼當作者以「鶻」來書寫時，其氣勢更為強而有力。例如杜甫的〈呀鶻行〉：

> 病鶻孤飛俗眼醜，每夜江邊宿衰柳。清秋落日已側身，過雁歸鴉錯回首。緊腦雄姿迷所向，疏翮稀毛不可狀。強神迷復皁雕前，俊才早在蒼鷹上。風濤颯颯寒山陰，熊羆欲蟄龍蛇深。念爾此時有一擲，失聲濺血非其心。（《全唐詩》，第7冊，卷234，頁2583。）

鶻是行動敏捷凶猛有力的禽鳥，獵人常馴服以捉兔鳥。杜甫有關以「鶻」為題的詩還有另外兩首：〈義鶻行〉、〈畫鶻行〉；以此類鶻、鷹、雕等猛禽為題，早已是作者自我的化身。而這首〈呀鶻行〉雖然不在題目上加病字，但由於詩中的表白，遂一併處理。

　　這首詩並沒有以「病」為題，但第一句就以「病鶻」集中焦點。此詩書寫時間不明確，但由前兩首寫於乾元元年（西元758）來推算，應該屬於其後作品。〔註223〕詩以樂府進行，起頭四句既呈現病鶻衰醜樣貌，以衰柳來烘托頹勢，又加上清秋冷時節，孤棲寒夜格外深；第二層則有別於前，強調身衰力茫但無妨，因為俊才早在蒼鷹上；而在第三層方面，則以為環境險惡，就算拖著並不強健的身子，為了生存，仍得放手一搏。至於賈島的〈病鶻吟〉則是：

> 俊鳥還投高處栖，騰身戛戛下雲梯。有時透霧凌空去，無事隨風入草迷。迅疾月邊捎玉兔，遲迴日裡拂金雞。不緣毛羽

〔註221〕　葛曉音：《詩國高潮和盛唐文化》（北京：北京大學出版社，1998年），頁427。

〔註222〕　〔清〕聖祖御定：《全唐詩》，第8冊，卷238，〈省試湘靈鼓瑟〉，頁2651。

〔註223〕　〔唐〕杜甫著，〔清〕仇兆鰲：《杜詩詳注》，卷22，頁1931。蔡夢弼編在大曆三年，然注者以為在「夔州」亦可，故未定何年。

遭零落，焉肯雄心向爾低。(《全唐詩》，第 17 冊，卷 574，頁 6686。)

賈島（西元 788～843）字浪仙，一作閬仙，范陽人。〔註224〕曾因連敗文場，一貧如洗，所以初爲浮圖，名無本。能詩，獨變格入僻，以矯豔于元白。來洛陽，韓愈教爲文。去浮圖，舉進士，終晉州司戶。〔註225〕韓愈曾贈詩：「孟郊死葬北邙山，從此風雲得暫閒。天恐文章渾斷絕，更生賈島著人間。」〔註226〕彼此結爲布衣交，其名自此顯著。

　　這首七言律詩，不像其他詩以病況破題，從第一句到第六句全是讚美俊鶻，不管是由上到下，霧裡來風裡去，或是白天黑夜的迅疾與盤桓，絲毫察覺不出任何異樣。直到最後兩句，才點明這是一只病鶻；但是「焉肯雄心向爾低」的情志，卻是無以倫比的。賈島曾因久不第，吟〈病蟬〉：「病蟬飛不得，向我掌中行。拆翼猶能薄，酸吟尚極清。露華凝在腹，塵點誤侵睛。黃雀并鳶鳥，俱懷害爾情。」〔註227〕以刺公卿；但是詩中的可憐情狀，與這首相比，〈病鶻吟〉不肯向惡勢力低頭，著實是使人懾服的。

（二）說病是病，坦然面對又養傷

　　生病無可避免，不必裝模作樣；與其逞強，還不如如實面對。而當下難過總是會有的，又透過禽鳥的樣貌神情，引發出的同病相憐竟更爲深刻，其明哲保身的心，當無可厚非。如白居易的〈歎鶴病〉：

　　右翅低垂左脛傷，可憐風貌甚昂藏。亦知白日青天好，未
　　要高飛且養瘡。(《全唐詩》，第 14 冊，卷 450，頁 5079。)

白居易（西元 772～846）愛鶴養鶴，以鶴自比，他人莫甚之。此詩作歎鶴病，顯然不是鶴在喟嘆，而是發自作者之口。詩以七言絕句循序進行，第一句即說明鶴的傷勢，但此傷不影響其本有的昂藏體貌；

〔註224〕傅璇琮：《唐才子傳校箋》，第 3 冊，卷 8，頁 514。
〔註225〕〔宋〕計有功輯撰：《唐詩紀事》，卷 40，頁 610。
〔註226〕〔清〕聖祖御定：《全唐詩》，第 10 冊，卷 345，〈贈賈島〉，頁 3872。
〔註227〕〔清〕聖祖御定：《全唐詩》，第 17 冊，卷 573，頁 6658。

只是此傷勢不在頭不在腳而在羽翼，所以明知道青天白日好，也得好好養傷才行。其另一首〈病中對病鶴〉：

> 同病病夫憐病鶴，精神不損翅翎傷。未堪再舉摩霄漢，只合相隨覓稻梁。但作悲吟和嘹唳，難將俗貌對昂藏。唯應一事宜爲伴，我髮君毛俱似霜。（《全唐詩》，第 13 冊，卷 443，頁 4954。）

與前一首雷同，皆是「精神不損翅翎傷」，外在受傷而精神絲毫未減；只是羽翅受傷，相對的想要衝雲霄已是不可能。特別是病中的自己面對病鶴，同病相憐自不在話下。

　　大多數人對於老病是十分介意的，白居易也是。光就「白髮」一事，他就曾在 63 首詩中提及，有的直接以之爲題，從〈初見白髮〉：「勿言一莖少，滿頭從此始。青山方遠別，黃綬初從仕。未料容鬢間，蹉跎忽如此。」〔註228〕到滿頭白髮之作，如〈白髮〉：「白髮知時節，閣與我有期。今朝日陽裏，梳落數莖絲。家人不慣見，憫默爲我悲。我云何足怪，此意爾不知。凡人年三十，外壯中已衰。但思寢食味，已減二十時。況我今四十，本來形貌羸。」〔註229〕、〈白髮〉：「雪髮隨梳落，霜毛繞鬢垂。加添老氣味，改變舊容儀。」〔註230〕、〈白髮〉：「白髮生來三十年，而今鬚鬢盡皤然。歌吟終日如狂叟，衰疾多時似瘦仙。」；〔註231〕有的則是採取比喻，如〈白鷺〉：「人生四十未全衰，我爲愁多白髮垂。何故水邊雙白鷺，無愁頭上亦垂絲。」〔註232〕用髮記錄年紀，用年紀感嘆身衰，老邁髮白是承認也是感傷的。

　　只是詩中白居易對於自己髮白力衰的俗貌，那個難以避免的人生歷程有所慨歎；畢竟是無法與千年鶴的昂藏──那個心中永遠的美好相提並論。對他而言，理想永遠存在，美麗可以永恆，而鶴髮雞皮的

〔註228〕　〔清〕聖祖御定：《全唐詩》，第 13 冊，卷 432，頁 4770。
〔註229〕　〔清〕聖祖御定：《全唐詩》，第 13 冊，卷 432，頁 4775。
〔註230〕　〔清〕聖祖御定：《全唐詩》，第 14 冊，卷 443，頁 4955。
〔註231〕　〔清〕聖祖御定：《全唐詩》，第 14 冊，卷 457，頁 5194。
〔註232〕　〔清〕聖祖御定：《全唐詩》，第 13 冊，卷 438，頁 4871。

人生，就留在自嘲下：「面黑頭雪白，自嫌還自憐。毛龜蓍下老，蝙蝠鼠中仙。名籍同逋客，衣裝類古賢。裘輕被白疊氎毛，靴暖蹋烏氊。周易休開卦，陶琴不上弦。任從人棄擲，自與我周旋。鐵馬因疲退，鉛刀以鈍全。行開第八秩，可謂盡天年。」〔註233〕雖是有病，人間常常無藥治，但白居易總還是個「人間清淨翁」。

（三）病苦病傷，憶得當時病未遭

另外有某些病中的抒發，不在於發洩情緒，或是想要伺機而動；而是無能為力，或是不敢牢騷滿腹，只好以黯然神傷收場。如雍陶的〈病鶴〉：

> 憶得當時病未遭，身為仙馭雪為毛。今來沙上飛無力，羞
> 見檣烏立處高。（《全唐詩》，第15冊，卷518，頁5921。）

雍陶（生卒年不詳），〔註234〕晚唐作家，以詩名，為諸名家所稱賞。〔註235〕如賈島〈送雍陶及第歸成都寧親〉：「不唯詩著籍，兼又賦知名。議論於題稱，春秋對問精。」〔註236〕在《全唐詩》中收錄135首詩，大致以生活感懷為主。

這首詩基本上以今昔對照，昔日尚未生病時，不管外型還是身分背景都是十分出色的；而今連駐足沙上都有氣無力，也難怪羞見檣上烏。整首七絕，理路簡單，嘆己亦嘆鶴，既沒有錢起「接影追飛」的期待，也沒有白居易「難將俗貌對昂藏」的黯然神傷，其低調可知。而皮日休的〈病孔雀〉：

〔註233〕〔清〕聖祖御定：《全唐詩》，第14冊，卷460，頁5242。〈喜老自嘲〉。

〔註234〕雍陶，字國鈞，成都人。大和間第進士。大中八年，自國子毛詩博士出刺簡州，詩一卷。參見〔宋〕歐陽修、宋祁合撰，楊家駱主編：《新校本新唐書》，卷60，〈藝文四‧丁部集錄‧別集類〉，頁1612。另外梁超然懷疑原籍應是雲安，成都只是寓居之所。參見傅璇琮：《唐才子傳校箋》，第3冊，卷7，頁244。

〔註235〕傅璇琮：《唐才子傳校箋》，第3冊，卷7，頁246。如姚合、賈島、章孝標等均對其讚譽頗高。

〔註236〕〔清〕聖祖御定：《全唐詩》，第17冊，卷573，頁6654。

煙花雖媚思沈冥，猶自抬頭護翠翎。強聽紫簫如欲舞，困眠紅樹似依屏。因思桂蠹傷肌骨，爲憶松鵝損性靈。盡日春風吹不起，鈿毫金縷一星星。（《全唐詩》，第 18 冊，卷 613，頁 7072。）

皮日休（西元 834～883）字襲美，一字逸少，襄陽人，爲唐代詩人。性傲誕，曾隱居鹿門山，以文章自負，尤善箴銘。咸通年間中進士，官太常博士，後爲黃巢所害，著有皮子文藪。〔註 237〕因爲愛喝酒，自稱醉士。

有關他的死，眾說紛紜，曾引發諸多揣測。其一，或說他因故爲巢所殺（孫光憲《北夢瑣言》、錢易《南部新書》、辛文房《唐才子傳》等）；其二，或說黃巢兵敗後爲唐王朝所殺（陸遊《老學庵筆記》引《該聞錄》）；其三，或說後至浙江依錢鏐（尹洙《大理寺丞皮子良墓誌銘》、陶岳《五代史補》）；其四，或說流寓宿州以終，墓在濉溪北岸（《宿州志》）等等。而其中比較可信的是「變節事巢，被唐室誅殺。」〔註 238〕此外，兩《唐書》皆未爲之立傳。

這首〈病孔雀〉書寫後，陸龜蒙有〈奉和襲美病孔雀〉，〔註 239〕雖有唱和之實，但此詩與其作品〈早春病中書事寄魯望〉：「眼暈見雲母，耳虛聞海濤。惜春狂似蝶，養病躁於猱。案靜方書古，堂空藥氣高。可憐眞宰意，偏解困吾曹。」〔註 240〕的確都是充滿無奈與無助的。特別是公孔雀的羽色，在盡日春風吹不起的情況下，不再是燦爛耀眼，僅剩下「鈿毫金縷一星星」。

（四）託病莫病，豈教身陷稻粱肥

不管是絃外之音，還是有所求，知足不忘本，感恩惜福，在病中

〔註 237〕 傅璇琮主編：《唐才子傳校箋》，第 3 冊，卷 8，頁 504～505。
〔註 238〕 有關皮氏死亡可參見田啓文：《晚唐諷刺小品文小品文探析：以羅隱、皮日休、陸龜蒙三家爲論》（台北：國立台灣師範大學國文學系博士論文，2000 年），頁 93～96。作者歸納分析而得。
〔註 239〕 〔清〕聖祖御定：《全唐詩》，第 18 冊，卷 624，頁 7177。
〔註 240〕 〔清〕聖祖御定：《全唐詩》，第 18 冊，卷 612，頁 7059。

更該體會其重要性，如項斯〈病鶴〉：

> 青雲有意力猶微，豈料低回得所依。幸念翅因風雨困，豈
> 教身陷稻梁肥。曾遊碧落寧無侶，見有清池不忍飛。縱使
> 他年引仙駕，主人恩在亦應歸。(《全唐詩》，第 17 冊，卷 554，
> 頁 6421。)

項斯（生卒年不詳），[註241] 始未爲聞人，因以卷謁楊敬之，楊苦愛之，贈詩與之。未幾，詩達長安，明年擢上第。[註242] 此後其名益彰。在這首〈病鶴〉中所傳達的力量是微薄的，見得清池也是不忍飛的；但是不忍飛不是因爲稻梁肥，而是「主人恩在亦應歸」。辛文房以爲項斯是：「溫飽非其本心，初築草廬於朝陽峰前，交結淨者。……凡此三十餘年。晚污一名，殊屈清致。」[註243] 的那種人。以此觀之，既然不戀棧，也不求溫飽，那何以不願上窮碧落下黃泉？或許「稻梁肥」總是無法割捨的。而羅隱〈病中題主人庭鶴〉則是含蓄中透著絃外之音：

> 遼水葦亭舊所聞，病中毛羽最憐君。稻梁且足身兼健，何
> 必青雲與白雲。(《全唐詩》，第 19 冊，卷 665，頁 7618。)

羅隱（西元 833～907）本名橫，字昭諫，唐末餘杭人。[註244] 與同縣羅鄴、羅虬共場屋，謂之三羅。在這首命爲〈病中題主人庭鶴〉的詩中，既是近可觀賞的「庭鶴」，當然得就鶴的重要來源說明；而鶴並非己有，是以從第三者立場憐惜羽毛已不再具有昂揚的能力；結尾則是諷諭鶴既有「稻梁且足身兼健」，又何必飛上天際與「青雲白雲」爲伍。顯然羅隱病中都還不甘寂寞，不改其「好諧謔，感遇輒發。」[註245] 的個性。

[註241] 項斯，字子遷，江東人，會昌四年擢第，終丹徒尉，詩一卷。見〔宋〕歐陽修、宋祁合撰，楊家駱主編：《新校本新唐書》，卷 60，〈藝文四·丁部集錄·別集類〉，頁 1612。

[註242] 楊敬之〈贈項斯〉：幾度見詩詩總好，及觀標格過於詩。平生不解藏人善，到處逢人說項斯。參見〔宋〕計有功輯撰：《唐詩紀事》，卷 49，頁 740。

[註243] 傅璇琮：《唐才子傳校箋》，第 3 冊，卷 7，頁 331。

[註244] 〔宋〕計有功輯撰：《唐詩紀事》，卷 69，頁 1033。以不第多次，後遂改名。

[註245] 傅璇琮：《唐才子傳校箋》，第 3 冊，卷 7，頁 331。

（五）似病非病，嘲譴背德與負恩

此病在病之外，不在病本身；患在周遭，不在己。比起前三類，其志更爲宏大，其手法更爲詭譎。韓愈的〈病鴟〉就是一例：

> 屋東惡水溝，有鴟墮鳴悲。青泥捽兩翅，拍拍不得離。群童叫相召，瓦礫爭先之。計校生平事，殺卻理亦宜。奪攘不愧恥，飽滿盤天嬉。晴日占光景，高風恣追隨。遂凌鷟鳳群，肯顧鴻鵠卑。今者命運窮，遭逢巧丸兒。中汝要害處，汝能不得施。於吾乃何有，不忍乘其危。丐汝將死命，浴以清水池。朝餐輟魚肉，暝宿防狐貍。自知無以致，蒙德久猶疑。飽入深竹叢，飢來傍階基。亮無責報心，固以聽所爲。昨日有氣力，飛跳弄藩籬。今晨忽徑去，曾不報我知。僥倖非汝福，天衢汝休窺。京城事彈射，豎子不易欺。勿諱泥坑辱，泥坑乃良規。（《全唐詩》，第 10 冊，卷 341，頁 3823。）

韓愈（西元 768～824），中唐作家，貞元八年（西元 792）登進士第。對於其詩，宋代張戒曾評到：「韓退之之詩，愛憎相半。愛者以爲強杜子美亦不及；不愛者以爲退之於詩本無所得。……放之則如長江大海，瀰翻洶湧，滾滾不窮；收之則藏形匿影，乍出乍沒，姿態橫生，變怪百出，可喜可愕。」〔註 246〕其中的「姿態橫生，變怪百出」用於此詩無不可。畢竟在中唐階段，誠如羅宗強先生所言：「中唐詩人的『變新』是大致朝著兩個方向發展：一是尚實、尚俗、務盡；一個是尚怪奇、重主觀……他們所表現的，往往是內心的情狀，是自己心靈的歷程。即使他們寫的是現實生活問題，也多通過自己心靈的曲折歷程去反映，帶著更多的主觀色彩。」〔註 247〕而韓愈此一「病鴟」正是「尚怪奇」且傳達悲憤之作。

鴟似鷹而小，其尾如舵，極善高翔，專捉雞雀。〔註 248〕有關鴟，

〔註 246〕 〔宋〕張戒：《歲寒堂詩話》，《叢書集成初編》（北京：中華書局，1985 年），第 2552 冊，頁 8。

〔註 247〕 羅宗強：《隋唐五代文學思想史》，頁 171。

〔註 248〕 〔明〕李時珍：《本草綱目》，《景印文淵閣四庫全書》，第 774 冊，子部 80 醫家類，頁 401。

早在《詩經》中有:「鴟鴞鴟鴞!既取我子,無毀我室!恩斯勤斯,鬻子之閔斯。迨天之未陰雨,徹彼桑土,綢繆牖戶。今女下民,或敢侮予。予手拮据,予所捋荼,予所蓄租;予口卒瘏:曰予未有室家。予羽譙譙,予尾翛翛,予室翹翹,風雨所漂搖。予維音嘵嘵。」〔註249〕鴟鴞之行徑惡劣可知,自此以下,人們對於此一惡鳥並無好的觀感。〔註250〕而韓愈此詩中的鴟仍是屬於惡鳥,只是得經由敘事過程,方得見其令人不恥之行徑。對於這種「託鴟為喻」的書寫,學者李建崑先生認為「乃在嘲諷背德負恩之人。揆其內涵,都有針砭時俗之意。是承襲《楚辭》託草木為喻之傳統,對世俗風氣,進行毫不留情之嘲諷。」〔註251〕而論及仿效,李建崑先生又言:「〈病鴟〉一詩係由東漢朱穆〈與劉伯宗絕交詩〉脫化而來。」〔註252〕然其中的「永從此別,各自努力。」雖是決裂之心堅決,但並無太多苛責;而韓愈此詩可是以「僥倖非汝福,天衢汝休窺。」加以告誡,其譴責之心,意興別具。

本詩變〈與劉伯宗絕交詩〉的四言結構而為五言長詩,先描述鴟鳥落難而悲鳴,又逢「連夜雨」式的——被呼朋引伴的群童爭相以拋擲瓦礫攻擊;其次以插敘模式,加入作者的一段評議,批判鴟的平生耀武揚威,凌駕於鳳凰鴻鵠之上。只是今昔不可同日而語,所以緊接著述及自己「不忍乘其危」,所以施以援手,日夜妥善照料,給予無

〔註249〕 〔唐〕孔穎達:《毛詩正義》,〔清〕阮元:《十三經注疏》,〈國風·豳風·鴟鴞〉,頁280。
〔註250〕 李時珍以將鴟、鴞視為二者,並視其與梟、鵂、鵬等為貪惡者。見〔明〕李時珍:《本草綱目》,《景印文淵閣四庫全書》,第774冊,子部80醫家類,頁402。
〔註251〕 李建崑:《韓愈詩探析》(台中:中興大學教師升等改聘論文,1999年),頁255。
〔註252〕 李建崑:《韓愈詩探析》,頁84。其中有關東漢朱穆〈與劉伯宗絕交詩〉:「北山有鴟,不潔其翼。飛不定向,寢不定息。飢則木攬,保則泥伏。饕餮貪汙,臭腐是食。填腸滿嗉,嗜欲無極。長鳴呼鳳,鳳之所趣,與子異域,永從此別,各自努力。」參見逯欽立輯校:《先秦漢魏晉南北朝詩》(台北:學海出版社,1991年),頁181。

微不至的關護。遺憾的是，鷗鳥在虛弱時，尚且與其親近，博取同情；但當其傷勢痊癒，遂於「今晨忽徑去」，並不知感恩圖報。最後一層則是以「京城事彈射，豎子不易欺。勿諱泥坑辱，泥坑乃良規。」嚴厲斥責，痛惡之情毫不掩飾。李建崑言：「朱氏以鷗鳥與鳳鳥作爲對比，表達其決裂之意；韓愈則集中表現鷗鳥『受恩而背去』之負面性格，於是鷗鳥遂成爲負心人之象徵。」〔註 253〕正所謂君子待小人之道，始以寬厚，終以忠告也，寧人負我，毋我負人，與少陵〈義鶻行〉相反。皆淵源樂府而不及者，則氣格古近間辨之矣。〔註 254〕〈病鴟〉筆力馳騁，詳切愷殷，稟承漢魏風骨；當然也合於韓愈提倡儒家道統的淑世易俗的正確性。

　　大抵藉由病的禽鳥，各樣的病狀，各種的態貌，比起透過人的描述景況，別有一番情思。其他如孟郊〈落第〉：「曉月難爲光，愁人難爲腸。誰言春物榮，獨見葉上霜。雕鶚失勢病，鷦鷯假翼翔。棄置復棄置，情如刀劍傷。」〔註 255〕雖沒有直接在題上加諸「病」字，但透過「昏月」、「愁腸」、「葉上霜」、「雕鶚失勢病」、「鷦鷯假翼翔」等意象皆一一累積其落第之情猶如刀割，病況難癒。特別是其自比爲雕鶚，失勢之苦，與棄置毫無差別。是以不管是禽鳥病還是人生病，總寄託著屬於作者的生命意識。

三、歸期無望，思返難成

　　思歸，是文學主題中的重要課題。從《詩經》：「鴻飛遵渚。公歸無所，於女信處。」、「采薇采薇！薇亦作止。曰歸曰歸！歲亦莫止。」、

〔註 253〕　李建崑：《韓愈詩探析》，頁 85。

〔註 254〕　〔清〕陳沆：《詩比興箋》（台北：藝文印書館，1970 年），頁 479 ～480。

〔註 255〕　〔清〕聖祖御定：《全唐詩》，第 11 冊，卷 374，頁 4202。另按此詩寫於貞元 9 年（西元 793），參見〔唐〕孟郊著，李建崑、邱燮友校注，國立編譯館主編：《孟郊詩集校注》（台北：新文豐出版公司，1997 年），頁 71。

「念彼共人，涕零如雨。豈不懷歸？畏此罪罟。」〔註256〕等等情感抒發；到戰國屈原：「鳥飛返故鄉兮，狐死必首丘。信非吾罪而棄逐兮，何日夜而忘之！」〔註257〕的執著；而在漢末，〈古詩十九首〉裡的情韻一致：「胡馬依北風，越鳥巢南枝。……浮雲蔽白日，遊子不顧反。」〔註258〕雖有責難，但仍是透過不忘本的提醒，奉勸遊子回鄉的心不要動搖。至於魏晉階段，更是抒發深沉，如江總：「客子嘆途窮，此別異西東。關山嗟墜葉，岐路憫征蓬。別鶴聲聲遠，愁雲處處同。」〔註259〕家既是鄉、國的基礎，那麼離家的客子，永遠有落葉歸根之感。

　　唐人在建功立業之外，思鄉也成了生命中的重要基調。但歸何處？近代研究者以爲可以劃分爲三種：「地域意義上的故鄉、政治意義上的故鄉、原初意義上的故鄉。」〔註260〕第一類型屬於純粹出生之地，第二類是對於官宦之人而言，回歸朝廷才是書寫者心中的目標，而第三類則是回到精神意義上的家鄉——自然。爲何思歸？紀倩倩歸納眾多學者意見有三項：「首先，多數學者認爲思鄉情結由農耕文化氛圍下形成的安土重遷意識所致。其次，在心理因素方面，思鄉的情感源於人類最原始的親親之情，是一種血濃于水的情感，這種情感始於對故鄉親人的依戀；而社會因素方面，包含戰爭、羈旅、貶謫、遠遊、繇役等。第三則是從文化角度來論述思鄉情結產生的原因。任何一種文學主題的產生都有其深厚的文化意蘊。可能是對於和平安靜生活、溫馨醇美的人倫情味等的嚮往。」〔註261〕因其所處環境與個體感受之不

〔註256〕〔唐〕孔穎達：《毛詩正義》，〔清〕阮元：《十三經注疏》，〈豳風·九罭〉，頁301；〈小雅·采薇〉，頁330；〈小雅·小明〉，頁445。

〔註257〕〔戰國〕屈原；〈九章·涉江〉，《楚辭四種》，頁79。

〔註258〕〔南朝梁〕蕭統：《文選》（台北：藝文印書館，1983年），頁417。

〔註259〕遂欽立：《先秦漢魏晉南北朝詩》，〈別袁昌州詩二首之二〉，頁2569。

〔註260〕呂愛梅：〈鳥飛返故鄉兮，狐死必首丘——我國古代文學中的三種懷鄉類型〉，《文史雜志》，第6期，（2000年），頁38～40。

〔註261〕紀倩倩：《論唐代思鄉詩的文化精神與藝術新變》（青島：青島大學文學碩士學位論文，2005年），頁6～9。

同，所以會有「遊子思鄉、左遷思鄉、戰亂流離思鄉、遠役征夫思鄉」
〔註262〕等之創作，但實際的身心煎熬、罣悶與痛楚，卻是永無寧日。

　　人其實也如同南飛北返的候鳥，總想回到其來處，就算來處難以
歸。只是諷刺的是：「沒有離鄉，何來歸鄉！」在《全唐詩》中，透
過禽鳥以「歸」為目的的作品有十四首，〔註263〕其中只以「雁」、「燕」
為寄託。這些以禽鳥傳達歸思之情的作品，不管是騷人墨客，還是行
旅遠遊，政治性關聯是主要緣由。

（一）以雁為寄託，思歸塞路長

　　每個羈旅的靈魂，總是漂泊不安的；每個顛沛流離下的靈魂，都
有著對於故土國家特別強烈的責任感與依賴；這種傾向是別的民族所
沒有的根深柢固，但這也是對家鄉的眷戀和思鄉的痛苦。〔註264〕只
是這些痛苦，作者有時身歷其境，有時卻是跳脫於外的。

1、天涯迢遞行路斷

　　要說身陷離亂中，與大時代共存亡的，莫過於詩聖杜甫，其〈歸
雁〉兩首對於「歸」可是衷心渴盼的：

> 1. 東來萬里客，亂定幾年歸。腸斷江城雁，高高正北飛。(《全
>   唐詩》，第 7 冊，卷 228，頁 2480。)
> 2. 聞道今春雁，南歸自廣州。見花辭漲海，避雪到羅浮。
>   是物關兵氣，何時免客愁。年年霜露隔，不過五湖秋。(《全
>   唐詩》，第 7 冊，卷 233，頁 2568。)

以「歸」字道歸心，在詩題中有五十首，大部分都是贈答之作，與自
我相關的有十九首；這十九首中與禽鳥結合的有五首，而這十九首歸

〔註262〕 章文清、劉依軍：〈唐詩中思鄉情結及其藝術表現方法淺析〉，《江
　　　　西科技師範學院學報》，第 5 期，(2002 年 10 月)，頁 21～22。

〔註263〕 分別是：杜甫〈歸雁〉、〈歸雁二首〉、〈歸雁〉、〈歸燕〉，錢起〈歸雁〉，
　　　　武元衡〈歸燕〉，鮑溶〈歸雁〉，杜牧〈歸燕〉，陸龜蒙〈歸雁〉，崔道
　　　　融〈歸燕〉，李建勳〈歸燕詞〉，孟貫〈歸雁〉，齊己〈歸雁〉等 14 首。

〔註264〕 錢林森編譯：《牧女與蠶娘：法國漢學家論中國古詩》(上海：上海
　　　　古籍出版社，1990 年)，頁 29。

詩都是杜甫五十歲以後到死前作品。

　　上列第一首詩雖然無法得知書寫時間，但從「亂定幾年歸」，可知寫於安史之亂平定後；而腸斷江城的雁，說出歷經戰亂的苦難，但可喜的是，這個萬里客正高高向北飛。而第二首作於大曆三年的春天（西元 768），當時他已經五十七歲，身在夔州。這一年崔寧殺英義，楊子琳襲取成都，蜀中大亂。〔註265〕杜甫遂帶著妻兒避居荊楚，離開夔州。詩的開端先言歸，次言辭，後言到，終乃言「不過」；五六本屬結意，卻作中聯；七八本是發端，翻爲結語，章法層層倒捲，可謂矯變異常。〔註266〕其中的「是物關兵氣」，王嗣奭以爲：禽鳥得氣之先，隔年（西元 769）潭州果有臧玠之亂，桂州又有朱濟之亂。〔註267〕可「雁」怎會有預知戰亂能力？顯然是作者遷徙漂流的經驗吧！所以「免客愁」只是奢望，至於「歸鄉」呢？雁都無法過五湖，人當然也是歸夢難成。另外〈歸雁二首〉：

> 萬裏衡陽雁，今年又北歸。雙雙瞻客上，一一背人飛。雲裡相呼疾，沙邊自宿稀。繫書元浪語，愁寂故山薇。（〈之一〉，《全唐詩》，第 7 冊，卷 233，頁 2577。）

> 欲雪違胡地，先花別楚雲。卻過清渭影，高起洞庭群。塞北春陰暮，江南日色曛。傷弓流落羽，行斷不堪聞。（〈之二〉，《全唐詩》，第 7 冊，卷 233，頁 2577。）

天寶十四年（西元 755）十一月爆發安史之亂，杜甫政治理想之路從此斷送。雖然後來肅宗給了他「左拾遺」的職位（西元 757），但不久就被貶爲華州司戶參軍。乾元二年（西元 759）七月，杜甫棄華州司功參軍之職，與家人開始了西去秦州的旅程。自此之後，杜甫離開了他前半生生活過的故鄉——京洛之地，無論是出生地洛陽，還是政

〔註265〕〔宋〕歐陽修、宋祁合撰，楊家駱主編：《新校本新唐書》，卷 144，〈列傳 69．崔寧〉，頁 4705。

〔註266〕〔唐〕杜甫著，〔清〕仇兆鰲：《杜詩詳注》，卷 21，頁 1885。黃鶴評曰。

〔註267〕〔明〕王嗣奭：《杜臆》（台北：中華書局，1970 年），頁 370。

治中心長安，此後他再也沒有回去過。在杜甫後半生的文學中，「望鄉」遂成爲了其中的一個重要核心內容。〔註 268〕意即到死之前（西元 770），長達十六年的歲月，除了短暫安頓，幾乎都在飄蕩間度過。

此詩根據黃鶴注：當是大曆五年（西元 770）潭州作。〔註 269〕〈二首之一〉中的「一一背人飛」，正意味著杜甫人在南，而雁北飛，所以見歸雁思故鄉之切可知。〈二首之二〉的「傷弓流落羽，行斷不堪聞。」皆是窮途旅客所不忍聞也。〔註 270〕更何況：「五十頭白翁，南北逃世難。疏布纏枯骨，奔走苦不暖。已衰病方入，四海一塗炭。乾坤萬里內，莫見容身畔。妻孥復隨我，回首共悲歎。故國莽丘墟，鄰里各分散。歸路從此迷，涕盡湘江岸。」〔註 271〕大曆五年這一年是杜甫大限之年，回首逃難的東奔西走猶如雁的「欲雪違胡地，先花別楚雲。」天地間來去未定，成爲永遠的遺憾，而歸路早已消失。

至於陸龜蒙的〈歸雁〉則是：

> 北走南征象我曹，天涯迢遞翼應勞。似悲邊雪音猶苦，初背岳雲行未高。月島聚棲防暗繳，風灘斜起避驚濤。時人不問隨陽意，空拾欄邊翡翠毛。（《全唐詩》，第 18 冊，卷 626，頁 7196。）

詩以七言律詩安排，第一聯就將人與雁對照，南北奔波是十分辛苦的；第二聯則是從環境「邊雪」、「背岳雲」的險惡，影響其身形與聲音方面著手；第三聯立足於棲息處以及避險的方式；尾聯顯然將「翡翠」與雁類比，前者受到歡迎，而雁卻遭冷落。

大抵陸龜蒙以雁爲題的詩有五首，都屬情意悲苦之作；與前一節所討論其〈孤雁〉之詭異，這首詩顯得簡單明確多了。至於陸龜蒙的作品評價，從唐宋以下，以迄現代，大都集中在「隱士」、「閒逸」、「峭

〔註 268〕　〔日〕松原朗文，〔中〕李寅生譯：〈論杜甫在蜀中前期的望鄉意識〉，《杜甫研究學刊》，第 1 期，（2008 年），頁 85。
〔註 269〕　〔唐〕杜甫著，〔清〕仇兆鰲：《杜詩詳注》，卷 23，頁 2059。
〔註 270〕　〔唐〕杜甫著，〔清〕仇兆鰲：《杜詩詳注》，卷 23，頁 2060。
〔註 271〕　〔清〕聖祖御定：《全唐詩》，第 7 冊，卷 234，頁 2583。

拔」爲主，畢竟他的一生都在江南東道的範圍之內活動，因此在他的詩歌中時時可以見到有江南情致的景象；所詠的對象也因爲科舉制度下的試題模式影響，呈現出瑣細的特點。〔註 272〕是以上之〈孤雁〉合於明代胡應麟：「皮日休、陸龜蒙馳騖新奇，又一變也。」〔註 273〕而此首〈歸雁〉算是合於辛文房所謂的「苦吟」之風，〔註 274〕但終歸是作品中的少數。

　　另外又有孟貫〈歸雁〉：「春至衡陽雁，思歸塞路長。汀洲齊奮翼，霄漢共成行。雪盡翻風暖，寒收度月涼。直應到秋日，依舊返瀟湘。」〔註 275〕以及齊己〈歸雁〉：「塞門春已暖，連影起蘋風。雲夢千行去，瀟湘一夜空。江人休舉網，虜將又虛弓。莫失南來伴，衡陽樹即紅。」〔註 276〕其情韻則與杜甫相似，而與陸龜蒙「歸意淡薄」大相逕庭。

2、不勝清怨卻飛來

　　而有些作品，並不見得是作者親身體驗，但大時代的悲哀，總是感染有之，悵望爲之。錢起的〈歸雁〉一首就是：

> 瀟湘何事等閒回，水碧沙明兩岸苔。二十五弦彈夜月，不
> 勝清怨卻飛來。（《全唐詩》，第 8 冊，卷 239，頁 2688。）

錢起以歸爲題的作品有四十二首，其中除了五首屬自我生活寫照，如〈晚歸藍田舊居〉：「雲卷東皋下，歸來省故蹊。泉移憐石在，林長覺原低。舊里情難盡，前山賞未迷。引藤看古木，嘗酒咒春雞。興與時髦背，年將野老齊。才微甘引退，應得遂霞棲。」〔註 277〕一類，其他都是送歸贈酬之詩。是以論及「歸鄉」，並非何其沉重，此首〈歸雁〉遂見。

〔註 272〕 劉澤海：《陸龜蒙詩歌研究》（貴陽：貴州大學文學碩士論文，2007年），頁 53。
〔註 273〕 〔明〕胡應麟：《詩藪》，頁 556。
〔註 274〕 傅璇琮：《唐才子傳校箋》，第 3 冊，卷 8，頁 514。
〔註 275〕 〔清〕聖祖御定：《全唐詩》，第 22 冊，卷 758，頁 8620。
〔註 276〕 〔清〕聖祖御定：《全唐詩》，第 24 冊，卷 839，頁 9457。
〔註 277〕 〔清〕聖祖御定：《全唐詩》，第 8 冊，卷 238，頁 2656。

　　作者一反歷代詩人把春雁北歸視爲當然的慣例，故意對於大雁的歸來表示不解，所以劈空設問：「瀟湘何事等閒回，水碧沙明兩岸苔。」全然不理會雁的習性，而探索大雁歸來的原因。〔註 278〕到了三四句：「二十五弦彈夜月，不勝清怨卻飛來。」當然是作爲回答之用，原來是湘女在月下鼓瑟，瑟音哀怨，大雁不忍佇聽，所以飛回北方。《唐詩解》有言：「瑟中有〈歸雁操〉，仲文所賦〈湘靈鼓瑟〉爲當時所稱，蓋托意歸雁，而自矜其作，謂可泣鬼神、感飛鳥也。」〔註 279〕將其考中進士的成名作〈省試湘靈鼓瑟〉〔註 280〕與此首〈歸雁〉對照，「楚客不堪聽」表達出貶謫湘楚的楚客，與大雁同樣對於哀怨之聲的不堪忍受。

　　學者傅璇琮提到：「從開元到天寶年間，至安史之亂爆發之前，詩歌創作有三個趨勢是很明顯的，一是超脫現實，清高隱逸；一是正視現實，抨擊黑暗；一是憤世嫉俗，崇儒復古。」〔註 281〕錢起主要是超脫現實的，況其入仕後，一直待在長安與京畿任職，是以對於羈旅不見得感同身受，無怪乎陳玉妮認爲這不是思歸或是思鄉的作品，是其作品中最爲特別的。〔註 282〕又蔣寅先生以爲：「從唐詩的演進歷程看，大曆相對開天、元和兩大波峰來說恰恰是個低窪的波谷，它乘著前一個波峰的餘力，又孕育著新的波峰，成了詩風嬗變『盛而逗中』的關鍵，不懂得大曆詩，也就不能眞正懂得中唐詩。」〔註 283〕惟錢起畢竟遭逢安史之亂的影響，說是心中對於離亂毫無動容是無法說服

〔註 278〕　張淑瓊主編：《唐詩新賞》（台北：地球出版社，1989 年），第 8 冊，頁 91〜92。

〔註 279〕　〔明〕唐汝洵編選，王振漢點校：《唐詩解》（保定：河北大學出版社，2001 年），頁 705。

〔註 280〕　〔清〕聖祖御定：《全唐詩》，第 8 冊，卷 238，頁 2651。其詩：善鼓雲和瑟，常聞帝子靈。馮夷空自舞，楚客不堪聽。苦調淒金石，清音入杳冥。蒼梧來怨慕，白芷動芳馨。流水傳瀟浦，悲風過洞庭。曲終人不見，江上數峰青。

〔註 281〕　傅璇琮：《唐詩論學叢稿》（北京：京華出版社，1999 年），〈天寶詩風的轉變〉，頁 91。

〔註 282〕　陳玉妮：《錢起詩研究》，頁 106。

〔註 283〕　蔣寅：《大曆詩風》（上海：上海古籍出版社，1992 年），頁 124。

人心的，因此透過爲雁想出歸思，想像豐富妙絕，筆法空靈奇絕，讓歸思成爲「苦調淒金石，清音入杳冥」玄悠之情，也算是另外一種苦悶的象徵吧。

另外又如鮑溶〈歸雁〉一首：

> 南國春早暖，渚蒲正月生。東風吹雁心，上下和樂聲。繞水半空去，拂雲偕相迎。如防失群怨，預有侵夜驚。沙邈天外影，支離塞中嚶。自顧摧頹羽，偏感南北情。乍甘煙霧勞，不顧龍沙榮。雖樂未歸意，終不能自鳴。喜去春月滿，歸來秋風清。啼餘碧窗夢，望斷陰山行。不及瑤台燕，寄身金宮楹。（《全唐詩》，第 15 冊，卷 486，頁 5524。）

鮑溶（生卒年不詳），字德源，元和年間進士，與韓愈、孟郊、李正封友善。﹝註284﹞有集五卷，詩三卷。

在《全唐詩》中鮑溶以「歸」爲題的詩只有五首，其〈寄歸〉：「塞草黃來見雁稀，隴雲白後少人歸。新絲強入未衰鬢，別淚應沾獨宿衣。幾夕精誠拜初月，每秋河漢對空機。更看出獵相思苦，不射秋田朝雉飛。」﹝註285﹞反而較能接近一般寫雁的情境。而這首〈歸雁〉以五言古體進行，與其他詩不同的是，基調並未強調歸之苦，所以詩的起頭以春天切入，東風來，渚蒲生，吹雁心，不是興愁苦，竟是上下和樂聲，且能偕相迎。中段部分則是突以悲苦帶入，「自顧摧頹羽，偏感南北情。」這種南北奔波還好，但無法自鳴才是難過的。結尾以映襯方式，將雁與瑤台燕相比，凸顯能寄身宮中的確是好的。

鮑溶起初隱居江南山中，避地，家貧苦。﹝註286﹞所以對於南方十分熟稔，此詩便可見端倪。而其家境困苦，遊謁謀職自難避免，雖然元和四年（西元 809）及第，但總得守選而後釋褐。﹝註287﹞而這一等

﹝註284﹞　〔宋〕計有功輯撰：《唐詩紀事》，頁 631。至於進士及第時間爲元和四年（西元 809），可另參考梁娜：《中唐詩人鮑溶研究》（成都：四川師範大學中文碩士論文，2008 年），頁 11。

﹝註285﹞　〔清〕聖祖御定：《全唐詩》，第 15 冊，卷 486，頁 5519。

﹝註286﹞　傅璇琮：《唐才子傳校箋》，第 3 冊，卷 6，頁 53。

﹝註287﹞　〔宋〕蔡啓：《蔡寬夫詩話》，收錄於郭紹虞輯：《宋詩話輯佚》（台

就是三年，已經是「知天命」的鮑溶，竟連個「迂辟之官」的低位都沒得到，〔註288〕所以心中的慨歎總是不斷衍生。後來於元和七年（西元812）離京，大約在此時入范傳正幕；〔註289〕元和十三年（西元818）又從李夷簡幕，不但可棲身，又可改善生計，算是一段愜意的時日。只是來來去去，羈旅四方，到頭來一生潦倒，客死三川。〔註290〕其飄蓬薄宦，〔註291〕沒能一展長才，就如同「喜去春月滿，歸來秋風清。」的雁一般；雖有薄宦，但無法與燕相提並論，而回歸朝廷。

（二）燕去燕回，牽動兩樣情

除了雁作為歸意寄託，燕的歸巢也是詩人選擇的意象所在。比起雁來，以燕作為象徵，詩境的呈現就不是悲苦與沉重；而燕的「歸」意，也著眼於念舊已歸，而不是喜新無法歸。

1、四時無失序，八月自知歸

燕子親近人類自古而然，寄居簷下來去自如，雖無言但依序來去；但若是巢毀樓空，就難以傍人而歸了。如杜甫的〈歸燕〉一首：

> 不獨避霜雪，其如儔侶稀。四時無失序，八月自知歸。春色豈相訪，眾雛還識機。故巢儻未毀，會傍主人飛。（《全唐詩》，第7冊，卷225，頁2421。）

此首寫於乾元二年（西元759），清代仇兆鰲注言：傷羈旅也。〔註292〕詩以五律進行，前四句詠嘆燕歸，後四句則是詠燕來，方去而期待其來，是詩人忠厚之意。〔註293〕王則言：「末句乃自寓己意，雖棄官而去，非果於忘世也。」〔註294〕是以其中「故巢儻未毀，會傍主人飛。」雖明

北：華正書局，1981年），頁418。其言：「唐舉子既放榜，止云及第，皆守選而後釋褐。」

〔註288〕 梁娜：《中唐詩人鮑溶研究》，頁13。

〔註289〕 梁娜：《中唐詩人鮑溶研究》，頁13。

〔註290〕 楊世明：《巴蜀文學史》（成都：巴蜀書社，2003年），頁608。

〔註291〕 傅璇琮：《唐才子傳校箋》，第3冊，卷6，頁54。

〔註292〕 〔唐〕杜甫著，〔清〕仇兆鰲：《杜詩詳注》，卷7，頁610。

〔註293〕 〔唐〕杜甫著，〔清〕仇兆鰲：《杜詩詳注》，卷7，頁610。

〔註294〕 〔明〕王嗣奭：《杜臆》，頁92。

知故巢已毀，猶拳拳冀望主人勿棄，身雖棄官，心還戀主也。〔註295〕
杜甫就是在這年春夏，由東都回到華州官所，當時唐師潰於鄴；於是在
秋天遂棄官西客秦州，也從這一年開始進入作客階段，當然也從此而與
兩京長別。

　　與前之〈歸雁〉而論，這還只是羈旅的開始，所以只要「四時無
失序」，冀望總是可以達成的。又武元衡〈歸燕〉詩：

> 春色遍芳菲，聞簷雙燕歸。還同舊侶至，來繞故巢飛。敢
> 望煙霄達，多慚羽翮微。銜泥傍金砌，拾蕊到荊扉。雲海
> 經時別，雕梁長日依。主人能一顧，轉盼自光輝。(《全唐詩》，
> 第 10 冊，卷 317，頁 3569。)

武元衡（西元. 758～815），字伯蒼，河南緱氏人。建中四年，登進士第。
〔註296〕宋代晁補之曾評曰：「議者謂唐世工詩宦達者唯高適，達宦詩
工者唯元衡。」〔註297〕這與《舊唐書》中：「元衡工五言詩，好事者
傳之，往往被於管絃。」〔註298〕皆在肯定其能夠二者得兼的長才。

　　本詩也是以其擅長的五言體進行，可以分為三層看待。第一部分
從春天談起，而燕子念舊依序而歸舊巢；第二部分，則言不敢奢望，
只願把握當下；第三部分，雖然並非屬於長才，但是「長日依」卻是
引以自豪的；而與其他評比，「主人能一顧，轉盼自光輝。」的襯托
下，更顯知足之心。

〔註295〕　〔唐〕杜甫著，〔清〕仇兆鰲：《杜詩詳注》，卷7，頁610。盧元昌
　　　　　之言。
〔註296〕　傅璇琮：《唐才子傳校箋》，第2冊，卷4，頁206～207。累辟使府，
　　　　　至監察御史，後改華原縣令。德宗知其才，召授比部員外郎，歲內，
　　　　　三遷至右司郎中，尋擢御史中丞。順宗立，罷為右庶子。憲宗即位，
　　　　　復前官，進戶部侍郎。元和二年，拜門下侍郎平章事，尋出為劍南
　　　　　節度使，八年，徵還秉政，早朝為盜所害，贈司徒，謚忠愍。臨淮
　　　　　集十卷，今編詩二卷。元和十年（西元815），被平盧節度使李師道
　　　　　所遣刺客殺死。
〔註297〕　〔宋〕晁公武：《郡齋讀書志》，卷4，頁386。
〔註298〕　〔後晉〕劉昫撰，楊家駱主編：《新校本舊唐書》（台北：鼎文書局，
　　　　　1979年），卷158，〈列傳108‧武元衡〉，頁4161。

　　說到歸思，其〈春興〉：「楊柳陰陰細雨晴，殘花落盡見流鶯。春風一夜吹香夢，夢逐春風到洛城。」〔註299〕集合春天、鄉思、歸夢於一體，直接表白透過夢境逐春風，希望到洛城。但這首〈歸燕〉卻是十分含蓄，雖已歸回，但未受到重視，所以只渴盼主人可以多眷顧。按據兩《唐書》本傳，武元衡生前備受唐憲宗器重，唯元和二年（西元807）武元衡罷相鎮西蜀，在〈武元衡西川節度同平章事制〉中云：「眷茲西南，憂寄方切。非寬大無以蒞眾，非慈惠無以厚生，非誠信無以撫蠻夷，非忠賢無以殿邦國。眷我心旅，膺茲重任，……」〔註300〕是以此詩應該寫於此一時期，有羈旅之思。另外李建勳〈歸燕〉則是：

> 羽翼勢雖微，雲霄亦可期。飛翻自有路，鴻鵠莫相嗤。待
> 侶臨書幌，尋泥傍藻池。衡人穿柳徑，捕蝶繞花枝。廣廈
> 來應遍，深宮去不疑。雕梁聲上下，煙浦影參差。舊地人
> 潛換，新巢雀謾窺。雙雙暮歸處，疏雨滿江湄。（《全唐詩》，
> 第21冊，卷739，頁8428。）

李建勳（生卒年不詳），在前一節〈孤雁〉中表達其舉目無親的窘狀，而本詩與其任相職五年，為烈祖所忌，天福六年（西元941）罷相；雖然未幾又復位，但到了天福八年（西元943）再次罷相，出為昭武軍節度使，〔註301〕不無關聯。

　　本詩以五言樂府進行，一開始就十分有自信的說明：「羽翼勢雖微，雲霄亦可期。」燕雖小但也達雲霄的能力，鴻鵠可不要輕忽；其次循著「飛翻自有路」一一描繪其穿梭來去的路徑，所謂「深宮去不疑。」也不過如此。結尾時，頗有感慨的是「舊地人潛換，新巢雀謾窺。」環境如此惡劣，又逢「疏雨滿江湄」的黃昏，歸路真有些許落寞。

2、海燕頻來去，西人獨滯留

　　等待來歸，而不是主動歸去，也是讓詩人留連的，如杜牧的〈歸

〔註299〕 〔清〕聖祖御定：《全唐詩》，第10冊，卷317，頁3571。
〔註300〕 楊家駱主編：《唐大詔令集》（台北：鼎文書局，1972年），頁231。
〔註301〕 傅璇琮：《唐才子傳校箋》，第4冊，卷10，頁380。

燕〉：

> 畫堂歌舞喧喧地，社去社來人不看。長是江樓使君伴，黃
> 昏猶待倚闌干。（《全唐詩》，第 16 冊，卷 522，頁 5973。）

在這首〈歸燕〉之前，杜牧曾寫有〈題桐葉〉：「去年桐落故溪上，把筆偶題歸燕詩。江樓今日送歸燕，正是去年題葉時。葉落燕歸眞可惜，東流玄髮且無期。笑筵歌席反惆悵，明月清風愴別離。莊叟彭殤同在夢，陶潛身世兩相遺。一丸五色成虛語，石爛松薪更莫疑。……」〔註 302〕既是送歸燕，那麼等待是必然的，如同此詩的「黃昏猶待倚闌干」，總是讓自己孤單寂寞的。又崔道融〈歸燕〉：

> 海燕頻來去，西人獨滯留。天邊又相送，腸斷故園秋。（《全
> 唐詩》，第 21 冊，卷 714，頁 8206。）

崔道融（生卒年待考），在《全唐詩》中收錄 81 首詩，多屬淡而有味的閒情之思。此首亦不言自歸，而是與杜牧雷同，有等待西人來歸之情，雖沒有曹丕〈寡婦〉：「霜露紛兮交下，木葉落兮淒淒。候鴈叫兮雲中，歸燕翩兮徘徊。妾心感兮惆悵，白日急兮西頹。守長夜兮思君，魂一夕兮九乖。悵延佇兮仰視，星月隨兮天迴。徒引領兮入房，竊自憐兮孤棲。願從君兮終沒，愁何可兮久懷。」〔註 303〕但充滿揣摩女子且以女子自喻之情韻，更見其擅長絕句，語意妙甚〔註 304〕之處。

藉雁表歸意，寓意甚濃，歸思甚切；而以燕表歸情，或冀望如候鳥回歸効力，或有如「小燕」渺渺，等待有心人來聚。

四、夜鳴悲楚，行客神傷

有了形貌、窘況方面的悲情投射，讀者還可以經由藉由「聲音」的運用，感受作者當時的困頓。其實詩人對於禽鳥的聲音辨識，並不是十分在行，也不刻意加以描寫；意即除了平常可聽見的鶯聲燕語之外，其餘入詩者，往往是在夜間聽聞，或以「鳴」或以「啼」或以「聞」、

〔註 302〕　〔清〕聖祖御定：《全唐詩》，第 16 冊，卷 521，頁 5958。
〔註 303〕　逯欽立輯校：《先秦漢魏晉南北朝詩》，頁 391。
〔註 304〕　傅璇琮主編：《唐才子傳校箋》，第 4 冊，卷 9，頁 5。

「唳」表示，而其蘊藉的情緒，總是離苦悲愁而難以排解的。

清代葉燮以爲：「凡形形色色，音聲狀貌……無一不如此心以出之者也。」〔註305〕是以作者所寫的聲音，不單是「耳中所聞」的自然之聲，更是浸濡了他的全部感情的「心中之聲」。至於西方哲學家福克納曾提及：「有人問一個俄國的舞蹈家，問她跳的舞是什麼意思，她回答說：『如果我能用幾句話來表達，我何必那麼麻煩地跳舞？』」〔註306〕或許對於這些寫詩的文人而言，聞聲而興起悲傷遂寫出心中的感嘆是必然的，但若不是無法與傳遞的對象溝通或面呈，又何必透過禽鳥的啼叫，而加諸於主觀的意識。

（一）雁畏矰相呼，人命難自保

雁常以叫鳴聲來鼓勵同伴，這種鳴叫聲是帶有激勵性的，可以使牠們的伙伴繼續向前作遠程飛行；當然雁的叫聲的另一用途，是可以將敵人驅走；只是此一聲音，聽在詩人的耳裡，卻是又一次的遷徙流離，是格外傷感的，如李白的〈鳴雁行〉：

> 胡雁鳴，辭燕山。昨發委羽朝度關，一一銜蘆枝。南飛散落天地間，連行接翼往復還。客居煙波寄湘吳，凌霜觸雪毛體枯。畏逢矰繳驚相呼，聞弦虛墜良可吁。君更彈射何爲乎。（《全唐詩》，第 5 冊，卷 163，頁 1696。）

〈鳴雁行〉原爲樂府舊題，〔註307〕南朝宋鮑照有〈代鳴雁行〉：「邕邕鳴雁鳴始旦，齊行命侶入雲漢，中夜相失羣離亂，留連徘徊不忍散。憔悴容儀君不知，辛苦風霜亦何爲？」〔註308〕而李白的〈鳴雁行〉雖沒有對於雁鳴聲音有所表現，但從辭燕山起，悲劇就已經開始。

大雁南飛本來是爲了避寒，可是等到了目的地後，其「客居煙波

〔註305〕 〔清〕葉燮：《原詩》，收於丁福保輯：《清詩話》（上海：上海古籍出版社，1999 年），卷 3，頁 579。

〔註306〕 〔美〕福克納（Faulkner, William）李文俊譯：《喧嘩與騷動》（杭州：浙江文藝出版社，1992 年），頁 7。

〔註307〕 〔宋〕郭茂倩編撰：《樂府詩集》（台北：里仁書局，1999 年），頁 980。

〔註308〕 逯欽立：《先秦漢魏晉南北朝詩》，頁 1274。

寄湘吳，凌霜觸雪毛體枯。」已經十分疲憊不堪；又「南飛散落天地間」
與「畏逢矰繳驚相呼，聞弦虛墜良可吁。」等全然將如滄海一粟的可憐無
依的身影一一呈現；這樣的驚弓之勢，猶如李白自身。安史之亂時，雖
曾爲永王璘幕僚，惜璘兵敗，李白坐流夜郎，後遇赦得還。〔註309〕晚
年漂泊於東南一帶，後死於當塗，也難怪詩中「君更彈射何爲乎」的情
蘊，格外悽楚。胡震亨言：「鮑照本辭歎雁之辛苦霜雪，太白更歎其遭
遇彈射，似爲己之逢難寓感，觀湘、吳一語可見。」〔註310〕於是充斥
其中的是悲劇氛圍，〔註311〕而非無動於衷。

　　全詩不僅生動描寫大雁的飛行過程，通過「鳴雁行」的辛苦，一
方面傷己，一方面對那些多災多難的微弱生命深表同情。而韋應物的
〈聞雁〉則是：

　　　故園眇何處，歸思方悠哉。淮南秋雨夜，高齋聞雁來。（《全
　　唐詩》，第 6 冊，卷 193，頁 1996。）

在《全唐詩作家小傳》中提及，韋應物在大曆十四年（西元 779），
自鄠令制除櫟陽令，以疾辭不就。調江州，追赴闕，改左司郎中，復
出爲蘇州刺史。建中三年（西元 782），拜比部員外郎，出爲滁州刺
史。所以其一生雖身在宦海，但是始終遷徙不定。

　　本詩大抵寫於建中三年，從故園長安來到滁州，難怪詩的開頭會
有「渺渺」遠而不見，而興起歸思之意；當然興起歸思最主要者還因
爲聽聞鳴雁自北方來，在秋雨的夜晚，格外有份想念的酸楚。清代沈
德潛言：「歸思後乃說聞雁，其情自深。一倒轉說，則近人能之矣。」
〔註312〕先言情，後言景，正是韋蘇州的特色，也從「聞」字中道出

〔註309〕　〔後晉〕劉昫撰，楊家駱主編：《新校本舊唐書》，卷 190，〈列傳
　　　　　140 上・文苑下・李白〉，頁 5054。
〔註310〕　〔唐〕李白著，〔清〕王琦注：《李太白全集》（北京：華正書局，
　　　　　1979 年），頁 266。
〔註311〕　徐少舟、張杰：《歷代鳥獸蟲魚詩選》（昆明：雲南人民出版社，1994
　　　　　年），頁 36。
〔註312〕　〔清〕沈德潛：《唐詩別裁》（上海：上海古籍出版社，1992 年），
　　　　　頁 620。

餘韻不盡的情感。至於鮑溶的〈鳴雁行〉：

> 七月朔方雁心苦，聯影翻空落南土。八月江南陰復晴，浮
> 雲繞天難夜行。羽翼勞痛心虛驚，一聲相呼百處鳴。楚童
> 夜宿煙波側，沙上布羅連草色。月闇風悲欲下天，不知何
> 處容棲息。楚童胡爲傷我神，爾不曾作遠行人。江南羽族
> 本不少，寧得網羅此客鳥。（《全唐詩》，第 15 冊，卷 487，頁 5537。）

此詩採取「以時間順序法」進行，首先對於七月八月飛向江南的流程
與困境加以說明；其次針對羽翼的損傷與隨時有危險的驚慌有所暗
示；至於第三層則是雁想尋找棲身之所，卻是覓尋不到安全的棲息
地；最後四句以極爲痛心的筆調，陳述雁的大不幸。

鮑溶在詩中對於楚童這些獵捕者的模式，雖只有「布羅」二字作
出交代，但其結果與《玉堂閑話》中：「雁南飛過程中，多宿於江湖
沙渚中，動計千百。大者居中，令雁奴圍而報警。捕雁者俟陰暗無月
時，藏燭器中。持棒者數人屛氣潛行，將及，則略舉燭便藏之。雁奴
警叫，大者亦警。頃之復定。又復前舉燭，雁奴又驚。如是者數四，
大者怒啄雁奴。最後，捕雁者再高舉其燭，其餘持棒者則一齊衝入雁
群中，亂擊之，所獲者甚多。」〔註 313〕之記錄並無差別。這種趨之
若鶩的地方風潮，對於鮑溶這類羈旅四方者而言，眞是備感壓力；因
爲人與禽鳥的生命都是脆弱的，面對種種的陷阱，想要隨遇而安都成
了奢望。

鮑溶曾有〈隴頭水〉：「隴頭水，千古不堪聞。生歸蘇屬國，死別
李將軍。細響風凋草，清哀雁落雲。」〔註 314〕詩中的「水、風、雁」
之聲響，比起觸景傷情的視覺感應，更加痛徹心扉，且不堪聽聞。而
此刻「一聲相呼百處鳴。」的鳴雁，不啻正在高唱著被趕盡殺絕前的
悲歌，讓「江南羽族本不少，寧得網羅此客鳥。」的嗚咽漫天作響。

〔註 313〕 〔五代〕王仁裕撰，陳尚君輯校：《玉堂閑話》（杭州：杭州出版社，
2004 年），頁 41。
〔註 314〕 〔清〕聖祖御定：《全唐詩》，第 15 冊，卷 486，頁 5527。

（二）鷓鴣啼，獨傷北客心

關於鷓鴣來源，晉代《古今注》中有言：「鷓鴣，出南方。鳴常自呼。」〔註315〕而《異物志》有言：「其志懷南不北徂。」〔註316〕這是除了聲音之外，成了寄託離愁別恨的重要原因。對於鷓鴣的鳴聲，在《本草綱目》中提到：「今俗謂其鳴曰：『行不得也哥哥』，又引孔志約之說云：『鳴曰：鉤輈格磔』」〔註317〕這些聲音除了「鉤輈格磔」曾在《全唐詩》中出現，〔註318〕其「行不得也哥哥」卻是到了宋代才出現在詩詞裡。〔註319〕而在《全唐詩》中專題專詠有24首，入詩為用有96首，排序二十。（參見〈附錄一〉，頁490），此先以李涉〈鷓鴣詞二首〉而言：

> 湘江煙水深，沙岸隔楓林。何處鷓鴣飛，日斜斑竹陰。二女虛垂淚，三閭枉自沈。惟有鷓鴣鳥，獨傷行客心。（《全唐詩》，第14冊，卷477，頁5424。）

> 越岡連越井，越鳥更南飛。何處鷓鴣啼，夕煙東嶺歸。嶺頭行人少，天涯北客稀。鷓鴣啼別處，相對淚霑衣。（《全唐詩》，第14冊，卷477，頁5424。）

這兩首詩都以南方煙水深作為背景，不僅鷓鴣聲淒絕不斷，更有「湘妃竹淚」〔註320〕與「三閭大夫屈原」的典故作為哀傷的陪襯，牽動的是遷客騷人無限的離愁別緒。這個啼之苦，蔓延整個山水之間，很難不使人淚霑衣。想來，作者李涉（生卒年不詳）早歲客梁園，數逢

〔註315〕〔晉〕崔豹：《古今注》，《景印文淵閣四庫全書》，第850冊，子部156雜家類，頁106。

〔註316〕〔漢〕楊孚：《異物志》，《叢書集成初編》，3021冊，頁4。

〔註317〕〔明〕李時珍：《本草綱目》，《景印文淵閣四庫全書》，第774冊，子部80醫家類，頁376。

〔註318〕只有韓愈、劉禹錫、李群玉三人使用過。

〔註319〕牛景麗、何英：〈鷓鴣聲聲總關情——小議古典詩詞中的「鷓鴣啼」意象〉，《古代文學》，第3期，（2007年6月），頁6。

〔註320〕〔晉〕張華：《博物志》，《景印文淵閣四庫全書》，第1047冊，子部353小說家類，頁602。曰：洞庭之山，堯之二女舜之二妃曰湘夫人，舜崩二妃啼，以涕揮竹，竹盡斑。今下雋有班皮竹。

亂兵，避地南來，與弟渤同隱廬山；後徙居終南，偶從陳許辟命，從事從軍。未幾，以罪謫夷陵宰，十年蹭蹬峽中，病虐成痼，自傷羈逐。〔註321〕那種到處謫患的憂心，讓鷓鴣的音啼都給啼穿了。又如李群玉的〈九子坡聞鷓鴣〉：

> 落照蒼茫秋草明，鷓鴣啼處遠人行。正穿詰曲崎嶇路，更聽鈎輈格磔聲。曾泊桂江深岸雨，亦于梅嶺阻歸程。此時爲爾腸千斷，乞放今宵白髮生。（《全唐詩》，第17冊，卷569，頁6599。）

詩的開頭就以「聲音」起首，一個「啼」聲讓日落蒼茫、秋天微涼的氣息更加濃烈，而行人正遠行；其次點明「九子坡」四川蜀道難的坎坷，此時聽見鷓鴣聲更讓旅途備感艱苦；第三聯則從回憶入手，說明有過「曾泊桂江深岸雨，亦于梅嶺阻歸程。」的辛酸與此時心境是相同的；結尾兩句則頗有人與禽鳥相惜，一個哭斷腸一個白髮生。

李群玉（西元約813～860），兩《唐書》無傳。字文山，澧州人也。個性清才曠逸，不樂仕進，專以吟詠自適。善吹笙，工書法。親友強之應試，遂與詩人杜牧相識。一試不中，不再赴。〔註322〕既是個南方人，所以歸鄉之途聞鷓鴣，必是使人熟悉又感傷的。只是何以南歸呢？從旁人詩作，如段成式〈哭李群玉〉：「……明時不作禰衡死，傲盡公卿歸九泉。」〔註323〕、方干〈過李群玉故居〉：「訐直上書難遇主，銜冤下世未成翁。……」〔註324〕等可知其請告南歸在於「傲盡公卿」、「訐直上書」，而非自言〈金塘路中〉：「……冰霜想度商於

〔註321〕 傅璇琮主編：《唐才子傳校箋》，第2冊，卷5，頁296～304。洛陽人，兩《唐書》無傳。

〔註322〕 傅璇琮主編：《唐才子傳校箋》，第3冊，卷7，頁389～390。然方干有〈題贈李校書〉：「名場失手一年年，月桂嘗聞到手邊。誰道高情偏似鶴，自云長嘯不如蟬。……」見〔清〕聖祖御定：《全唐詩》，第19冊，卷652，頁7489。顯然李群玉不止一次赴舉。

〔註323〕 〔清〕聖祖御定：《全唐詩》，第17冊，卷584，頁6771。

〔註324〕 〔清〕聖祖御定：《全唐詩》，第19冊，卷653，頁7501。

凍，桂玉愁居帝里貧。十口繫心拋不得，每回回首即長顰。」〔註325〕
的長安居大不易。是以此詩應與大中十二年（西元 858）令狐綯被黜
有關。

（三）聞鳥啼，添惆悵

　　鳥的啼叫也是詩人最常表示感傷的禽鳥鳴叫之聲。這種視覺與聽
覺上的意象，深深的烙印在民族心理的文化心態上，如同榮格所言：
「無數同一類型的經驗在心理上留下的沉澱物。」〔註326〕於是從不
同的朝代到了唐朝乃至後世，詩人從心中有所感而出，遂使心與外物
「冥契神會」，就算不是當下所體驗，仍舊回盪不去。先以王建的〈烏
夜啼〉爲例：

> 庭樹烏，爾何不向別處棲。夜夜夜半當戶啼，家人把燭出
> 洞戶。驚棲失群飛落樹，一飛直欲飛上天。回回不離舊棲
> 處，未明重繞主人屋。欲下空中黑相觸，風飄雨溼亦不移，
> 君家樹頭多好枝。（《全唐詩》，第 9 冊，卷 298，頁 3379。）

王建（西元 768～830？），字仲初，穎川人。《兩唐書》無傳。〔註327〕
工爲樂府歌行，格幽思遠。〔註328〕此首爲古題，而寓新意。

　　詩中將烏以擬人手法，採敘事進行。起首便詢問爲何不去別處
棲？但別處是否比現處好，作者並未作出比較；緊接著從「回回不離
舊棲處，未明重繞主人屋。」看見其戀舊之心；而「欲下空中黑相觸，
風飄雨溼亦不移」又見其堅定不移的意志；倒是詩的結果讓人好生感

〔註325〕　〔清〕聖祖御定：《全唐詩》，第 17 冊，卷 569，頁 6595。
〔註326〕　（瑞士）榮格：〈論分析心理與詩歌的關係〉，《榮格分析心理學——
　　　　　集體無意識》（台北：結構群文化事業公司，1990 年），頁 98。
〔註327〕　傅璇琮主編：《唐才子傳校箋》，第 2 冊，卷 4，頁 150～152。辛文
　　　　　房言及大曆十年進士及第一事，乃據《郡齋讀書志》等記載，而有
　　　　　此說。然後世考證者譚優學全盤推翻，並依據聞一多《唐詩大系》
　　　　　或劉大杰、游國恩等《文學史》等推定，西元 768（大曆三年）或
　　　　　是西元 766（大曆元年）是其出生年，則大曆十年，他還不到十歲，
　　　　　如何中第？是以斷然否定。亦即他未及第，只好外府從事。
〔註328〕　〔宋〕馬端臨：《文獻通考》（台北：新興出版社，1963 年），卷 69，
　　　　　〈經籍考〉，頁 625。

動，因爲「君家樹頭多好枝。」正是不別棲的最佳理由。

近代研究者曾將王建作品與生平分三個時期：第一階段是三十歲前之游學生活，第二階段是三十一歲至四十四歲南從軍經歷，第三階段則是六十歲之官場生涯。他的宮詞百首和樂府詩，最爲後人熟悉；其中樂府詩大都產生於第二從軍經歷時期，而宮詞則產生於第三官場生涯時期。〔註 329〕本詩屬於第二階段到第三時期，對於出身衰門的他，〔註 330〕這種「夜夜夜半當戶啼」頗有其精神面目的呈現；或反映出下階層勞動人民之苦怨在。而劉商的〈烏夜啼〉：

> 繞樹啞啞驚復棲，含煙碧樹高枝齊。月明露溼枝亦滑，城
> 上女牆西月低。愁人出戶聽烏啼，團團明月墮牆西。月中
> 有桂樹，日中有伴侶。何不上天去，一聲啼到曙。（《全唐詩》，
> 第 10 冊，卷 303，頁 3448。）

劉商（生卒年不詳），字子夏，彭城人，兩《唐書》無傳。登大曆進士第，官至檢校禮部郎中，數年，遷檢校兵部郎中，後爲汴州觀察判官，集十卷。〔註 331〕少好學，工文，善畫，曾擬蔡琰〈胡笳十八拍〉之作。在《郡齋讀書後志》有記錄：「〈胡笳十八拍〉，右唐劉商撰。漢蔡邕女琰爲胡騎所掠，因胡人吹蘆葉以爲歌，遂翻爲琴曲，其辭古淡，商因擬之，敘琰事。」〔註 332〕可謂道出了蔡文姬入胡、歸漢的坎坷遭遇，膾炙當時。

劉商在樂府歌詩的表現上，高雅殊絕，〔註 333〕本詩亦不例外。本詩除了有哀戚的烏夜啼，也藉由含煙碧樹高枝齊，渲染其月明露濕愁人泣的悲情；不過由於劉商好神仙，所以「月中有桂樹，日中有伴

〔註 329〕 謝明輝：《王建詩歌研究》（台中：私立東海大學中文碩士論文，2002年），頁 7～15。

〔註 330〕 傅璇琮主編：《唐才子傳校箋》，第 2 冊，卷 4，頁 158。譚優學之箋注。

〔註 331〕 傅璇琮主編：《唐才子傳校箋》，第 2 冊，卷 4，頁 257～262。

〔註 332〕 〔宋〕趙希弁：《郡齋讀書後志》（台北：成文書局，1978 年），卷 2，頁 32359。

〔註 333〕 傅璇琮主編：《唐才子傳校箋》，第 2 冊，卷 4，頁 262。

侶。」不僅讓鳥一聲啼到曙，也為「何不上天去」的沖虛而去，多了
不少絃外之音。

其他還常被引用的是「子規」的哀怨啼血，如吳融〈岐下聞杜鵑〉：
「化去蠻鄉北，飛來渭水西。為多亡國恨，不忍故山啼。怨已驚秦鳳，
靈應識漢雞。數聲煙漠漠，餘思草萋萋。樓迥波無際，林昏日又低。
如何不腸斷，家近五雲溪。」〔註 334〕或是李洞〈聞杜鵑〉：「萬古瀟
湘波上雲，化為流血杜鵑身。長疑啄破青山色，袛恐啼穿白日輪。花
落玄宗迴蜀道，雨收工部宿江津。聲聲猶得到君耳，不見千秋一甌塵。」
〔註 335〕這些鳴唱出的都是令人愁腸寸斷的啼聲，總叫人不勝唏噓。

第三節　效法禽鳥，因應變通

人的一生要突破的困境太多，要解決的問題也很多，如何因應變
通，是人生一大課題。特別是生命有限，所以悲劇意識〔註 336〕根深
柢固；因其有限，所以超越從未停歇。人總是如此的，快樂愉悅時雖
也形諸筆墨，但是沉澱不足或意味粗淺，不僅非佳作更無法引起共
鳴；反倒是悲傷、沮喪或充滿悲劇的氛圍，觸發人性細密的思維，牽
動幽微落寞的心境，容易連結無盡的感動，是以就即便是因應變通，
也是建立在悲劇意識上。

西方哲學家卡爾・亞斯培以為：「悲劇在人類生命裡是基本而不
可避免的，每當覺知勝過潛能時，悲劇就會產生，特別是主要慾念的
覺知超過滿足它的潛力時。無法抑滅的慾望，無法慰藉的人類之惻怛

〔註 334〕　〔清〕聖祖御定：《全唐詩》，第 20 冊，卷 684，頁 7852。
〔註 335〕　〔清〕聖祖御定：《全唐詩》，第 21 冊，卷 723，頁 8296。
〔註 336〕　張法以為：「悲劇是一個戲劇種類，常聽人說：『這是一個悲劇』，
　　　　　　其實是指一個悲劇事件；而悲劇性又可分為現實悲劇與藝術中的悲
　　　　　　劇，是二而一的東西；悲劇意識則是悲劇現實的反映，也是對於悲
　　　　　　育性現實的掌握。」想要研究悲劇意識只有透過其具體表現物——
　　　　　　詩，來加以進行。參見張法：《中國文化與悲劇意識》（北京：中國
　　　　　　人民出版社，1989 年），頁 2～3。

——這些都不能從人類存在中剔除。」〔註 337〕這種悲劇意識顯然沒有東西方的差別,它逼迫著人們得進行思考,而且當其思考無法得到有效的結果時,人們才會產生悲劇意識。〔註 338〕不管是身心靈哪一方面;找到變通與化解,方能使悲劇的力量減輕,生命的意識更為明確。

一、拂羽斂足,身心安頓

　　不是說要權變就能權變,也不是想要突破就可以突破,那是需要很大的支持與改變的。特別是歷經挫折與打擊的人,當不能自我釋懷也難以寄託於旁人時,外物成了宣洩的管道;而花草無法出聲,更無法移動;禽鳥呢,有聲音,又有足以挪動展翅的羽翼,甚至容易貼近相隨,自然也就更能洞徹人的脆弱。以杜甫的〈燕子來舟中作〉為例:

> 湖南為客動經春,燕子銜泥兩度新。舊入故園常識主,如今社日遠看人。可憐處處巢君室,何異飄飄託此身。暫語船檣還起去,穿花落水益霑巾。(《全唐詩》,第 7 冊,卷 233,頁 2576。)

這首詩寫於大曆五年(西元 770),杜甫當時人在湖南,牽舟而居,所以兩度看到燕子,而他也在這一年過世。

　　詩以七言律詩進行,既寫燕子也寫自己。清浦起龍認為:「蓋六句只是詠燕子來,不黏舟也,七八句乃貼舟中作。題情全在一『來』字,故句無呆設,『為客經春』四字,一篇骨子。……句句詠燕,卻是自詠。」〔註 339〕藉由燕的飄忽輕盈,點出自己的漂泊之苦,只五十六字,比類連物,但覺滿紙是淚,無怪乎楊倫要說:「公詩能動人若此。」〔註 340〕回想今在舟中昔在故園,殘破的家園頹苦的身心,

---

〔註 337〕〔德〕Karl Jaspers,葉頌姿:《悲劇之超越》(台北:巨流圖書公司,1983 年),頁 10。

〔註 338〕范國生譯:《論悲劇》(台北:黎明文化事業公司,1980 年),頁 12。

〔註 339〕〔清〕浦起龍:《讀杜心解》,頁 508。

〔註 340〕〔清〕楊倫:《杜詩鏡銓》(台北:藝文印書館,1971 年),頁 1394。盧德水評曰。

飄飄何所似更見寂寥。

　　燕子的確被杜甫視為故交，而燕子也的確識得主人的，在〈絕句漫興，九首之三〉中杜甫也寫下：「熟知茅齋絕低小，江上燕子故來頻。銜泥點污琴書內，更接飛蟲打著人」〔註341〕不嫌茅齋的低窄，燕子就是頻頻來探，讓人備感窩心。此詩中的燕子來到船上，時而娓娓細語於船檣，時而穿花落水往返來去，天地間人與燕子同病相憐的情境，如同〈發潭州〉：「夜醉長沙酒，曉行湘水春。岸花飛送客，檣燕語留人。賈傅才未有，褚公書絕倫。高名前後事，回首一傷神。」〔註342〕一樣，世間無情，唯有燕子相伴。另外在〈江村〉：「清江一曲抱村流，長夏江村事事幽。自去自來堂上燕，相親相近水中鷗。老妻畫紙為棋局，稚子敲針作釣鉤。多病所須唯藥物，微軀此外更何求。」〔註343〕則是堂上燕與水中鷗，喻指生活的簡單自在。

　　詩人從小小的生靈中獲得溫暖與安慰，反過來也以愛心和自身的體驗，關心禽鳥的生活，〔註344〕如〈送李校書二十六韻〉：「老雁春忍飢，哀號待枯麥。」〔註345〕或是〈雨四首之四〉：「山寒青兕叫，江晚白鷗飢。」〔註346〕等等，其悲天憫人人溺己溺的愛，超越了物我的藩籬，給了自己寶貴的精神支柱，即便是死前，心靈至少稍有撫慰的。另外又如孟貫〈懷友人〉：

　　　　浮世況多事，飄流每歎君。路岐何處去，消息幾時聞。吟
　　　　裡落秋葉，望中生暮雲。孤懷誰慰我，夕鳥自成群。(《全唐
　　　　詩》，第 22 冊，卷 758，頁 8625。)

孟貫（生卒年不詳），字一之，建陽人。初客江南，後仕周，《兩五代史》無傳。在《釣磯立談》：「周世宗伐淮之歲，建陽孟貫於駕前獻所

〔註311〕　〔清〕聖祖御定：《全唐詩》，第 7 冊，卷 227，頁 2451。
〔註342〕　〔清〕聖祖御定：《全唐詩》，第 7 冊，卷 233，頁 2578。
〔註343〕　〔清〕聖祖御定：《全唐詩》，第 7 冊，卷 226，頁 2434。
〔註344〕　劉明華：《杜甫研究論集》（重慶：重慶出版社，2004 年），頁 225。
〔註345〕　〔清〕聖祖御定：《全唐詩》，第 7 冊，卷 217，頁 2278。
〔註346〕　〔清〕聖祖御定：《全唐詩》，第 7 冊，卷 230，頁 2532。

業，其首篇〈貽棲隱洞章先生〉中有『不伐有巢樹，多移無花主。』之句。世宗宣見，問貫曰：『朕伐罪弔民，何有巢無巢之有。然獻朕則可，他人應不汝容矣。』」〔註347〕後賜釋褐進士，只是虛名罷了，遂不知所終。

　　《全唐詩》收錄其 31 首詩，大多符合「爲性疏野，不已榮宦爲意。」〔註348〕的特質，其中以「山中」情境爲主的就有 23 首之多。如〈山中夏日〉：「深山宜避暑，門戶映嵐光。夏木蔭溪路，畫雲埋石床。心源澄道靜，衣葛蘸泉涼。算得紅塵裏，誰知此興長。」〔註349〕從「心源澄道靜，衣葛蘸泉涼。」不難看出脫離紅塵俗世的心境頗能自得其樂。而這首〈懷友人〉也是以其生活背景中體悟出的精神爲依據。詩的前半段，敘述在浮世中生存是一件十分不容易的事；後半段則是以杜甫〈春日憶李白〉中的「春樹暮雲」，〔註350〕表達對於友人的思念；而這樣的情意，就只有山中的成群夕鳥可以撫慰其孤懷。

　　或許山中歲月，原非他所願，所以〈山中答友人〉：「偶愛春山住，因循值暑時。風塵非所願，泉石本相宜。久坐松陰轉，吟餘蟬韻移。自慚疏野甚，多失故人期。」〔註351〕述說著在山泉溪石耳濡目染下，久而久之與友人疏遠的心情。而這種大自然的力量，就如同他所寫的另一首〈贈隱者〉：「世路爭名利，深山獨結茅。安情自得所，非道豈相交。百尺松當戶，千年鶴在巢。知君於此景，未欲等閒拋。」〔註352〕能夠自得安樂，還多虧這些山禽野鳥所給的啓示。

〔註347〕〔宋〕史虛白：《釣磯立談》，《景印文淵閣四庫全書》，第 464 冊，史部 222 載記類，頁 50。

〔註348〕傅璇琮主編：《唐才子傳校箋》，第 4 冊，卷 10，頁 495。

〔註349〕〔清〕聖祖御定：《全唐詩》，第 22 冊，卷 758，頁 8621。

〔註350〕〔清〕聖祖御定：《全唐詩》，第 7 冊，卷 224，頁 2395。「白也詩無敵，飄然思不群。清新庾開府，俊逸鮑參軍。渭北春天樹，江東日暮雲。何時一尊酒，重與細論文。」

〔註351〕〔清〕聖祖御定：《全唐詩》，第 22 冊，卷 758，頁 8624。

〔註352〕〔清〕聖祖御定：《全唐詩》，第 22 冊，卷 758，頁 8622。

二、展翅超脫，突破困境

　　期盼飛翔向來就是人類突破現狀的渴望之一，神話中的：「姮娥，羿妻，羿請不死之藥於西王母，未及服之，姮娥盜食之，得仙，奔入月中，爲月精也。」〔註353〕嫦娥奔月的故事，不僅是人類經由服藥而實現成仙的夢想，也成了飛天的原型。而後世除了以道家「羽化登仙」的期待，繼續神仙般飛翔之夢；但比較實際的是登高或是登樓的可行途徑，如王粲〈登樓賦〉：「登茲樓以四望兮，聊暇日以銷憂。覽斯宇之所處兮，實顯敞而寡仇。挾清漳之通浦兮，倚曲沮之長洲。背墳衍之廣陸兮，臨皋隰之沃流。北彌陶牧，西接昭丘，華實蔽野，黍稷盈疇。雖信美而非吾土兮，曾何足以少留？遭紛濁而遷逝兮，漫踰紀以迄今，情眷眷而懷歸兮，孰憂思之可任？憑軒檻以遙望兮，向北風而開襟。……風蕭瑟而並興兮，天慘慘而無色。獸狂顧以求群兮，鳥相鳴而舉翼。原野闃其無人兮，征夫行而未息。心悽愴以感發兮，意忉怛而憯惻。氣交憤於胸臆兮，悵盤桓以反側。」〔註354〕登樓爲的是銷憂，但其結果是氣交憤於胸臆兮，悵盤桓以反側。是以當自我能力難以達成，借由外物的力量，如禽鳥飛行，已是不可避免的。

　　時至今日，距離近代美國萊特兄弟發明飛機升空到今日，也不過百年歷史而已。而在最早滑翔翼的新驅者德國的工程師奧托‧李林塔爾的時期，他曾仔細分析鳥翼的形狀與結構，從中得到許多的重要數據，並將其運用於人的飛行。特別是從西元 1891 至 1896 年間，他曾親自進行了兩千多次的飛行試驗，累積大量的飛行經驗留給後世，死前他曾說：「要學會飛行，就要做出犧牲。」〔註355〕對照於中國唐代，這眞是一個遙不可及的夢想，除了化身爲飛翔天空的禽鳥可以寄託，別無有效的法子，更不同的是，絕非犧牲。說是不用犧牲，但想要在

〔註353〕〔東漢〕高誘注：《淮南子》（上海：上海書店，1992 年），〈覽冥訓〉，卷 6，頁 217。
〔註354〕〔南朝梁〕蕭統：《文選》，頁 166～167。
〔註355〕黃雨順編著：《飛機飛行學》（台北：全華出版社，1999 年），頁 12。

塵世中超脫，實屬不易，以張九齡〈感遇，十二首之四〉爲例：

　　孤鴻海上來，池潢不敢顧。側見雙翠鳥，巢在三珠樹。矯
　　矯珍木巔，得無金丸懼。美服患人指，高明逼神惡。今我
　　遊冥冥，弋者何所慕。（《全唐詩》，第 2 冊，卷 47，頁 571。）

張九齡（西元 678～740）輔明皇時爲賢宰相，既卒，明皇每用人，
必曰：「風度能若九齡乎？」〔註 356〕雖然如此，但這都是人死不能復
生下的感嘆，生前恐難時時深受器重，如同其詩所嘆：「運命惟所遇，
循環不可尋。」〔註 357〕直到安祿山舉兵反叛，玄宗愴惶離京，這才
懷念起忠君愛國的張九齡。

　　開元二十四年（西元 736）罷相，次年被奸相李林甫所排擠而貶
荊州長史，這組詩就在此一階段完成。此詩雖與〈海燕〉屬於同一階
段作品，但無海燕直述「微眇」之明確表徵，但孤鴻與大海的對比，
也足以詮釋心中的滄海一粟之悲；至於心境上，所相同的是：「無心
與物競」的曠放。兩年後，張九齡過世，此詩可爲晚年寫照，《唐詩
三百首》則選此爲其代表作。

　　詩中以孤鴻自喻，而雙翠鳥則是政敵李林甫、牛仙客的借代。
〔註 358〕一起筆就將孤鴻的來處說明，但既是來自大海的孤鴻，對
於池潢可說是大巫見小巫，怎會不敢顧，可知其多所顧忌。其次以
「六句」逐一對雙翠鳥的對話，其一，是針對翠鳥的巢穴高高在上
之珍貴，予以讚美；但這種讚美畢竟不是發自肺腑之言，因「側見」
而不是正面觀看的態度，可以佐證。其二，則是奉勸他們不要太囂
張，因爲那麼醒目很難不被發現，所以金彈丸可是會來掠取的。其
三，更進一步點出主題思想，告誡他們竊取高位，有一天一定會引
發人神共憤的。正所謂：「鬼瞰其室。」〔註 359〕多行不義必自斃。

〔註 356〕　〔宋〕計有功輯撰：《唐詩紀事》，卷 15，頁 231。
〔註 357〕　〔清〕聖祖御定：《全唐詩》，第 2 冊，卷 47，〈感遇，十二首之七〉，
　　　　　　頁 572。
〔註 358〕　張淑瓊主編：《唐詩新賞》，第 1 冊，頁 223。
〔註 359〕　〔唐〕魏徵撰，楊家駱主編：《新校本隋書》（台北：鼎文書局，1979

最後兩句也是最具其個人獨白的意涵:「今我遊冥冥,弋者何所慕。」
他既沒有要重返海上,對於池潢也不會有任何留戀,而是將自己投
入蒼茫無亙的天空,恁人都難以弋奪的。

　　張九齡〈感遇〉詩的新變,首先表現在題材的洗潔淨化上,他圍
繞文人士大夫的苦悶、得失成敗詠寫個人情懷,雖然選取的是日常政
治生活、文化生活中的小事,但卻是他本人親身體驗到的,反映著特
定歷史時代文人士大夫的情緒,具有一定的代表性,容易引起士人的
共鳴。〔註360〕而清沈德潛說:「陳正字起衰而詩品始正,張曲江繼續
而詩品乃醇。」〔註361〕不管是「正或醇」,在他與陳子昂二者的〈感
遇〉詩中,皆反應於「困于遇,而感于心。」〔註362〕而這些興寄,
最大且有別於其他詩人的特點就在於「飛翔」。沒有「遊冥冥」,如何
能睥睨「矯矯珍木巔」;沒有「遊冥冥」,又怎能讓「弋者何所慕」;
有了開闊的翱翔,生命裡的低潮才真正超脫。

　　而孟郊的〈感懷,八首之八〉則是:

　　　　有鳥東西來,哀鳴過我前。願飛浮雲外,飲啄見青天。(《全
　　　　唐詩》,第11冊,卷373,頁4194。)

孟郊(西元751～814)字東野,湖州武康人。少隱嵩山,性介少合,
愈一見為忘形交。郊為詩有理致,最為愈所稱。然思苦奇澀,李觀亦
論其詩曰:「高處在古無上,平處下顧二謝」云。〔註363〕其思苦其澀

　　　　年),卷79,〈列傳44‧外戚〉,頁1787。歷觀前代外戚之家,乘母
　　　　后之權以取高位厚秩者多矣,然而鮮有克終之美,必罹顛覆之患,
　　　　何哉?皆由乎無德而尊,不知紀極,忽於滿盈之戒,罔念高危之咎,
　　　　故「鬼瞰其室」,憂必及之。夫其誠著艱難,功宣社稷,不以謙沖
　　　　自牧,未免顛蹶之禍。而況道不足以濟時,仁不足以利物,自矜訖
　　　　己,以富貴驕人者乎!此呂、霍、上官、閻、梁、竇、鄧所以繼踵
　　　　而亡滅者也。

〔註360〕 高洪岩:〈張九齡〈感遇〉詩審美理想的確立〉,《瀋陽師範學院學
　　　　報》,第23卷第2期,(1999年11月),頁49。
〔註361〕 〔清〕沈德潛:《唐詩別裁》,卷1,頁8。
〔註362〕 〔清〕沈德潛:《唐詩別裁》,卷1,頁8。
〔註363〕 〔宋〕歐陽修、宋祁合撰,楊家駱主編:《新校本新唐書》,卷176,

之說，李建崑進一步提及：「貞元到元和年間（西元 785～820），由韓愈所倡導的散文化詩，加以孟郊、賈島、盧仝、馬異、劉叉等寫推敲苦吟的詩，因而有『苦吟詩人』之稱，孟郊正是其中重要的一員。」〔註364〕而這又與身處中唐時代，經歷安史之亂；以及拙於生事，一貧徹骨，裘褐懸結〔註365〕有關。

在艱苦中成長的孟郊，以耕讀自勵，此〈感懷〉組詩，更是有其苦吟之興味，如其八首之一的「秋氣悲萬物」、「五情今已傷」；之二「苦飢形貌傷」；之三「耿耿含酸辛」；之四「傷哉志士歎」；之五「歲暮常苦飢」；之六「常恐今已沒」；之七「悲風振空山」；以及之八的「哀鳴過我前」等，在在都如嚴羽所評：「孟郊之詩，憔悴枯槁，其氣局促不伸，退之許之如此，何也？詩道本正大，孟郊自爲之艱阻耳。」〔註366〕然以此觀照此詩，屬於〈感懷〉組詩的第八首，哀鳴已過，融會了「澤雉十步一啄，百步一飲，不蘄畜乎樊爭中。」〔註367〕的那種不求羨榮華，宜適於林籟的心境；且以「飛」作爲上青天的期盼，比「登高望寒原，黃雲鬱崢嶸。坐馳悲風暮，歎息空沾纓。」〔註368〕算是掙脫悲苦的表徵。

〈列傳101·韓愈·孟郊〉，頁 5265～5266。「年五十，得進士第，調溧陽尉。縣有投金瀨、平陵城、林薄翁鬱，下有積水。郊間往坐水旁，徘徊賦詩，而曹務都廢。令白府，以假尉代之，分其半俸。鄭餘慶爲東都留守，署水陸轉運判官；餘慶鎮興元，奏爲參謀，卒年六十四。張籍諡曰貞曜先生。」其中有關登科時間，另按《登科記考》：「孟郊於貞元 12 年（西元 796）登進士第，時年 54 歲。」此說當可信，但應該是 46 歲，而非五十或是五十四。參見〔清〕徐松：《登科記考》（東京：中文出版社，1982 年），卷 14，頁 225。

〔註364〕〔唐〕孟郊著，李建崑、邱燮友校注，國立編譯館主編：《孟郊詩集校注》，〈序〉，頁 2。

〔註365〕傅璇琮主編：《唐才子傳校箋》，第 2 冊，卷 5，頁 512。辛文房彙整孟郊詩大意所得。

〔註366〕〔南宋〕嚴羽著，郭紹虞：《滄浪詩話校釋》，頁 179。

〔註367〕〔戰國〕莊周等著，〔清〕郭慶藩：《莊子集釋》，〈養生主第 3〉，頁 126。

〔註368〕〔清〕聖祖御定：《全唐詩》，第 11 冊，卷 374，頁 4198，〈感懷〉。

　　其實孟郊大部分詩作悲苦，除了生活困境，還與落第有絕大關係。其有詩言：「出門即有礙，誰謂天地寬？」〔註369〕所以大部分的評者都以爲：「孟郊賦性褊隘」無大成就，如宋代尤袤：「凡聖人奇士，自以所負，不苟合於世，是以雖見之，難得而知也。見而不能知其賢，如勿見而已矣；知其賢而不能用，如勿其賢而已矣；盡其才而容讒人之所間者，如勿盡其才而已矣。故見賢而能知，知而能用，用而能盡其才而不容讒人之所間者，天下一人而已矣。郊〈下第詩〉曰：『棄置復棄置，情如刀劍傷。』又〈再下第詩〉曰：『一夕九起嗟，夢知不到家。兩度長安陌，空將淚見花。』而後及第，有詩曰：『昔日齷齪不足嗟，今朝曠蕩思無涯。春風得意馬蹄疾，一日看盡長安花。』一日之間，花即看盡，何其速也。果不達。」〔註370〕又或如宋代葛立方：「孟郊〈落第詩〉曰：『棄置復棄置，情如刀刃傷。』、〈再下第詩〉：云『一夕九起嗟，夢短不到家。』、〈下第東南行〉曰：『江蘺伴我泣，海月投人驚。』愁有餘矣。〈下第留別長安知己〉云：『豈知鶗鴂鳴，瑤草不得春。』、〈失意投劉侍御〉云：『離婁豈不明，子野豈不聰？至寶非眼別，至音非耳通。』、〈歎命〉云：『題詩怨還怨，問易蒙復蒙。本望文字達，今因文字窮。』怨有餘矣。至登科後，則云：『昔日齷齪不足誇，今朝放蕩思無涯。春風得意馬蹄疾，一日看盡長安花。』議者以此詩驗郊非遠器。余謂郊偶不遂志，至於屢泣，非能委順者，年五十始得一第，而放蕩無涯，哦詩誇詠，非能自持者，其不至遠大，宜哉！」〔註371〕二者之言大同小異。然天地寬本是常態，人間與人心狹隘，才是需要超脫之處。此組詩中雜以此一小詩收尾，雖爲悲惻，但藉飛見青天，讓天地不嗇開闊。

　　又白居易〈大嘴〉一首：

〔註369〕　〔清〕聖祖御定：《全唐詩》，第 12 冊，卷 377，頁 4229～4230，〈贈別崔純亮〉。
〔註370〕　〔宋〕尤袤：《全唐詩話》，《叢書集成初編》，卷 2，〈李翶〉，頁 40。
〔註371〕　〔宋〕葛立方：《韻語陽秋》，《景印文淵閣四庫全書》，第 1479 冊，集部 418 詩文評類，頁 199。

晚來天氣好，散步中門前。門前何所有，偶睹犬與鳶。鳶
飽凌風飛，犬暖向日眠。腹舒穩貼地，翅凝高摩天。上無
羅弋憂，下無羈鎖牽。見彼物遂性，我亦心適然。心適復
何爲，一詠逍遙篇。此仍著於適，尚未能忘言。（《全唐詩》，
卷 453，第 14 冊，卷 453，頁 5124～5125。）

白居易曾將其自編詩文分爲四類，〔註372〕其中有第一類是諷喻詩用以
紓發激憤，第二類閑適詩則長於遣情的，第三類是感傷詩，第四類則
是雜律詩。大體上，前三類爲古體，後一類爲近體；前三類大致以內
容區分，但有相交。在這四類詩中，白氏比較重視前兩類，認爲諷諭
詩反映出「兼濟之志」；閑適詩傳達了「獨善之義」；皆爲其人生目標
的直接體現；至於感傷詩和雜律詩則是「或誘于一時一物，發於一笑
一吟，率然成章，非平生所尙。」〔註373〕而這首〈犬鳶〉則是歸類於
最後一類，但有著濃烈的閒情逸致。白居易曾自言「世間好物黃醅酒，
天下閑人白侍郎。」〔註374〕頗爲自詡自己乃是「天下閑人」；而其解
釋「閑適詩」的意涵爲：「或退公獨處、或臥病閑居、知足保和、吟玩
性情者。」〔註375〕所以在其詩中或有「身適忘四支，心適忘是非。既
適又忘適，不知吾是誰。……」〔註376〕之莊子〈齊物〉的思想，或有
「……朝睡足始起，夜酌醉即休。人心不過適，適外復何求。」〔註377〕
的懶放悠哉，或有「褐綾袍厚暖，臥蓋行坐披。紫氈履寬穩，蹇步頗
相宜。足適已忘履，身適已忘衣。況我心又適，兼忘是與非。三適合
爲一，怡怡復熙熙。禪那不動處，混沌未鑿時。此固不可說，爲君強

〔註372〕〔唐〕白居易著，顧學頡校點：《白居易集》（台北：里仁書局，1980
年），〈目次〉。
〔註373〕〔唐〕白居易著，顧學頡校點：《白居易集》，〈與元九書〉，頁 2792。
〔註374〕〔清〕聖祖御定：《全唐詩》，第 14 冊，卷 451，頁 5089。〈嘗黃醅
新酎憶微之〉。
〔註375〕〔唐〕白居易著，顧學頡校點：《白居易集》，卷 45，頁 959。
〔註376〕〔清〕聖祖御定：《全唐詩》，第 13 冊，卷 428，頁 4726。〈隱几〉。
〔註377〕〔清〕聖祖御定：《全唐詩》，第 13 冊，卷 428，頁 4727。〈適意二
首之一〉。

言之。」〔註378〕具有三適愉悅的飽足。意即白居易不是一味追求物外之適，而是物質生活所帶來的舒適與心靈意識的忘我。

　　這首〈犬鳶〉寫於太和九年（西元835），時年六十四歲，任洛陽太子賓客分司。〔註379〕詩以古體進行，詩可分四層進行；首先是點出地點與題中之物「犬與鳶」；第二層則是論及「犬與鳶」的生活寫照單純自在，一個吃飽貼地而睡，一個吃飽凌風而飛；第三層藉由物的適性，推及自我的適性；第四層則以「逍遙」作結，雖未能坐忘，還得吟詠逍遙篇，但心境上是愉悅的。而此一逍遙，或是與《莊子‧逍遙遊》：「斥鴳笑之曰：『彼且奚適也？我騰越而上，不過數仞而下，翱翔蓬蒿之間，此亦飛之至也。而彼且奚適也？』」〔註380〕有關；或是與自吟〈逍遙詠〉：「亦莫戀此身，亦莫厭此身。此身何足戀，萬劫煩惱根。此身何足厭，一聚虛空塵。無戀亦無厭，始是逍遙人。」〔註381〕的「無戀無厭」之說；當然也可能是〈讀莊子〉：「莊生齊物同歸一，我道同中有不同。逐性逍遙雖一致，鸞鳳終校勝蛇蟲。」〔註382〕齊物之間，各率其性。而此犬與鳶其逍遙亦可一致，但畢竟不是大鵬與鴳的對照，然猶有「鸞鳳終校勝蛇蟲」之感。

　　是以人若能如鳶的翱飛，必然更能乘雲氣，遊乎四海之外的；而作者也以此比喻之言，傳達內心的適性與消解。至於鮑溶〈秋思，三首之二〉：

　　　　顧兔蝕殘月，幽光不如星。女兒晚事夫，顏色同秋螢。秋
　　　　日邊馬思，武夫不遑寧。燕歌易水怨，劍舞蛟龍腥。風折
　　　　連枝樹，水翻無蔕萍。立身多門戶，何必燕山銘。生世不

〔註378〕〔清〕聖祖御定：《全唐詩》，第14冊，卷452，頁5119〜5120。〈三適贈道友〉。
〔註379〕〔唐〕白居易著，朱金城：《白居易集箋注》，頁2066。
〔註380〕〔戰國〕莊周等著，〔清〕郭慶藩：《莊子集釋》，〈逍遙遊第1〉，頁14。
〔註381〕〔清〕聖祖御定：《全唐詩》，第13冊，卷434，頁4809。
〔註382〕〔清〕聖祖御定：《全唐詩》，第14冊，卷455，頁5150。其序：萬首絕句作去國辭家謫異方，中心自怪少憂傷。為尋莊子知歸處，認得無何是本鄉。

如鳥，雙雙比翼翎。(《全唐詩》，第15冊，卷486，頁5524。)
鮑溶〈秋思三首〉寫於晚年，以五古敘述。其意象與前三首的作家作品相比，雖然格局不大，但內心的悲苦和無奈卻更深沉，其三首之一「君其若不然，歲晚雙鴛鴦。」；之二「生世不如鳥，雙雙比翼翎。」；之三「我憂長於生，安得及草木。」正感嘆著王朝的敗頹，既痛驕兵專權民不聊生，又感羈旅四方，到頭來一場空。

鮑溶的詩，反映著中晚唐數代士人的集體失落感，〔註383〕是以即便詩中以兒女情長之思出發，但作品中所表現的，也等於是反映了整個社會生活的一個局部或側面。〔註384〕因為其自言「我生雖努力，榮途難自致。」〔註385〕對於客觀條件所帶來的傷情總是無法抹滅的！是以「生世不如鳥，雙雙比翼翎。」的比較下，能夠翎飛絕對是最大的期待。

三、眾鳥飛盡，天地開闊

屬於心靈上的超越是最難的，雖說是一種放下，是一種消弭，但是軀體卻仍得去面對。這種身心靈不一致的煎熬，總是考驗著每個人，而詩人更難避免。不過詩人卻可以利用寫作來表述許多人沒有說出的想法，這些抒發過程與結果，或許是多餘，畢竟了無牽掛，又何必提及；但也因為這樣的不斷書寫、不同的人表述、不同時代裡的體驗，後人有了更多了領悟。

抬頭看山看雲看鳥飛，是稀疏平常之事，不過文人卻在這過程中，道出生命的哲理。以李白的〈獨坐敬亭山〉而論：

眾鳥高飛盡，孤雲獨去閒。相看兩不厭，只有敬亭山。(《全唐詩》，第6冊，卷182，頁1858。)

〔註383〕 李德輝：〈唐文人的旅寓生涯與唐代文學中的漂泊者形象〉，《新疆師範大學學報》，第1期，(2005年1月)，頁167。
〔註384〕 陳植鍔：《詩歌意象論》(北京：中國社會科學出版社，1990年)，頁159。
〔註385〕 〔清〕聖祖御定：《全唐詩》，第15冊，卷486，頁5518，〈秋思〉。

詩中若依動靜而分，可以分成兩段的層次，眾鳥與孤雲代表的是動態的，無法恆久不動的，雖有多寡的差異；而作者與敬亭山，雖難保證永遠不變，但在他看見的那個當下，身與山是留下的，是不動的。若依身心靈的展現層次，則是三部分的，先說心，再談靈，最後以身的外在處理。於是李白十分澄定的傳達佛教中的重要哲理，有如禪坐般，不是忘了一身臭皮囊，是身常在的。但是諸多內心煩憂如眾鳥，早已飛盡；而如孤雲般的靈魂，得以悠閒忘我，最後身在山在，得以不厭倦。

對於此詩或以未編年處理，或主張寫於天寶十二載（西元 753），〔註 386〕但可以確定是在離開長安多年以後之作。因爲飽嚐人間辛酸，看透世態炎涼，所以「詩人愈是寫山的有情，愈是表現出人的無情。」〔註 387〕此無情的是週遭，畢竟橫遭冷遇；無情的也是他自己，只有放下窒礙，才可以如實面對。清沈德潛說：「傳『獨坐』之神也。」〔註 388〕靜中有敬，絕非逃避。

也就是說在現實生活中，人類囿於一己之私，身爲物役，爲名利所累，時時感到痛苦，時時感到不自由，這樣的生存狀態往往是「非美」的。明爭暗鬥欺詐蒙騙，當年的政治理想抱負也在現實面前幻滅了。詩人獨坐山中，看鳥飛鳥散，看雲起雲落，深感功名利祿如過眼雲煙，唯有高潔的心靈和那自然一樣至純至眞、萬古長存。短暫的生命與大自然的無聲對話，獲得了無限延伸的可能性。〔註 389〕所以，只有超越了現實的功利性，與自然融爲一體，才能超越現實的不自由的存在，達到「詩意的棲居」。〔註 390〕這種經由對自然的審美而超越

〔註 386〕〔唐〕李白著，安旗等編：《李白全集編年注釋》，頁 379。其中將其排爲未編年作品；張淑瓊主編：《唐詩新賞》中，則是提到此詩寫於天寶十二載（西元 753）。

〔註 387〕張淑瓊主編：《唐詩新賞》，頁 380。

〔註 388〕〔清〕沈德潛：《唐詩別裁》，頁 616。

〔註 389〕袁梅：〈〈獨坐敬亭山〉的生態美學解讀〉，《文學解讀》，第 2 期，（2006 年 11 月），頁 70～71。

〔註 390〕袁梅以爲：如何才能達到「詩意的棲居」？按照道家的要求就是要做到「心齋」、「坐忘」、「物化」，即只有在淨化一切世俗之念、與

個體和現實，是由「去蔽」走向澄明的過程，是一種真正的精神自由。
又如柳宗元的〈江雪〉：

千山鳥飛絕，萬逕人蹤滅。孤舟蓑笠翁，獨釣寒江雪。（《全
唐詩》，第 11 冊，卷 352，頁 3948。）

柳宗元（西元 773～819），字子厚，河東人。登進士第，應舉宏辭，
授校書郎，調藍田尉。〔註 391〕貞元十九年，為監察御史裏行，王叔
文、韋執誼用事，尤奇待宗元，擢尚書禮部員外郎。會叔文敗，貶永
州司馬。〔註 392〕宗元少精警絕倫，為文章雄深雅健，踔厲風發，為
當時流輩所推仰。〔註 393〕既罹竄逐，涉履蠻瘴，居閒益自刻苦，其
堙厄感鬱，一寓諸文，讀者為之悲惻。元和十年，移柳州刺史，江嶺
間為進士者，走數千里，從宗元遊。經指授者，為文辭皆有法，世號
柳柳州。〔註 394〕十四年卒，享年四十七。

　　這首〈江雪〉是在他貶官永州時期的作品，具有強烈的自敘性。
像這樣如同一幅漁釣圖的作品，同期還有〈漁翁〉一首：「漁翁夜傍
西巖宿，曉汲清湘燃楚竹。煙銷日出不見人，欸乃一聲山水綠。迴看
天際下中流，巖上無心雲相逐。」〔註 395〕二者相比，〈江雪〉當然有
更多更複雜的意緒。關於〈江雪〉的內涵，在近代相關研究中已有過
種種不同的解析，代表性的有五種：清高孤傲說、佛禪說、政治批判

「物」玄同冥合的境界中，才能明心見性，獲得真實的自我。袁梅：
〈〈獨坐敬亭山〉的生態美學解讀〉，《文學解讀》，第 2 期，（2006
年 11 月），頁 71。
〔註 391〕 〔後晉〕劉昫撰，楊家駱主編：《新校本舊唐書》，卷 160，〈列傳
111・柳宗元〉，頁 4213。
〔註 392〕 有關王叔文案可參酌 ：〔後晉〕劉昫撰，楊家駱主編：《新校本舊
唐書》，卷 135，〈列傳 85・王叔文〉，頁 3733～3734。此從邵州刺
史貶為永州司馬。
〔註 393〕 〔宋〕歐陽修、宋祁合撰，楊家駱主編：《新校本新唐書》，卷 168，
〈列傳 93・柳宗元〉，頁 5142。韓愈評其文。
〔註 394〕 〔宋〕歐陽修、宋祁合撰，楊家駱主編：《新校本新唐書》，卷 168，
〈列傳 93・柳宗元〉，頁 5143。
〔註 395〕 〔清〕聖祖御定：《全唐詩》，第 11 冊，卷 353，頁 3957。

說、希望援引說、抗爭說等等。〔註 396〕這幾種說法都各有其道理，
另外又如郭預衡以為：「而這首仄韻五絕，有人欣賞它清空絕塵，有
人指責它凄冷孤寂，而更多的人則會思考，使志在『輔時及物』、『利
安元元』的詩人變得如此凄冷孤寂是誰之過？」〔註 397〕而張映光則
言：「其一，〈江雪〉抒發失路之悲和迷惘落魄之情；其二，表達作者
的騷怨愁情；其三，隱含作者自責自咎和以『愚者』自認的反省之情。」
〔註 398〕顯然大多數是認為詩中充滿孤寂與落寞，而後者「自愚」的
反省之情，可說是鮮少有人論及的。因著這樣的見解，張映光提出證
據：「人在自責自咎後通常會對自己進行重新評價和認識。事實上，
柳宗元在被貶後，經常進行自我反思，並在反思之後有『愚者』自認
的反省之情。元和六年，遷居永州冉溪的柳宗元，曾寫下〈八愚詩〉
（已失傳）和〈愚溪詩序〉。在〈愚溪詩序〉中，作者自謂：餘以愚
觸罪，謫瀟水上，愛是溪。故將冉溪更名為『愚溪』，作者為何在遷
居後刻意將冉溪用一個觸目的『愚』字更名？甚至把冉溪其他另外七
處也冠之以『愚』（愚丘、愚泉、愚溝、愚池、愚堂、愚亭、愚島），
這裏一定在傳達某種資訊。於是，作者在飽受折磨又無人傾訴之時，
就以這樣一個在蕭殺寒江上，孤獨垂釣的姿態和不合時宜又怵目驚心
的行動來自罪自懲。」〔註 399〕意即這首詩是反省與自我放逐。

　　西方精神分析學者佛洛伊德認為：「藝術創作的原動力是藝術家被
壓抑的種種本能欲望。從這個意義上說，藝術家的藝術創作活動與普通

〔註396〕 呂國康：〈江雪〉詩的背景與寓意，《柳州師專學報》，第 3 期，（2004
　　　　　年），頁 17～19。
〔註397〕 郭預衡：《中國古代文學史》（上海：上海古籍出版社，1998 年），
　　　　　頁 353～354。
〔註398〕 如張映光：〈論柳宗元〈江雪〉孤獨悲怨和愚者自認的自敘性──
　　　　　對〈江雪〉的另一種解讀〉，《南京審計學院學報》，第 4 卷第 4 期，
　　　　　頁 50～53。
〔註399〕 張映光：〈論柳宗元〈江雪〉孤獨悲怨和愚者自認的自敘性──對
　　　　　〈江雪〉的另一種解讀〉，《南京審計學院學報》，第 4 卷第 4 期，（2007
　　　　　年 11 月），頁 52。

人的白日夢或幻想非常接近，藝術家猶如白日夢者，藝術創作仿佛是白日做夢。」〔註 400〕以此理論來審視柳宗元，他的理想並未隨境遇有變而放棄，反而歷久彌新，於是在理想受到現實壓抑的情況下，詩歌的創作就成爲其欲望的替代性滿足。這種替代的精神誠如研究者趙棚鴿等所言：「這是一首含意深遠的哲理詩。作者的眞正意圖並不是『歌以言志』，是在更深層次、更高位置上對生命的關懷與思索。只是由於對柳宗元的研究過多，才導致許多人以爲，『詩人那憂憤、寂寞、孤直、激切』的心性情懷，正通過這首詩的冷嘲熱諷的格調和詩境表現出來，閃現著一種深沉凝重而又孤傲高潔的生命情調。」〔註 401〕也就是說其對宇宙、對人生的思考，才是本詩的眞正魅力之所在。

的確，此詩不僅只是表達孤寂的意蘊，更不該只是一幅純淨無瑕的畫而已。透過反省，他得以了解，塵世的煩憂如同「千山鳥飛絕，萬逕人蹤滅。」——淨空，這是一件多有意義的事，因爲內心不再紛擾厚重，而外在所剩下的則只有滿山滿谷的雪，沒有別的，洵是飛揚的道家哲學。至於結尾的「獨釣」則是執著的儒家本色，孤立無援，然而冬天到了，春天總不會是遙遠的。面對浩瀚的宇宙，詩人選擇讓心靈更廣闊，因爲心靈的天空遠遠比外在的天空來得遼闊。〔註 402〕因爲鳥飛如道家，獨釣以儒學，在純潔的畫面底下，生命意識雖然更爲孤寂，但面對的是「天地開闊」繼續走下去的崇高悲劇精神。

四、群翼隱匿，人返自然

禽鳥隱匿爲的是休息或是避禍，而人呢，學習禽鳥的是退隱山林

〔註 400〕 〔奧〕弗洛伊德著、高覺敷譯：《精神分析引論》（北京：商務印書館，1997 年），頁 185～189。

〔註 401〕 趙棚鴿、邱賢：〈一肩挑盡千年境——用符號矩陣解析〈江雪〉〉，《梧州學院學報》，第 17 卷第 2 期，（2007 年 4 月），頁 82。其中所批判的是袁行霈書中對於〈江雪〉的見解。參見袁行霈：《中國文學史》（北京：高等教育出版社，1999 年），頁 330～331。

〔註 402〕 劉兆君：〈淺析〈江雪〉與〈獨坐敬亭山〉的藝術特點〉，《吉林工程技藝師範學院學報》，第 20 卷第 11 期，（2004 年 11 月），頁 69。

或是歸田，甚或是遠離紅塵俗世。東漢張衡曾有〈歸田賦〉：「游都邑以永久，無明略以佐時。徒臨川以羨魚，俟河清乎未期。感蔡子之慷慨，從唐生以決疑。諒天道之微昧，追漁父以同嬉。超埃塵以遐逝，與世事乎長辭。于是仲春令月，時和氣清；原隰郁茂，百草滋榮。王雎鼓翼，倉庚哀鳴；交頸頡頏，關關嚶嚶。于焉逍遙，聊以娛情。爾乃龍吟方澤，虎嘯山丘。仰飛纖繳，俯釣長流。……苟縱心于物外，安知榮辱之所如。」〔註403〕既無明君，只好置身世俗之外，不在乎尊榮和恥辱的所在。至於陶淵明則是：「歸去來兮，田園將蕪胡不歸？既自以心為形役，奚惆悵而獨悲！悟已往之不諫，知來者之可追。實迷途其未遠，覺今是而昨非。舟搖搖以輕揚，風飄飄而吹衣。問征夫以前路，恨晨光之熹微。乃瞻衡宇，載欣載奔。僮僕歡迎，稚子候門。三徑就荒，松菊猶存。攜幼入室，有酒盈樽。引壺觴以自酌，眄庭柯以怡顏。倚南窗以寄傲，審容膝之易安。園日涉以成趣，門雖設而常關。策扶老以流憩，時矯首而遐觀。雲無心以出岫，鳥倦飛而知還。景翳翳以將入，撫孤松而盤桓。……登東皋以舒嘯，臨清流而賦詩。聊乘化以歸盡，樂夫天命復奚疑！」〔註404〕禽鳥既然都能倦飛知返，人也應該樂順天命，不必強求。

　　然物象畢竟是客觀的，這裡專指的是山林間的禽鳥，也非豢養；牠不必依賴人的存在而存在，也不必因人的喜怒哀樂而發生變化。但是物象一旦進入人的構思，就帶上了詩人的主觀色彩。〔註405〕也就是說融入主觀情意的客觀物象，成了表達主觀情意的所在。以盧照鄰〈羈臥山中〉為例：

　　　　臥壑迷時代，行歌任死生。紅顏意氣盡，白璧故交輕。澗戶無人跡，山窗聽鳥聲。春色緣巖上，寒光入溜平。雪盡松帷暗，雲開石路明。夜伴飢鼯宿，朝隨馴雉行。度溪猶

〔註403〕〔南朝梁〕蕭統：《文選》，頁227～228。
〔註404〕〔南朝梁〕蕭統：《文選》，頁648。
〔註405〕袁行霈：《中國詩歌藝術研究》（北京：北京大學出版社，1996年），頁52。

憶處，尋洞不知名。紫書常日閱，丹藥幾年成。扣鐘鳴天
鼓，燒香厭地精。倘遇浮丘鶴，飄颻凌太清。（《全唐詩》，第
2 冊，卷 42，頁 529。）

盧照鄰（西元 630？～689？）字昇之，自號幽憂子，幽州范陽人。
與王勃、楊炯、駱賓王齊名，時號初唐四傑。〔註 406〕不過後世對其
評價不一，如清代劉熙載就言：「唐初四子沿陳、隋之舊，故雖才力
迥絕，不免致人異議。」〔註 407〕在力求創新與解放的過程中，沿舊
總是難免。劉大杰曾評論：「幽憂是他生活的象徵，也就是他的作品
的象徵。」〔註 408〕因為在四傑中，他是身世最苦的；其活躍的生命，
全被病魔所困擾，〔註 409〕加上貧困不堪，最後投水而死。〔註 410〕真
可謂疏穎水周舍，復預為墓，偃臥其中。

　　盧照鄰的詩歌創作，兼及多種體式，五言、七言近體，五言、七
言古體；還有中和樂府、騷體，可說是眾體兼備，成為其詩歌創作成
就高的一個標志。〔註 411〕另外就風格而言，則可以分為病前、病後
之別，病前積極步入仕途，所以色調當然鮮明；而且鋪寫熱鬧；病後

〔註 406〕　〔後晉〕劉昫撰，楊家駱主編：《新校本舊唐書》，卷 190，〈列傳
　　　　　140 上・文苑上・盧照鄰〉，頁 5000，以及〈列傳 140 上・文苑上・
　　　　　楊炯〉，頁 5003。

〔註 407〕　〔清〕劉熙載撰，徐中玉等校點：《劉熙載論藝六種・藝概》（四川：
　　　　　巴蜀書社，1990 年），卷 2，頁 57。

〔註 408〕　劉大杰：《中國文學發展史》，中冊，頁 419。另外劉氏以為生年在
　　　　　西元 635 前後。

〔註 409〕　有關其病症，研究者謝久娟依據各項文獻歸納出：「盧照鄰所患『幽
　　　　　憂之疾』均符合家族遺傳性感染小腦萎縮的要求。」參見謝久娟：
　　　　　《盧照鄰及其詩歌研究》（南京：南京師範大學文學碩士論文，2008
　　　　　年），頁 9～10。

〔註 410〕　〔後晉〕劉昫撰，楊家駱主編：《新校本舊唐書》，卷 190 上，〈列
　　　　　傳 140・文苑上・盧照鄰〉，頁 5000。初授鄧王府典籤，王甚愛重
　　　　　之，曾謂官曰：「此即寡人相如也。」後拜新都尉，因染風疾去官，
　　　　　處太白山中，以服餌為事。後疾轉篤，徙居陽翟之具茨山，著釋疾
　　　　　文、五悲等誦，頗有騷人之風，甚為文士所重。照鄰既沉痼攣廢，
　　　　　不堪其苦，嘗與親屬執別，遂自投潁水而死，時年四十。

〔註 411〕　謝久娟：《盧照鄰及其詩歌研究》，頁 7。

則是近乎絕望，其在上元元年（西元 674），辭疾請歸，諸多病後作品如〈釋疾文〉、〈五悲〉均頗有騷人之風；而在長達十年的臥病生涯，大量創作與病況有關的作品，誠如《朝野僉載》言：「惜哉！不幸有冉耕之疾，著《幽憂子》以釋憤焉。」〔註412〕便是指病後的作品多有發洩憤懣之意，而這首〈羈臥山中〉也是此一階段的創作。

疾病可以說是摧毀他的一生的劊子手。在這首詩中，屬於一個敘事手法的完整安排。先是談及羈臥山中，不知歲月，讓人誤以爲「行歌任死生」，是一種擺脫一切毫無在乎的曠放；原來是因爲「意氣盡」所以「故交輕」，點出何以來此山中的緣由；第二層延續著前意，透過摹寫鏡頭提到羈臥山中「無人跡」，遂終日得以「聽鳥聲」，既是孤寂卻有清幽；而春夏秋冬四季的變化與空間的差異，化外之意格外熟悉，心靈上並不寂寞；第三層「夜伴飢鼯宿，朝隨馴雉行。度溪猶憶處，尋洞不知名。」則談到山中日夜的生活模式，還頗有雲深不知處的仙家況味；第四層將焦點集中病況一事上，雖然學仙家煉丹求道：「紫書常日閱，丹藥幾年成。扣鐘鳴天鼓，燒香厭地精。」道教的修練活動是他生活中極爲重要的內容，但其實眞正希望的是與孫思邈的請益中，能夠擺脫身體的折磨，能有丹藥能夠解除病痛。〔註413〕最

〔註412〕 〔唐〕張鷟：《朝野僉載》，《景印文淵閣四庫全書》，第 1035 冊，子部 341 小說家類，卷 6，頁 281。

〔註413〕 〔後晉〕劉昫撰，楊家駱主編：《新校本舊唐書》，卷 191，〈列傳141・方伎・孫思邈〉，頁 5095～5096。上元元年（西元 674），辭疾請歸，特賜良馬，及鄱陽公主邑司以居焉。當時知名之士宋令文、孟詵、盧照鄰等，執師資之禮以事焉。思邈嘗從幸九成宮，照鄰留在其宅。……照鄰有惡疾，醫所不能愈，乃問思邈：「名醫愈疾，其道何如？」思邈曰：「吾聞善言天者，必質之於人；善言人者，亦本之於天。天有四時五行，寒暑迭代，其轉運也，和而爲雨，怒而爲風，凝而爲霜雪，張而爲虹蜺，此天地之常數也。人有四支五藏，一覺一寐，呼吸吐納，精氣往來，流而爲榮，彰而爲氣色，發而爲音聲，此人之常數也。陽用其形，陰用其精，天人之所同也。及其失也，蒸則生熱，否則生寒，結而爲瘤贅，陷而爲癰疽，奔而爲喘乏，竭而爲燋枯，診發乎面，變動乎形。推此以及天地亦如之。故五緯盈縮，星辰錯行，日月薄蝕，孛彗飛流，此天地之危診也。

後則是說出「倘遇浮丘鶴」，希望有一天能夠隨鶴「飄飄凌太清」，離開塵世，超然而往。這種與世隔絕的情韻，跟早期的「浮香繞曲岸，圓影覆華池。常恐秋風早，飄零君不知。」〔註414〕的儒家精神截然不同。

　　盧照鄰的一生，就如西方存在主義哲學家海德格說：「人的存在，一生下來即是步向死亡，也正因人必會死亡，才會有實存的自由可言，時時刻刻企劃人生，探尋意義，抉擇價值，超越自我。」〔註415〕病前他選擇積極爭取，但是眞正面對病苦時，作爲社會的產物，人不僅因環境的變化而發生動機的變化，而且在不同的社會情境裡表現出不同的動機和價值。〔註416〕是以詩人藉由回歸自然尋求安慰與平靜，讓「山窗聽鳥聲」成爲一種享受；而「行歌任死生」更使自己獨立於污濁世界之外，擺脫名利的誘惑和爭權奪利的不歸路；但是，如何脫離身累，大概只有駕鶴返回，才是自在的心之所嚮。另外如孟浩然的〈秦中苦雨思歸贈袁左丞賀侍郎〉一首：

> 苦學三十載，閉門江漢陰。用賢遭聖日，羈旅屬秋霖。豈
> 直昏墊苦，亦爲權勢沈。二毛催白髮，百鎰罄黃金。淚憶
> 峴山墮，愁懷湘水深。謝公積憤懣，莊舄空謠吟。躍馬非
> 吾事，狎鷗眞我心。寄言當路者，去矣北山岑。（《全唐詩》，
> 第 5 冊，卷 160，頁 1659。）

孟浩然（西元 689～740）字浩然，他與王維並稱王孟，是田園詩派的代表，襄州襄陽（今湖北襄樊）人，隱鹿門山，以詩自適。〔註417〕

寒暑不時，天地之蒸否也；石立土踊，天地之瘤贅也；山崩土陷，
天地之癰疽也；奔風暴雨，天地之喘乏也；川瀆竭涸，天地之燋枯
也。良醫導之以藥石，救之以鍼劑，聖人和之以至德，輔之以人事，
故形體有可愈之疾，天地有可消之災。」

〔註414〕〔清〕聖祖御定：《全唐詩》，第 2 冊，卷 42，頁 531，〈曲池荷〉。
〔註415〕傅偉勳：《生命的學問》（台北：生智出版社，1998 年），頁 162。
〔註416〕〔美〕克雷奇等：《心理學綱要》（北京：文化教育出版社，1981
年），頁 363。
〔註417〕〔後晉〕劉昫撰，楊家駱主編：《新校本舊唐書》，卷 190 下，〈列
傳 140 下·文苑下·孟浩然〉，頁 5050。

不達而卒。

孟浩然於開元十五年（西元 727）底離鄉，十六年早春到長安，應試不第遂於年底返鄉。〔註418〕這首詩就是寫於這一年。在題目中提及兩人，一是「袁左丞」，據《新唐書》所述，應是「袁仁敬」；〔註419〕而「賀侍郎」則是指「賀知章」，時仍擔任工部侍郎職務，〔註420〕可由本詩獲得證明。另外「秦中苦雨」一事，則是指該年「九月丙午，以久雨，降死罪從流，徒以下原之。」〔註421〕諸事不順，思歸在所難免。

詩的敘事模式進行，第一層先談及苦學已有三十多年了，一直以來都是隱居於襄陽；好不容易遭逢盛世準備應試，孰知不遇而退卻是秋天霪雨時。第二層則是說出內心的真正想法，畢竟淒風苦雨只是短暫，進京無成才是權勢沉抑的所在；又加上不惑之年，可卻一事無成，貧罄窘狀，落得憂傷滿腹。第三層則引用「謝靈運」、「莊舄」的典故，〔註422〕傳遞思歸之心。第四層則用「寄言當路者，去矣北山岑。」告

〔註418〕 兩《唐書》言其：「年四十來遊京師，應進士不第，還襄陽。」就是指此事。

〔註419〕 〔後晉〕劉昫撰，楊家駱主編：《新校本舊唐書》，卷99，〈列傳49・張九齡〉，頁3100。其與中書侍郎嚴挺之、尚書左丞袁仁敬、右庶子梁升卿、御史中丞盧怡結交友善。《新唐書》亦然。

〔註420〕 《兩唐書》均言賀知章在開元十四年擔任工部侍郎（《舊唐書》記錄於〈文苑中・賀知章〉傳，頁5034；《新唐書》則是記錄於〈志第12・禮樂12〉中，頁476。），但《舊唐書》又言：「俄遷太子賓客」，參見〈列傳140中・文苑中・賀知章〉傳，頁5034；而《新唐書》言：「肅宗為太子，知章遷賓客。」參見〈列傳121・隱逸・賀知章〉，頁5607。

〔註421〕 〔後晉〕劉昫撰，楊家駱主編：《新校本舊唐書》，卷8，〈本紀第8，玄宗上〉，頁192。

〔註422〕 在謝靈運方面用其詩〈廬陵王墓下作〉：「曉月發雲陽。落日次朱方。含淒泛廣川。灑淚眺連岡。眷言懷君子。沈痛切中腸。道消結憤懣。運開申悲涼。……」的句子，參見遠欽立輯校：《先秦漢魏晉南北朝詩》，頁1171。而莊舄的故實則是：「越人莊舄仕楚執珪，有頃而病。楚王曰：『舄故越之鄙細人也，今仕楚執珪，貴富矣，亦思越不？』中謝對曰：『凡人之思故，在其病也。彼思越則越聲，不思

知在位者，「躍馬」〔註423〕的富貴榮華不是他的所嚮，「狎鷗」〔註424〕歸隱山林才是心中的期待。畢竟人在現實生活中產生的種種需要或欲望得不到滿足時，就會產生出悲傷、怨恨的缺失性情感體驗，這種情感體驗鬱積於胸得不到發泄則會引起心理的失衡，為獲得心理的平衡，達到和諧，就需要將這種情感體驗暢然地宣洩出來。按心理學家的說法，情感的發泄有幾種渠道：如攻擊性的行為、注意的轉移、交談法、哭泣法等等，而文學家宣洩的最好方式便是創作出文學作品。」〔註425〕於是在想像的國度裡，任意馳騁，不與世俗同流合污；超脫現實，可以自由伸展。

孟浩然的另外一首〈與黃侍御北津泛舟〉：「津無蛟龍患，日夕常安流。本欲避驄馬，何如同鷁舟。豈伊今日幸，曾是昔年遊。莫奏琴中鶴，且隨波上鷗。堤緣九里郭，山面白城樓。自顧躬耕者，才非管樂儔。聞君薦草澤，從此泛滄洲。」〔註426〕以及〈夜泊宣城界〉：「西塞沿江島，南陵問驛樓。湖平津濟闊，風止客帆收。去去懷前浦，茫茫泛夕流。石逢羅剎礙，山泊敬亭幽。火識梅根冶，煙迷楊葉洲。離家復水宿，相伴賴沙鷗。」〔註427〕不管是且隨波上鷗，還是從此泛滄洲；不管是山泊敬亭幽，或是相伴賴沙鷗；更不必去管孟浩然說的寫的是否真心肺腑，但至少這些生活對他而言，並不陌生也不畏懼。

越則楚聲。』使人往聽之，猶尚越聲也。今臣雖棄逐之楚，豈能無秦聲哉！」參見〔日〕瀧川龜太郎：《史記會注考證》，〈張儀列傳第10〉，頁924。

〔註423〕（澤）謂其御者曰：「吾持梁刺齒肥，躍馬疾驅懷黃金之印，結紫綬於要，揖讓人主之前，食肉富貴，四十三年足矣。」參見〔日〕瀧川龜太郎：《史記會注考證》，〈范雎蔡澤列傳第19〉，頁980～981。

〔註424〕江淹：〈詩庚・雜擬下・雜體詩三十首〉：「……疊疊玄思清。胸中去機巧。物我俱忘懷。可以狎鷗鳥。」參見〔南朝梁〕蕭統：《文選》，頁458～459。

〔註425〕朱恩彬、周波主編：《中國古代文藝心理學》（濟南：山東文藝出版社，1997年），頁224。

〔註426〕〔清〕聖祖御定：《全唐詩》，第5冊，卷159，頁1626。

〔註427〕〔清〕聖祖御定：《全唐詩》，第5冊，卷160，頁1665。

第四節　小　結

在這一章中主要是探討作家自我的表述，不管是形象上的還是心靈層次的，皆透過三個節次加以論述。

一、借鳥喻己，彰顯心志

透過禽鳥意象主要是表現作家自我的心志，在第一部分的禽鳥化身是屬於剛健奔放特質的，其一是以「鷹」作爲人格的投射，而這非杜甫莫屬。杜甫的作品多樣，各類禽鳥意象並不缺乏，但是鷹的確最能作爲其自喻式的代表，那股不服輸的精神，就如〈王兵馬使二角鷹〉：「角鷹翻倒壯士臂，將軍玉帳軒翠氣。二鷹猛腦徐侯穟，目如愁胡視天地。杉雞竹兔不自惜，溪虎野羊俱辟易。韝上鋒棱十二翮，將軍勇銳與之敵。……亦如角鷹下翔雲。惡鳥飛飛啄金屋，安得爾輩開其群，驅出六合梟鸞分。」〔註 428〕總是在「翩搏風揚」中散放動的本能，一份願意鞠躬盡瘁的精神。而章孝標方面，則是與杜甫不同，不管是〈飢鷹詞〉還是〈鷹〉，兩首詩都寫于進士及第之後，想要有更好的發展，是不能輕舉妄動，只有耐心的等待。其二則是以「鵬」作爲標榜，李白是最具代表性的，正如皮日休所寫〈七愛詩：李翰林〉：「吾愛李太白，身是酒星魄。口吐天上文，跡作人間客。礧砢千丈林，澄澈萬尋碧。醉中草樂府，十幅筆一息。召見承明廬，天子親賜食。醉曾吐御床，傲幾觸天澤。權臣妒逸才，心如斗筲窄。失恩出內署，海岳甘自適。刺謁戴接䍠，赴宴著穀屐。諸侯百步迎，明君九天憶。竟遭腐脅疾，醉魄歸八極。大鵬不可籠，大椿不可植。蓬壺不可見，姑射不可識。五嶽爲辭鋒，四溟作胸臆。惜哉千萬年，此俊不可得。」〔註 429〕此詩序言：「皮子之志。常以眞純白許。每謂立人化者。必有眞相。以房杜爲眞相焉。定大亂者。必有眞將。以李太尉爲眞將焉。傲大君者。必有眞隱。以盧徵君爲眞隱焉。鎭澆俗者。必有眞吏。以

〔註 428〕　〔清〕聖祖御定：《全唐詩》，第 7 冊，卷 222，頁 2362。
〔註 429〕　〔清〕聖祖御定：《全唐詩》，第 18 冊，卷 608，頁 7018。

元魯山為眞吏焉。負逸氣者。必有眞放。以李翰林為眞放焉。為名臣者。必有眞才。以白太傅為眞才焉。嗚呼。吾之道時耶。行其事也。在乎愛忠矣。不時耶。行其事也。亦在乎愛忠矣。苟有心歌詠者。豈徒然哉。」其中認為李白是「眞放」者，可以說除了李白自我化身之外，皮日休更是知音者，「大鵬不可籠，大椿不可植。蓬壺不可見，姑射不可識。五嶽為辭鋒，四溟作胸臆。惜哉千萬年，此俊不可得。」說的正是李白——天生的大鵬。在他的筆下，鳳凰只是外貌；只有鵬才是內在無限浩瀚的詮釋。至於元稹則又是另一番面貌，詩中運用鵬處有十三首，但大多用以「鵬舉」之思，且著眼於「鵬化」，不僅勉勵自己也勉勵他人，力圖更多的改變。另外運用鵬鳥有五處的是齊己，詩中除了祝福，還多了憑弔古人，並且處處皆透露出，其不拘泥的隨緣清靜。

其中以李杜兩人為例，李白選擇的是「神鳥」的大鵬，既有道家精神的恢弘，又有鵬與鳳凰結合的原型意義，展現紹箕孔聖，濟蒼生、安社稷的崇高志向。而杜甫則是凸顯宗國之實，以「鷹」、「雕」現實生活中的禽鳥作為投射，開創未來、消滅邪敵，更見儒家精神的眞諦。二人雖都有緣於禽鳥「原型」的特殊性，但是李白更近於原型，發揮其浪漫特質；只是原型雖是文學的來源之一，但「鵬」在詩中出現次數並不多，在歷經朝代演進過程，到了唐人或是李白而言，屬於個人化意味比較強烈些。

第二部分的禽鳥化身則是主張「高潔清韻」的，為了傳遞這些意象，鶴、鷗、鷺等都是主要的載體。其一在「鶴」的方面，白居易是「貞姿自耿介」尊嚴且介然不群的鶴；而杜牧則是「終日無群伴，溪邊弔影孤」的鶴；鄭谷又有「風神灑落」之質。

其中白居易不僅是禽鳥使用最多的作家，而其作為自我表述的「鶴」也是唐人運用最多者。白居易作為一個偉大的現實主義詩人，其思想兼融儒、道、佛三家，理應選擇與其詩「非求宮律高，不務文字奇。惟歌生民病，願得天子知。未得天子知，甘受時人嗤。藥良氣

味苦，琴濁音聲稀。」〔註 430〕一樣具備補察時政的象徵禽鳥，結果反而以大型卻不具攻擊力的鶴，除了藉此表現「昂藏鶴」不是睚譎外露其氣驃威，而是在剛柔并蓄中，默默承受其自慚形穢。意即鶴立雞群之外，「避禍」當是目的所在。

　　第三部分則是以「燕、鷺」的小型禽鳥為主，在燕的運用，以張九齡最具特色。這首詠燕詩又稱〈歸燕詩〉已成為他的正字標誌，但牠可不是普通的燕，是「無心與物競，鷹隼莫相猜。」的海燕，在示弱中具有明進退的化身，這在唐詩中是極為少見的。

　　而在「鷺」的方面，張鷺與靈澈是其中代表，其中張鷺是探討作家中不曾出現的，但也因此其「脫去一身塵俗下，不僅水中的鴛鴦羨慕，也不再與天上的燕雀為鄰。」更見其特殊性。

　　大抵若按照西方學者弗洛伊德對於人格結構的看法，可以分為本我（id）、自我（ego）、超我（super-ego）三個部分，這三個部分交互作用而產生的內動力，支配了個人的所有行為。〔註 431〕本我是人格結構上最原始的部分，是與生俱來的，乃受「唯樂原則」支配；自我是隨個體出生後，從本我逐漸分化出的，係受「現實原則」支配；超我是人格結構中居於管制地位最高的部分，是由個人在社會化的歷程中，將社會規範、道德標準、價值判斷等內化之後形成的結果。所以超我是衡諸是非善惡，是對本我與自我的監督，但三者不是分立，是互相交互作用的。〔註 432〕於是當這些作家視禽鳥為自我的化身時，那個「企圖」是主觀明確的；雖處在與社會的衝突當中，但不必是「有道德者的人壓抑自己的衝動，而罪惡之人則享受這些衝動。」〔註 433〕而是三者的力量成就了思維。但那個「我」除了主要意識之外，總還是不斷的變化著，既有現象學家杜夫潤（Mikel Dufrenne）所言的：「作

〔註 430〕〔清〕聖祖御定：《全唐詩》，第 13 冊，卷 424，頁 4663。
〔註 431〕張春興：《心理學》（台北：台灣東華書局，1986 年），頁 369～370。
〔註 432〕張春興：《心理學》，頁 370。
〔註 433〕呂明、陳紅雯譯：《第三思潮：馬斯洛心理學》（台北：師大書苑有限公司，1992 年），頁 4。

品無疑堪稱是作者的化身，它載有作者或憂或苦地簽下的、或深或淺的署名；它帶著創作歷程的烙印，它指定它的作者。……作者不管在任何地方，唯有在作品之中。」〔註434〕在詩發生的同時，作品的眞實便超乎作者的眞實，形成一種獨立客觀的論述；於是又在不同時段下注入不同的禽鳥轉化，而「我」遂隨之起舞，且依然在其中了。

二、對照禽鳥，傳達情蘊

在這個單元中，作者與禽鳥冥合的情結，主要以悲傷情韻收場；而這種情韻的書寫，有時是以形象爲依，有時是以鳴聲紓發。陳植鍔先生根據表現功能不同，將詩歌意象分爲三類：「描述性意象，象徵性意象和比喻性意象。」〔註435〕蔣寅先生則以爲：「描述性意象爲單純意象，如果從意義和字面的結構關係來看，描述性的意象是實指的，字面與所指合一，可以稱爲單純意象；其餘兩類則所言在此，所指在彼，在字面與所指之間有不同的意義層次，可以稱爲複合意象。」〔註436〕不管是何種意象，在此情結中，其意味都是悲傷的。

選材方面，焦點放在題目上已有直述者，因爲研究文學意象，必然得從字詞入手。〔註437〕所以不管是詩人寫孤獨，還是寫病況，或是經由聲音傳遞無可言喻的愁苦，訴諸於「詞彙」上的訴求優先考慮，內容明確者則一併討論。不過也有例外，就是題意雖具，但其內容更適合於其他章節論述，則須割愛。

第一部分是探討作家的「孤單」情意，作家因爲本身孤單，所以看到禽鳥也孤單，其「同是天涯淪落人」的心境油然而生；當然有時候禽鳥並不孤單，只是人百無聊賴，所以藉某些禽鳥「孤單」之常態性，

〔註434〕〔法〕杜夫潤撰，岑溢成譯：〈文學批評與現象學〉，收錄於鄭樹森編：《現象學與文學批評》（台北：東大圖書公司，1991年），頁70。
〔註435〕陳植鍔：《詩歌意象論》（北京：中國社科院出版社，1990年），頁140。
〔註436〕蔣寅：《大曆詩風》（上海：上海古籍出版社，1992年），頁178。
〔註437〕衣若芬：〈瀟湘山水畫之文學意象情境探微〉，《中國文哲研究集刊》，第20期，（2002年3月），頁180。

只為了傳其自我情意而已。大抵詩人孤單的理由主要以貶謫居多，其次是戰爭所導致的妻離子散，至於沒有官位到處羈旅，也常常觸動那顆善感的心。不過詩人雖然孤獨但不寂寞，因為孤獨背後仍充滿期待。

第二部分是分析作家的「病況」問題，生命中有諸多不順遂，但不是每一樣都能透過禽鳥來轉載，例如「貧」就是一例。詩人可以談病、談困頓，但無法透過「貧」字，藉由禽鳥來自況；又如「死」也是，詩人沒有一首以死的禽鳥作為詠嘆的，可見其避諱。至於「病」似真似假，但外在的病——大環境惡劣之威脅，應該更甚於其自我的「生理上」之病痛。

第三部分是「歸鄉」的渴望，在這方面比起前二者來說，是詩人極大的焦慮來源，所以透過「候鳥」的習性，如燕、雁等，總是能滿足長期以來「想歸卻歸不得」的慾望。

第四部份是「鳴禽」問題，好聽的聲音，詩人視它為閒暇逸趣；但哀悽的音調，卻是勾動自我哀傷的效應。

王國維的「有我」、「無我」之境，〔註 438〕在此是不必爭執的，因為一定有我。若沒有這個我，何來那個我的延伸；而這可不在於技巧的高下，而在於成分的多寡，意即作者在書寫的過程、結果，到底他要與禽鳥合而為一，還是堅持保有二分罷了。而西方學者卡西爾談到：「人不僅僅生活在物理世界中，更生活在精神世界中；並不是根據他的直接需要和意願而生活，而是生活在想像的激情中，生活在希望與恐懼、幻覺和醒悟、理想和夢境之中。」〔註 439〕這正是複雜人生中，禽鳥無法理解，但人卻得去面對的課題。

三、效法禽鳥，因應變通

不管是中西如何看待詩人所產生的「悲劇意識」，悲劇對他們而

〔註 438〕　王國維：《校注人間詞話》（台北：開明書店，1989 年），頁 2。
〔註 439〕　〔德〕卡西爾，結構群譯：《人論》（台北：結構群文化事業公司，1989 年），頁 34。

言是具體事物而不是一個抽象概念。〔註 440〕因爲其自身的沒有緣由的纖細性格、社會給他的壓力、環境所帶來的衝擊，皆非虛無假設的。

只不過當巨大災難降臨到自己身上，便成爲悲劇的源頭；降臨在別人身上，便成爲最大的快感。〔註 441〕因爲從讀者美學而言，悲劇對於作者或是讀者應該是一種「快感」的！沒有悲劇意識便不會產生如屈原、杜甫、白居易等的創作；也無法由連綿不絕的後世討論、鑑賞以及共鳴中，體驗生命的豐富。

而困頓既然產生，詩人又是如何排除？在這節中，歸納出有四個方面，其一是「尋求慰藉」，這來自於禽鳥無心機的接近，不設防的相伴；其二是利用禽鳥之「飛翔」能力，想像一個超越生命有限的可能；其三是「轉換心境」，說來簡單，但實際執行又談何容易。所以這裡所謂的放下或是如實面對，都是轉換心境的法門；其四則是學習「勤鳥藏匿」，這又是禽鳥常有的避禍習性，用在人的身上，回歸自然是可行的途徑。

其中就藏匿一事而論，就人類的生活經驗而言，常常會有諸多矛盾或是衝突產生，而這在現代心理學家分析下，將其情境分爲四類，其一是「雙趨衝突」：同時有兩種並存吸引力的目標，必須作出決定；其二是「雙避衝突」：同時有兩種對個人有威脅性的目標，必須接受其一才可以避免其一；其三「趨避衝突」：個體對於單一目的物同時具有兩種動機，一方面想擁有，一方面想惡而避之；其四是「雙重趨避衝突」，這類比起前三者更爲複雜，因爲個體可能在活動中同時具有兩種或多個目標，每個目標對他都形成趨避的情勢。〔註 442〕其中的「趨避衝突」常是詩人的矛盾所在，既想要仕途順遂一展長才，卻又常出現那種鄙視的心理，進退兩難或是逡巡猶豫的心境，已是一個最佳寫照。

〔註 440〕 朱光潛：《悲劇心理學》（台北：日臻出版社，1995 年），頁 8。
〔註 441〕 朱光潛：《悲劇心理學》，頁 50。
〔註 442〕 張春興：《心理學》（台北：東華書局，1986 年），頁 506〜508。

　　所以對於大多數的唐詩人而言，不管是「趨避」還是外在的客觀條件的安撫「能量」，都只是輔助或是少許慰藉的來源之一，真正的力量還是來自於俗世的權勢──那個人生低潮渴望、高潮時炫燿的政治中心。特別是透過詩的轉述，他們總是不諱言的流露「晴喜雨悲」窠臼；而當那股力量式微，心死後仍又重生。誠如張法所言：「悲劇是由兩種相反相成的兩極所組成的。其一悲劇意識把人類、文化的困境暴露出來。這種文化困境的暴露，本身意味著一種挑戰。其二，悲劇意識同時又把人類、文化的困境從形式上和情感上彌合起來。這種彌合也意味著對挑戰的應戰。」〔註443〕從哪裡跌倒從哪裡振作，是最好的變通。

　　經由禽鳥作為一種表達心志的手法，雖有其隱晦、間接、模糊美感，但想要道出的自我，絲毫不損。

〔註443〕張法：《中國文化與悲劇意識》，頁7。

第三章 藉「禽鳥入詩」說明群己互動

　　透過禽鳥入詩，除了可以窺見作者自我的見解或寄託，也可以從中看到其與週遭人事的互動關係。這些表現有的是正向的表達，如屬於親人的慰藉，關心或是思念；有的則是朋友之間的誠懇分享，例如祝福或是忠告；有的則是屬於長官與部屬之間的，例如干謁或是提拔等。

　　所謂的作家與週遭人事物的互動，往往是藉由書信的贈答往返或詩歌的唱和貽獻，形成更為綿密的網絡。根據文獻記錄，唐人之前題目上有「和、贈、答、送、呈、報、寄、獻、酬、示、與、貽、同」等之作品計有 390 首左右，〔註1〕從比例原則看來，不算龐大；而唐人在這方面則是大興其道，光就《全唐詩》中就有 14750 之多。這當中還不包括雖有贈答之思，但不以這些字為題為名的。由是可知，唐人之贈答唱和互動極其頻繁熱絡。

　　本章在選取詩文方面，以題目中已有禽鳥專稱的詩為主，其次再考慮其他。而節次的安排方面，將逐一分三個單元進行論述，其一是「緣情寄鳥，傾訴關懷」，探究作家透過禽鳥，對於週遭人物的情意

〔註1〕 此僅以逯欽立輯校：《先秦漢魏晉南北朝詩》網路版之文獻，自行複製統計「和、贈、答、呈、報、寄、獻、酬、示、與、貽」等字為題；並參酌逯欽立輯校：《先秦漢魏晉南北朝詩》（台北：學海出版社，1991 年）紙本彙整而得。其他零星典籍線索不作處理。

互動；其二是「禽鳥爲題，爭勝唱和」分析作家藉由禽鳥入詩的唱和，傳遞與有人間的各項巧思；其三是「禽鳥比德，干謁攀附」詩人以禽鳥自比，渴望博得權貴提攜。

第一節　緣禽寄鳥，傾訴關懷

詩人將禽鳥入詩，然後傳達給他人得知，當然是有其目的性的，其中第一個想要展現的就屬情意的交流。雖然詩的直接性、詳瞻度不如其他文體，且多了禽鳥入詩，可能更增添其隱喻性；但詩人在這方面，倒是設想周到，所利用的禽鳥種類與指涉，往往都是具有穩定象徵意涵的。

一、鶺鴒連結，遙憐手足

禽鳥之於人，雖然不能像人與人可以溝通，可以暢所欲言；但很多時候，對於無法說出口的心境，反而藉此寄寓，聯繫起人與人之間的情誼。唐人元兢有段對於南朝謝朓的論述：「觀夫『落日飛鳥還，憂來不可及。』謂捫心罕屬，而舉目增思，結意惟人；而緣情寄鳥，落日低照，即隨望斷，暮禽還集，則憂共飛來。」〔註2〕雖是個人詩意評論，但用以形容唐人以禽鳥入詩的意蘊，卻是十分貼切，因爲這不僅是個體情結，也是文人們的共同心理體驗。

詩人以禽鳥意象，所傳達出與週遭的互動心境，總是紛繁而複雜的，但其中的關懷思念卻是最易牽動的。對於禽鳥的選擇，不外乎是以「雁」、「鶺鴒」作爲首選，運用其投射，其情意紓發，格外眞切。

（一）盼如雲上雁，得以年年歸

詩人對於思念關懷方面，表現的對象往往以「手足親情」最多，雖然其他親故也有，但能結合禽鳥表現者，可謂寥寥可數。而作者與

〔註2〕王利器：《文鏡祕府論校注》（北京：中國社會科學出版社，1983 年），〈南卷・集論〉，頁 360。

親人之間的關係，有時因為距離而疏遠，有時卻因為距離反而有更多的美感、更多的思念衍生，如王維的〈九月九日憶山東兄弟〉：「獨在異鄉為異客，每逢佳節倍思親。遙知兄弟登高處，遍插茱萸少一人。」〔註3〕就是一例。王維這首膾炙人口的七絕，經由「茱萸」的聯想，道出了九月九日重陽節插茱萸、登高處的習俗；也寫出遊子感物懷人的直接心聲，「每逢佳節倍思親」自然成為千古絕唱。回歸此處的禽鳥選擇，「雁」此一候鳥的身影，成了必然首選。

雁是屬於群居的禽鳥，所以當詩人處在孤單時空之下，看到群聚的雁飛，更引發詩人「孤雁」般的同理心，以及對於親人的思念。先以張九齡的〈二弟宰邑南海見群雁南飛因成詠以寄〉為例：

> 鴻雁自北來，嗷嗷度煙景。常懷稻粱惠，豈憚江山永。小大每相從，羽毛當自整。雙鳧侶晨泛，獨鶴參宵警。為我更南飛，因書致梅嶺。〔註4〕

張九齡（西元 678〜740）在他的人生歷程中始終不忘故鄉，有諸多的詩作中更是不斷提及並抒寫鄉情。而這類詩，除了有思念中的故鄉美景，最主要是寫出故鄉的特有風情和思念親友之情。張九齡有九皋、九章兩胞弟，兄弟感情篤厚。在一些寫給兩弟的詩作，如〈初秋憶金均兩弟〉：「江渚秋風至，他鄉離別心。孤雲愁自遠，一葉感何深。憂喜嘗同域，飛鳴忽異林。青山西北望，堪作白頭吟。」〔註5〕兄弟間好似「憂喜嘗同域，飛鳴忽異林。」不知何時可以相聚。又如〈與弟遊家園〉：「定省榮君賜，來歸是晝遊。林鳥飛舊里，園果讓新秋。枝長南庭樹，池臨北澗流。星霜屢爾別，蘭麝為誰幽。善積家方慶，恩深國未酬。棲棲將義動，安得久情留。」〔註6〕詩中將弟回鄉團聚

〔註3〕〔清〕聖祖御定：《全唐詩》（台北：文史哲出版社，1987年），第4冊，卷128，頁1306。

〔註4〕〔清〕聖祖御定：《全唐詩》，第2冊，卷47，頁577。以下與禽鳥相關之《全唐詩》論述引文，均採文末夾注，不另注。

〔註5〕〔清〕聖祖御定：《全唐詩》，第2冊，卷48，頁592。

〔註6〕〔清〕聖祖御定：《全唐詩》，第2冊，卷49，頁605。

以「林鳥飛舊里，園果讓新秋。」爲比喻；只是兄弟雖情深，但成全大愛仍是必要的。

　　這首詩以鴻雁爲喻依，湧現兄弟友悌愷切之情思，頗爲深致有味。詩開頭即藉鴻雁自北南飛，嗷嗷聲中橫越煙霞之形象，點明兩弟南還爲官之事。〔註 7〕其「常懷」兩句運用典故明志，〔註 8〕以鴻鵠高舉與兄弟互勉，別因路遙而忘卻效忠之心。而「小大」兩句則藉雁行有序，相從而飛，期盼兩弟宜潔身自愛、互相關照。至於「雙梟」兩句乃以晨光中泛遊的雙梟喻弟，而孤鶴守夜警戒喻己，對照出別後獨居京師的淒涼孤獨。末尾二句，則是將寫此信的緣由簡單說明。全詩不僅寫其孤單，更體會到仕途險惡，而其猶如長輩對於晚輩的耳提面命關愛勸勉，以及手足眞情之感發，著實躍然紙上。而劉長卿〈送舍弟之鄱陽居〉：

　　　鄱陽寄家處，自別掩柴扉。故里人何在，滄波孤客稀。湖
　　　山春草遍，雲木夕陽微。南去逢迴雁，應憐相背飛。（《全唐
　　　詩》，第 5 冊，卷 147，頁 1502。）

劉長卿（生卒年不詳），《兩唐書》無傳。在《唐才子傳》中提到：「少居嵩山讀書，後移家來鄱陽最久。」〔註 9〕與此詩所指爲一。

　　此詩《劉長卿詩編年箋注》列入未編年詩，〔註 10〕但從其經歷

〔註 7〕〔宋〕歐陽修、宋祁合撰，楊家駱主編：《新校本新唐書》（台北：鼎文書局，1979 年），列傳卷 126，〈列傳第 51·張九齡傳〉，頁 4428。據載：「（九齡）被詔遷工部侍郎知制誥，數乞歸養，詔不許。以其弟九章、九皋爲嶺南刺史，歲時聽給驛省家。」故知此詩寫於九齡在京知制誥時，因屢乞歸養，玄宗乃遷兩弟移往南海，以近鄉里。九齡獨居京師，見雁兒南飛頓生感念，於是寫下此篇。

〔註 8〕其載：「田饒謂魯哀公曰：『夫黃鵠一舉千里，止君園池，啄君稻梁，君猶貴之，以其從來遠也，故臣將去君，黃鵠舉矣！』」參見〔西漢〕韓嬰：《韓詩外傳》《景印文淵閣四庫全書》，（台北：台灣商務印書館，1985 年），第 89 冊，經部 83，詩類，頁 788～789。

〔註 9〕傅璇琮主編：《唐才子傳校箋》（北京：中華書局，2002 年），第 1 冊，卷 2，頁 312。

〔註 10〕〔唐〕劉長卿著，儲仲君：《劉長卿詩編年箋注》（北京：中華書局，1996 年）。

坎坷，先是屢試不第，接著兩遭貶謫，最後是晚歲隨州看來，〔註11〕與親人遠離無疑。詩的起頭談及離開故里已有多時，柴扉掩又孤客稀，兩地同樣情。其次則在夕陽漸微的滄江旁，由滿地春草衍生思念；最後以「南迴雁」相背飛，述說著兄弟分離，南北相隔的愁苦淒涼。

　　劉長卿自言：「五言長城」，〔註12〕是以詩多以五言爲之，本詩也不例外。後人以爲其集悽婉清切，盡羈人怨士之思，蓋其情性固然，非但以遷謫故。〔註13〕若眞如李東陽所言，其詩乃情性所致；那「相背飛」的痛苦，恐亦不必有任何理由，便可信手拈來的。另外劉商〈隨陽雁歌送兄南遊〉則又是更多的悽楚：

　　　塞鴻聲聲飛不住，終日南征向何處。大漠窮陰多沍寒，分飛不得長懷安。春去秋來年歲疾，湖南薊北關山難。寒飛萬里胡天雪，夜度千門漢家月。去住應多兩地情，東西動作經年別。南州風土復何如，春雁歸時早寄書。（《全唐詩》，第 10 冊，卷 303，頁 3448。）

劉商（生卒年不詳）字子夏，彭城人。大曆（西元 766～779）間進士，官至檢校禮部郎中，汴州觀察判官。集十卷。〔註14〕今編詩二卷。而在《全唐詩》中有時人爲劉畢語：「劉郎中松樹孤標，畢庶子松根絹妙。」其注曰：「劉商官爲郎中，愛畫松石樹木，格性高邁。時有

<hr />

〔註11〕〔唐〕劉長卿著，儲仲君：《劉長卿詩編年箋注》，〈前言〉，頁 1。書中將「隨州」誤作「失州」。因《新校本新唐書》中有「知淮西鄂岳轉運留後、鄂岳觀察使。吳仲孺誣奏，貶潘州南巴尉。會有爲辨之者，除睦州司馬，終隨州刺史。」參見〔宋〕歐陽修、宋祁合撰，楊家駱主編：《新校本新唐書》，志第 50，〈藝文 4・丁部集錄別集類〉，頁 1604。

〔註12〕按「五言長城」並非權德輿所稱。因〈奉偕君弒書與劉隨州唱和集序〉：「夫彼漢東守，嘗自以爲五言長城，而公緒用偏伍奇師，攻堅擊眾，雖老益壯，未嘗頓鋒。」參見董誥等編：《全唐文》（北京：中華書局，1983 年），卷 490，頁 5003。

〔註13〕〔明〕李東陽：《麓堂詩話》，《叢書集成初編》（北京：中華書局，1991 年），第 2576 冊，頁 10。

〔註14〕〔宋〕歐陽修、宋祁合撰，楊家駱主編：《新校本新唐書》，卷 60，〈志第 50・藝文 4〉，別集類，頁 1611。

畢庶子，亦善畫松樹木石。時人云。」〔註15〕可知好學工文之外，劉商更善畫，且好道術。

本詩題為「歌送兄南遊」其意該少些痛苦難堪之思，但實則在詩中卻有諸多的牽絆與思念不斷糾纏。整首詩中，幾乎將雁的候鳥習性一一細數，首四句有「南北」的空間對照，而雁的飛行始終不受干擾；次四句則以「春秋」的時間呼應，日夜毫不停歇，猶令人對於雁的精神感動不已。末四句則是以「經年別」的時間提醒兩人已經分開多少歲月；而「兩地情」則是以空間構思著情境的差異，時空交錯下，以「南州風土復何如，春雁歸時早寄書。」的深切期待，告知渴望的心情。特別是在那個科技不發達的年代，書信往返極不方便，藉由雁的候鳥指標，希望能早早獲得心靈上的紓解。

這首詩雖沒有顯示他的繪畫才能，但其對於雁的象徵意義與時空的巧妙運作，格外凝聚著詩畫兼具的美感。是以即便濃濃的思念，與深感雁的奔波辛苦，但與其他作家比較，少了淚水多了溫馨。另外又如杜牧〈寄兄弟〉：

> 江城紅葉盡，旅思倍淒涼。孤夢家山遠，獨眠秋夜長。道存空倚命，身賤未歸鄉。南望仍垂淚，天邊雁一行。（《全唐詩》，第 16 冊，卷 526，頁 6021。）

此首又見《許渾集》，題作〈寄小弟〉。杜牧（西元 803～852）字牧之，號樊川，京兆萬年人。從這首詩中可以知道，寄給家中兄弟的主要是因「身賤未歸鄉。」杜牧自開成三年（西元 838）起，陸續有貶遷之實，先是開成三年（西元 838）遷左補闕，五年（西元 840）冬天，又如其文所言：「五年多，某為膳部元外郎，乞假往潯陽，取顯西歸。」〔註16〕而武宗會昌二年（西元 842）則至黃州；〔註17〕到了

〔註15〕〔清〕聖祖御定：《全唐詩》，第 25 冊，卷 876，頁 9931。
〔註16〕〔唐〕杜牧：《樊川文集》（台北：漢京文化事業公司，1983 年），〈上宰相求湖州第二啟〉，頁 244。
〔註17〕〔唐〕杜牧：《樊川文集》，〈黃州准敕祭百神文〉，頁 200～201。

會昌四年（西元 844）遷爲池州刺史，接前任李方玄的位置； 〔註18〕
後會昌六年（西元 846）移睦州刺史。 〔註19〕又大中六年（西元 852）
遷中書舍人， 〔註20〕此時距離世之時不多。前後將近十五年間，多處
遷徙不定，無怪乎其有「孤夢家山遠，獨眠秋夜長。」之憾恨。

當然詩中最掛念的是其兄弟，所以「南望仍垂淚，天邊雁一行。」
由雁的有序，對照自己的遭遇，思念之淚止不住。至於許渾〈示弟〉：

> 自爾出門去，淚痕長滿衣。家貧爲客早，路遠得書稀。文
> 字何人賞，煙波幾日歸。秋風正搖落，孤雁又南飛。（《全唐
> 詩》，第 16 冊，卷 528，頁 6041。）

許渾（生卒年不詳），在《全唐詩》中收錄的詩中，只有一首以雁爲
題，其餘三十三首內容中都以雁入詩，所以有其偏好之處。而本詩題
爲「示弟」，與家書雷同，雖然不是以雁作爲專題發揮，但其中的雁
之所指，更有其微妙體驗在。詩的起頭就以弟弟離家作爲引線，思念
的心情毫無避諱宣洩而出，顯然時間並未終止；因爲家貧所以必須要
出門謀生，因爲路遙導致家書難到，「距離空間」在此時成了艱鉅二
字的代言；至於自身方面，似乎也無所寄託，懷才不遇的滋味總是酸
楚的；而當秋風吹起，孤雁南飛，時間不斷往前與空間繼續拉鋸裡的
思念，大概只有「搖落」二字可以比喻。

在中國的古典文學創作中，遊子思鄉、歸鄉是亙古不變的主題模
式之一。其思鄉情緒，不一而足，自《詩經》以降，從未停歇。在《詩
經》中諸如〈采薇〉、〈鴻雁・黃鳥〉、〈四月〉等，都有著眷戀故鄉的
意涵存在；在〈鴻雁之什・黃鳥〉：「黃鳥黃鳥，無集于穀，無啄我粟。
此邦之人，不我肯穀。言旋言歸，復我邦族。黃鳥黃鳥，無集于桑，
無啄我梁。此邦之人，不可與明。言旋言歸，復我諸兄。黃鳥黃鳥，
無集于栩，無啄我黍。此邦之人，不可與處。言旋言歸，復我諸父。」

〔註18〕 〔唐〕杜牧：《樊川文集》，〈祭故處州李使君文〉，頁 204～205。
〔註19〕 〔唐〕杜牧：《樊川文集》，〈送盧秀才赴舉序〉，頁 153。
〔註20〕 〔唐〕杜牧：《樊川文集》，〈自撰墓誌銘〉，頁 160～161。

〔註 21〕其中的「言旋言歸」回蕩不絕，正如南宋呂祖謙所言：「宣王
之末，民有所失者，意他國之可居也，及其至彼，則又不若故鄉焉，
故思而欲歸，使民如此，亦異於還安定級之時矣。」〔註 22〕撇開〈詩
序〉之論，其鄉愁不言可喻。而思念之苦，常常隨著時空而變遷，有
時詩人以含蓄帶過，有時詩人直接淺白表達，許渾此詩情感眞醇無
疑，當屬後者。風吹葉落，年復一年；除了如雁南飛還是南飛，「示
弟」之情，令人動容。又如劉滄〈懷汶陽兄弟〉：

> 回看雲嶺思茫茫，幾處關河隔汶陽。書信經年鄉國遠，弟
> 兄無力海田荒。天高霜月砧聲苦，風滿寒林木葉黃。終日
> 路岐歸未得，秋來空羨雁成行。(《全唐詩》，第 18 冊，卷 586，
> 頁 6792。)

劉滄（生卒年不詳）字蘊靈，魯國人也，兩《唐書》無傳。〔註 23〕但
從此詩以及〈旅館書懷〉：「秋看庭樹換風煙，兄弟飄零寄海邊。客計
倦行分陝路，家貧休種汶陽田。雲低遠塞鳴寒雁，雨歇空山噪暮蟬。
落葉蟲絲滿窗戶，秋堂獨坐思悠然。」〔註 24〕看來，「汶陽」應該是
其故鄉。但又從另一首詩〈汶陽客舍〉：「年光自感益蹉跎，岐路東西
竟若何。窗外雨來山色近，海邊秋至雁聲多。思鄉每讀登樓賦，對月
空吟叩角歌。迢遞舊山伊水畔，破齋荒徑閉煙蘿。」〔註 25〕分析，則
汶陽又不像。且每次劉滄一提到故鄉就會談到海邊，經梁超然求證後
認爲：「汶陽只是泛指山東汶水之陽，而非指汶陽縣。殆劉滄應是青
州臨朐，青州濱海。」〔註 26〕意即魯國二字實指山東臨朐縣。

〔註 21〕〔唐〕孔穎達：《毛詩正義》，《十三經注疏》（台北：藝文印書館，
　　　　1993 年），第 12 卷，〈小雅〉，頁 378。
〔註 22〕〔南宋〕呂祖謙：《呂氏家塾讀詩記》，《景印文淵閣四庫全書》（台
　　　　北：台灣商務印書館，1985 年），第 73 冊，經部 67 詩類，頁 563。
〔註 23〕傅璇琮：《唐才子傳校箋》，第 3 冊，卷 8，頁 410。
〔註 24〕〔清〕聖祖御定：《全唐詩》，第 18 冊，卷 586，頁 6794。
〔註 25〕〔清〕聖祖御定：《全唐詩》，第 18 冊，卷 586，頁 6804～6805。
〔註 26〕傅璇琮：《唐才子傳校箋》，第 3 冊，卷 8，頁 411。

劉滄，大中進士也，〔註27〕但時間難以確定。曾任華原尉，在其詩〈罷華原尉上座主尚書〉：「自憐生計事悠悠，浩渺滄浪一釣舟。千里夢歸清洛近，三年官罷杜陵秋。山連絕塞渾無色，水到平沙幾處流。白露黃花歲時晚，不堪霜鬢鏡前愁。」〔註28〕時間大概在大中九年至十一年間（西元 856～858）。其罷華原尉後，曾任龍門縣令，〔註29〕此時已經是大中末年咸通初年左右，顯見其東奔西走的情形，與家鄉之距更為遙遠。而此詩正由思鄉起筆，因為其一華原在「陝西」，其二龍門在「山西」，所以「幾處關河隔汶陽」，真是相隔茫茫而不見。而家鄉如今又何如？首先是書信往返已經年，再者弟兄無力海田荒，頻添的是更多的鄉愁；下半段則是以季節入手，一個蕭瑟卻總讓人思念的季節，一個風滿寒林木葉黃的時刻，羨慕起一行飛過的雁，只能說是「路岐歸未得」的悲哀。

（二）吟爾鶺鴒篇，中宵慰相憶

提及「鶺鴒」，在《毛詩正義》中有言：「脊令在原，兄弟急難。每有良朋，況也永歎。」〔註30〕其中的「脊令」就是鶺鴒，因為飛則鳴，行則搖，朱公遷疏義云：「鶺鴒，飛則鳴，行則搖，有急難之意。」〔註31〕當脊令失去居處而棲止於高原，便鳴叫尋其同類，用以譬喻友悌之義。而盧照鄰在〈悲才難〉一文中則直接提到：「庭有樹兮樹有荊，園有鳥兮鳥有鶺。鶺其鳴矣，思諸兄矣；荊其悴矣，思諸季矣。……」

〔註27〕〔宋〕計有功輯撰：《唐詩紀事》（上海：上海古籍出版社，2008 年），下冊，頁 885。

〔註28〕〔清〕聖祖御定：《全唐詩》，第 18 冊，卷 586，頁 6801。

〔註29〕〔清〕聖祖御定：《全唐詩》，第 19 冊，卷 638，頁 7311。張喬〈送龍門令劉滄〉：「去宰龍門縣，應變化年。還將魯儒政，又與晉人傳。峭壁開中古，長河落半天。幾鄉因勸勉，耕稼滿雲煙。」可為證。

〔註30〕〔唐〕孔穎達：《毛詩正義》，《十三經注疏》（台北：藝文印書館，1993 年），〈小雅·常棣〉，頁 318。

〔註31〕〔元〕朱公遷：《詩經疏義會通》，《景印文淵閣四庫全書》，第 77 冊，經部 71 詩類，頁 37。

〔註 32〕比起《詩經》之能指，更能牽動詩人的想望。至於《全唐詩》中詩人引用之義，大抵依循經書之旨，其中又以孟浩然使用五次最多。如〈洗然弟竹亭〉：

> 吾與二三子，平生結交深。俱懷鴻鵠志，昔有鶺鴒心。逸氣假毫翰，清風在竹林。達是酒中趣，琴上偶然音。(《全唐詩》，第 5 冊，卷 159，頁 1626。)

孟浩然（西元 689～740）兄弟中可以考證者是弟洗然，曾應進士舉，與浩然別居；其他可能尚有名馨和諤者二人，但詩中未見與此二人聯繫的訊息，與洗然則有較多互動。

在這首詩中表面上並無傷心喪志之苦，而是以「鶺鴒」二字，表達昔日與二三好友，也曾有過同頡並頏的鴻鵠之志；而今「逸氣假毫翰，清風在竹林。」不啻有無官可做無貴可攀下，其才華除了訴諸筆端，就只好與竹林相伴的暗喻。詩的最後以「達是酒中趣，琴上偶然音。」自我解嘲，頗有不受桎梏之思。畢竟其弟在功名上的成就略勝一籌，其〈送洗然弟進士舉〉就寫道：「獻策金門去，承歡綵服違。以吾一日長，念爾聚星稀。昏定須溫席，寒多未授衣。桂枝如已擢，早逐雁南飛。」〔註 33〕諸多糾結的情義，都抵不過應考的重要；但也事先以過來人的身分，奉勸其弟「桂枝如已擢，早逐雁南飛。」希望他能有機會晉升，但也不忘叮嚀未達則早歸鄉，可謂複雜情緒堆疊夾揉。另外另一首〈入峽寄弟〉：

> 吾昔與爾輩，讀書常閉門。未嘗冒湍險，豈顧垂堂言。自此歷江湖，辛勤難具論。往來行旅弊，開鑿禹功存。壁立千峰峻，溟流萬壑奔。我來凡幾宿，無夕不聞猿。浦上搖歸戀，舟中失夢魂。淚沾明月峽，心斷鶺鴒原。離闊星難聚，秋深露已繁。因君下南楚，書此示鄉園。(《全唐詩》，第 5 冊，卷 159，頁 1618。)

〔註 32〕〔唐〕盧照鄰著，祝尚書箋注：《盧照鄰集箋注》（上海：上海古籍出版社，1994 年），頁 207。

〔註 33〕〔清〕聖祖御定：《全唐詩》，第 5 冊，卷 160，頁 1642。

開元二十一年（西元 733），孟浩然時年四十五歲。這一年初，從樂城經永嘉、會稽、廣陵、潯陽並入湘弔屈原後返鄉，所以到家已是仲夏。秋天，乃有入蜀之舉。〔註34〕這首詩應寫於入蜀，途經三峽時。

　　這首詩與前一首一樣，由倒敘寫起，先談昔日與兄弟閉門苦讀的過程，但從未有冒險灘參與考試的經歷；其次，則是論及參加考試以後，所歷經的週遭環境與應試的機會，都不是輕而易舉的。後半段則是由三峽的景觀、猿猴的叫聲等，聯想起過去途經的悲楚，思念起手足之情。其他又如〈送莫甥兼諸昆弟從韓司馬入西軍〉：「念爾習詩禮，未曾違戶庭。平生早偏露，萬里更飄零。坐棄三牲養，行觀八陣形。飾裝辭故里，謀策赴邊庭。壯志吞鴻鵠，遙心伴鶺鴒。所從文且武，不戰自應寧。」〔註35〕從弟中有名邕者，曾應舉未第。姊妹則有適莫氏者，莫氏早卒，而甥入西軍。不過邕自少年便詩才煥發透出豪爽和秀逸。孟浩然在此詩中以「壯志吞鴻鵠，遙心伴鶺鴒。」希望他們允文允武報効國家，並且不忘飲水思源。

　　至於杜甫有關鶺鴒入詩，有的悲有的喜，先以〈得弟消息，二首之二〉：

> 汝懦歸無計，吾衰往未期。浪傳烏鵲喜，深負鶺鴒詩。生理何顏面，憂端且歲時。兩京三十口，雖在命如絲。（《全唐詩》，第 7 冊，卷 225，頁 2416。）

杜甫寫兄弟姊妹的相關詩歌有三十首，可以從中找到杜甫有四個弟弟，依排行分別是：杜穎、杜觀、杜豐、杜占。〔註36〕但大曆二年有詩：〈第五弟豐獨在江左近三四載，寂無消息覓使寄此二首〉，〔註37〕詩稱杜豐為五弟，意即弟弟人數為五人，但並無其他線索可知；至於

〔註34〕〔唐〕孟浩然著，徐鵬校注：《孟浩然集校注》（北京：人民出版社，1989 年），〈作品繫年〉，頁 365。
〔註35〕〔清〕聖祖御定：《全唐詩》，第 5 冊，卷 160，頁 1660。
〔註36〕簡明勇：《杜甫詩研究》（台北：學海出版社，1984 年），頁 56～62。
〔註37〕〔清〕聖祖御定：《全唐詩》，第 7 冊，卷 231，頁 2541。

研究者以爲杜甫應有弟弟六人，〔註 38〕其中兩位無可查證，仍待求證。另外有一位妹妹不知何名，只剩下嫁到九江郡鍾離韋家的妹妹是可以求證的。其實這些弟妹都是後母所生，杜甫生母於他出生後不久便過世，這也算是多子多孫的家庭，但其中穎、觀、豐卻離散於各地，只有杜占隨杜甫入蜀，洵是人倫之歉。

雖然不是親手足，但是杜甫對於諸弟妹的關懷，卻是絲毫未減。這首詩寫於至德二載（西元 756），正是客居長安階段，鬱鬱不得志，貧困交迫。所以詩中一開頭就以「汝懦歸無計，吾衰往未期。」充滿兄弟「相互憐惜」之情；也因爲彼此沒有好的發展，「深負鶺鴒詩」的愧疚自也難免；後幾句更是感傷備深，想到兩京三十口，憂思萬端就無從排解。另外的〈第五弟豐獨在江左近三四載寂無消息覓使寄此，二首之一〉：

> 亂後嗟吾在，羈棲見汝難。草黃騏驥病，沙晚鶺鴒寒。楚設關城險，吳吞水府寬。十年朝夕淚，衣袖不曾乾。（《全唐詩》，第 7 冊，卷 231，頁 2541。）

從而這首則是寫於大曆二年春（西元 767），當時他已經五十六歲，身在夔州。在此地停留約兩年之久，其作品中有三分之一的數量，皆在此一前後階段完成。內容多追憶故國家鄉，思念親朋舊友，關心窮苦百姓，或憂慮國家前途等，詩聖之苦顯然可見。

從詩中可以得知，安史之亂已經結束，但是兄弟見面卻依然困難，所以題中的「第五弟豐獨在江左近三四載寂無消息」，即便要寄信也無從著手。後二句則自比爲「騏驥」與「鶺鴒」，只是這是一匹病的馬、一隻孤獨的鶺鴒，面對戰亂的無情，烽火遍地的隔絕，跑不動騏驥也飛不起的鶺鴒，除了繼續打聽，大概只有無盡的思念可以了得。

不能相見是悲苦，能見著就是喜樂，看這首〈舍弟觀赴藍田取妻子到江陵喜寄，三首之一〉就是最好的證明：

> 汝迎妻子達荊州，消息眞傳解我憂。鴻雁影來連峽內，鶺

〔註 38〕簡明勇：《杜甫詩研究》，頁 62。

鵁飛急到沙頭。嶢關險路今虛遠，禹鑿寒江正穩流。朱紱即當隨綵鷁，青春不假報黃牛。（《全唐詩》，第 7 冊，卷 231，頁 2541。）

這首也是寫於大曆二年（西元 767），有別於前兩首的慨嘆，此詩對於杜觀能夠回到藍田接妻小到江陵，內心既高興又羨慕。在首聯中直述「消息眞傳解我憂」；而頸聯則以「鴻雁」、「鶺鴒」的兄弟和諧象徵聊表安慰，似乎連禽鳥都與他感同身受。後二聯則是以長江兩岸的景點與典故作爲鋪陳，輕快的節奏與祝福洋溢可見。

另外李群玉的〈小弟艎南遊近書來〉：

湘南客帆稀，遊子寡消息。經時停尺素，望盡雲邊翼。笑言頻夢寐，獨立想容色。落景無來人，修江入天白。停停倚門念，瑟瑟風雨夕。何處泊扁舟，迢遞湍波側。秋歸舊窗竹，永夜一淒寂。吟爾鶺鴒篇，中宵慰相憶。（《全唐詩》，第 17 冊，卷 568，頁 6571。）

李群玉（西元約 813～860），這首收信後的感受詩採古體，大抵分爲三層進行。第一層述說起望斷天邊，但江南卻是少有親人的消息；第二層則是以「停停倚門念」，不知何處能泊舟的憾恨；第三層則以兄弟之情的「吟爾鶺鴒篇」，於秋夜的中宵安慰相憶之苦。

在其〈進詩表〉中有：「臣居住沅湘，宗師屈宋，楓江蘭浦，蕩思搖情。」〔註39〕久居南方又加上貧困交迫，對於弟妹間的互動是疏遠的，是以〈湖寺清明夜遣懷〉：「柳暗花香愁不眠，獨憑危檻思淒然。野雲將雨渡微月，沙鳥帶聲飛遠天。久向飢寒拋弟妹，每因時節憶團圓。餳餐冷酒明年在，未定萍蓬何處邊。」〔註40〕的惆悵，經由此詩，更能感受「鶺鴒」之意的深濃。

二、鴛鴦交頸，以繫夫妻

若要探討詩人與妻子關係，詩人往往不是直書胸臆，總是透過各

〔註39〕董誥等編：《全唐文》，卷 793，頁 8317。
〔註40〕〔清〕聖祖御定：《全唐詩》，第 17 冊，卷 569，頁 6602。

種媒介，例如禽鳥就是象徵手法之一。象徵在文學上的運用自古有之，它是作家常用的一種修辭手法，也是聯想的方式之一；其乃是將眼前所見所思，與以往曾感受過的一切聯繫，所形成的特殊意境。象徵主義的創作是以暗示和聯想爲基礎的文藝創作，其象徵性往往不是事物、詞語所固有的屬性與現實的客觀世界；而是人爲的主觀賦予的特性以及個人主觀的內心世界，是用以表達令人難以捉摸的幻覺和氛圍。法國詩人莫雷亞斯曾在《象徵主義宣言》書中提到：「在這種藝術中，自然景色，人類的行爲，所有具體的表象都不是表現他們自身，這些賦予感受力的表象是要體現它們與初發的思想之間秘密的親緣關係。」〔註41〕也就是說當作者選擇了物件、地點、形象等恰當的事物與行爲，用作有力的表象或象徵物時，其實也是深刻思想內涵與情感的寄託以及紓發。

只是這樣的情意之於夫妻關係，不管是直指，或是以禽鳥象徵，並不多見。以《全唐詩》中所記錄，題目以「妻、內人、妾、糟糠」等爲者，不過百首之數，其中如「妾薄命」一類的作品，又往往與此無關；至於選擇禽鳥方面，則以鴛鴦居多，燕爲次要。

（一）贈內、寄內與別內之思

本文首先將區分爲丈夫寫給妻子，以及妻寄與丈夫或是互贈之詩；其次在作者方面，李白、杜甫、白居易等都是敢於以此爲題，大膽表現兒女私情的；至於作品數量，以個人爲單位則不到二十首，其中以李白詩作，最能傳遞相思之苦。先以其〈寄遠十一首〉中的幾首寄託禽鳥者爲例：

1. 三鳥別王母，銜書來見過。腸斷若剪弦，其如愁思何。
   遙知玉窗裡，纖手弄雲和。奏曲有深意，青松交女蘿。
   寫水山井中，同泉豈殊波。秦心與楚恨，皎皎爲誰多。（〈之一〉，《全唐詩》，第 6 冊，卷 184，頁 1878。）

2. 青樓何所在，乃在碧雲中。寶鏡掛秋水，羅衣輕春風。

〔註41〕黃晉凱等：《象徵主義意象派》（北京：中國人民大學出版社，1989年），頁 46。

新妝坐落日，悵望金屏空。念此送短書，願因雙飛鴻。
（〈之二〉，《全唐詩》，第 6 冊，卷 184，頁 1878。）

3. 本作一行書，殷勤道相憶。一行復一行，滿紙情何極。
瑤臺有黃鶴，爲報青樓人。朱顏凋落盡，白髮一何新。
自知未應還，離居經三春。桃李今若爲，當窗發光彩。
莫使香風飄，留與紅芳待。（〈之三〉，《全唐詩》，第 6 冊，卷
184，頁 1878。）

4. 魯縞如玉霜，筆題月氏書。寄書白鸚鵡，西海慰離居。
行數雖不多，字字有委曲。天末如見之，開緘淚相續。
淚盡恨轉深，千里同此心。相思千萬里，一書值千金。（〈之
十〉，《全唐詩》，第 6 冊，卷 184，頁 1879。）

5. 愛君芙蓉嬋娟之豔色，色可餐兮難再得。憐君冰玉清迥
之明心，情不極兮意已深。朝共琅玕之綺食，夜同鴛鴦
之錦衾。恩情婉變忽爲別，使人莫錯亂愁心。亂愁心，
涕如雪。寒燈厭夢魂欲絕，覺來相思生白髮。盈盈漢水
若可越，可惜凌波步羅襪。美人美人兮歸去來，莫作朝
雲暮雨兮飛陽臺。（〈之十一〉，《全唐詩》，第 6 冊，卷 184，
頁 1879。）

李白〈寄遠十一首〉在《李白全集編年注釋》中記爲〈寄遠十二首〉，
其差異在於《全唐詩》將「美人在時花滿堂，美人去後空餘床。床中
繡被卷不寢，至今三載猶聞香。香亦竟不滅，人亦竟不來。相思黃葉
落，白露點青苔。」〔註42〕列爲〈長相思二首〉，所以只有〈十一首〉，
本文採《全唐詩》之分類。

這組〈寄遠〉詩寫於開元十九年（西元 731），時年三十一歲，
所寄對象爲第一任妻子許氏。有關李白的正式婚姻有兩次，根據仰
慕李白的魏顥寫道：「白始娶於許，生一女一男，曰明月奴。女既
嫁而卒。又合于劉，劉訣，次合于魯一婦人，生子曰頗黎，終娶於

〔註42〕〔清〕聖祖御定：《全唐詩》，第 5 冊，卷 165，頁 1713，〈長相思二
首之二〉。

宗。」〔註43〕從這段話中可以推敲出，李白有兩妻兩妾，至少有兩個兒子一個女兒。其中兩次婚姻是入贅，不是正式的婚娶。對於第一次婚姻，李白於〈上安州裴長史書〉說：「許相公家見招，妻以孫女，便憩跡於此，至日移三霜矣。」〔註44〕開元十五年（西元 727）二十七歲在安陸入贅，對象是許圉師（唐高宗時的宰相）的孫女，許氏溫柔賢淑且很有才情，〔註45〕在李白四十歲時去世，而當時李白卻還在南陽旅遊。

這段婚姻只維持十三年，對於李白而言算是比較穩定的一段日子，正所謂「酒隱安陸，蹉跎十年。」〔註46〕不過雖然以湖北安陸作為活動地點，留連「名山」四處遊玩，則是其真正寫照，回家只是偶而之舉。或許也是因為經常不在家，所以寫給家中妻子的信，總多了些溫柔與體貼。以此處所舉的組詩而論，其〈寄遠十一首之一〉中，詩一開頭就以「三青鳥」〔註47〕的傳信典故，以神話浪漫之筆，帶來唯美的愁思；當然也用「奏曲有深意，青松交女蘿。寫水山井中，同

〔註43〕〔唐〕李白著，安旗等編：《李白全集編年注釋》（成都：巴蜀書社，1990 年），頁 2114～2115，〈李　翰林集序〉。

〔註44〕〔唐〕李白著，安旗等編：《李白全集編年注釋》，頁 1870。

〔註45〕〔宋〕長白：《柳亭詩話》，《古今詩話叢編》（台北：廣文書局，1971 年），頁 85。是指李白寫〈長相思〉與夫人炫燿，孰知夫人回以「不信比來常下淚，開箱看取石榴裙。」被夫人識破其有模仿痕跡，顯見相門之後，非比尋常。

〔註46〕〔唐〕李白著，安旗等編：《李白全集編年注釋》，〈上安州裴長史書〉，頁 1871。

〔註47〕有關三青鳥的相關典故，先是《山海經》中的記錄，其一〈西山經〉：「又西二百二十里，曰三危之山，三青鳥居之。」郭璞云：「三青鳥主為西王母取食者，別自棲息於此山也。」；其二〈海內北經〉：「西王母梯几而戴勝杖，其南有三青鳥，為西王母取食。」分見袁珂：《山海經校注》（台北：里仁書局，2004 年），頁 54、306。後有《藝文類聚》：「漢武故事曰：『七月七日，上於承華殿齋。正中，忽有一青鳥從西方來，集殿前，上問東方朔。朔曰：『此西王母欲來也。』有頃，王母至。有二青鳥如烏，俠侍王母旁。又曰：鉤弋夫人卒。上為起通靈臺，常有一青鳥集臺上。』」參見〔唐〕歐陽詢等編撰：《藝文類聚》（台北：新興書局，1973 年），〈鳥部中·青鳥〉，頁 1577。

泉豈殊波。」表達濃濃的愛意。而〈寄遠十一首之二〉中深知妻子「新妝坐落日，悵望金屏空。」多所落寞，是以特地化爲雙飛鴻，能夠「念此送短書。」而〈寄遠十一首之三〉則自知未應還，離居經三春而有愧意，所以希望瑤臺有黃鶴，能夠爲報青樓人。另外的〈寄遠十一首之十〉又託白鸚鵡，透過牠能「西海慰離居」。其中：「天末如見之，開緘淚相續。淚盡恨轉深，千里同此心。相思千萬里，一書值千金。」字裡行間眞讓人不感動都難。至於〈寄遠十一首之十一〉則以則以美人稱呼妻子，在「朝共琅玕之綺食，夜同鴛鴦之錦衾。恩情婉變忽爲別，使人莫錯亂愁心。」說明分離非他所願，他也是眷戀「鴛鴦」共枕眠的，藉此安慰妻子獨守空閨之苦。

　　大抵這一組詩出現「青鳥」、「雙飛鴻」、「黃鶴」、「白鸚鵡」、「鴛鴦」等禽鳥表達愛意，有神話色彩的、有現實體驗的，對於許氏而言，「丈夫」是該相守到老的，可惜她嫁的是「才子」，沒有耳鬢廝磨，卻有妙筆生花，讓人怨不得卻可以沉醉於戀愛中。而李白除了有浪漫多情的撫慰之筆，更不忘自我調侃：「三百六十日，日日醉如泥。雖爲李白婦，何異太常妻。」〔註48〕這首〈贈內〉詩寫於開元二十五年（西元 737）算是對妻子的憐惜與歉疚。

　　第一任妻子過世後，五十歲的李白入贅宗楚客（唐中宗時宰相）的孫女，他們結婚的地點在宋州（今河南商丘一帶），這是他的第二次婚姻，後期有關寄內的詩則與宗氏有關。如天寶十四載就有〈秋浦寄內〉、〈自代內贈〉、〈秋浦感主人寄內〉等，詩中飽含著思念之情：

1. 我今尋陽去，辭家千里餘。結荷倦水宿，卻寄大雷書。
   雖不同辛苦，愴離各自居。我自入秋浦，三年北信疏。
   紅顏愁落盡，白髮不能除。有客白梁苑，手攜五色魚。
   開魚得錦字，歸問我何如。江山雖道阻，意合不爲殊。(《全唐詩》，第 6 冊，卷 184，頁 1883。)

2. 寶刀截流水，無有斷絕時。妾意逐君行，纏綿亦如之。

〔註48〕〔清〕聖祖御定：《全唐詩》，第 6 冊，卷 184，頁 1884。

別來門前草，秋巷春轉碧。掃盡更還生，萋萋滿行跡。
鳴鳳始相得，雄驚雌各飛。遊雲落何山，一往不見歸。
估客發大樓，知君在秋浦。梁苑空錦衾，陽臺夢行雨。
妾家三作相，失勢去西秦。猶有舊歌管，淒清聞四鄰。
曲度入紫雲，啼無眼中人。妾似井底桃，開花向誰笑。
君如天上月，不肯一迴照。窺鏡不自識，別多憔悴深。
安得秦吉了，爲人道寸心。(《全唐詩》，第 6 冊，卷 184，頁
1884。)

3. 霜凋楚關木，始知殺氣嚴。寥寥金天廓，婉婉綠紅潛。胡
燕別主人，雙雙語前簷。三飛四迴顧，欲去復相瞻。豈
不戀華屋，終然謝珠簾。我不及此鳥，遠行歲已淹。寄
書道中歎，淚下不能緘。(《全唐詩》，第 6 冊，卷 184，頁 1884。)

天寶十三年（西元 754）李白遊秋浦縣，這一年他寫了〈秋浦歌〉十
七首，既有正面描寫與歌頌冶煉工人，更有懷才不遇的愁思；隔一年
他從從秋浦（今屬安徽省）前往涇縣（今屬安徽省），遂逐一寫給妻
子三首詩，用以代替書信。第一首〈秋浦寄內〉雖沒有以禽鳥轉達思
念，但歉疚卻是有的，而歸期雖未知，但意合情投總是不變的。第二
首〈自代內贈〉則以「鳴鳳始相得，雄驚雌各飛。」傳遞彼此各紛飛
的愁苦，作爲丈夫與詩人的角色，他是觀察入微的，所以深知妻子的
「妾似井底桃，開花向誰笑。君如天上月，不肯一迴照。窺鏡不自識，
別多憔悴深。」女人心；很巧妙的希望透過「秦吉了」，能爲他道出
一片熾熱方寸心。而第三首的〈秋浦感主人寄內〉則在霜降時節，看
見雙飛燕的「三飛四迴顧，欲去復相瞻。」有感而發的覺得自己比不
上燕的貼心；至於結尾的「寄書道中歎，淚下不能緘。」一個大男人
的淚，一個深深的虧欠，能不能打動長年忍受丈夫在外漂泊，自己獨
守空閨的寂寞心，就不得而知了。

　　李白的詩名流芳萬古，但嫁給李白這樣的男人做妻子，實在是女
人的大幸與不幸——大幸是因爲可以成爲其妻，定有過人才華，且又
有美妙的詩篇流傳後世，足見其賢淑之處；大不幸是就養家餬口、照

顧妻兒而言，他實在是一個最不稱職的丈夫與父親。天寶十四年（西元 755），李白五十五歲，安祿山終於大舉叛變，以討伐奸相楊國忠為藉口，進攻中原，十二月陷洛陽。此後李白一面逃難，一面想找機會報效國家，其中也陸續寄了〈別內赴徵三首〉〔註 49〕、〈在潯陽非所寄內〉。〔註 50〕由此不難看出，宗氏是一位知書達理的婦人，李白對她是十分有感情的。到了乾元元年（西元 758）因為從永王李璘，被牽連下獄，流放夜郎；二年（西元 759）他寫下〈南流夜郎寄內〉：

> 夜郎天外怨離居，明月樓中音信疏。北雁春歸看欲盡，南
> 來不得豫章書。（《全唐詩》，第 6 冊，卷 184，頁 1885。）

李白在詩中利用對比手法，將夜郎天外與故鄉明月樓中遙遙相望，研究者以為：「李白如此稱呼妻子的居所，暗含他對於宗氏的敬重和愛慕。」〔註 51〕另外則將北雁南來映襯，想透過北雁春歸帶來故鄉的信息，但卻是與願相違的。其間，宗氏曾利用其家族關係，設法搭救。李白於二年春，行至巫山遇赦，被赦免返回江陵，兩人曾經重逢聚首。

　　不過兩人的微妙關係，可是超乎一般夫妻的，因為在上元二年（西元 761）李白六十一歲那年，宗氏想要到廬山學道，李白為此寫了〈送內尋廬山女道士李騰空二首〉贈之：

> 君尋騰空子，應到碧山家。水舂雲母碓，風掃石楠花。若
> 愛幽居好，相邀弄紫霞。（〈之一〉，《全唐詩》，第 6 冊，卷 184，
> 頁 1884。）

> 多君相門女，學道愛神仙。素手掬青靄，羅衣曳紫煙。一
> 往屏風疊，乘鸞不著鞭。（〈之二〉，《全唐詩》，第 6 冊，卷 184，
> 頁 1884。）

李白好道愛神仙，是眾所皆知的；而妻子隨著李林甫之女李騰空學道，他並不反對。在第一首詩中，他告知宗氏若愛廬山幽居的生活，

〔註 49〕〔清〕聖祖御定：《全唐詩》，第 6 冊，卷 184，頁 1883。
〔註 50〕〔清〕聖祖御定：《全唐詩》，第 6 冊，卷 184，頁 1884～1885。
〔註 51〕張浩遜、史耀樸：〈從贈內詩看李白的愛情生活〉，《陰山學刊》，第 1 期，（1997 年 2 月），頁 9～11。

得要相邀他一起弄紫霞。而第二首則以「乘鸞不著鞭」，這種只有在仙境才有的禽鳥，作爲二人最高的御駕。從這兩首詩可以顯見，兩人有共同的宗教信仰；而李白也並未有大男人的專斷，反而十分認同她的選擇。

面對前後兩任的妻子，李白在詩中充滿濃濃的思念與歉意，作爲長年在外無法兼顧家庭的精神補償；也或許是基於聚少離多的緣故，所以詩中仍以情感居多，而不是一味尋求肉體上的滿足與刺激，甚至是送妻去學道也能欣然接受。這種自由而先進的夫妻關係，在唐代的社會裡不被理解或是接受，完全是可以想見的。〔註52〕不過以唐代儒道佛並存的大時代風氣，他又有西域血統，以及任俠好遊不受拘限的個性看來，敢於詩中直接表白他的心境，且尊重另一半的選擇，算是成就「與子成說」〔註53〕的美麗理想。

李白的禽鳥選擇是多樣的，但其他人則專以「鴛鴦」作爲比喻的素材，如李郢〈爲妻作生日寄意〉：

> 謝家生日好風煙，柳暖花春二月天。金鳳對翹雙翡翠，蜀琴初上七絲弦。鴛鴦交頸期千歲，琴瑟諧和願百年。應恨客程歸未得，綠窗紅淚冷涓涓。（《全唐詩》，第 18 冊，卷 590，頁 6849。）

李郢（生卒年不詳）字楚望，長安人。〔註54〕在《兩唐書》中無傳，

〔註52〕（日）筧久美子：〈贈給妻子的詩與愛憐妻子的詩——試論李白與杜甫詩中的形象〉，《中國李白研究》（南京：江蘇古籍出版社，1991 年），頁 226。

〔註53〕〔唐〕孔穎達：《毛詩正義》，《十三經注疏》，〈國風・邶風・擊鼓〉：「擊鼓其鏜，踴躍用兵。土國城漕，我獨南行。從孫子仲，平陳與宋。不我以歸，憂心有忡。爰居爰處？爰喪其馬？于以求之？于林之下。死生契闊，與子成說。執子之手，與子偕老。于嗟闊兮！不我活兮！于嗟洵兮！不我信兮！」，頁 79。

〔註54〕長安應該不是其祖籍，因其有詩〈立秋後自京歸家〉：「籬落秋歸見豆花，竹門當水岸橫槎。松齋一雨宜清簟，佛室孤燈對絳紗。盡日抱愁跧似鼠，移時不動懶於蛇。西江近有鱸魚否，張翰扁舟始到家。」〔清〕聖祖御定：《全唐詩》，第 18 冊，卷 590，頁 6852。另外梁超然考證李郢應是蘇州吳人。參見傅璇琮：《唐才子傳校箋》，第 3 冊，

大中十年（西元 856），第進士，官終侍御史。

李郢在《全唐詩》中收錄有七十二首詩，但與家人的詩只有這一首，而且是他好不容易才娶得的嬌妻。〔註 55〕後大中五年（西元 851）李郢登第後回江南駐蘇州，《金華子雜編》書中記錄：「遇故人守湖州，邀同行，郢辭以決意春歸，爲妻作生日。故人不放，與之胡琴焦桐方物，令其寄歸代意。郢爲〈寄內〉詩。」〔註 56〕其中所指就是這首詩，但當時李郢尚未中第。

此詩的開頭就以祝生日爲起筆，上半段不僅有好的氣氛，而且又有地方特產與焦桐琴作爲餽贈的好禮；而送琴的目的當然是希望琴瑟和鳴，恩愛不移。下半段則設身處地安慰妻子，知道其心裡懷著的是「鴛鴦交頸期千歲」，所以淚潸然恨其未歸是必然的。

其實在中國，鴛鴦最早並不是全然用於指涉「愛情」的。在《詩經・小雅・鴛鴦》中有：「鴛鴦于飛，畢之羅之。君子萬年，福祿宜之。鴛鴦在梁，戢其左翼。君子萬年，宜其遐福。乘馬在廄，摧之秣之。君子萬年，福祿艾之。乘馬在廄，秣之摧之。君子萬年，福祿綏之。」〔註 57〕對於此詩，吾師黃忠慎教授註解爲祝頌周王長壽萬年，國泰民安之旨。〔註 58〕而在漢代蘇武所寫的〈詩四首之一〉：「骨肉緣枝葉，結交亦相因。四海皆兄弟，誰爲行路人？況我連枝樹，與子同一身。昔爲鴛與鴦，今爲參與辰。昔者長相近，邈若胡與秦。……」

卷 8，頁 402。

〔註 55〕在《金華子雜編》：「初郢將赴舉，聞鄰氏女有容德，求娶之，遇同人爭娶之，女家無以爲辭，乃曰：『備一千緡，先到即許之。』兩家具錢，同日皆往。復曰：『請各賦一篇，以定勝負。』負者乃甘退，女竟適郢。」參見〔五代〕劉崇遠・《金華子雜編》《景印文淵閣四庫全書》，第 1035 冊，子部 341 小說家類，頁 834。另外《唐語林》所記之事大同小異。

〔註 56〕〔五代〕劉崇遠：《金華子雜編》，《景印文淵閣四庫全書》，第 1035 冊，子部 341 小說家類，頁 834～835。

〔註 57〕〔唐〕孔穎達：《毛詩正義》，《十三經注疏》，頁 480。

〔註 58〕黃忠慎：《詩經選注》（台北：五南圖書公司，2002 年），頁 448。文中綜合諸家意見無議。

〔註 59〕蘇武在北地淹留，恐有不歸之意，所以四首詩主要是贈別兄弟、妻子與友人；其中主要以「鴛與鴦」表示昔日兄弟間的朝夕親密關係，而今卻得相隔兩地的惜別之情。至於〈古詩十九首〉則有：「客從遠方來，爲我一端綺。相去萬餘里，故人心尚爾。文綵雙鴛鴦，裁爲合懽被；著已長相思，緣以結不解。以膠投漆中，誰能別離此？」〔註 60〕其愛情的萌芽象徵，從此蔓延在唐代，如盧照鄰〈長安古意〉〔註 61〕、陳子昂的〈鴛鴦篇〉〔註 62〕、李德裕〈鴛鴦篇〉〔註 63〕都是以鴛鴦比喻愛情的經典作品，其中陳子昂的「持爲美人贈，勖此故交心。」更不只是愛情的指涉，其所指的層次涵蓋更廣。

　　李郢〈爲妻作生日寄意〉在重視友誼當下，又不忘給妻子一份「詩調美麗」〔註 64〕的詩，也算是不失其當年的愛戀。

〔註 59〕〔南朝梁〕蕭統：《文選·附考異》（台北：藝文印書館，1983 年），卷 29，頁 421。

〔註 60〕〔南朝梁〕蕭統：《文選·附考異》，卷 29，頁 420。

〔註 61〕〔清〕聖祖御定：《全唐詩》，第 2 冊，卷 41，頁 519。「長安大道連狹斜，青牛白馬七香車。玉輦縱橫過主第，金鞭絡繹向侯家。龍銜寶蓋承朝日，鳳吐流蘇帶晚霞。百丈游絲爭繞樹，一群嬌鳥共啼花。啼花戲蝶千門側，碧樹銀臺萬種色。複道交窗作合歡，雙闕連甍垂鳳翼。梁家畫閣天中起，漢帝金莖雲外直。樓前相望不相知，陌上相逢詎相識。借問吹簫向紫煙，曾經學舞度芳年。得成比目何辭死，願作鴛鴦不羨仙。比目鴛鴦眞可羨，雙去雙來君不見。生憎帳額繡孤鸞，好取門簾帖雙燕。……」。

〔註 62〕〔清〕聖祖御定：《全唐詩》，第 3 冊，卷 83，頁 895。「飛飛鴛鴦鳥，舉翼相蔽虧。俱來綠潭裡，共向白雲涯。音容相眷戀，羽翮兩逶迤。蘋萍戲春渚，霜霰繞寒池。浦沙連岸淨，汀樹拂潭垂。年年此遊玩，歲歲來追隨。鳳凰起丹穴，獨向梧桐枝。鴻雁來紫塞，空憶稻粱肥。鳥啼倦依托，鶴鳴傷別離。豈若此雙禽，飛翻不異林。刷尾青江浦，交頸紫山岑。文章負奇色，和鳴多好音。聞有鴛鴦綺，復有鴛鴦衾。持爲美人贈，勖此故交心。」

〔註 63〕〔清〕聖祖御定：《全唐詩》，第 14 冊，卷 475，頁 5398。「君不見昔時同心人，化作鴛鴦鳥。和鳴一夕不暫離，交頸千年尚爲少。二月草菲菲，山櫻花未稀。金塘風日好，何處不相依。既逢解佩游女，更值凌波宓妃。精光搖翠蓋，麗色映珠璣。雙影相伴，雙心莫違。……」。

〔註 64〕〔五代〕劉崇遠：《金華子雜編》，《景印文淵閣四庫全書》，第 1035

（二）寄夫、贈夫或互贈之作

藉由為人婦者寄給丈夫的詩，別有一番情趣；當然若是妻子也具才思，唱和就更具欣賞價值。先以元稹的〈初除浙東妻有阻色因以四韻曉之〉為例：

> 嫁時五月歸巴地，今日雙旌上越州。興慶首行千命婦，會稽旁帶六諸侯。海樓翡翠閒相逐，鏡水鴛鴦暖共遊。我有主恩羞未報，君於此外更何求。（《全唐詩》，第 12 冊，卷 417，頁 4603。）

元稹（西元 779～831）第一任妻子韋叢是太子少保韋夏卿的幼女，二十歲時嫁與元稹。但元和四年（西元 809）元配韋氏就過世，死時僅二十七歲。韋叢死後兩年，納安仙嬪為妾，安氏可是元稹好友李景儉為他占卜選上的。陪伴元稹四年後去世，留下一兒兩女（後兒子夭折）。第三次婚姻則是裴淑。此女頗有才情，能與元稹詩歌贈和，所以元稹對她是欣賞多過愛憐，而且沒有對韋叢、安仙嬪的那種痛惜和感激。〔註65〕晚年在浙東任職時，又喜歡上年輕歌妓劉採春，有詩〈贈劉採春〉：新妝巧樣畫雙蛾，謾裡常州透額羅。正面偷勻光滑笏，緩行輕踏破紋波。言辭雅措風流足，舉止低回秀媚多。更有惱人腸斷處，選詞能唱望夫歌。」〔註66〕其風流韻事可謂不少。

從此詩題目以及詩的前四句，可以得知應是指長慶三年（西元 823）擔任浙東觀察使之事，〔註67〕而其妻應指第三任妻子。裴氏有

冊，子部 341 小說家類，頁 835。

〔註65〕〔唐〕元稹著，楊軍箋注：《元稹詩編年箋證》（西安：三秦出版社，2002 年），頁 2～3。

〔註66〕〔清〕聖祖御定：《全唐詩》，第 12 冊，卷 123，頁 4651。

〔註67〕〔後晉〕劉昫撰，楊家駱主編：《新校本舊唐書》，卷 155，〈列傳 105 下‧竇鞏〉，頁 4122。另外又有：「在郡二年，改授越州刺史、兼御史大夫、浙東觀察使。會稽山水奇秀，稹所辟幕職，皆當時文士，而鏡湖、秦望之遊，月三四焉。而諷詠詩什，動盈卷帙。副使竇鞏，海內詩名，與稹酬唱最多，至今稱蘭亭絕唱。稹既放意娛遊，稍不修邊幅，以瀆貨聞於時。凡在越八年。」參見〔後晉〕劉昫撰，楊家駱主編：《新校本舊唐書》，卷 166，〈列傳 116‧

所不悅，元稹遂以此詩曉以大義，希望妻子將「海樓翡翠閒相逐，鏡水鴛鴦暖共遊。」的兒女私情暫且擱一邊；體諒他「主恩羞未報」，不要太奢求。而裴淑則以〈答微之〉:「侯門初擁節，御苑柳絲新。不是悲殊命，唯愁別近親。黃鶯遷古木，朱履從清塵。想到千山外，滄江正暮春。」〔註68〕以「黃鶯遷古木」的悽愁回應。

元稹是一個具有強烈使命感的詩人，雖然生命中屢遭困境，但不變的是其積極的入世精神，甚至後來結交內官求爲宰相，與知樞密魏弘簡爲刎頸之交。稹雖與度無憾，然頗忌前達加於己上。度方用兵山東，每處置軍事，有所論奏，多爲稹輩所持。天下皆言稹恃寵熒惑上聽。〔註69〕顯然從此詩的傳遞，流露出元稹在公私之間是有所堅持的。

其實元稹也有其柔情的一面，在他的第一任妻子過世後，他曾有〈遣悲懷三首〉、〈六年春遣懷八首〉、〈離思〉等作品，這些詩大多寫于元和六年（西元 811）前後。特別是〈離思〉中的:「曾經滄海難爲水，除卻巫山不是雲。取次花叢懶迴顧，半緣修道半緣君。」〔註70〕頗爲膾炙人口，清代蘅塘退士在評論此詩時說:「古今悼亡詩充棟，終無能出此三首範圍者。」〔註71〕這樣對於悼亡詩的讚譽，元稹或許是當之無愧的。只不過不見得所有的學者都會如此肯定，例如陳寅恪對於元稹的道德評價就極爲苛刻:「微之所以棄雙文（即崔鶯鶯）而娶成之（韋叢），及樂天（白居易）、公垂（李紳）諸人之所以不以其事爲非，正當時社會輿論道德之所容許。」、「綜其一生形跡，巧宦故不待言，而巧婚尤爲可惡也。豈多情哉？實多詐而已矣。」、「乘此社會不同之道德標準及習俗並存雜用之時，自私自利。」〔註72〕站在現今女

元稹〉，頁 4336。

〔註68〕〔清〕聖祖御定:《全唐詩》，第 23 冊，卷 799，頁 8987。

〔註69〕〔後晉〕劉昫撰，楊家駱主編:《新校本舊唐書》，卷 170，〈列傳 120 下·裴度〉，頁 4421。

〔註70〕〔清〕聖祖御定:《全唐詩》，第 12 冊，卷 422，頁 4643。

〔註71〕〔唐〕元稹著，楊軍箋注:《元稹詩編年箋證》，頁 366。

〔註72〕陳寅恪:《元白詩箋證稿》（上海:上海古籍出版社，1982 年），〈豔

性主義高漲的立場,陳寅恪之言當會獲得比元稹更多的掌聲。

另外如郭紹蘭的作品,則是寄給丈夫的。郭紹蘭,長安人,巨商任宗妻也,詩一首。〔註73〕這首詩就是〈寄夫〉:

> 我婿去重湖,臨窗泣血書。殷勤憑燕翼,寄與薄情夫。(《全唐詩》,第23,卷799,頁8985。)

古詩人常以燕子表現愛情的美好,傳達思念情人之切,《詩經·邶風·燕燕》:「燕燕于飛,差池其羽。之子于歸,遠送于野。瞻望弗及,泣涕如雨。燕燕于飛,頡之頏之。之子于歸,遠于將之。瞻望弗及,佇立以泣。燕燕于飛,下上其音。之子于歸,遠送于南。瞻望弗及,實勞我心。仲氏任只,其心塞淵。終溫且惠,淑慎其身。先君之思,以勗寡人。」〔註74〕因其成雙成對,引發有情人的渴望比翼雙飛的思念;當然也可能借此傳書,細訴離情之苦。此詩作者郭紹蘭于燕足繫詩傳給其夫任宗,就是最直接的例子。

任宗離家經商,數年不歸,紹蘭作詩系于燕足。時任宗在荊州,燕忽泊其肩,見足繫書,解視之,乃妻所寄,感泣而歸。其詩中先道出自己臨窗而盼,泣血成書;後冀望託燕翼,寄給遠方的薄情夫。正因為燕子的殷勤有情,才促成丈夫回心轉意,夫妻得以相聚。在這當中,郭紹蘭算是幸運的,而任宗也是有良心的,換作一些不幸的婦人借燕傳書,恐只是石沉大海而已。又如真符女〈真符女與申屠澄贈和詩二首〉:

> 一尉慚梅福,三年愧孟光。此情何所喻,川上有鴛鴦。(〈之一〉,《全唐詩》,第24冊,卷867,頁9825。)

> 琴瑟情雖重,山林志自深。常憂時節變,辜負百年心。(〈之二〉,《全唐詩》,第24冊,卷867,頁9825。)

中國有關於夫妻有名的贈答詩,莫過於東漢時秦嘉夫婦的贈答詩。

詩及悼亡詩〉,頁95。
〔註73〕 〔清〕聖祖御定:《全唐詩》,〈作家小傳〉,頁8994。
〔註74〕 〔唐〕孔穎達:《毛詩正義》,《十三經注疏》,卷2,頁75。

〔註 75〕而此處只看見《全唐詩》中真符女之作,未見申屠澄的作品。

這兩首詩,其一先是提及丈夫對他有所虧欠,但她仍以「鴛鴦」比喻其對於丈夫的情深;第二首則以「山林志自深」為由——真符女化為虎,〔註 76〕表達琴瑟雖重,但若時節變,只好辜負百年心。

三、鴻雁自飛,人離親疏

除了常見的兄弟互勉、夫妻贈意,還有就是在詩題上只以「親人」或「親故」作為處理的詩作。此處也列舉幾例討論,畢竟群己關係中,這也是一個彼此安慰的聯繫模式。

〔註 75〕逯欽立輯校:《先秦漢魏晉南北朝詩》(台北:學海出版社,1991 年),頁 186~188。秦嘉〈贈婦詩三首之一〉:「人生譬朝露,居世多屯蹇。憂艱常早至,歡會常苦晚。念當奉時役,去爾日遙遠。遣車迎子還,空往復空返。省書情淒愴,臨食不能飯。獨坐空房中,誰與相勸勉。長夜不能眠,伏枕獨輾轉。憂來如尋環,匪席不可卷。」、〈之二〉:「皇靈無私親,為善荷天祿。傷我與爾身,少小罹煢獨。既得結大義,歡樂苦不足。念當遠離別,思念敘款曲。河廣無舟梁,道近隔丘陸。臨路懷惆悵,中駕正躑躅。 浮雲起高山,悲風激深谷。良馬不回鞍,輕車不轉轂。針藥可屢進,愁思難為數。」、〈之三〉:「肅肅僕夫征,鏘鏘揚和鈴。清晨當引邁,束帶待雞鳴。顧看空室中,彷彿想姿形。一別懷萬恨,起坐為不寧。何用敘我心,遺思致款誠。寶釵好耀首,明鏡可鑑形。 芳香去垢穢,素琴有清聲。詩人感木瓜,乃欲答瑤瓊。愧彼贈我厚,慚此往物輕。 雖知未足報,貴用敘我情。」因其妻徐淑,寢疾還家,不獲而別,贈詩云爾。其妻以〈答秦嘉詩〉:「妾身兮不令,嬰疾兮來歸。沉滯兮家門,歷時兮不差。曠廢兮侍觀,情敬兮有違。君今兮奉命,遠適兮京師。悠悠兮離別,無因兮敘懷。瞻望兮踊躍,佇立兮徘徊。思君兮感結,夢想兮容暉。君發兮引邁,去我兮日乖。恨無兮羽翼,高飛兮相追。長吟兮永嘆,淚下兮沾衣。」徐淑則是借淒迷婉轉的楚騷體,表達自己因病不能隨行的憾恨與相思。夫妻之間透過詩作,傳達性靈交感,是完整且動人的贈答詩。

〔註 76〕〔清〕聖祖御定:《全唐詩》,第 24 冊,卷 867,頁 9825。貞元中,什邡尉申屠澄赴官。至真符縣東。投路傍茅舍中。有老父及嫗。一女年十四五。態甚閒麗。因與之訂婚。後生一男一女。澄嘗作贈內詩。其妻有和。然未嘗出口。秩滿將歸秦。妻始以詩語澄。悵然若有慕者。澄曰:儻憶尊賢。今則至矣。何用悲乎。及過妻家。草舍不復有人。於故衣中見一虎皮。妻大笑曰:此物尚在耶。披之。即變為虎。哮吼而去。澄驚走避之。攜二子望林大哭。竟不知所在。

　　會寫給親人的詩作，詩人大多是離開京城，或是調職。以張九齡的〈道逢北使題贈京邑親知〉爲例：

> 征驂稍靡靡，去國方遲遲。路遠南登岸，情遙北上旗。故人憐別日，旅雁逐歸時。歲晏無芳草，將何寄所思。(《全唐詩》，第 2 冊，卷 48，頁 587。)

這首詩是張九齡南返途中，偶逢北使，因而藉此詩紓發對於遠親的心境。詩可以分爲兩層，第一層以馬之「靡靡」與人之「遲遲」，傳遞去京之不悅；第二層則以時空的拉鋸，寫京邑親知爲我離別深感惋惜；而自己卻無所贈所思，只能像一隻南飛的歸雁，在蕭瑟的秋天，漸行漸遠而去。有學者以爲此詩乃仿效〈古詩十九首之五〉：「涉江采芙蓉，蘭澤多芳草。采之欲遺誰？所思在遠道。還顧望舊鄉，長路漫浩浩。同心而離居，憂傷以終老。」未見複雜的藝術手法，僅以眼前實景與摘採動作，將仕途失意之無奈與對京城親友之思念，緩緩道出，令人低回不已。〔註77〕的確對於一個遭遇身不逢時的處境者，秋思旅雁格外會引發一些難過心酸的幽思。至於耿湋的〈之江淮留別京中親故〉則是：

> 長雲迷一雁，漸遠向南聲。已帶千霜鬢，初爲萬里行。繁蟲滿夜草，連雨暗秋城。前路諸侯貴，何人重客卿。(《全唐詩》，第 8 冊，卷 268，頁 2975。)

耿湋（生卒年不詳），兩《唐書》無傳，字洪源，河東人。登寶應二年（西元 762）進士第，仕終大理司法。〔註78〕詩集二卷，今傳。耿湋工詩，與錢起、盧綸、司空曙諸人齊名，號大曆十才子。〔註79〕其

〔註77〕吳元嘉：〈張九齡贈答詩與興、觀、群、怨之詩教〉，《嘉義昗鳳學報》，第 15 期，(2007 年 12 月)，頁 155。其中之詩另見．〔南朝梁〕蕭統：《文選．附考異》，頁 418。

〔註78〕傅璇琮：《唐才子傳校箋》，第 2 冊，卷 4，頁 31～33。

〔註79〕有關十才子錢起、李端、盧綸、吉中孚、韓翃、司空曙、苗發、崔峒、耿湋及夏侯審等十人皆能詩，齊名，號大曆十才子。其紀錄主要有三處：1.〔宋〕葛勝仲：《丹陽集》，《景印文淵閣四庫全書》，第 1127 冊，集部 66 別集類，頁 205。2.〔後晉〕劉昫撰，楊家駱主編：

詩不重琢雕，《全唐詩》收有一百八十首詩。

在這首題爲〈之江淮〉所指之地，應是如盧綸〈送耿拾遺湋充括圖書使往江淮〉：「傳令收遺籍，諸儒喜餞君。孔家唯有地，禹穴但生雲。編簡知還續，蟲魚亦自分。如逢北山隱，一爲謝移文。」〔註80〕到江淮充括圖書使之事，而其時間約在大曆十年至十一年間（西元775～776）。盧綸之於耿湋互動頻繁，可由《全唐詩》中收錄 10 首贈別詩可見。而此首詩以五言律詩進行，詩的開頭耿湋就將自己比喻爲孤雁，逐向南方遠去，聲音也跟著尾隨；但後二句卻又將搬上檯面，「千霜鬢」的蒼老對「萬里行」苦悶，總是難過的。但難過不只是行程上，緊接著在久雨的夜裡，不禁爲「前路諸侯貴，何人重客卿。」擔憂起。畢竟由左拾遺充括圖書使而前往江淮，並非升官，是幫朝廷司修圖籍，並且求之天下。〔註81〕未來可能應接不暇，其留別之心可知。後來又有〈赴許州留別洛中親故〉：「淳風今變俗，末學誤爲文。幸免投湘浦，那辭近汝墳。山遮魏闕路，日隱洛陽雲。誰念聯翩翼，煙中獨失群。」〔註82〕其神傷如出一轍。而劉商〈移居深山謝別親故〉：

> 不食黃精不采薇，葛苗爲帶草爲衣。孤雲更入深山去，人
> 絕音書雁自飛。（《全唐詩》，第 10 冊，卷 304，頁 3459。）

劉商，兩《唐書》無傳，好學工文之外，更善畫，且好道術。《續仙傳》中言：「復往宜興張公洞。當遊之時，愛罨畫溪之景，遂於胡父渚葺居，隱於山中。近樵者猶見之，曰：『我劉郎中也。』而莫知所

《新校本舊唐書》，卷 163，〈李虞仲傳〉載十才子「文詠唱和，馳名都下。」頁 4266；卷 168〈錢徽傳〉載錢起大曆（766——779）中與韓翃等「十人俱以能詩，出入貴遊之門，時號十才子。」頁 4383。
3.〔宋〕歐陽修、宋祁合撰，楊家駱主編：《新校本新唐書》，卷 230，〈列傳 128・文藝下・盧綸傳〉，頁 5785。謂十人皆能以詩齊名，號「大曆十才子」。

〔註80〕〔清〕聖祖御定：《全唐詩》，第 9 冊，卷 280，頁 3184。
〔註81〕〔宋〕李昉等編纂：《文苑英華》（北京：中華書局，1995 年），卷 725，頁 3762，〈送耿拾遺歸朝廷序〉。
〔註82〕〔清〕聖祖御定：《全唐詩》，第 8 冊，卷 268，頁 2993。

止，已爲地仙矣。」〔註83〕其山林長往之心在此詩中亦可驗證。

　　這首詩中前半段野草與食蔬不分，放任其自由蔓長，如同放任自我的心；後半段則言及來到山中以後人煙稀少，與外界早就疏於聯繫，能像雁自飛的感覺還不錯。劉商有關歸山的詩有多首，如〈歸山留別子姪二首〉：「車馬驅馳人在世，東西南北鶴隨雲。莫言貧病無留別，百代簪纓將付君。」、「不逐浮雲不羨魚，杏花茅屋向陽居。鶴鳴華表應傳語，雁度霜天懶寄書。」〔註84〕前一首尚能謝別親故，這首已經懶得寄書。有別於其他詩人，劉商晚年罕與親人來往，行跡鮮爲人知，但卻並非不得志而離去的。

　　而詩人離開京城，往往成了孤寂的化身，所以天地間的變化，總會興起思念遠方親人的一些想法。以韋應物〈淮上即事寄廣陵親故〉爲例：

> 前舟已眇眇，欲渡誰相待。秋山起暮鐘，楚雨連滄海。風波離思滿，宿昔容鬢改。獨鳥下東南，廣陵何處在。（《全唐詩》，第6冊，卷187，頁1905。）

這首詩是寄給廣陵親友的，從詩的內容可以判斷季節是秋天，寫作於淮陰。詩的開頭，提到船已經開航，自己想搭乘但是卻無人願意等待；不禁暗示著顯達的親故，早已忘了他的存在，更別說提攜了。緊接著「秋山」兩句，聲音是悽楚的，畫面是蒼茫的，雖是將淮上的背景作出交代，但也直接鋪陳無人相待的淒涼。而景之後，詩人想隻身北去，此刻卻得踟躕在河邊，遠眺東濱大海的波濤起伏，思緒是止不住的。有了這樣濃烈淒迷的氣氛醞釀，五六兩句點出「離思」的重點，其中的「滿」字湧現內心飽滿的感情，而「改」字則是看到外在憔悴的面容，內外雜揉的心境，最後全在「獨鳥下東南」之中，更爲心酸苦楚了，因爲廣陵不知在何處？歸途在何處？瞬時間，一切都是迷濛深沉的。

〔註83〕《續仙傳》，《景印文淵閣四庫全書》，第1059冊，子部365道家類，頁600。
〔註84〕〔清〕聖祖御定：《全唐詩》，第10冊，卷304，頁3462。

　　整體一致的暮茫楚天披上了霏霏不開的畫面，全然營造著詩人孤寂的心境。詩中的「獨鳥」幾乎是作者的化身，是失群的，也是象徵寂寥的；但即便如此，離思令人感傷，但不該是「廣陵何處在」！是以詩末的情蘊，不啻與「怨懟」牽上線，隱藏在帷幕後面的心情，最是使詩人難堪。又如李群玉〈江樓閒望懷關中親故〉則是：

> 搖落江天欲盡秋，遠鴻高送一行愁。音書寂絕秦雲外，身世蹉跎楚水頭。年貌暗隨黃葉去，時情深付碧波流。風淒日冷江湖晚，駐目寒空獨倚樓。(《全唐詩》，第 17 冊，卷 569，頁 6600。)

李群玉（西元約 813～860）此詩，應與中元節所寫〈請告南歸留別同館〉：「一點燈前獨坐身，西風初動帝城砧。不勝庾信鄉關思，遂作陶潛歸去吟。書閣乍離情黯黯，彤庭迴望肅沈沈。應憐一別瀛洲侶，萬里單飛雲外深。」〔註85〕有關。詩中表達出的「遠鴻高送一行愁」是充滿無奈的，而非退隱。只是令人不解的是，之前他曾寫有〈始忝四座奏狀聞薦蒙恩授官旋進歌詩延英宣賜言懷紀事呈同館諸公二十四韻〉一首〔註86〕對於得官不僅喜悅且滿懷憧憬，為何此時卻要歸湘中？顯然絕不是如其詩所言：「山連楚越復吳秦，蓬梗何年是住身。黃葉黃花古城路，秋風秋雨別家人。冰霜想度商於凍，桂玉愁居帝里貧。十口繫心拋不得，每回回首即長嚬。」〔註87〕而是如段成式所言：「酒裏詩中三十年，縱橫唐突世喧喧。明時不作禰衡死，傲盡公卿歸九泉。」〔註88〕是憂讒畏譏而致。

〔註85〕〔清〕聖祖御定：《全唐詩》，第 17 冊，卷 569，頁 6600。

〔註86〕〔清〕聖祖御定：《全唐詩》，第 17 冊，卷 568，頁 6582。「兩鬢有二毛，光陰流浪中。形骸日土木，志氣隨雲風。冥默楚江畔，蕭條林巷空。幽鳥事翔鄙，斂翼依蒿蓬。一飯五放箸，愀然念途窮。孟門在步武，所向何由通。祗徵（一作徵諸）大易言，物否不可終。庶期白雪調，一奏驚凡聾。昨忝丞相召，揚鞭指冥鴻。姓名挂丹詔，文句飛天聰。……」。

〔註87〕〔清〕聖祖御定：《全唐詩》，第 17 冊，卷 569，頁 6595。

〔註88〕〔清〕聖祖御定：《全唐詩》，第 17 冊，卷 584，頁 6771。

在搖落江天欲盡秋的晚上，其「風淒日冷江湖晚，駐目寒空獨倚樓。」的確是難以排解的；而此「懷關中親故」，也就自然而然悲從中來。大抵詩人對於家人親故的表意，愁苦、懷念居多，就算是祝福，也在鴻雁高飛或鳴叫下，往往有神傷落寞之韻。

四、託禽依鳥，祝福友朋

與朋友之間的關懷，總在贈別之時，最能表現感同身受的意涵。南朝梁江淹曾有〈別賦〉言：「別方不定，別理千名」〔註89〕說明著離別的地點、具體情況不能完全確定，而其別離的理由也是千百個。不管是遭逢貶謫，或是人生磨難，就算不能隨之前往，至少安慰式的設身處地，或是一個小小的思念，也都能讓彼此身心靈得以稍歇安頓。此時，詩人或以瀟灑方式處之，或以黯然神傷看待，也可能以祝福面對。

（一）送別隨鳥飛，瀟灑快意行

贈別之作，在唐代已是稀疏平常之事，宋嚴羽曾說：「唐人好詩，多是征戍、遷謫、行旅、離別之作，往往能感動激發人意。」〔註90〕而人與人之間的離別，會因時空的不同，而有不同的感受；畢竟是別離，雖不必相看淚眼，但有口難言，以詩相贈，更見真誠。先來看王維〈送張道士歸山〉為例：

> 先生何處去，王屋訪茅君。別婦留丹訣，驅雞入白雲。人間若剩住，天上復離群。當作遼城鶴，仙歌使爾聞。《全唐詩》，第4冊，卷126，頁1269。）

王維（西元 701～761）的送別詩在《全唐詩》中收錄有七十首，其中與禽鳥連結有關者有八首。在其有名的詩作〈渭城曲〉中：「渭城朝雨浥輕塵，客舍青青楊色新。勸君更盡一杯酒，西出陽關無故人。」〔註91〕這首又名〈送元二使安西〉的詩，可以說為送別詩提供最典型

〔註89〕〔南朝梁〕蕭統：《文選‧附考異》，頁 244。
〔註90〕〔南宋〕嚴羽著，郭紹虞：《滄浪詩話校釋》（台北：正生書局，1972年），頁 45。
〔註91〕〔清〕聖祖御定：《全唐詩》，第 4 冊，卷 128，頁 1307。

的詩境與情境。

　　但這首雖沒有勸酒的灑脫，也不是離情依依，反而配合對象身分，以「王屋訪茅君」〔註92〕的典故，達其尋仙之志；至於結語則希望張道士成為「遼城鶴」，〔註93〕放上仙歌天上聞。

　　這「歸山」二字不管是得道成仙，還是去世成仙，對於張道士都該是瀟灑自由行的。又如劉長卿這首〈送路少府使東京便應制舉〉：

　　　　故人西奉使，胡騎正紛紛。舊國無來信，春江獨送君。五
　　　　言凌白雪，六翮向青雲。誰念滄州吏，忘機鷗鳥群。(《全唐
　　　　詩》，第 5 冊，卷 148，頁 1509。)

詩注言：「送駱三少府西山應制，時梁宋初失守。」詩寫於至德三年（西元 758）當時他大約三十三歲。在至德二年時，劉長卿釋褐長洲縣尉；三年正月，攝海鹽縣令。不久即因事下獄，議貶南巴，命至洪州待命。直至第六個年頭，亦即廣德元年（西元 763）才得以量移浙西。〔註94〕幾年下來，都是入仕後的大打擊。

　　一生仕途波折不斷，但卻是黽勉戮力，所以贏得「有吏幹」的品

〔註92〕　《史記》：三十一年十二月，更名臘曰「嘉平」。賜黔首里六石米，
　　　　二羊。始皇為微行咸陽，與武士四人俱，夜出逢盜蘭池，見窘，武
　　　　士擊殺盜，關中大索二十日。米石千六百。南朝宋‧裴駰《史記集
　　　　解》引《太原真人茅盈內紀》：「始皇三十一年九月庚子，盈曾祖父
　　　　濛，乃於華山之中，乘雲駕龍，白日升天。先是其邑謠歌曰『神仙
　　　　得者茅初成，駕龍上升入泰清，時下玄洲戲赤城，繼世而往在我盈，
　　　　帝若學之臘嘉平』。始皇聞謠歌而問其故，父老具對此仙人之謠歌，
　　　　勸帝求長生之術。於是始皇欣然，乃有尋仙之志，因改臘曰『嘉平』。」
　　　　參見〔日〕瀧川龜太郎：《史記會注考證》（台北：漢京文化事業公
　　　　司，1983 年），〈秦始皇本紀第〉，頁 121～122。
〔註93〕　《搜神記》曰：遼東城門有華表柱，忽有一白鶴集柱頭，時有少年，
　　　　舉弓欲射之，鶴乃飛，徘徊空中而言曰：「有鳥有鳥丁令威，去家千
　　　　歲今來歸。城郭如故人民非，何不學仙冢纍纍。」遂高上沖天。今
　　　　遼東諸丁，云其先世有升仙者，不知名字。參見〔唐〕歐陽詢等編
　　　　撰：《藝文類聚》（台北：新興書局，1973 年），〈鳥部中‧青鳥〉，卷
　　　　78，頁 1331。
〔註94〕　〔唐〕劉長卿著，儲仲君：《劉長卿詩編年箋注》（北京：中華書局，
　　　　1996 年），〈前言〉，頁 2。

評。〔註95〕在此詩中對於別離之傷隻字未提,倒是對於「駱三少應制」之事頗多關心。第一層先提及因爲胡騎正紛紛,所以時事紛亂;而將去之處音訊早無,卻要在此際送別,心中總是有幾分不安。下層則立即轉換心境,對友人以肯定鼓舞之心,知道他將有所成就;至於自己呢,則是學漁父以沙鷗爲伴。

劉長卿曾有〈弄白鷗歌〉:「泛泛江上鷗,毛衣皓如雪。朝飛瀟湘水,夜宿洞庭月。歸客正夷猶,愛此滄江閒白鷗。」〔註96〕是對自己的直言不諱得罪君王,作一種辯駁與宣洩。而此首也使用了鷗鳥,用作與友朋「道不同不相爲謀」的區別,畢竟沒人記得他時,總還有一群忘機的沙鷗。而李白的〈送賀賓客歸越〉則是:

> 鏡湖流水漾清波,狂客歸舟逸興多。山陰道士如相見,應
> 寫黃庭換白鵝。(《全唐詩》,第 5 冊,卷 176,頁 1797。)

李白的這首〈送賀賓客歸越〉是名聞遐邇的詩作。題中的「賀賓客」是指賀知章,曾任太子賓客。賀知章(西元 659~744),字季眞,越州永興人。性曠夷,善譚說,與族姑子陸象先善,是太子洗馬德仁之族孫也。〔註97〕少以文詞知名,舉進士。初授國子四門博士,又遷太常博士,皆陸象先在中書引薦也。開元十年,兵部尚書張說爲麗正殿修書使,奏請知章及祕書員外監徐堅、監察御史趙多曦皆入書院,同撰六典及文纂等,累年,書竟不就。〔註98〕在天寶二年(西元 743)十二月乙酉,因病重,身爲太子賓客的他只好請度爲道士還鄉;天寶三年(西元 744)遣左右相已下祖別賀知章於長樂坡,上賦詩贈之。

〔註95〕〔唐〕高正臣編:《中興閒氣集》,《四部叢刊》(上海:上海商務印書館,1965 年),卷下,頁 18。

〔註96〕〔清〕聖祖御定:《全唐詩》,第 5 冊,卷 151,頁 1577。本論文第二章曾就此詩論述過。

〔註97〕〔宋〕歐陽修、宋祁合撰,楊家駱主編:《新校本新唐書》,卷 196,〈列傳第 121·隱逸·賀知章〉,頁 5606。

〔註98〕〔後晉〕劉昫撰,楊家駱主編:《新校本舊唐書》,卷 190,〈列傳 140 中·文苑中·賀知章〉,頁 5033~5034。

〔註99〕李白也同時寫下此詩，以送別他返越州。

　　李白與賀知章是忘年之交，既是詩友，更是酒友，共列「酒八仙」。〔註100〕在這首詩中一開頭就以背景「鏡湖」入手，「鏡湖」就是玄宗下詔賜鏡湖剡川一曲之所在。〔註101〕因爲波平如鏡，遂得名。但李白並不是從波平談起，反而以「漾清波」來引動彼此內心的起伏。在這樣清波漾起的日子，鏡湖正是狂客〔註102〕要歸鄉的所在；下半段則是採用「示現」方式，先預告山陽道士如果預見賀知章，應該寫〈黃庭經〉來換白鵝，顯然此處將書聖王羲之派上用場。〔註103〕近代研

〔註99〕　〔後晉〕劉昫撰，楊家駱主編：《新校本舊唐書》，卷9，〈本紀第9·玄宗下〉，頁217。

〔註100〕　〔宋〕歐陽修、宋祁合撰，楊家駱主編：《新校本新唐書》，卷202，〈列傳127·文藝中·李白〉，頁5762～5763。白自知不爲親近所容，益騖放不自脩，與知章、李適之、汝陽王璡、崔宗之、蘇晉、張旭、焦遂爲「酒八仙人」。

〔註101〕　〔宋〕歐陽修、宋祁合撰，楊家駱主編：《新校本新唐書》，卷196，〈列傳121·隱逸·賀知章〉，頁5607。天寶初，病，夢游帝居，數日寤，乃請爲道士，還鄉里，詔許之，以宅爲千秋觀而居。又求周宮湖數頃爲放生池，有詔賜鏡湖剡川一曲。既行，帝賜詩，皇太子百官餞送。擢其子曾子爲會稽郡司馬，賜緋魚，使侍養，幼子亦聽爲道士。卒，年八十六。

〔註102〕　〔後晉〕劉昫撰，楊家駱主編：《新校本舊唐書》，卷190中，〈列傳140中·文苑中·賀知章〉，頁5034。知章晚年尤加縱誕，無復規檢，自號四明狂客，又稱「祕書外監」，遨遊里巷。醉後屬詞，動成卷軸，文不加點，咸有可觀。又善草隸書，好事者供其牋翰，共傳寶之。

〔註103〕　有關此一典故，出現處有二，其一《晉中興書》：「王羲之字逸少。導之從子也。初訥于言。人未之知。年十三。嘗見周顗。顗異之。時重牛心炙。座客未啖。先割啖之。羲之于是知名。及長。尤善草隸書。爲今古冠絕。累遷爲右將軍。不樂京師。遂往會稽。與謝安、孫綽、等遊處。山陰有道士養群鵝。羲之意甚悅。道士云。爲寫黃庭經。當舉群相贈。乃爲寫記。籠鵝而去。」參見〔劉宋〕何法盛：《晉中興書》（台北：藝文印書館，1971年），卷7，頁424。其二是《晉書》：「性愛鵝，會稽有孤居姥養一鵝，善鳴，求市未能得，遂攜親友命駕就觀。姥聞羲之將至，烹以待之，羲之歎惜彌日。又山陰有一道士，養好鵝，羲之往觀焉，意甚悅，固求市之。道士云：『爲寫道德經，當舉相贈耳。』羲之欣然寫畢，籠鵝而歸，甚以爲樂。其任率如此。……。」參見〔唐〕房玄齡敕撰，楊家駱主編：

究者以爲李白何以使用王羲之比喻賀知章,主要是因二者相似處頗多:其一,王羲之是書法家,備精諸體,尤擅正、行二體;賀知章也是書法家,工草書。其二,王羲之居山陽,賀知章也將榮歸山陽。其三,王羲之和賀知章同樣都屬豪放飄逸、曠達不群的文人。〔註 104〕李白點染之工,的確深具妙意。

賀知章這年已經八十六歲,榮歸二字足以稱之。其歸舟逸興多也是必然,是以理應高興;再者此時能夠擺脫官場羈絆,潛心修身養性,其灑脫之壯舉,李白感同身受。而身爲浪漫詩人的道別就是與眾不同,不必依依不捨,可以採以酒餞;特別是有「道士」陪襯的王羲之的化身,在那群大白鵝的戲綠波、搖擺自在下,其清心無欲卻又昂然不俗,正是彼此瀟灑精神底下的酣暢別離。又李白另外一首〈賦得白鷺鷥送宋少府入三峽〉:

白鷺拳一足,月明秋水寒。人驚遠飛去,直向使君灘。(《全唐詩》,第 5 冊,卷 177,頁 1809。)

正如其寫贈孟浩然〈黃鶴樓送孟浩然之廣陵〉詩:「故人西辭黃鶴樓,煙花三月下揚州。孤帆遠影碧山盡,唯見長江天際流。」〔註 105〕雖是寄情與流水,但有長相思;但其碧山盡、天際流的宏闊,總是讓人深感其是站在「時代頂峰上」〔註 106〕的詩人,不受纏綿傷逝的拘限。而這首寫於至德元載(西元 756,即天寶十五載)的贈別詩,詩中以「白鷺鷥」比喻友人,雖是拳一足有些孤立,雖是秋水寒有些淒清,但是一旦人驚而遠飛,卻是可以執行君王所託付的使命的。

鷺鷥只是單薄的身軀,不管是在月明還是在水寒裡,「高飛」永遠是牠可以爲別的能力。若說李白之於賀知章是羨慕的,自當終老不

《新校本晉書》(台北:鼎文書局,1979 年),〈列傳第 50〉,頁 2100。

〔註104〕 趙雲長:〈談李白送別詩的創新精神〉,《哈爾濱學院學報》,第 24 卷第 5 期,(2003 年 5 月),頁 81。

〔註105〕 〔清〕聖祖御定:《全唐詩》,第 5 冊,卷 174,頁 1785。

〔註106〕 中華書局編:《李白研究論文集》(北京:中華書局,1964 年),頁 109,林庚之贊語。

悔；而劉長卿之於友人也是羨慕的，所以離別就離別吧，此時灑脫的更是那個寫作的自己。

另外韓愈〈送侯參謀赴河中幕〉一首，則是勉勵爲人臣子的友人，要好好把握佳機爲國戮力：

> 憶昔初及第，各以少年稱。君頤始生鬚，我齒清如冰。爾時心氣壯，百事謂已能。一別詎幾何，忽如隔晨興。我齒豁可鄙，君顏老可憎。相逢風塵中，相視迭嗟矜。幸同學省官，末路再得朋。東司絕教授，遊宴晏以爲恆。秋漁蔭密樹，夜博然明燈。雪逕抵樵叟，風廊折談僧。陸渾桃花間，有湯沸如烝。三月崧少步，躑躅紅千層。洲沙厭晚坐，嶺壁窮晨升。沈冥不計日，爲樂不可勝。邅滿一已異，乖離坐難憑。行行事結束，人馬何蹻騰。感激生膽勇，從軍豈嘗曾。洸洸司徒公，天子爪與肱。提師十萬餘，四海欽風稜。河北兵未進，蔡州師新薨。曷不請掃除，活彼黎與烝。鄙夫誠怯弱，受恩愧徒弘。猶思脫儒冠，棄死取先登。又欲面言事，上書求詔徵。侵官固非是，妄作譴可懲。惟當待責免，耕氄歸溝塍。今君得所附，勢若脫韝鷹。橛筆無與讓，幕謀職其膺。收績開史牒，翰飛逐溟鵬。男兒貴立事，流景不可乘。歲老陰沴作，雲頹雪翻崩。別袖拂洛水，征車轉崤陵。勤勤酒不進，勉勉恨已仍。送君出門歸，愁腸若牽繩。默坐念語笑，癡如遇寒蠅。策馬誰可適，晤言誰爲應。席塵惜不掃，殘尊對空凝。……。（《全唐詩》，第10冊，卷339，頁3803～3804。）

詩中的侯參謀就是侯繼，時從王諤辟。這首詩寫於元和四年（西元809），在貞元八年（西元792）侯繼與韓愈同舉進士，可算是英雄出少年。但此後兩人的仕途發展都遭受到諸多波折，如今侯繼因爲朝廷求才若渴再度獲得青睞，其飛騰之勢猶如「掙脫皮韝的老鷹」，大漠疆野上必能快速的贏得好功名。猶如東漢桓虞曾告訴趙勤說：「善吏如良鷹

矣，下鞲即中。」〔註107〕雖有百般不捨，但期待與鼓舞卻是不減的。

（二）只伴鷦鴣飛，鷗鳥亦依依

　　離愁別緒是送別詩中較常注入的情意表現，多了思念或是苦楚，常常是因爲時間流逝而美好不再；或是因爲空間距離的變化，遂產生酬唱往來，吟詠送別。江淹〈別賦〉說：「黯然消魂者，唯別而已矣。」〔註108〕別意已經夠使人難以言喻，又以禽鳥載思託情，就更是愁心滿盈。先以李嘉祐〈送評事十九叔入秦〉：

> 白露沾蕙草，王孫轉憶歸。蔡州新戰罷，郢路去人稀。謁帝不辭遠，懷親空有違。孤舟看落葉，平楚逐斜暉。北闕見端冕，南臺當繡衣。唯余播遷客，只伴鷦鴣飛。（《全唐詩》，第 6 冊，卷 207，頁 2161。）

李嘉祐（西元 710～782）字從一，趙州人。兩《唐書》無傳。天寶七年擢第，授祕書正字。〔註109〕名列大曆十才子之一。

　　從此詩中「唯余播遷客」可以得知李嘉祐的確有遭貶謫之事，是以《唐才子傳》中言：「以罪謫南荒，未幾何有詔量移爲鄱陽宰，又爲江陰令。」〔註110〕唯此「南荒」之意仍待商榷。其良友劉長卿曾寫〈初貶南巴至鄱陽題李嘉祐江亭〉：「巴嶠南行遠，長江萬里隨。不才甘謫去，流水亦何之。地遠明君棄，天高酷吏欺。清山獨往路，芳草未歸時。流落還相見，悲懽話所思。猜嫌傷薏苡，愁暮向江籬。柳色迎高塢，荷衣照下帷。水雲初起重，暮鳥遠來遲。白首看長劍，滄洲寄釣絲。沙鷗驚小吏，湖月上高枝。稚子能吳語，新文怨楚辭。憐君不得意，川谷自透迤。」〔註111〕其「沙鷗驚小吏」眞讓貶謫意尤感強烈。此時在上元元年（西元 760）劉長卿由蘇州啓程貶南巴，途

〔註107〕　（東漢）劉珍等撰：《東觀漢記》，《景印文淵閣四庫全書》，史部 128，別史類，第 370 冊，卷 13，頁 187。
〔註108〕　〔南朝梁〕蕭統：《文選・附考異》，頁 242。
〔註109〕　傅璇琮：《唐才子傳校箋》，第 1 冊，卷 3，頁 473～474。
〔註110〕　傅璇琮：《唐才子傳校箋》，第 1 冊，卷 3，頁 475。
〔註111〕　〔清〕聖祖御定：《全唐詩》，第 5 冊，卷 149，頁 1546～1547。

經鄱陽所做，相對可知李嘉祐已貶爲鄱陽令。後李嘉祐寫〈入睦州分水路憶劉長卿〉：「北闕忤明主，南方隨白雲。沿洄灘草色，應接海鷗群。建德潮已盡，新安江又分。回看嚴子瀨，朗詠謝安文。雨過暮山碧，猿吟秋日曛。吳洲不可到，刷鬢爲思君。」〔註112〕顯見李嘉祐遭逢貶官時曾在蘇州與劉長卿碰過頭，隨後才入江西境內。至於「江陰」之地，其詩〈承恩量移宰江邑臨鄱江悵然之作〉云：「四年謫宦滯江城，未厭門前鄱水清。誰言宰邑化黎庶，欲別雲山如弟兄。雙鷗爲底無心狎，白髮從他遶鬢生。惆悵閒眠臨極浦，夕陽秋草不勝情。」〔註113〕劉長卿愛鷗，他也有所偏好。而其中的「四年謫宦滯江城，未厭門前鄱水清」了解到在鄱陽有四年時間，後才改江陰任量移。其他如台州、袁州等，他也曾擔任刺史。〔註114〕大抵從上元初至大曆末，有十多年時間，他的生活領域集中於鄱陽、江陰、浙江、江西一帶，而詩中所謂的「只伴鸕鶿飛」的南方遷客心境，可謂深沉難以見底。

送客的時間已入秋序，詩中蕭條的意象伴隨著友人入秦，至於他呢，來自北方卻如鸕鶿習性只南飛，其不如意應該比友人更爲深沉吧。而他另外一首〈送冷朝陽及第東歸江寧〉：

> 高第由佳句，諸生似者稀。長安帶酒別，建業候潮歸。稚
> 子歡迎櫂，鄰人爲掃扉。含情過舊浦，鷗鳥亦依依。(《全唐
> 詩》，第6冊，卷206，頁2152。)

此詩題爲「及第」，喜事一樁。冷朝陽進士及第於大曆四年（西元769），〔註115〕而李嘉祐以「東歸」送之，又從詩中的「長安帶酒別，建業候潮歸。」推敲，顯然他曾離開南方，意即免去台州刺史之職，尚未

〔註112〕　〔清〕聖祖御定：《全唐詩》，第6冊，卷207，頁2161。

〔註113〕　〔清〕聖祖御定：《全唐詩》，第6冊，卷207，頁2163。

〔註114〕　傅璇琮：《唐才子傳校箋》，第1冊，卷3，頁476～477。

〔註115〕　傅璇琮：《唐才子傳校箋》，第2冊，卷4，頁106。冷朝陽進士及第後，不待授官，即歸金陵省親，錢起〈送冷朝陽擢第後歸金陵觀省〉、韓翃〈送冷朝陽還上元〉以及此首贈別。三說地點名稱不同，但是實際所指一致。

到袁州任職之間，〔註116〕他在長安曾有短期任職或停留。

　　詩中對於冷朝陽的能力是高度稱讚的，〔註117〕對於江寧等待冷朝陽的親人而言，也予以歡欣鼓舞的氣氛呈現；至於他呢，離情就如同飛過江浦的鷗鳥，不管在南還是在北，離愁如展翼總是不斷延續的。至於韓翃〈送客還江東〉：

> 還家不落春風後，數日應沽越人酒。池畔花深鬥鴨欄，橋邊雨洗藏鴉柳。遙憐內舍著新衣，復向鄰家醉落暉。把手閒歌香橘下，空山一望鷓鴣飛。（《全唐詩》，第 8 冊，卷 243，頁 2729。）

韓翃（生卒年不詳）字君平，南陽人，與盧綸爲大曆十才子之一。〔註118〕天寶十三載（西元 754）進士。

　　在《全唐詩》中收錄有一百六十八首，其中以「送」爲題的就有91 首，數量頗爲龐大。而這與他「少負才名，天寶末年舉進士，孤貞靜默，所與游皆當時名士。」〔註119〕必定有關。這首送客之詩，客是誰不得而知，但時節爲「不落春風」後，所以前半段以「春猶在池花深」爲伴，「柳色清新中」帶別意。下半段則以情湧入，將客回江東，如同空山鷓鴣飛，黯然而去。顯見醉意雖濃，閒歌雖起，但是離別之情卻是勝過一切。

　　韓翃另有〈送客還江東〉：「不妨高臥順流歸，五兩行看掃翠微。鼯鼠夜喧孤枕近，鷓鴣曉避客船飛。一壺先醉桃枝簟，百和初熏苧布衣。君到新林江口泊，吟詩應賞謝玄暉。」〔註120〕詩中只有鷓鴣曉

〔註116〕　傅璇琮：《唐才子傳校箋》，第 1 冊，卷 3，頁 477～478。

〔註117〕　傅璇琮：《唐才子傳校箋》，第 2 冊，卷 4，頁 107。自狀元以下，一時名上大夫及詩人李嘉祐、享端、韓翃、錢起等，大曾賦詩擧餞。以一郎衣，才名如此，人皆羨之。按《全唐詩》收錄，並無李端餞別之作。

〔註118〕　〔宋〕歐陽修、宋祁合撰，楊家駱主編：《新校本新唐書》，列傳卷203，〈列傳第 128．文藝下．盧綸〉，頁 5786。

〔註119〕　〔唐〕孟棨：《本事詩》，《景印文淵閣四庫全書》，第 1478 冊，集部 417 詩文評類，〈情感第 1〉，頁 234。

〔註120〕　〔清〕聖祖御定：《全唐詩》，第 8 冊，卷 245，頁 2753。

避客船飛，比起上一首來，少了些離愁。

除了鷗鴣之外，鴻雁也是表達思念寄託關懷的載體，先以錢起〈送李九貶南陽〉爲例：

> 玉柱金罍醉不歡，雲山驛道向東看。鴻聲斷續暮天遠，柳影蕭疏秋日寒。霜降幽林霑蕙若，弦驚翰苑失鴛鸞。秋來回首君門阻，馬上應歌行路難。（《全唐詩》，第8冊，卷239，頁2668～2669。）

錢起（西元 722？～785？）此詩題中所指「李九」是否指其朋友李端，仍待商榷。在這首詩之前原有〈送李九歸河北〉：「文武資人望，謀猷簡聖情。南州初臥鼓，東土復維城。寄重分符去，威仍出閫行。斗牛移八座，日月送雙旌。別戀瞻天起，仁風應物生。佇聞收組練，鏘玉會承明。」〔註 121〕其心情與寄望飽足，對於「鏘玉」可承明，也予以肯定。

全詩以七言律詩進行，第一聯是喝酒餞別，但顯然「醉不成歡慘將別」〔註122〕成了主調；頸聯則承上之「向東看」，讓拉開的暮色、柳蕭疏，天遠、秋日寒，特別是「鴻聲」斷續的摹寫，爲即將貶官之路鋪陳著；頷聯落於人事上，失去一個可以軒輊的好夥伴，是朝廷也是自己的損失；最後更替未來回朝行路難，埋下不安的伏筆。

所有的意象都沒有失去「共事之人」來得悲傷，更沒有鴻鳴一聲接著一聲來得擾亂驚心。至於另一首〈送征雁〉：

> 秋空萬里淨，嘹唳獨南征。風急翻霜冷，雲開見月驚。塞長怯去翼，影滅有餘聲。悵望遙天外，鄉愁滿目生。（《全唐詩》，第7冊，卷237，頁2625。）

這首詩頗能合乎近代聞一多所論：「錢起詩歌中較少使用典故，不像老杜那樣在詩句中密密織進許多典故，沒有前人『掉書袋』的習氣。」

〔註121〕〔清〕聖祖御定：《全唐詩》，第8冊，卷238，頁2658。

〔註122〕〔清〕聖祖御定：《全唐詩》，第13冊，卷435，頁4822。白居易〈琵琶行〉。

〔註 123〕畢竟作爲離亂世代的一份子，一個輕壯的生命，無法逃脫於
天地之間，就算派上最佳的典故與舊實，又有何用。詩中的征雁，用
於任何「獨南征」的生命，他或許因戰爭而遷徙，他或許因爲貶謫而
向南；而這經年的南飛雁，共同的是「悵望遙天外」，皆是「鄉愁滿
目生」的。還有徐鉉〈聞雁寄故人〉別是另一種情思：

> 久作他鄉客，深慚薄宦非。不知雲上雁，何得每年歸。夜
> 靜聲彌怨，天空影更微。往年離別淚，今夕重霑衣。(《全唐
> 詩》，第 22 冊，卷 752，頁 8557。)

徐鉉（西元 916～991）字鼎臣，廣陵人。十歲能屬文，不妄游處，
與韓熙載齊名，江東謂之「韓徐」。仕吳爲祕書郎。又仕南唐，歷中
書舍人、翰林學士、吏部尚書。〔註124〕歸宋，爲散騎常侍，坐貶卒。
文思敏速，不喜預作，宋代魏泰評其詩：「流暢有餘而深警不足，唯
〈喜李少保卜鄰詩〉：『井泉分地脈，砧杵共秋聲。』此句尤閒遠也。」
〔註125〕凡所撰述，往往執筆立就。

　　這首詩並非經由「見」的視覺所引發，而是透過「聞」一字所帶
起，顯然「雁聲」必定令人動容；而寄予的對象卻不是家人而是「老
友」，其「有隔」之感染力別具愁緒。詩中以「久作他鄉客，深慚薄
宦非」道出人在異鄉官運未亨，徒留濃烈思鄉情緒；次又論及人不如
雁，雁可每年歸，而自己難以抽身；特別是夜晚來襲，雁影難見，但
聲音喈喈含怨，仿如自己人微言輕，不受重用；既然無所掙脫，此刻
只有「淚水」，可以表白內心的思念與愁苦。

　　徐鉉的詩平易淺切，眞率自然，不押險韻，不用奇字，頗近白居
易詩風。〔註126〕這首詩可以獲得印證，也從中感受友朋之間的眞情。

〔註 123〕　聞一多：《唐詩雜論》(上海：上海古籍出版社，1998 年)，頁 3～5。
〔註 124〕　〔元〕脫脫等撰，楊家駱主編：《新校本宋史》(台北：鼎文書局，
　　　　　　1979 年)，卷 441，〈列傳第 200・文苑 3〉，頁 13044。
〔註 125〕　〔宋〕魏泰：《臨漢隱居詩話》，《景印文淵閣四庫全書》，第 1478
　　　　　　冊，集部 417 詩文評類，頁 272。
〔註 126〕　〔宋〕晁公武：《郡齋讀書志》(台北：台灣商務印書館，1978 年)，
　　　　　　頁 418。

（三）願君不忘分飛處，長保翩翩潔白姿

還有的離送詩是表達祝福與勉勵，內容中少了些悲傷，多了些正面的鞭策；但不管是祝福還是勉勵，都是一股強烈的力量。這些詩作，與禽鳥的結合，形象思維化更有其說服力。先以盧綸的〈賦得白鷗歌送李伯康歸使〉爲例：

> 積水深源，白鷗翻。倒影光素，于潭之間。銜魚魚落亂驚鳴，爭撲蓮叢蓮葉傾。爾不見波中鶄鶄閒無營，何必汲汲勞其生。柳花冥濛大堤口，悠揚相和乍無有。輕隨去浪杳不分，細舞清風亦何有。似君換得白鵝時，獨憑闌干雪滿池。今日還同看鷗鳥，如何羽翮復參差。復參差，海濤瀾漫何由期。（《全唐詩》，第 9 冊，卷 277，頁 3151。）

盧綸（西元 748～800？），字允言。唐河中蒲人（今山西永濟）。爲大曆十才子之一。〔註 127〕大曆中，詩人李端、錢起、韓翃輩能爲五言詩，而辭情捷麗，綸作尤工。至貞元末，錢、李諸公凋落，綸嘗爲懷舊詩五十韻，敘其事曰：「吾與吉侍郎中孚、司空郎中曙、苗員外發、崔補闕峒、耿拾遺湋、李校書端，風塵追遊，向三十載。數公皆負當時盛稱，榮耀未幾，俱沉下泉。傷悼之際，暢當博士追感前事，賦詩五十韻見寄。輒有所酬，以申悲舊，兼寄夏侯審侍御。」〔註 128〕綸之才思，備受唐文宗器重，嘗問侍臣曰：「盧綸集幾卷？有子弟否？」李德裕對曰：「綸有四男，皆登進士第，今員外郎簡能、侍御史簡辭

〔註 127〕 盧綸字允言，河中蒲人。避天寶亂，客鄱陽。大曆初，數舉進士不入第。元載取綸文以進，補閿鄉尉。累遷監察御史，輒稱疾去。坐與王縉善，久不調。渾瑊鎮河中，辟元帥判官，累遷檢校户部郎中。嘗朝京師，是時，舅韋渠牟得幸德宗，表其才，召見禁中，帝有所作，輒使賡和。異日問渠牟：「盧綸、李益何在？」答曰：「綸從渾瑊在河中。」驛召之，會卒。參見〔宋〕歐陽修、宋祁合撰，楊家駱主編：《新校本新唐書》，卷 203，〈列傳第 128・文藝下・盧綸〉，頁 5785。

〔註 128〕 〔後晉〕劉昫撰，楊家駱主編：《新校本舊唐書》，卷 163，〈列傳 113・盧簡辭〉，頁 4269。

是也。」〔註129〕即遣中使詣其家，令進文集。

　　盧綸遭逢藩鎮割據，社會矛盾日益激化的中唐亂世，雖然數舉未中，但也歷經十多年的幕府生涯，所以對於軍中各階層十分了解；而且早年就離鄉背井，備嘗各種艱辛，其心態總是可以反映出「體察民心」的眞性情。不過這首屬於酬送之詩，在《全唐詩》收錄的三百五十二首詩中，有三分之一都是類似的作品。明代許學夷曾評論：「中唐五言律……綸如『隔窗棲白鳥』；七言律，綸如『聞逐樵夫』、『野日初晴』……；七言絕，綸如『出關愁暮』、『登登山路』等篇，句法音調已入晚唐。」〔註130〕與這些酬贈之詩不無關係。透過這些詩，記錄著中唐時期與之交遊者的相關資料，李伯康就是一個。

　　李伯康，郴州刺史。〔註131〕此詩通篇以「隝鴩閒無營」〔註132〕與鷗鳥「汲汲勞其生」相對照，一再強調隱居生活之可羨，當爲貞元九年（西元793）由隱而仕後所作。〔註133〕在詩中主訴他將歸使，〔註134〕所以盧綸就其個性贈以〈白鷗歌〉，頗有規勸與期待。

　　詩以樂府體進行，有別於以往詩人對於鷗鷺一類禽鳥之悠閒書

〔註129〕　〔後晉〕劉昫撰，楊家駱主編：《新校本舊唐書》，卷 163，〈列傳113・盧簡辭〉，頁 4269。

〔註130〕　〔明〕許學夷：《詩源辨體》（天津：天津古籍出版社，1996 年），卷 21，頁 79。

〔註131〕　「李伯康貞元五年（789）前，曾任閬州司倉掾，下邽、福昌等縣尉，皆有能名。貞元五年，再集茶蔘，終喪猶毀，不交人事，屏居池陽，以耕植爲業。九年（793）春，西鄙不靖，詔城五原以備邊。鄜坊節將選重賢佐，以厚禮辟召，實董塞門之役。不愆於素，抑有勞焉。拜監察御史，轉殿中丞等官。永貞元年（805）卒於郴州刺史任所。」參見〔唐〕盧綸著，劉初棠：《盧綸詩集校注》（上海：上海古籍出版社，1989 年），頁 242，〈注曰〉。

〔註132〕　此依〔唐〕盧綸著，劉初棠：《盧綸詩集校注》，頁 242，據《英華》本所改。

〔註133〕　〔唐〕盧綸著，劉初棠：《盧綸詩集校注》，頁 242，〈注曰〉。

〔註134〕　安史之亂後，使之「名號益廣，大抵生於置兵，盛於興利，普於銜命，於是爲使則重，圍觀則輕。」參見〔唐〕李肇：《唐國史補》，《景印文淵閣四庫全書》，第 1035 冊，子部 341 小說家類，頁 442。

寫，此將鷗之忙碌貪婪全然呈現；至於像「隔鳽」之類的鵝鴨等，卻
是悠哉自在的。緊接著的是見柳花而有「興」筆聯想，回憶起過去李
伯康隱居歲月中，過的是與王羲之一樣鵝滿池且淡泊名利的生活；而
如今鷗鳥「羽翮復參差」鼓翼而去，不僅離別在即，未來「海濤瀾漫」
的世態，可能已不是自己可以掌握的。另外一首徐鉉的〈又題白鷺洲
江鷗送陳君〉：

> 白鷺洲邊江路斜，輕鷗接翼滿平沙。吾徒來送遠行客，停
> 舟為爾長歎息。酒旗魚艇兩無猜，月影蘆花鎮相得。離筵
> 一曲怨復清，滿座銷魂鳥不驚。人生不及水禽樂，安用虛
> 名上麟閣。同心攜手今如此，金鼎丹砂何寂寞。天涯後會
> 眇難期，從此又應添白髭。願君不忘分飛處，長保翩翩潔
> 白姿。（《全唐詩》，第 22 冊，卷 756，頁 8606。）

徐鉉（西元 916～991）的這首詩題為「又題」顯然不是第一次，但
從其作品中又未見之前的相關線索；而陳君也有幾個，但都難以指
出。倒是這首詩尚稱平易，透過「白鷺洲」上的江鷗以寄意。

全詩以七言古體進行，因江鷗而起興，因江鷗之形貌與習性而勉
人。第一層在江邊送客，其為爾「長歎息」不僅有別意也有慨歎之情；
第二層則是從餞別的畫面帶入，離筵一曲總是幽怨的，但是外物卻是
不解人之苦；第三層以「仕與隱」之間的矛盾闡發，暗喻人生不見得
汲汲營營才會快樂；最後一層的視覺中以「白」為基調，一個煩惱頻
添髭髮蒼，一個勉人學習白鷗身翼潔；不管未來是否無歸期，但是保
有念舊與純淨的操守，卻是可以慰勉的。

學者張法從文化的觀點分析以為：「對我們來說，在肯定有別必
怨的前提下，應著重區別兩種悲，正常之悲和悲劇意識之悲。正常之
悲的離別，一般包含著相輔相成的方面：其一，可傷，因為畢竟是離
別；其二，不傷，因為離別不是走下坡，他可能是奔向好的前程。」
〔註 135〕既然不是走下坡也不是死別，那麼這幾首鷗鳥入詩之祝福或

〔註 135〕 張法：《中國文化與悲劇意識》（北京：中國人民大學出版社，1989

勉勵，總是必要的。

（四）恐聞黃鳥啼，蘭無香氣鶴無聲

可惜有些時候真正所面臨的不只是生離，還有的是死別，有關這類作品在《全唐詩》收錄還不在少數。既是死別，那麼那個送字背後，必是哀戚無絕期的，但也有的是例外的。如顧況的〈送柳宜城葬〉一首：

鳴笳已逐春風咽，匹馬猶依舊路嘶。遙望柳家門外樹，恐聞黃鳥向人啼。（《全唐詩》，第 8 冊，卷 267，頁 2966。）

顧況（西元 725～814？）字逋翁，蘇州人。能為歌詩，性詼諧，雖王公之貴與之交者，必戲侮之，然以嘲誚能文。〔註 136〕人多狎之。

詩中的柳宜城就是柳渾，曾封於宜城縣，故名。柳渾，字夷曠，襄州人，其先自河東徙焉。〔註 137〕性放曠，不甚檢束，貞元五年二月，以疾終，年七十五。有文集十卷。當柳渾輔政時，以校書郎徵（顧況）。復遇李泌繼入，自謂己知秉樞要，當得達官，久之方遷著作郎，況心不樂，求歸於吳。而班列官，咸有侮玩之目，皆惡嫉之。及泌卒，不哭，而有調笑之言，為憲司所劾，貶饒州司戶。有文集二十卷。登

年），頁 54。

〔註 136〕〔後晉〕劉昫撰，楊家駱主編：《新校本舊唐書》，卷 130，〈列傳第 80・李泌・顧況〉，頁 3625。

〔註 137〕〔後晉〕劉昫撰，楊家駱主編：《新校本舊唐書》，卷 125，〈列傳第 75・柳渾〉，頁 3553～3555。曾言：「五帝無語誓之盟，皆在季末。今盛明之代，豈又行於夷狄！人面獸心，難以信結，今日盟約，臣竊憂之。」李晟繼言曰：「臣生長邊城，知蕃戎心，今日之事，誠如渾言。」上變色曰：「柳渾書生，未達邊事，大臣智略，果亦有斯言乎！」皆頓首俯伏，遽令歸中書。其夜三更，邠寧節度韓遊瓌驛叩苑門，奏盟會不成，將校覆沒，兵臨近鎮，上驚歎，即遞其表以示渾。詰旦，臨軒慰勉渾曰：「卿文儒之士，而萬里知軍戎之情。」自此驟加禮異。時張延賞與渾同列，延賞怙權矜己，而嫉渾守正，俾其所厚謂渾曰：「相公舊德，但節言於廟堂，則重位可久。」渾曰：「為吾謝張相公，柳渾頭可斷，而舌不可禁也。」自是為其所擠，尋除常侍，罷知政事。」

進士第，累佐使府，﹝註138﹞亦有詩名于時。

　　若眞如史書所言：「贈柳宜城辭句，率多戲劇，文體皆此類也。」﹝註139﹞那麼在《全唐書》中收錄顧況贈柳宜城詩共有三首，最有可能「率多戲劇」的是這首〈宜城放琴客歌〉：「佳人玉立生此方，家住邯鄲不是倡。頭髻彭委鬢手爪長，善撫琴瑟有文章。新妍籠裙雲母光，朱絃綠水喧洞房。忽聞斗酒初決絕，日暮浮雲古離別。巴猿啾啾峽泉咽，淚落羅衣顏色暍。不知誰家更張設，絲履牆偏釵股折。南山闌干千丈雪，七十非人不暖熱。人情厭薄古共然，相公心在持事堅。上善若水任方圓，憶昨好之今棄捐。服藥不如獨自眠，從他更嫁一少年。」﹝註140﹞眞是極盡戲謔。其次是這首〈柳宜城鵲巢歌〉：「相公宅前楊柳樹，野鵲飛來復飛去。東家斫樹枝，西家斫樹枝。東家西家斫樹枝，發遣野鵲巢何枝。相君處分留野鵲，一月生得三箇兒。相君長命復富貴，口舌貧窮徒爾爲。」﹝註141﹞其序曰：「俗傳鵲巢在南，令人貧窮，多口舌。東西家者，已斫樹枝，公獨任其乳育。於鳥如此，於人可知，況承命歌曰。」言語間頗多微辭。至於這首〈送柳宜城葬〉呢，雖然人都死了，但顧況在春風哽咽，馬嚘嘶之後，還是帶著微酸的語調，寫道：「恐聞黃鳥向人啼」與之野鵲「巢何枝」仍有異曲同工之嘲。而王建的〈哭孟東野，二首之一〉：

　　　　吟損秋天月不明，蘭無香氣鶴無聲。自從東野先生死，側
　　　　近雲山得散行。（《全唐詩》，第9冊，卷301，頁3434。）

王建（西元768～830？），字仲初，穎川人，《兩唐書》無傳。因爲出身「衰門」又無科第，﹝註142﹞只外府從事。

﹝註138﹞〔後晉〕劉昫撰，楊家駱主編：《新校本舊唐書》，卷130，〈列傳第80‧李泌‧顧況〉，頁3625。

﹝註139﹞〔後晉〕劉昫撰，楊家駱主編：《新校本舊唐書》，卷130，〈列傳第80‧李泌‧顧況〉，頁3625。

﹝註140﹞〔清〕聖祖御定：《全唐詩》，第8冊，卷265，頁2947。

﹝註141﹞〔清〕聖祖御定：《全唐詩》，第25冊，卷883，頁9976。

﹝註142﹞傅璇琮主編：《唐才子傳校箋》，第2冊，卷4，頁150～152。辛文房言及大曆十年進士及第一事，乃據《郡齋讀書志》等記載，而有

　　這首〈哭孟東野〉的詩是表達弔祭孟郊之意。孟郊（西元 751～814），少隱於嵩山，稱處士。李分司洛中，與之遊。薦於留守鄭餘慶，辟爲賓佐。性孤僻寡合，韓愈一見以爲忘形之契，常稱其字曰東野，與之唱和於文酒之間。鄭餘慶鎮興元，又奏爲從事，辟書下而卒。餘慶給錢數萬葬送，贍給其妻子者累年。〔註 143〕其他生前韓愈、李翺、張籍、賈島等好友，也全力爲他籌辦喪事。

　　死後時人後輩則有一些悼念詩，如賈島、貫休以及王建。李建崑教授就論述到：「其中如王建在〈哭孟東野，二首之二〉中言：『老松臨死不生枝，東野先生早哭兒。但是洛陽城裏客，家傳一本杏殤詩。』王建此詩，雖僅提及〈杏殤〉，卻由此可知孟郊在洛陽詩壇，頗負時譽。至於賈島在〈弔孟協律〉中悼念孟郊說：『才行古人齊，生前品位低。葬時貧賣馬，逝日哭惟妻。孤塚北邙外，空齋中嶽西。詩集應萬首，物象徧曾題。』雖然是針對孟郊才高位低，一生窮窘，卻作詩不輟而說。但是此詩最後兩句頗值得注意。由『詩集應萬首』一句，足見孟郊在世時，作品不少；復由『物象徧曾題』一句來看，孟郊詩歌題材內容，應有相當程度的開闊與多樣性，只是不幸大多數詩篇都已亡佚罷了。至於貫休〈讀孟郊集〉則盛稱孟郊詩：『清剭霜雪隨，吟動鬼神司。舉世言多媚，無人師此師。因知吾道後，冷淡亦如斯。』此亦就其生前格調之高、技法之奇，以及死後寂寞無聞，所生感歎。」〔註 144〕三人切入觀點各有不同。

　　而這首〈哭孟東野，二首之一〉的起筆，是十分沉痛的，因爲「月

　　此說。然後世考證者譚優學全盤推翻，並依據聞一多《唐詩大系》
　　或劉大杰、游國恩等《文學史》等推定，西元 768（大曆三年）或
　　是西元 766（大曆元年）是其出生年，則大曆十年，他還不到十歲，
　　如何中第？是以斷然否定。亦即他未及第，只好外府從事。

〔註 143〕〔後晉〕劉昫撰，楊家駱主編：《新校本舊唐書》，卷 160，〈列傳第
　　110・孟郊〉，頁 4204～4205。

〔註 144〕李建崑：〈孟郊詩歷代評論資料述論〉，《國立中興大學文史學報》
　　第 27 期，（1997 年 6 月），頁 15～16。論者按孟郊連產三子皆不幸
　　夭折。元和二、三年孟郊喪失幼嬰，曾作〈杏殤〉九首，悽苦萬分。

不明」、「蘭無香氣」、「鶴無聲」，想要吟詠竟是如此不圓滿的；後半段則點出何以不圓滿，原因是「東野先生死」！這一死，側近雲山得散行；既散行，那麼鶴無聲，更難見蹤影。

其他則尚有賈島〈哭孟郊〉：「身死聲名在，多應萬古傳。寡妻無子息，破宅帶林泉。塚近登山道，詩隨過海船。故人相弔後，斜日下寒天。」〔註 145〕以及〈哭孟東野〉：「蘭無香氣鶴無聲，哭盡秋天月不明。自從東野先生死，側近雲山得散行。」〔註 146〕賈島還真是愛哭又有情，所悼念的亡魂頗多；而其中〈哭孟東野〉則與王建大同小異。

這些時人後輩的感悼之作，看在後世學者評騭考察，認為仍未脫離韓愈所評論的範圍。〔註 147〕不過能讓詩人提筆書之，除了有其影響力之外，歷史永遠都為創造者提供無窮機會。

第二節 禽鳥為題，爭勝唱和

詩人與詩人間，彼此就同一議題而贈答贈和是常有的事，畢竟「獨學而無友，則孤陋而寡聞。」〔註 148〕故為學或為文者，必廣交同好，藉以達切磋琢磨的效果。而這類的交遊過程，一般作者甚少會有系統性的紀錄，但擅長寫詩者，其彼此酬酢所留下的詩，往往提供更清晰的互動關係。

以詩代替書簡，作為互動或是傳訊，前人又有寄、酬、答、和、贈、呈、獻、示、送等不同名稱；而以「贈答」之名概括者，始於《文選》。〔註 149〕顧名思義，「酬」、「答」之類的詩應先有一方贈詩，受

〔註 145〕〔清〕聖祖御定：《全唐詩》，第 17 冊，卷 572，頁 6632。
〔註 146〕〔清〕聖祖御定：《全唐詩》，第 17 冊，卷 574，頁 6689。
〔註 147〕李建崑：〈孟郊詩歷代評論資料述論〉，《國立中興大學文史學報》第 27 期，（1997 年 6 月），頁 16。
〔註 148〕〔唐〕孔穎達：《禮記正義》，〔清〕阮元：《十三經注疏》（台北：藝文印書館，1993 年），〈學記〉，第 18 卷，頁 652。
〔註 149〕〔南朝梁〕蕭統：《文選‧附考異》，頁 341～380。在《文選》並無

方就來詩回覆，有往有來；而「贈」、「呈」、「寄」、「示」、「獻」等詩，至少表現了創作者藉以顯示的主動與熱情。褚斌杰就認為，酬贈唱和詩應該包含兩層內涵：「『贈』是先作詩送給別人，『答』是就來詩旨意進行回答，前者即稱『唱』，後者即稱『和』。但若只有贈詩而無答詩，那麼前者就不能稱『唱』了。贈詩在詩題上一般標出『贈、送、呈、寄』等字樣，而不標『唱』；而答詩則標『答、酬』或直接標『和』字，為了表示敬重，還可以稱『奉答』、『奉酬』或『奉和』，即交往之詩。」〔註 150〕而岳娟娟則是提出在同次集會、酒宴上創作的同題詩、應制詩、聯句詩也都稱為和詩，也不無道理。

　　但不管是主動創作的贈詩、寄詩、唱詩，抑或被動回應的酬詩、答詩、和詩，皆貴在情意之交流與溝通。清朱庭珍《筱園詩話》評此類詩云：「贈答酬和之作，但有深意，有至情，即是真詩，自應存以傳世，不得謂之應酬。即投贈名公巨卿，或感其知，或頌其德，或紀其功，或述其義，但使言由衷發，無溢美逾分之詞，則我繫稱情而施，彼亦實足當之，有情有文，仍是真詩。」〔註 151〕意即彼此交流的結果，都不脫爭勝之旨。

　　當然詩人寫詩贈和，就隱含著被理解的期待，而「以其意和之，則更新奇」或「必答其來意」，無非說明答詩、和詩須回應來詩之必要，同時也凸顯接受者在閱讀來詩時，決不是單純、單向或被動的接受；它同時必然包含著接受者對作品思想情感的思索、感想、補充或闡發。一贈一答，「扣之則應，往來反復」，終而產生「有餘味」之藝

贈答　詞之釋義。考察《文選》「贈答」類目所收錄之詩篇，主要以贈、答一類名之，其他尚有見、與、呈、示、獻、酬、和等名。對此江雅玲《文選贈答詩流變史》一書將之歸於修辭學中代替格之用法，詳參見其書（台北：文津出版社，1999 年），頁 19～29。

〔註 150〕　褚斌杰：《中國古代文體概論》（北京：北京大學出版社，1990 年），頁 260。

〔註 151〕　〔清〕朱庭珍：《筱園詩話》，郭紹虞編選：《清詩話續編》（台北：木鐸出版社，1983 年），卷 4，頁 2405～2406。

術效用。從這個角度看,贈答或是唱和詩無疑是所有詩類中,最直接發揮詩教「興、觀、群、怨」作用的一類創作。〔註 152〕以此觀之「禽鳥入詩」的作品,其感情有無投入,就是優劣的關鍵所在;而經由如此的往來反復,留連萬象的生命起伏,也多了側面的印證。正如近代魯迅先生所說:「一同賦詠的詩可以讓我們一面看作者的文章,一面又可以見到他和別人的關係:他的作品比之同詠者,高下如何,他為什麼要說這些話……。」〔註 153〕不管如何,藉由以下三個層面的分析,伯仲高下見仁見智。

一、「和答」並用,或異或同

　　朋友之間的切磋交流,有時談論的是互相體恤互取溫暖;有時涉及到的是彼此對於時事的關注,交換各自的意見。而就「唱和」二字為名的唱和活動,趙以武明確表示:「唱和詩始於東晉末年,是陶淵明首先寫開的。」〔註 154〕雖然當時尚不多見,但的確有了明確的開始。到了唐代,以詩取士促進這股風氣的大流行,在《唐詩紀事》中記錄著:「凡天子饗會游豫,唯宰相直學士得從。……帝有所感即賦詩,學士皆屬和,當時人所欽慕。然皆狎猥佻佞,忘君臣禮法,惟以文華取幸。」〔註 155〕沈佺期、宋之問、閻朝隱等在此活動中可說是大出風頭。開元年間,詩人更加頻繁唱和,王之渙、王昌齡、崔國輔等人的「聯唱迭和,名動一時。」〔註 156〕到了中唐,唱和風氣更是蓬勃發展,在中唐時期詩文革新運動中,由於白居易等人的倡導,唱和詩的寫作,在數量上急驟增加。從《新唐書・藝文志》載錄的情況看,有將近三

〔註 152〕　吳元嘉:〈張九齡贈答詩與興觀群怨之詩教〉,《嘉義吳鳳學報》,（2007 年 12 月）,第 15 期,頁 150。

〔註 153〕　魯迅:《魯迅全集》(台北:谷風出版社,1990 年),第六冊,頁 428。

〔註 154〕　趙以武:〈和意不和韻:試論中唐以前唱和詩的特點與體制〉,《甘肅社科學學報》,第 3 期,(1997 年 2 月),頁 55。

〔註 155〕　〔宋〕計有功輯撰:《唐詩紀事》,上冊,〈李適〉,頁 114。

〔註 156〕　〔唐〕白居易著,顧學頡校點:《白居易集》(北京:中華書局,1979 年),卷 42,〈故滁州刺史贈刑部尚書榮陽鄭公墓誌銘并序〉,頁 923。

十種唱和詩集在中、晚唐出現過。〔註157〕而晚唐則有出現皮日休、陸龜蒙這些令人矚目的唱和詩人，歷久不衰的風氣，此後沒斷絕過。

不管是酬答還是唱和，因為讀者明確，只是題目上標示與否而已，而這裡的讀者當然是指「那個友人」。因此在寫作時的意圖便不須隱藏，不過也因為意圖明確，原本的主體（主述的詩人）與客體（受贈者）的重要性，都可能因為意圖的彰顯，而略減許多。而至於選材上，雖希望提出詩題中各有「酬、贈、和、答」之不同指標者，然「而立意迥異者為答」〔註158〕的作品，如白居易〈池鶴八絕句〉中的鶴答其他禽類之詩是最具代表性的，惟並無「酬、贈」之作家，故將其放於本論文第二章，不宜列於此單元。而本文只找到一個元、裴贈答之較為妥適的例子，並加以論述；至於其他相關詩作，多不涉及「禽鳥」、或只有「酬」而無「贈」，是以可舉例者，幾乎等於零，就不作討論。本節則專以「所指立意與對方相同者稱和」的詩篇為實例，這些詩篇不僅能與禽鳥互為表裡，並且傳遞彼此的重要「意」。

對於相和之詩，明代胡應麟評曰：「餘嘗歷考古今一時並稱者，多以遊從習熟，倡和頻仍，好事者因之以成標目。中間或品格差肩，以蹤跡離而不能合；或才情迥絕，以聲氣合而不得離，難概論也。」〔註159〕顯見唱和酬寄，是詩人間的大事。而對於唱和酬寄的「相和」是指彼詩與我詩的立意相同或是類似而言，而按照這一原則，「和意」變成了「同意」，唱和詩與贈答詩的寫作角度渾然無別。〔註160〕不過

〔註157〕 趙以武：〈和意不和韻：試論中唐以前唱和詩的特點與體制〉，第3期，（1997年2月），頁59。

〔註158〕 白居易曾於〈和答詩十首并序〉有言「假中稍閒，且摘卷中尤者，繼成十章，亦不下三千言。共間所見同者固不能自異，異者亦不能強同。同者謂之和，異者謂之答。」這是白居易從元稹自江陵寄來的17首詩作中挑出10首，寫成7首和詩、3首答詩的原則。參見〔清〕聖祖御定：《全唐詩》，第13冊，卷425，頁4680～4681。

〔註159〕 〔明〕胡應麟：《詩藪》（台北：廣文書局，1973年），〈外編3〉，頁528～529。

〔註160〕 趙以武：〈和意不和韻：試論中唐以前唱和詩的特點與體制〉，《甘

這當中，白居易則將「和答」一併處理，而其情志兼容。

（一）坦然面對，不以物傷性

貶官是唐代政治人物不可逃避於天地之間的情事，而每個被貶抑的個體，大都與南方脫離不了關係。謝元魯先生曾經根據《冊府元龜》的記載，統計出：「唐代官吏貶謫左降的地點共有六十一個州府，其分佈地區為：江南西道 13，江南東道 12，山南西道 6，山南東道 7，嶺南道 10，劍南道 5，黔中道 2，河東道 4，河北道 2，河南道 2。」〔註161〕他並說：「由上述不完全統計來看，唐代官吏貶謫左降地點，遍及全國。除西京長安所在的京畿道和關內道，洛陽所在的都畿道以及淮南道、隴右道之外，全國各道均為貶謫官吏之地。而其中，又以江南東西道、山南東西道為多，嶺南道和劍南道次之。可見唐代官吏左降地區，主要是在南方的長江下游地區。」〔註162〕可知南方地區，是唐代文人遭受貶降時常去之地。因為地處偏遠，詩人輾轉到此，頃刻間形同羈囚，身心俱疲下，思歸的興起由然而起，即便是唱和，也很難脫離這個議題。

茲先以元白二人唱和為例，第一組是元稹〈思歸樂〉、白居易〈和答詩十首之一，和思歸樂〉：

> 山中思歸樂，盡作思歸鳴。爾是此山鳥，安得失鄉名。應
> 緣此山路，自古離人征。陰愁感和氣，俾爾從此生。我雖

肅社科學學報》，第 3 期，（1997 年 2 月），頁 59。

〔註161〕 謝元魯：〈唐代官吏的貶謫流放與赦免〉，《中國古代社會研究————慶祝韓國磐先生八十華誕紀念論文集》（廈門：廈門大學出版社，1998 年），頁 95～108。

〔註162〕 謝元魯：〈唐代官吏的貶謫流放與赦免〉，《中國古代社會研究————慶祝韓國磐先生八十華誕紀念論文集》，頁 108。他的結論大體上是正確的，但是李方辯駁：「所謂隴右道不是官吏左降的地點」的看法卻不準確。事實上，唐代隴右道的西州和庭州都有貶謫官吏。我們在史書和傳世墓誌中看到，裴行儉和袁公瑜就是貶謫到西州的官員，而來濟則是貶謫到庭州的官員。參見李方：〈唐代西域貶謫官吏〉，《新疆大學學報》，第 35 卷第 6 期，（2007 年 11 月），頁 55。

失鄉去，我無失鄉情。慘舒在方寸，寵辱將何驚。浮生居大塊，尋丈可寄形。身安即形樂，豈獨樂咸京。命者道之本，死者天之平。安問遠與近，何言殤與彭。君看趙工部，八十支體輕。交州二十載，一道長安城。長安不須史，復作交州行。交州又累歲，移鎮廣與荊。歸朝新天子，濟濟爲上卿。肌膚無瘴色，飲食康且寧。長安一晝夜，死者如賈星。喪車四門出，何關炎瘴縈。況我三十二，百年未半程。江陵道塗近，楚俗雲水清。遐想玉泉寺，久聞峴山亭。此去盡綿歷，豈無心賞幷。紅餐日充腹，碧澗朝析醒。開門待賓客，寄書安弟兄。閑窮四聲韻，悶閱九部經。身外皆委順，眼前隨所營。此意久已定，誰能求苟榮。所以官甚小，不畏權勢傾。傾心豈不易，巧詐神之刑。萬物有本性，況復人性靈。金埋無土色，玉墜無瓦聲。劍折有寸利，鏡破有片明。我可俘爲囚，我可刃爲兵。我心終不死，金石貫以誠。此誠患不至，誠至道亦亨。微哉滿山鳥，叫噪何足聽。（〈思歸樂〉，《全唐詩》，第12冊，卷396，頁4449～4450。）

山中不棲鳥，夜半聲嚶嚶。似道思歸樂，行人掩泣聽。皆疑此山路，遷客多南征。憂憤氣不散，結化爲精靈。我謂此山鳥，本不因人生。人心自懷土，想作思歸鳴。孟嘗平居時，娛耳琴泠泠。雍門一言感，未奏淚霑纓。魏武銅雀妓，日與歡樂幷。一旦西陵望，欲歌先涕零。峽猿亦何意，隴水復何情。爲入愁人耳，皆爲腸斷聲。請看元侍御，亦宿此郵亭。因聽思歸鳥，神氣獨安寧。問君何以然，道勝心自平。雖爲南遷客，如在長安城。云得此道來，何慮復何營。窮達有前定，憂喜無交爭。所以事君日，持憲立大庭。雖有迴天力，撓之終不傾。況始三十餘，年少有直名。心中志氣大，眼前爵祿輕。君恩若雨露，君威若雷霆。退不苟免難，進不曲求榮。在火辨玉性，經霜識松貞。展禽任三黜，靈均長獨醒。獲戾自東洛，貶官向南荊。再拜辭闕下，長揖別公卿。荊州又非遠，驛路半月程。漢水照天碧，楚山插雲青。江陵橘似珠，宜城酒如餳。誰謂譴謫去，

未妨遊賞行。人生百歲內，天地暫寓形。太倉一稊米，大
海一浮萍。身委逍遙篇，心付頭陀經。尚達死生觀，寧爲
寵辱驚。中懷苟有主，外物安能縈。任意思歸樂，聲聲啼
到明。（〈和答詩十首之一，和思歸樂〉，《全唐詩》，第 13 冊，卷 425，
頁 4680～4681。）

元稹（西元 779～831）在此詩一開頭也有另一寫法「我作思歸樂」，
所以自述其「遭貶而思歸」的意圖強烈。

　　「思歸鳥」此一名稱最早完整出現於宋代。葉紹翁《四朝見聞
錄》：「思歸樂鳥，狀如鳩而慘色，三月則鳴。其音云：不如歸去。」
〔註163〕另外宋詩中也有諸多記錄，如范仲淹〈越上聞子規〉：「春山
無限好，猶道不如歸。」〔註164〕、楊萬里〈出永豐縣西石橋上聞子
規〉：「自出錦江歸不得，至今猶勸別人歸。」〔註165〕等等，於是杜
鵑等於思歸鳥獲得證實。〔註166〕而回溯到唐代，杜鵑鳥大多維持著
與望帝傳說的傳統；〔註167〕少數如雍陶〈聞杜鵑，二首之一〉的「碧
竿微露月玲瓏，謝豹傷心獨叫風。高處已應聞滴血，山榴一夜幾枝
紅。」、〈聞杜鵑，二首之二〉：「蜀客春城聞蜀鳥，思歸聲引未歸心。
卻知夜夜愁相似，爾正啼時我正吟。」〔註168〕算是讓杜鵑與「思歸」
牽上線。

〔註163〕　〔宋〕葉紹翁：《四朝見聞錄》，《唐宋史料筆記叢刊》（北京：中華
　　　　　書局，1989 年），頁 26。

〔註164〕　傅璇琮等主編：《全宋詩》（北京：北京大學出版社，1998 年），卷
　　　　　165，頁 1870。

〔註165〕　傅璇琮等主編：《全宋詩》，卷 2298，頁 26396。

〔註166〕　如在這之前的漢代揚雄所著《蜀王本紀》：「……其鳴爲『不如歸去』
　　　　　云云。」參見〔漢〕揚雄：《蜀王本紀》，《中國野史集成》（成都：
　　　　　巴蜀書社，1993 年），頁 212。另外明代《本草綱目·禽部三》：「杜
　　　　　鵑，其鳴若曰：不如歸去」參見〔明〕李時珍：《本草綱目》，《景
　　　　　印文淵閣四庫全書》，774 冊，子部 80 醫家類，頁 397。都沒有將
　　　　　思歸鳥與「不如歸去」連結。

〔註167〕　韓學宏：〈中國詩歌中的杜鵑〉（ttp://memo.cgu.edu.tw/fun-hon/91.
　　　　　htm），頁 12。

〔註168〕　〔清〕聖祖御定：《全唐詩》，第 15 冊，卷 518，頁 5922。

　　元稹（西元 779～831）一生坎坷，大部分的歲月都在離京、外任中度過，前前後後加起來長達三十一之久。〔註 169〕而這首〈思歸樂〉就寫於元和五年（西元 810）前往被貶的江陵途中。本詩是以長篇排律進行，〔註 170〕大抵可以分為五層。第一層由鳥的名字起興，聯想鳥名的由來。第二層則是自言並無失鄉之情，所以引莊子論述，強調「何言殤與彭」，〔註 171〕只要身安自可形樂。第三層則是舉「趙工部」的實例來勉勵自己，趙工部經歷貶謫二十多年，回京的時候都已經換了新天子；而自己才三十二歲，應該可以渡過難關才是。第四層承續上層之意，表達有「道塗近、雲水清、玉泉寺、峴山亭」等可以窮耳目；而「待賓客、安弟兄、四聲韻、九部經」也可安心境，所以身外皆委順，眼前隨所營。第五層遂以「萬物有本性，況復人性靈。」作為見證的依據，表達不畏強權，金石貫以誠的剛直之心。當然「微哉滿山鳥」也就「叫噪何足聽」了。

　　而白居易的〈和思歸樂〉是其〈和答詩〉十首之一，大致說明時間與寫和答的緣由，並提供和答詩的相關佐證。這首〈和答詩十首之一，和思歸樂〉前附有序文：「五年春，微之從東臺來。不數日，又左轉為江陵士曹掾。詔下日，會予下內直歸，而微之已即路，邂逅相遇於街衢中。自永壽寺南，抵新昌里北，得馬上話別，語不過相勉，保方寸、外形骸而已。不暇及他，是夕足下次於山北寺。僕職役不得去，命季弟送行。且奉新詩一軸，致於執事，凡二十章，率有興比。淫文豔韻，無一字焉。意者欲足下在途諷讀，且以遣日時、消憂懑，

〔註 169〕　付莉萍：《元稹詩歌與長安》（烏魯木齊·新疆師範大學文學碩士論文，2005 年），頁 17。

〔註 170〕　〔唐〕元稹著，冀勤點校：《元稹集》（北京：中華書局，1982 年），卷 60，頁 633。冀氏言：在其京城的歲月中，出現不少窮極聲韻的長篇排律，這些詩或為千言，或為五百言，是與友人互相贈答之作，被時人稱為「元和體」。筆者以為也可視為「古體」。

〔註 171〕　〔清〕郭慶藩：《莊子集釋》（台北：頂淵文化事業公司，2001 年），〈逍遙遊第 2〉，頁 79。

又有以張直氣而扶壯心也。及足下到江陵，寄在路所爲詩十七章，凡五六千言。言有爲，章有旨，迨於宮律體裁，皆得作者風。發緘開卷，且喜且怪。僕思牛僧孺戒，不能示他人，惟與杓直、拒非及樊宗師輩三四人，時一吟讀，心甚貴重。然竊思之，豈僕所奉者二十章，遽能開足下聰明，使之然耶？抑又不知足下是行也。天將屈足下之道，激足下之心，使感時發憤而臻於此耶？若兩不然者，何立意措辭，與足下前時詩如此之相遠也。僕既羨足下詩，又憐足下心，盡欲引狂簡而和之。屬直宿拘牽，居無暇日，故不既時如意。旬月來，多乞病假。假中稍閒，且摘卷中尤者，繼成十章，亦不下三千言。其間所見同者固不能自異，異者亦不能強同。同者謂之和，異者謂之答。并別錄〈和夢遊春〉詩一章，各附於本篇之末。餘未和者，亦續致之。頃者在科試間，常與足下同筆硯。每下筆時，輒相顧，共患其意太切而理太周。故理太周則辭繁，意太切則言激。然與足下爲文，所長在於此，所病亦在於此。足下來序，果有詞犯文繁之說。今僕所和者猶前病也，待與足下相見日，各引所作，稍刪其煩而晦其義焉，餘具書白。」在進行時，也是依據元稹的書寫程序而來。第一層也是推想鳥的名稱來源——「憂憤氣不散，結化爲精靈。」比之更加深一層。第二層，則是提出人性自有思歸之心，自有思歸鳴；並且舉「孟嘗、雍門、魏武」爲例，說明並非峽猿、隴水之音而起思鄉，而是內心早有其思意。第三層，告訴元微之「因聽思歸鳥，神氣獨安寧。」的原因在於「道勝」，所以能超然物外。第四層承繼「道勝」的旨，認爲「退不苟免難，進不曲求榮。」第五層以「誰謂譴謫去，未妨遊賞行。」轉換心境以及「任意思歸樂，聲聲啼到明。」的身心安頓作結語。

有關唱和詩的「用韻」，宋代張表臣曾言：「前人作詩，未始和韻。自唐白樂天爲杭州刺史，元微之爲浙東觀察，往來置郵筒倡和，始依韻，而多至千言，少或百數十言，篇章甚富。」〔註172〕顯見在當時

〔註172〕 〔宋〕張表臣：《珊瑚鉤詩話》，《景印文淵閣四庫全書》，第1478冊，集部417詩文評類，頁968。

已經帶起風潮。而明代徐師曾指出：「和韻詩有三體，一曰依韻，謂在同一韻中而不必用其字也；二曰次韻，謂和其原韻而先後次第者皆因之也；三曰用韻，謂用其韻而先後不必次也。」〔註173〕又言：「古人賡和，答其來意而已，初不為韻所縛。」〔註174〕是以根據是否和韻，唱和詩可以區分為兩類，一類是不和原詩的韻腳字，而依照原詩之意作詩回應；一類依照原詩的韻腳字作為酬答。這兩首唱和〈思歸〉之詩則同屬於「下平八庚」韻，彼此只是用韻的模式，貴在意的呼應。

　　而就「志」的表述，在同一主題之下，要用不同的語言，紓發與原唱相同的意見、情感，猶如音樂中的兩部合唱，保持一種和諧的、平行式關係，〔註175〕和聲使得原唱所要表達的意義更加鮮明、情感厚度更加深沉。但更值得一提的是，在面對橫逆的心態上，白居易所給的意見更為寬廣——窮達有前定，憂喜無交爭，證明了白居易的思想，融合儒、釋、道三家，其立身行事，以儒家「達則兼濟天下，窮則獨善其身」〔註176〕為最高指導的思想。

（二）勸君今日後，結客結任安

　　另外一組的和答詩則是元稹〈雉媒〉、白居易〈和答詩十首之六，和雉媒〉：

　　　　雙雉在野時，可憐同嗜欲。毛衣前後成，一種文章足。一雉獨先飛，衝開芳草綠。網羅幽草中，暗被潛羈束。剪刀催六翮，絲線縫雙目。啖養能幾時，依然已馴熟。都無舊性靈，返與他心腹。置在芳草中，翻令誘同族。前時相失者，思君意彌篤。朝朝舊處飛，往往巢邊哭。今朝樹上啼，哀音斷還續。遠見爾文章，知君草中伏。和鳴忽相召，鼓翅遙相矚。

〔註173〕羅根澤校點．《文體明辨序說》（北京：人民文學出版社，1962年），頁109。
〔註174〕羅根澤校點：《文體明辨序說》，頁109。
〔註175〕林明珠：〈試論元白唱和詩的創作手法〉，《東吳中文研究集刊》，第3期，（1986年5月），頁41。
〔註176〕〔宋〕朱熹：《四書章句集注》（台北：大安出版社，1999年），《孟子．盡心上》，頁492。

畏我未肯來，又啄翳前粟。斂翮遠投君，飛馳勢奔蹙。胃挂
在君前，向君聲促促。信君決無疑，不道君相覆。自恨飛太
高，疏羅偶然觸。看看架上鷹，擬食無罪肉。君意定何如，
依舊雕籠宿。(〈雉媒〉，《全唐詩》，第 12 冊，卷 396，頁 4452。)

吟君雉媒什，一哂復一歎。和之一何晚，今日乃成篇。豈唯
鳥有之，抑亦人復然。張陳剄頸交，竟以勢不完。至今不平
氣，塞絕泒水源。趙裏骨肉親，亦以利相殘。至今不善名，
高於磨笄山。況此籠中雉，志在飲啄間。稻粱暫入口，性已
隨人遷。身苦亦自忘，同族何足言。但恨爲媒拙，不足以自
全。勸君今日後，養鳥養青鸞。青鸞一失侶，至死守孤單。
勸君今日後，結客結任安。主人賓客去，獨住在門闌。(〈和
答詩十首之六，和雉媒〉，《全唐詩》，第 13 冊，卷 425，頁 4684。)

在《唐詩紀事》中記錄著：「某有與同門生白居易友善，居易雅能爲
詩，就中愛驅駕文字，窮極聲韻，或爲千言，或爲五百言律詩，以相
投寄。小生自審不能有以過之，往往戲排舊韻，別創新詞，名爲次韻，
蓋欲以難相挑耳。」〔註 177〕而元白這兩首唱和詩，正屬「不和韻腳」
只和意的作品，因爲原作採「一屋」、「二沃」入聲韻，和詩則是以「寒」
平聲韻。又研究者作過元白二人和答之作的相關統計，其用韻的情
形，元稹和白居易之作採次韻相酬的比例最高，共五十組，佔其和答
詩總數的 75%以上；用同一韻部者八組，一般和作也是八組，所佔比
例甚少。至於白居易酬和元稹之作，屬於一般合作有二十八組，佔其
和答之詩總數的 70%以上；用同一韻部者六組，次韻相酬之作八組，
都算是少數，其不刻意在用韻上爭險鬥奇，顯然可見。〔註 178〕而此
二人的〈和雉媒〉亦可如是觀。

原作的雙雉，借喻之情躍然紙上。詩以「一雉獨先飛」寫起，對
於兩隻雉的作法採用對比法，對於雉的形象以轉化處理，先說明此雉

〔註 177〕 〔宋〕計有功輯撰：《唐詩紀事》，上冊，頁 565。
〔註 178〕 林明珠：〈試論元白唱和詩的創作手法〉，《東吳中文研究集刊》，第
　　　　　3 期，(1986 年 5 月)，頁 56。

被馴服，喪失舊性靈的遺憾道出；緊接著此雉竟然成為「雉媒」被用以「誘同族。」反觀原有的喪偶的另一隻，不僅苦苦等後，眼看牠在草中埋伏時，還願「和鳴忽相召」，希望牠回頭是岸；但雉媒竟然利用牠的真心，反將牠陷害。最後雉反問雉媒：本是同根生，相煎何太急！希望牠三思。

　　而白居易和詩的內容，則是經過幾番深思後的建議，其一先將雙雉關係直指人的心性；其二，以「張陳刎頸交」〔註179〕、「趙襄骨肉親」〔註180〕的典故，告知元稹昔日再好的關係，都可能反目成仇，更何況「志在飲啄間。」的籠中雉，先求溫飽是人之常情。其三，奉勸日後要養鳥可以「養鳥養青鸞」，因為牠忠貞不二；在識人方面，能夠交像任安這樣的人，才不會被恩將仇報。而面對人世裡複雜的人際關係，如果無法接受，只好獨善其身。

　　顯然白居易並不是以同病相憐的心態，而是以一個冷靜客觀的語

〔註179〕 張耳者，大梁人也。其少時，及魏公子毋忌為客。張耳嘗亡命游外黃。外黃富人女甚美，嫁庸奴，亡其夫，去抵父客。父客素知張耳，乃謂女曰：「必欲求賢夫，從張耳。」女聽，乃卒為請決，嫁之張耳。張耳是時脫身游，女家厚奉給張耳，張耳以故致千里客。乃宦魏為外黃令。名由此益賢。陳餘者，亦大梁人也，好儒術，數游趙苦陘。富人公乘氏以其女妻之，亦知陳餘非庸人也。餘年少，父事張耳，兩人相與為刎頸交。參見〔日〕瀧川龜太郎：《史記會注考證》，〈張耳陳餘列傳第29〉，頁1049。

〔註180〕 趙襄子元年，越圍吳。襄子降喪食，使楚隆問吳王。襄子姊前為代王夫人。簡子既葬，未除服，北登夏屋，請代王。使廚人操銅枓以食代王及從者，行斟，陰令宰人各以枓擊殺代王及從官，遂興兵平代地。其姊聞之，泣而呼天，摩笄自殺。代人憐之，所死地名之為摩笄之山。遂以代封伯魯子周為代成君。伯魯者，襄子兄，故太子。太子蚤死，故封其子。襄子立四年，知伯與趙、韓、魏盡分其范、中行故地。晉出公怒，告齊、魯，欲以伐四卿。四卿恐，遂共攻出公。出公奔齊，道死。知伯乃立昭公曾孫驕，是為晉懿公。知伯益驕。請地韓、魏，韓、魏與之。請地趙，趙不與，以其圍鄭之辱。知伯怒，遂率韓、魏攻趙。趙襄子懼，乃奔保晉陽。參見〔日〕瀧川龜太郎：《史記會注考證》，〈趙世家第13〉，頁692～693。

境，傳達理性下的不捨。

（三）批判朝政，所見略同

中國文人對政治的熱衷是古已有之，特別是唐代就是一個治世，唐時文人不能不滋生出遠邁前代的從政激情和建功立業的願望。於是歷史在唐代文人這裡，播演了一幕幕熱鬧非凡、極其壯觀的參政場景。〔註 181〕但文人參與政治，就避免不了政治帶給他們的創傷與打擊，畢竟政治是無情的。在「天下有道則見，無道則隱」〔註 182〕之際，常有「不在其位，不謀其政。」〔註 183〕的情事，於是關心或批判朝政，總會成爲詩人相互和答、聯絡的重要基調。先以元稹〈大觜烏〉、白居易〈和大觜烏，十首之四〉爲例：

> 陽烏有二類，觜白者名慈。求食哺慈母，因以此名之。飲啄頗廉儉，音響亦柔雌。百巢同一樹，棲宿不復疑。得食先反哺，一身常苦羸。緣知五常性，翻被眾禽欺。其一觜大者，攫搏性貪癡。有力強如鶻，有爪利如錐。音響甚噢嘈，潛通妖怪詞。受日餘光庇，終天無死期。翱翔富人屋，棲息屋前枝。巫言此鳥至，財產日豐宜。主人一心惑，誘引不知疲。轉見鳥來集，自言家轉孳。白鶴門外養，花鷹架上維。專聽鳥喜怒，信受若神龜。舉家同此意，彈射不復施。往往清池側，卻令鷫鸘隨。群鳥飽粱肉，毛羽色澤滋。遠近恣所往，貪殘無不爲。巢禽攫雛卵，廄馬啄瘡痍。滲瀝脂膏盡，鳳皇那得知。主人一朝病，爭向屋檐窺。呦鸞呼群鵬，翩翩集怪鴟。主人偏養者，嘯聚最奔馳。夜半仍驚噪，鶬鶊逐老狸。主人病心怯，燈火夜深移。左右雖無語，奄然皆淚垂。平明天出日，陰魅走參差。鳥來屋檐上，又惑主人兒。兒即當家業，玩好方愛奇。占募能言鳥，

〔註 181〕 尚永亮、李乃龍：《浪漫情懷與詩化人生──唐代文人的精神面貌》（台北：文津出版社，2000 年），頁 162。

〔註 182〕 〔宋〕朱熹：《四書章句集注》（台北：大安出版社，1999 年），《論語・泰伯第 8》，頁 142。

〔註 183〕 〔宋〕朱熹：《四書章句集注》，《論語・泰伯第 8》，頁 143。

置者許高貲。隴樹巢鸚鵡，言語好光儀。美人傾心獻，雕
籠身自持。求者臨軒坐，置在白玉墀。先問鳥中苦，便言
鳥若斯。眾鳥齊搏鑠，翠羽幾離披。遠擲千餘里，美人情
亦衰。舉家懲此患，事鳥踰昔時。向言池上鷺，啄肉寢其
皮。夜漏天終曉，陰雲風定吹。況爾烏何者，數極不知危。
會結彌天網，盡取一無遺。常令阿閣上，宛宛宿長離。(〈大
觜鳥〉，《全唐詩》，第 12 冊，卷 396，頁 4454。)

烏者種有二，名同性不同。觜小者慈孝，觜大者貪庸。觜大
命又長，生來十餘冬。物老顏色變，頭毛白茸茸。飛來庭樹
上，初但驚兒童。老巫生奸計，與鳥意潛通。云此非凡鳥，
遙見起敬恭。千歲乃一出，喜賀主人翁。祥瑞來白日，神聖
占知風。陰作北斗使，能為人吉凶。此鳥所止家，家產日夜
豐。上以致壽考，下可宜田農。主人富家子，身老心童蒙。
隨巫拜復祝，婦姑亦相從。殺雞薦其肉，敬若禋六宗。鳥喜
張大觜，飛接在虛空。鳥既飽羶腥，巫亦饗甘濃。鳥巫互相
利，不復兩西東。日日營巢窟，稍稍近房櫳。雖生八九子，
誰辨其雌雄。群雛又成長，眾觜逞殘兇。探巢吞燕卵，入族
啄蠶蟲。豈無乘秋隼，羈絆委高墉。但食鳥殘肉，無施搏擊
功。亦有能言鸚，翅碧觜距紅。暫曾說鳥罪，囚閉在深籠。
青青窗前柳，鬱鬱井上桐。貪鳥占棲息，慈烏獨不容。慈烏
爾奚為，來往何憧憧。曉去先晨鼓，暮歸後昏鐘。辛苦塵土
間，飛啄禾黍叢。得食將哺母，飢腸不自充。主人憎慈烏，
命子削彈弓。弦續會稽竹，丸鑄荊山銅。慈烏求母食，飛下
爾庭中。數粒未入口，一丸已中胸。仰天號一聲，似欲訴蒼
穹。反哺日未足，非是惜微躬。誰能持此冤，一為問化工。
胡然大觜鳥，竟得天年終。(〈和大觜鳥，十首之四〉，《全唐詩》，
第 13 冊，卷 425，頁 4682～4683。)

元稹特別推崇杜甫「即事名篇，無復倚傍」的創作經驗，反對「沿襲
古題」，主張「刺美見（現）事」；對新樂府運動的開展，起了巨大的

推動作用，而尤重視樂府一類的諷諭詩。〔註 184〕本詩以敘事模式進行，與樂府詩一樣反映了當時的社會醜態，並加以諷刺。

在此詩中以轉化手法將兩隻不同的烏的行止作出表述，其一是慈烏，盡善盡孝，聲音柔純，但得到的下場卻是「翻被眾禽欺」。另一則是大嘴烏，是陽烏中的敗類，其性貪嗔，「有力強如鶻，有爪利如錐，音響甚噢嘈。」是其突出的特質；但博得歡心的理由卻是「潛通妖怪詞。」其中藉由巫言，讓大嘴烏平步青雲，連同其他的烏也來翔集，自然而然如鷹、鶴就相形失色。而此烏擁有權勢以後，「遠近恣所往，貪殘無不為」橫行霸道，無所不為，令人髮指。有一天主人生病了，無法主事，大嘴烏又惑主人兒，這兒子「當家業，玩好方愛奇」買得隴樹巢鸚鵡，說了烏的壞話，遭到烏的戕害，到頭來「事烏踰昔時」。最後向言池上鷺，啄肉寢其皮，而且「況爾烏何者，數極不知危」算是提出嚴重警告，作為詩的結尾。

元稹詩中所描寫的「巫言此烏至，財產日豐宜。」正是唐人奉烏祈福的習俗（本論文第五章有相關論述），只是這烏卻不是值得珍惜的福星，仗勢欺人為非作歹才是其真面目。元稹在詩中將烏、鵬、怪鴟等都視為是檯面上政治小人的化身，而慈烏、鸚鵡、白鷺都是維持正義的使臣，雖然有所屈服，但有朝一日一定可以將小人一網打盡。

而白居易和詩方面，則是順著元稹的視角，更加清楚的細說著大嘴烏與巫的詭計，以及這戶人家上上下下為了豐厚家產，如何尊崇討好烏的行徑。從此「烏巫互相利，不復兩西東。」，接二連三的「燕卵、蠶蟲」都遭殃；「秋隼、能言鸚」也無法施展本能；而大嘴烏得寸進尺，肆無忌憚繼續逞兇鬥狠。

至於慈烏呢，「得食將哺母，飢腸不自充」也就算了，還得蒙受主人家兒子的彈弓襲擊；特別是「仰天號一聲，似欲訴蒼穹」的悽楚，著實使人鼻酸。最後白居易為慈烏抱屈，以「胡然大觜烏，竟得天年

〔註184〕 〔宋〕計有功輯撰：《唐詩紀事》，上冊，頁 565。

終。」怒罵大嘴鳥可以得勢，並感嘆老天不公。

元和五年（西元 810）白居易上疏請罷討王承宗兵，論元稹不當貶，均不聽。〔註 185〕左拾遺任期滿，五月改官京兆府戶曹參軍，仍充翰林學士。而此二人的和答作品即與此有關。由於元稹和白居易齊名，時稱「元白」。〔註 186〕他與白居易文學觀點不僅一致，也因遭遇類似，所以對於小人當道的政府，深表痛心。大抵此與前二組相較，多了更直接的感慨。

這些和答作品是白居易從元稹自江陵寄來的十七首詩作中挑出十首，寫成七首和詩、三首答詩的原則；其中這三首「禽鳥入詩」皆以「和」為主，所以情志相投。而其各自的字數不同，且前二者白居易層次更高，滿懷勸戒；但第三首則是同仇敵愾。

二、以「和」為本，對應情意

而在唱和詩方面，雖然作品量眾多，但以禽鳥為題的只有「鶯」、「孔雀」、「鸚鵡」、「鶴」、「白鷗」五種，作品數量也只有九組而已，其中又以鶴的比例較重。

大致上這些作品，原作與和詩之間都能相互呼應，呈現出「情意的對應」，有的則是「詩意的深化」。

（一）情意的對應

以抒情為主的唱和詩，基本上是以感懷為述，大多因為客觀事物的興起，而有所感發。例如武元衡〈春曉聞鶯〉：

寥寥蘭臺曉夢驚，綠林殘月思孤鶯。猶疑蜀魄千年恨，化作冤禽萬囀聲。（《全唐詩》，第 10 冊，卷 317，頁 3577。）

〔註 185〕 〔後晉〕劉昫撰，楊家駱主編：《新校本舊唐書》，卷 166，〈列傳 116·白居易〉，頁 4344。

〔註 186〕 居易於文章精切，然最工詩。初，頗以規諷得失，及其多，更下偶俗好，至數千篇，當時士人爭傳。……初，與元稹酬詠，故號「元白」。參見〔宋〕歐陽修、宋祁合撰，楊家駱主編：《新校本新唐書》，卷 119，〈列傳第 44·白居易〉，頁 4304。

武元衡（西元758～815）字伯蒼，河南緱氏人。曾被德宗喻爲：「眞宰相器也。」〔註187〕元和十年（西元815）爲盜所殺，〔註188〕著有文集十卷。

武元衡工詩，宋代張爲將其列爲「瓌奇美麗主」〔註189〕，在本詩中多少能有所印證。詩的上半段由寂寥曉夢醒來，面對殘月思念的是綠林孤鶯；下半段寫的不是鶯啼，反而以杜鵑萬囀聲裡作收束。意即聽到鶯啼並非悅耳傾迷，反而如冤禽的哭泣惹人煩心。

與他的另外兩首〈春興〉：「楊柳陰陰細雨晴，殘花落盡見流鶯。春風一夜吹香夢，夢逐春風到洛城」〔註190〕、〈陌上暮春〉：「青青南陌柳如絲，柳色鶯聲晚日遲。何處最傷遊客思，春風三月落花時。」〔註191〕相比，都有暮春起鄉思、寂寞之意，但本首詩猶有更動容的音韻與充滿「鶯」的淒迷。隨之相和的詩作有六首：

表一

1	李益	奉和武相公春曉聞鶯	蜀道山川心易驚，綠窗殘夢曉聞鶯。分明似寫文君恨，萬怨千愁弦上聲。
2	王建	和門下武相公春曉聞鶯	侵黑行飛一兩聲，春寒囀小未分明。若教更解諸餘語，應向宮花不惜情。

〔註187〕　〔後晉〕劉昫撰，楊家駱主編：《新校本舊唐書》，卷158，〈列傳第108・武元衡〉，頁4159。武元衡曾祖載德，天后從父弟，官至湖州刺史。祖平一，善屬文，終考功員外郎、修文館學士，事在逸人傳。父就，殿中侍御史，以元衡貴，追贈吏部侍郎。元衡進士登第，累辟使府，至監察御史。後爲華原縣令。時畿輔有鎮軍督將恃恩矜功者，多撓吏民，元衡苦之，乃稱病去官。放情事外，沉浮謙詠者久之。德宗知其才，召授比部員外郎。一歲，遷左司郎中。時以詳整稱重。貞元二十年，遷御史中丞。嘗因延英對罷，德宗目送之，指示左右曰：「元衡眞宰相器也。」

〔註188〕　〔後晉〕劉昫撰，楊家駱主編：《新校本舊唐書》，卷15，〈本紀第15・元和10年〉，頁453。

〔註189〕　〔宋〕張爲：《詩人主客圖》，丁福保輯：《歷代詩話續編》（台北：木鐸出版社，1983年），卷3，頁98。

〔註190〕　〔清〕聖祖御定：《全唐詩》，第10冊，卷317，頁3571。

〔註191〕　〔清〕聖祖御定：《全唐詩》，第10冊，卷317，頁3574。

3	皇甫鏞	和武相公聞鶯	華館沈沈曙境清，伯勞初囀月微明。 不知台座宵吟久，猶向花窗驚夢聲。
4	楊巨源	和武相公春曉聞鶯	語恨飛遲天欲明，殷勤似訴有餘情。 仁風已及芳菲節，猶向花溪鳴幾聲。
5	韓愈	和武相公早春聞鶯	早晚飛來入錦城，誰人教解百般鳴。 春風紅樹驚眠處，似妒歌童作豔聲。
6	許孟容	奉和武相公春曉聞鶯	碧樹當窗啼曉鶯，間關入夢聽難成。 千回萬囀盡愁思，疑是血魂哀困聲。

第一首李益〈奉和武相公春曉聞鶯〉一樣以「驚」字著眼，但加入文君的怨恨來彰顯其苦；第二首王建〈和門下武相公春曉聞鶯〉則是在「囀小」中幽暗帶過，畢竟焦點已經遠移；第三首皇甫鏞〈和武相公聞鶯〉，將杜鵑換成伯勞，驚夢雖在，但已不憾恨；第四首楊巨源〈和武相公春曉聞鶯〉，少了驚夢，多了「花溪鳴幾聲」，顯得清新有餘情；第五首韓愈〈和武相公早春聞鶯〉，顯得爭奇鬥艷，色彩繽紛許多；第六首許孟容〈奉和武相公春曉聞鶯〉，愁思之神韻與武元衡相似，但著眼於寫作的順序性。

由一個點，擴散與延伸，大致上相和詩之情意都能緊扣住原唱者的意象，而上述除了韓愈之外，大抵都能以「愁」作為焦點。另外皮日休〈悼鶴〉原作與其他七首和詩陸龜蒙〈和襲美悼鶴〉、張賁〈奉和襲美先輩悼鶴〉、張賁〈悼鶴和襲美〉、李縠〈和皮日休悼鶴，二首〉、魏朴〈和皮日休悼鶴，二首〉等也是屬於這類情意相和；但差別的是到了晚唐，句式長短已無一致性的要求，和者多了些彈性伸縮的空間。

另外又有白居易的〈閒園獨賞〉：

> 午後郊園靜，晴來景物新。雨添山氣色，風借水精神。永日若為度，獨遊何所親。仙禽狎君子，芳樹倚佳人。蟻鬥王爭肉，蝸移舍逐身。蝶雙知伉儷，蜂分見君臣。蠢蠕形雖小，逍遙性即均。不知鵬與鷃，相去幾微塵。（《全唐詩》，第 14 冊，卷 455，頁 5160。）

白居易（西元 772～846）以「詠」為題的作品，在《全唐詩》就有

94 首之多，而且偏好「自詠」。這首〈閒園獨賞〉的序有言：「因夢得所寄蜂鶴之詠。因成此篇以和之。」說明這首詩是與劉禹錫（西元772～842）的唱和之作。對於唱和作品的產生，趙以武認為：「和詩有嚴格的規定性，不是誰都可以去寫的。可以這麼說，中國詩歌史上，只有詩才出眾的人，才敢嘗試用這種體式作詩。能寫和詩，敢於和人詩，從來都是修養很深、造詣不凡的詩人應酬風雅的一種手段。至於開創其體，具體投入寫作實踐，絕不可能是由民間影響文人的結果，也不可能是一般文人揣摩鍛鍊的產物，而必須有當時第一流詩人參與倡先。」〔註 192〕白居易等人的提倡，不僅在中唐引動風潮，對於後來的皮、陸等詩人，頗多影響。

　　對於白居易與劉禹錫何時第一次見面，學界並無定論；但就唱和一事來看，王曼霏以為：「早在元和三年（西元 808）兩人就已經開始唱和，前一時期的唱和作品，收錄於《劉白唱和集》，後一時期則收錄為《洛中集》。」〔註 193〕另外陳寅恪先生精研元白詩，他在《元白詩箋證稿》中則談及：「及大和五年微之卒后，樂天年已六十。其二十年前所欲改進其詩之辭繁言激之病者，并世詩人，莫如從夢得求之。樂天之所以傾倒夢得至是者，實職是之故。蓋樂天平日之所薪求改進其作品而未能達到者，夢得則已臻其理想之境界也。」〔註 194〕其認為白居易平生摯友的前半是元稹，而後半則是劉禹錫。

　　詩中藉由一個「賞」字牽引，將「蜂」、「鶴」（仙禽）、「蟻」、「蝸」「蝶」、「鵬」、「鷃」等蟲鳥置入其中，顯見「園」的區域並不足以涵蓋，虛實之間各有其巧妙在；當然主要想傳達的是「蠢蠕形雖小，逍遙性即均」的意義，何必在乎外在的形體大小。白居易是繼杜甫之後重要的寫實派詩人，也是始終秉持儒家精神而不變的理想者，不管是

〔註 192〕　趙以武：《唱和詩研究》（蘭州：甘肅文化出版社，1997 年），頁 370。
〔註 193〕　王曼霏：《劉白唱和詩研究》（貴陽：廣西大學古文學碩士學位論文，2008 年），頁 12～15。
〔註 194〕　陳寅恪：《元白詩箋證稿》（上海：上海古籍出版社，1982 年），頁341。

少年應進士舉時的：「晝課賦，夜課書；間又課詩，不遑寢息矣，以至於口舌成瘡，手肘成胝。」〔註195〕還是「放心於自得之場，置器于必安之地。」〔註196〕晚年生涯，都可以清晰看見。但隨著陸續貶官的打擊與挫折，也促使他對於人生與仕途的態度，趨於消沉頹喪。於是為了尋求精神上的慰藉，他不得不寄託于佛老的空靈啟發，希望能為自己屢遭折磨的靈魂找到一個安頓之所，而其寫作的素材與融通的境界也相形廣闊起來。此處老莊的隱喻，不啻明確無疑。

　　而劉禹錫（西元 772～842）之於此則有〈和樂天開園獨賞八韻前，以蜂鶴拙句寄呈，今辱蝸蟻妍詞見答，因成小巧以取大哈〉回應：

> 永日無人事，芳園任興行。陶廬樹可愛，潘宅雨新晴。傅粉琅玕節，薰香蒗荙莖。榴花裙色好，桐子藥丸成。柳纕枝偏亞，桑空葉再生。雖旴欲鬥雀，索漠不言鶯。動植隨四氣，飛沈含五情。搶榆與水擊，小大強扃名。（《全唐詩》，第 11 冊，卷 362，頁 4092。）

從用韻角度分析，白居易使用「新、神、親、人、身、臣、均、塵」等韻字，屬於上平「真」韻；而劉禹錫則是使用「行、晴、莖、成、生、鶯、情、名」等，屬於下平「庚」韻，顯然二者屬於不同韻，但同是開園獨賞。

　　劉禹錫在這首中則是運用「人名」與「植物」作為主要鋪陳，「雀」、「鶯」只是陪襯；想要傳達的是，動植物與人都是相同的，自有其規律、領域，也自有其陰陽變化起伏高低，何必太拘泥於形式。其他類似和詩與禽鳥相關有如〈和樂天送鶴上裴相公別鶴之作〉：「昨日看成送鶴詩，高籠提出白雲司。朱門乍入應迷路，玉樹容棲莫揀枝。雙舞庭中花落處，數聲池上月明時。三山碧海不歸去，且向人間呈羽儀。」

〔註195〕　〔唐〕白居易著，顧學頡校點：《白居易集》（北京：中華書局，1979年），〈與元九書〉，頁 959。

〔註196〕　〔後晉〕劉昫撰，楊家駱主編：《新校本舊唐書》，卷 166，〈列傳・第 116・史臣曰〉就文觀行，居易為優，放心於自得之場，置器於必安之地，優游卒歲，不亦賢乎。

〔註197〕、〈和樂天鸚鵡〉:「養來鸚鵡嘴初紅,宜在朱樓繡戶中。頻學喚人緣性慧,偏能識主爲情通。斂毛睡足難銷日,舒翅愁時願見風。誰遣聰明好顏色,事須安置入深籠。」〔註198〕大抵以詠物形似爲主,兼得引觸一些人生體悟,或別有一番言外之音。

羅宗強先生曾總結出:「大曆初至貞元中這二十幾年,隨著創作中失去了盛唐那種風骨、那種氣概、那種渾然一體的興象韻味;而轉入對於寧靜、閑適,而又冷落與寂寞的生活情趣的追求;轉入對清麗、纖弱的美的追求。」〔註199〕至於中唐後期,如白居易等,則是寫實與平易。

(二)詩意的深化

唱和之間除了情意相隨,也可以是詩意的深化。而這在前述白居易與元稹的和答詩中已有很好的「以理化情」或是「擴充深化」的表現,此處再以其他作家作品爲例,如陸龜蒙〈白鷗詩〉:

> 慣向溪頭漾淺沙,薄煙微雨是生涯。時時失伴沈山影,往往爭飛雜浪花。晚樹清凉還鸂鶒,舊巢零落寄蒹葭。池塘信美應難戀,針在魚唇劍在蝦。(《全唐詩》,第18冊,卷625,頁7187。)

其詩序中有:「樂安任君,嘗爲涇尉,居吳城中,地纔數畝,而不佩俗物,有池,池中有島嶼,池之南西北邊合三亭,修篁嘉木,掩隱限隩,處其一,不見其二也。君好奇樂異,喜文學名理之士,所得皆清散凝瑩,襲美知而偕詣。既坐,有白鷗翩然,馴於砌下,因請浮而玩之。主人曰:池中之族老矣,每以豪健據有,鷗之始浮,輒逐而害之,今畏不敢入,吁,昔人之心蓄機事,猶或舞而不下,況害之哉。且羽族麗於水者多矣。獨鷗爲閑暇,其致不高耶?一旦水有鯨鯢之患,陸有狐狸之憂,儔侶不得命嘯,塵埃不得澡刷,雖蒙人之流賞,亦天地

〔註197〕 〔清〕聖祖御定:《全唐詩》,第11冊,卷360,頁4062。
〔註198〕 〔清〕聖祖御定:《全唐詩》,第11冊,卷360,頁4061。
〔註199〕 羅宗強:《隋唐五代文學思想史》(北京:中華書局,2003年),頁112。

之窮鳥也。感而為詩，邀襲美同作。」陸龜蒙感「白鷗雖受欣賞，但亦只是天地之窮鳥」有感同身受之思，所以邀皮日休同作。

　　在陸龜蒙（西元？～881）的方面，將白鷗生活的空間、生活的型態以及生命的目標全然湧現，既是說鷗也在述己。而皮日休〈奉和魯望白鷗詩〉方面：

> 雪羽襬襂半惹泥，海雲深處舊巢迷。池無飛浪爭教舞，洲少輕沙若遣棲。煙外失群慚雁鷲，波中得志羨鳧鷖。主人恩重眞難遇，莫為心孤憶舊溪。（《全唐詩》，第18冊，卷614，頁7082。）

首先排除「和韻」的桎梏，並未在韻上一比高下。，宋代嚴羽曾批判陸龜蒙的唱和詩：「和韻最害人詩，古人酬唱不次韻，此風始盛於元白，皮陸。本朝諸賢，乃以此為工，遂至往復有八九和者。」〔註200〕雖不必以偏概全，但也總讓唱和詩披上層層壓力。不過在白鷗的投射情意上，皮日休提出「主人恩重眞難遇，莫為心孤憶舊溪。」也算是精絕傳神，有所啓發。另外一首則是皮日休先唱〈病孔雀〉，後有陸龜蒙應和：

> 煙花雖媚思沈冥，猶自抬頭護翠翎。強聽紫簫如欲舞，困眠紅樹似依屏。因思桂蠹傷肌骨，為憶松鵝損性靈。盡日春風吹不起，鈿毫金縷一星星。（《全唐詩》，第18冊，卷613，頁7072。）

皮日休（西元834～883）在詩中將病孔雀的病況：「思沈冥」、「困眠」、「一星星」等一一描述，不僅精神耗弱，神態疲憊，就連身上的光彩也是黯淡無光；而其嚴重性呢？「春風吹不起」的懶散、無以聊賴，讓病的孔雀都感染著不病的人。至於陸龜蒙的和詩〈奉和襲美病孔雀〉：

> 懶移金翠傍簷楹，斜倚芳叢舊態生。唯奈瘴煙籠歛啄，可堪春雨滯飛鳴。鴛鴦水畔迴頭羨，豆蔻圖前舉眼驚。爭得鷓鴣來伴著，不妨還校有心情。（《全唐詩》，第18冊，卷624，頁7177。）

在韻部方面二者押同「庚」韻，未有次韻；而在詩意上，雖然春雨滯

〔註200〕　〔南宋〕嚴羽著，郭紹虞：《滄浪詩話校釋》，頁178。

飛鳴，但是以「爭得鷓鴣來伴著，不妨還校有心情」的運作，頗有「以理化情」的推波助瀾之效，騁騖新奇之變。除了〈病孔雀〉，兩人和詩又有與鶴相關作品，先看皮日休的〈公齋四詠：鶴屏〉：

> 三幅吹空縠，孰寫仙禽狀。骹耳側以聽（《相鶴經》云：骹煩骹耳則聽響遠），赤精曠如望（露眼赤精則視遠）。引吭看雲勢，翹足臨池樣。頗似近蓐席，還如入方丈。盡日空不鳴，窮年但相向。未許子晉乘，難教道林放。貌既合羽儀，骨亦符法相。願升君子堂，不必思崑閬。（《全唐詩》，第18冊，卷609，頁7033）

這是作者針對屏風上的畫鶴予以描摹，所以屬於題畫詩的模式。詩的前段多以鶴形描寫為主，透過風吹縠變的起伏，道出一些不清楚畫家手法的聯想；但緊接著則是著眼於鶴的不同「形貌」──或有側耳與遠望做細膩的觀察，而這全然符合夾注中引用《相鶴經》的相關說明；或有昂首與翹足臨池的姿態，予以佈局的顯示及空間的設想；有時彷彿近可相依，有時又似曠遠難期。詩的後段則是立足於聽不見鶴鳴，將人拉回現實的另一種思維，讚美其羽儀及法相；但提醒的是「畫鶴」只是畫，雖有高僧支道林與仙人王子喬為引子，還是不要太渴望不切實際的理想目標，能登堂入室供人欣賞就已是一大樂事。對於皮日休的這番心情，陸龜蒙則有〈奉和襲美公齋四詠次韻：鶴屏〉一首予以回應：

> 時人重花屏，獨即胎化狀。叢毛練分彩，疏節節相望。（八公《相鶴經》云：大毛落，叢毛生，其色如雪。又云：高腳疏節，則多跛也。）曾無甄甓態，頗得連軒樣。勢擬搶高尋，身猶在函丈。如憂雞鶩鬥，似憶煙霞向。塵世任縱橫，霜襟自閒放。空資明遠思，不待浮丘相。何由振玉衣，一舉棲瀛閬。（《全唐詩》，第18冊，卷618，頁7118。）

二人在唱和方面則是採用「依照原詩的韻腳字作為酬答」一類的唱和，而且屬於「次韻」，不但必須依照原有韻腳字，且其順序一致，所以困難度高。但為了展現巧思，既然皮日休針對的是鶴的眼神與側耳姿態的描寫，且有《相鶴經》的相關說明，則陸龜蒙就以鶴的毛色

與腳上的節密度與否作爲焦點，也引《相鶴經》加以註解。其次，皮日休的鶴是單一的安排，陸的鶴屏則出現其他的禽鳥，顯然多了些襯托與比較。而結尾幾句，皮日休充滿道家色彩仙人氣息，陸龜蒙也有「明遠」〔註201〕、「浮丘」的用典，表達對於鶴與鶴舞的聯想。但大抵皮日休以「願升君子堂」作爲建議，而陸龜蒙則以「一舉棲瀛闥。」放浪天地作爲回應，都有衣若芬以爲「均有思遠躅之意」。〔註202〕雖說一來一往意義不大，唱反調逞才能也是有的，且後者更在彼此唱和間提昇詩的深度與人的高度。

三、以詩相「答」，抑其情志

不是以和而是以答者，就是要推翻原作者之意，這屬白居易的鶴詩可爲代表。先來看裴度〈白二十二侍郎有雙鶴留在洛下予西園多野水長松可以棲息遂以詩請之〉：

> 聞君有雙鶴，羈旅洛城東。未放歸仙去，何如乞老翁。且將臨野水，莫閉在樊籠。好是長鳴處，西園白露中。（《全唐詩》，第 10 冊，卷 335，頁 3755。）

裴度（西元 765～839）字中立，唐代名臣，聞喜人。憲宗時爲宰相，

〔註201〕 引用「明遠」乃指鮑明遠，鮑照是也；而鮑明遠有〈舞鶴賦〉：「散幽經以驗物，偉胎化之仙禽。」等句。李善注時引用《相鶴經》言：「相鶴經者，出自浮丘公。公以自授王子晉。崔文子者，學仙於子晉，得其文，藏於嵩高山石室。及淮南八公採藥得之，遂傳於世。鶴經曰：鶴，陽鳥也。因金氣，依火精，火數七，金數九，故十六年小變，六十年大變，千六百年形定而色白。又云：二年落子毛，易黑點，三年頭赤，七年飛薄雲漢，又七年學舞，復七年應節，晝夜十二鳴。六十年大毛落，茸毛生，色雪白，泥水不能污。百六十年雌雄相見，目精不轉，孕千六百年，飲而不貪。食於水故喙長，軒於前故後短；栖於陸故足高而尾凋，翔於雲故毛豐而肉疏。行必依洲嶼，止必集林木。蓋羽族之宗長，仙人之騏驥也。隆鼻短口則少眠，露眼赤精則視遠，頭銳身短則喜鳴，四翎亞膺則體輕，鳳翼雀毛則善飛，龜背鱉腹則能產，軒前垂後則善舞，洪髀纖趾則能行。」參見〔南朝梁〕蕭統：《文選・附考異》，頁 211。

〔註202〕 衣若芬：《觀看 敘述 審美——唐宋題畫文學論集》（台北：中央研究院中國文哲研究所，2005 年），頁 54。

封晉國公，入知政事，正色立朝，言無不盡，神觀邁爽，操守堅正，卒諡文忠。〔註 203〕晚年因爲中官用事，衣冠道喪·度以年及懸輿，王綱版蕩，不復以出處爲意。東都立第於集賢里，築山穿池，竹木叢萃，有風亭水榭，梯橋架閣，島嶼迴環，極都城之勝概。又於午橋創別墅，花木萬株，中起涼臺暑館，名曰綠野堂。引甘水貫其中，釃引脈分，映帶左右。度視事之隙，與詩人白居易、劉禹錫酣宴終日，高歌放言，以詩酒琴書自樂，當時名士，皆從之遊。〔註 204〕每有人士自都還京，文宗必先問之曰：「卿見裴度否？」可見其重要性。

在《全唐詩》中只收錄三十三首詩，作品並不出色，其中這首〈白二十二侍郎有雙鶴留在洛下予西園多野水長松可以棲息遂以詩請之〉既是與劉、白等的交流證明，也是視事之隙的閒幽心志之表現。詩中的文意淺顯明確，是期盼白居易能將雙鶴贈與，因爲所居之處極都城之勝概，有風亭水榭，又花木扶疏，比起白居易將其留在洛下更合適。

這一寫完，碰到劉禹錫〈和裴相公寄白侍郎求雙鶴〉〔註 205〕、張籍〈和裴司空以詩請刑部白侍郎雙鶴〉〔註 206〕都與之同表贊同。但碰到愛鶴成痴的白居易，可不是如此想，所以回以〈答裴相公乞鶴〉一首：

> 警露聲音好，沖天相貌殊。終宜向遼廓，不稱在泥塗。白首勞爲伴，朱門幸見呼。不知疏野性，解愛鳳池無。(《全唐詩》，第 13 冊，卷 448，頁 5049。)

〔註 203〕 〔後晉〕劉昫撰，楊家駱主編：《新校本舊唐書》，卷 170，〈列傳第 120·裴度〉，頁 4413～4419。

〔註 204〕 〔後晉〕劉昫撰，楊家駱主編：《新校本舊唐書》，卷 170，〈列傳第 120·裴度〉，頁 4432。

〔註 205〕 〔清〕聖祖御定：《全唐詩》，第 11 冊，卷 357，頁 4025。皎皎華亭鶴，來隨太守船。青雲意長在，滄海別經年。留滯清洛苑，裴回明月天。何如鳳池上，雙舞入祥煙。

〔註 206〕 〔清〕聖祖御定：《全唐詩》，第 12 冊，卷 384，頁 4321。皎皎仙家鶴，遠留閒宅中。徘徊幽樹月，嘹唳小亭風。丞相西園好，池塘野水通。欲將來放此，賞望與賓同。

詩中一開始就將所養的鶴之好條件加以介紹；其次是替鶴代言：「終宜向遼廓」所以不適合生活在泥塗；詩的最後表示承蒙厚愛，但謙遜認為鶴的「疏野性」不是人人可解，所以拒絕裴之請求。只不過後來白居易還是送鶴，臨別寫了〈送鶴與裴相臨別贈詩〉：

> 司空愛爾爾須知，不信聽吟送鶴詩。羽翮勢高寧惜別，稻粱恩厚莫愁飢。夜棲少共雞爭樹，曉浴先饒鳳占池。穩上青雲勿回顧，的應勝在白家時。(《全唐詩》，第 14 冊，卷 449，頁 5057。)

對於鶴猶如好友親人般的關懷倍至，並且耳提面命叮嚀幾件事：其一「裴相是愛鶴」的；其二「稻粱是恩厚」的；其三要鶴「保持謙遜勿爭先」；最後更要以感恩的心情接受新環境、新主人。

　　對於唱和詩，詩人在情意上都能相知相惜，共鳴相依；而在答詩方面，雖是反對其原意，但也多以理性應對。

第三節　禽鳥比德，干謁攀附

　　幾乎所有的作家都曾是充滿著對於政治的熱情，從年輕開始無不懷抱遠大的理想抱負；雖有的能夠名利雙收，可大多數的是懷才不遇，鬱抑而終，能夠紓解其胸中塊壘者，就屬寄情創作而已。

　　特別是在唐代，想要施展政治長才，一般都得通過科舉考取進士，方能取得仕途的鎖鑰；倘若應試無第名落孫山，那麼只能眼睜睜看著佳機擦身而過。但登上仕途以後，還得蒙君王賞識，否則貶官左遷之事，將是一場磨難。而當時的考卷並未糊名，是以詩人的名氣、作品的優劣，以及權貴的賞識與否，相形重要許多。在此氛圍習氣下，干謁成了無可避免的途徑；從干謁謀職的用意上，也可以一窺當時文人之間的群己互動。

　　但官場文化畢竟不同於文學天地，想要暢所欲言談何容易。不過換個角度來看，二者又有極為相通之處——考取功名者，都是能夠揮筆成文，但礙於身分角色不同，難免多所顧忌——又或是下筆如有神

的詩人,爲了締造更美的意境,往往喜以隱晦含蓄的手法表達無盡的詩意,二者一旦派上用場,則不管動植物、不管風雷雨電、不管天地四季,都是最佳的媒介,最精心的選擇。

一、候鳥佐輔,應時投謁

唐代科舉作品實際上由兩部分組成,一是正式考場中的省試詩賦,一是舉子們日常生活精心創作並編選的「行卷」、「溫卷」之作。前者佳作少,而後者卻包括至今流傳的唐代詩、賦、文、傳奇小說等各種體裁的最優秀之作。〔註 207〕因爲「行卷」、「溫卷」的方式,又加上不實行「糊名」,也給了主考官在錄取時「對人不對文」的主觀意識之自由。

而此一「行卷」、「溫卷」的意義就在於干謁,干謁目的則可分爲兩種,一是無官者要求授官,一是有官者要求更高的職位,〔註 208〕本文所要討論的幾乎都屬前者,而且是其行諸筆墨的「詩作」。至於在選材上,禽鳥之名未必出現在詩題,但卻在詩文中有明確指涉,並且達其積極投獻之心。先以自比爲雁的盧照鄰〈同臨津紀明府孤雁〉爲例:

> 三秋違北雁,萬里向南翔。河洲花稍白,關塞葉初黃。避繳風霜勁,懷書道路長。水流疑箭動,月照似弓傷。橫天無有陣,度海不成行。會刷能鳴羽,還赴上林鄉。(《全唐詩》,第 2 冊,卷 41,頁 517。)

盧照鄰(西元 630?~689?)一生的思想極爲複雜,各家學說對他都有深刻的影響,這在他晚年所寫的〈釋疾文‧粵若〉裏有明確的記載:「先朝好吏,予方學于孔、墨今上好法;予晚受乎老、莊。」〔註 209〕其中又以儒、釋、道影響更切,而這也體現於諸多作品中。

〔註 207〕 金諍:《科舉制度與中國文化》(上海:上海人民出版社,1991 年),頁 73。
〔註 208〕 尚永亮、李乃龍:《浪漫情懷與詩化人生》(台北:文津出版社,2000 年),頁 101。
〔註 209〕 〔唐〕盧照鄰著,徐明霞點校:《盧照鄰集》(北京:中華書局,1980 年),頁 60。

　　這首詩中的孤雁離開北地已經有三年，此時又是逢秋時節，思歸之心絲毫不曾停息。只可惜歸途困難重重，不僅「風霜勁」且「道路長」；又加上棲息的水澤因為「月照似弓傷」所以不免「疑箭動」；至於「橫天無有陣，度海不成行」更映襯自我的孤獨。到了結尾兩句，作者則是以推翻之勢，強烈彰顯極高的企圖心，期盼能夠親赴上林鄉。意即此詩最重要的是發出「沽之哉」的強烈訊息，希望上位者能加以重用。

　　對於盧照鄰的寫作筆法，明代王世貞甚至認為盧照鄰的某些詩句，具有杜甫風範：「盧、駱、王、楊，號稱四傑，遣詞華靡，固沿陳、隋之遺；翩翩意象，老境超然勝之。……盧照鄰語如『衰鬢似秋天』絕似老杜。」〔註 210〕這應是懷才不遇且病痛纏身之實。今人駱祥發《初唐四傑研究》在分析盧照鄰一生的痛苦時這樣說：「盧照鄰一生的痛苦表現在兩個方面，一是懷才不遇、仕途坎坷造成的精神苦痛；二是長期重病纏身所遭受的肉體折磨。」〔註 211〕謝久娟則參酌馬斯洛的理論以為：「其一，才高位下——懷才不遇的仕途感慨；其二，疾病纏身——悲天搶地的生命呼號；其三，歸隱林泉——尋仙訪道的解脫追求。」〔註 212〕這些缺失正符合馬斯洛所提出的需要層次的理論，盧照鄰在「病去官」、「病乞錢」、「病棄情」之後，最終「病捨命」，連最低層次的需求都得放棄。但不管他的痛苦指數究竟多高，在未羈臥山中之前，努力都是必要的方向。

　　而想要干謁成功，與詩人本身的才華和拜謁對象是有關係的，當然也受到當時政治大環境的影響，王維就是少數中因此成功的實例。王維（西元 701～761）曾以第一名中舉，緣於他成功的向岐王與人平公主投獻自己的詩作。唐人薛用弱《集異記》記載：「王維右丞，

〔註 210〕　程千帆主編、羅仲鼎校注：《藝苑卮言校注》（濟南：齊魯書社，1992年），頁 159、201。
〔註 211〕　駱祥發：《初唐四傑研究》（北京：東方出版社，1993 年），頁 299。
〔註 212〕　謝久娟：《盧照鄰及其詩歌研究》（南京：南京師範大學文學碩士論文，2008 年），頁 28～31。

年末弱冠，文章得名。性嫻音律，妙能琵琶，游歷諸貴之間，尤爲岐王之所眷重。」〔註213〕當時有一個叫張九皋的人，運用關係走通了公主的後門，公主授意京兆試官，任張九皋爲解頭。王維方將應舉，言於岐王，求其庇借推薦。岐王以爲貴主之強，不可力爭，建議：「可錄舊詩清越者十篇，琵琶新聲之怨切者可度一曲。」以才華爭取青睞。五日後，岐王讓王維穿上鮮華奇異的錦繡衣服，帶著琵琶，一同前往公主宅第，說是攜酒樂奉讌。王維妙年潔白，風姿倜儻的超凡形象，公主看見後，問岐王說：「這是何人呀？」岐王回答說：「知音者也。」後讓王維爲公主獨奏新曲。其聲調哀切，滿座動容。公主問王維道：「此曲何名？」王維起身曰：「號『鬱輪袍』。」公主大奇之。岐王趁機對公主說：「此人非止音律，至於詞學，無出其右」公主尤異之，問王維有所爲文乎？維即獻上懷中詩卷，公主既讀，驚駭曰：「此皆兒所誦習，常謂古人之佳作，乃子之爲。」於是令王維更衣，升於客右。維風流蘊藉，語言詼諧風趣，大爲諸貴所欽矚。岐王見時機成熟，說：「若令京兆府，今年得此生爲解頭，誠爲國華矣。」公主曰：「何不遣其應舉？」岐王說：「此生不得首薦，義不就試。然已承貴主論託張九皋矣。」公主笑曰：「本是他人求情。」隨即回頭對王維說：「子誠取，當爲子力致焉。」〔註214〕這個故事未必屬實，但從中可知王維滿腹經綸，少年時代即引人注目。不過王維中狀元，卻是事實，這一年開元九年（西元721），時年才二十一歲。

　　干謁之風雖然盛行，但有成者畢竟是少數；就算點燃起希望後，也並不代表後續就能平步青雲，在其〈寄荊州張丞相〉詩中就道出這些窘境：

〔註213〕〔唐〕薛用弱：《集異記》，《景印文淵閣四庫全書》，第 1042 冊，子部 348 小說家類，頁 580。有關王維與岐王交遊可從其作〈從岐王夜宴衛家山池應教〉、〈從岐王過楊氏別業應教〉、〈敕借岐王九成宮避暑應教〉等詩，知其於長安確實曾從岐王游宴。

〔註214〕〔唐〕薛用弱：《集異記》，《景印文淵閣四庫全書》，第 1042 冊，子部 348 小說家類，頁 580。

所思竟何在，悵望深荊門。舉世無相識，終身思舊恩。方
將與農圃，藝植老丘園。目盡南飛雁，何由寄一言。（《全唐
詩》，第 4 冊，卷 125，頁 1266。）

王維曾在朝廷擔任右拾遺，這個官位是張九齡（西元 678～740）所
提拔的；可是正當他燃起的政治熱情，卻因為張九齡被貶謫荊州長史
而再一次遭受到重重挫擊。〔註 215〕這首〈寄荊州張丞相〉就是寫於
不幸發生的同時，表達自己無限的關切。詩中不時流露出世無知音，
還不如急流勇退，做個歸田自給自足的老農的那種憐惜之情。當然悵
望所引發出的不僅有知遇之恩的感謝；而當「目盡南飛雁，何由寄一
言。」時，心中的悵望與思念，更是縈繞不去。

　　若是以避寒趨暖而論，雁應該是幸福的；若是以雁群居群飛的特
性，也是團結的；但詩人的筆下，雁仍具有揮之不去的「愁」的色彩，
屬於宿命的悲哀。而這當然與「書信」的延伸，傳遞彼此的遭遇有關。
特別是面對官場的冷暖起伏，這些詩人在其承受時，每每同是天涯淪
落人的運作下，成為干謁之外，一個溫馨的回應。另外如章孝標以〈歸
燕〉一首，獲得青睞：

舊壘危巢泥已落，今年故向社前歸。連雲大廈無棲處，更
望誰家門戶飛。（《全唐詩》，第 15 冊，卷 506，頁 5752。）

從〈歸燕〉中透過今昔的對照，可以得知「舊壘危巢」已經殘破，而
今日的「連雲大廈」卻沒有燕子可以棲身之處，其窘困之境清楚明確。
在此詩序中寫道：「下第後獻主司。」又《乾隆杭州府志》云：「章孝
標，元和進士，下第作〈歸燕〉詩，考官庾承宣。子碣，登進士，亦

〔註 215〕　開元二十二年（西元 734）張九齡為中書令。王維被擢為右拾遺。
其時作有〈獻始興公〉詩，稱頌張九齡反對植黨營私和濫施爵賞的
政治主張，體現了他當時要求有所作為的心情。二十四年（736）
張九齡罷相。次年貶荊州長史。李林甫任中書令，這是玄宗時期政
治由較為清明而日趨黑暗的轉捩點。王維對張九齡被貶，感到非常
沮喪，但他並未就此退出官場。參見〔唐〕王維著，〔清〕趙殿成：
《王右丞集箋注》（台北：河洛圖書公司，1975 年），附錄，頁 5。

能詩。唐時錢塘以詩名著者，惟孝標父子。」〔註 216〕另外《雲溪友議》：「元和十三年下第，時多爲詩以刺主司，獨章君爲〈歸燕〉詩，留獻庾侍郎承宣。小宗伯得詩，展轉吟諷，誠恨遺才，乃候秋期，必當引薦。庾果重秉禮曹，孝標來年擢第。群議以爲二十八字而致大科，則名路可遵，遞相礪礦也。其詩『舊壘危巢泥已落，今年故向社前歸。連雲大廈無棲處，更望誰家門戶飛。』」〔註 217〕章孝標不採取譏刺，只是流露出「更望」的期許，終於獲得賞識，但這樣成功的特例，畢竟不是人人都能如此幸運。

到了元和十四年（西元 819），孝標及第後曾寄詩給李紳曰：「及第全勝十改官，金鞍鍍了出長安。馬頭漸入揚州郭，爲報時人洗眼看。」紳以一絕箴之曰：「假金方用眞金鍍，若是眞金不鍍金。十載長安得一第，何須空腹用高心！」只是雖失而復得，但後來卻不深受重用。

至於杜荀鶴也是一生都在投詩，老來終於獲見，但心情卻不見得平復，如〈春來燕〉：

> 我屋汝嫌低不住，雕梁畫閣也知寬。大須穩擇安巢處，莫道巢成卻不安。《全唐詩》，第 20 冊，卷 693，頁 7978。）

杜荀鶴（西元 846〜907）字彥之，牧之微子也。兩《唐書》無傳。〔註 218〕早得詩名，但出身寒微，連敗文場，也只能不斷地寫詩投遞、應舉、游幕，以期遇到知音，有朝一日能夠折桂有成。但是晚唐科場風氣敗壞，投遞行卷之風其實已經演變爲公然賄賂，進士科的考試大都爲公卿子弟所把持，淪爲「故大中進士多膏粱子弟，平進歲

〔註 216〕〔清〕邵晉涵纂：《乾隆杭州府志》，《續修四庫全書》（上海：上海古籍出版社，1999 年），第 703 冊，卷 31，〈人物〉，頁 159。其中「錢塘」是指章碣生於錢塘新居，參見傅璇琮：《唐才子傳校箋》，卷 9，頁 35。

〔註 217〕〔唐〕范攄：《雲溪友議》，《古今詩話叢編》，卷 10，頁 27。另外《唐詩紀事》中亦有類似記錄，蓋本此書。見〔宋〕計有功輯撰：《唐詩紀事》，卷 41，頁 628。

〔註 218〕傅璇琮主編：《唐才子傳校箋》，第 4 冊，卷第 9，頁 262〜264。周祖譔按荀鶴是否牧之微子，尚未有文獻證明其眞僞。

不及三數人。」〔註219〕的現象；且「時風侈靡，居要位者，尤納賄賂，遂成俗。」〔註220〕所以寒門出身的杜荀鶴注定要顛躓奔波，備嚐嚐辛苦。杜荀鶴在科場蹭蹬了將近三十年，一次又一次的落第，一遍又一遍寫詩干謁、投遞，嘗盡了科舉路上的辛酸，終於在接近知命之年的四十六歲得中一第。〔註221〕也算是為他長期「無祿奉晨昏，閒居幾度春。江湖苦吟士，天地最窮人。書劍同三友，蓬蒿外四鄰。相知不相薦，何以自謀身。」〔註222〕有所交代。

　　只是杜荀鶴長久以來以詩干謁求舉謀仕，到真的稍有成就時卻又不安起來，正如這首〈春來燕〉詩中的「燕」，摒棄破屋而不住，有了雕梁畫閣寬且大，但巢成卻仍不安，矛盾之思不斷湧現。大抵這與他慕道尚禪的真實性，與虛浮性交織糾結有關，〔註223〕於是有了兩難不安的心態。就像行為心理學家所言：「個體遭受挫折之後，將作出什麼樣的反應，表現出什麼樣的行為，是由環境內在的線索或是環境所提供的刺激來引導的。」〔註224〕其藉由詩敞開複雜的心扉，更是晚唐士子的無奈寫照。畢竟生理需求及安全感的需求是最基本的。但在不安的大環境下，每個人對於未來、經濟，甚至溫飽，都充滿著

〔註219〕岑仲勉：《隋唐史》（北京：中華書局，1982年），頁172。

〔註220〕〔後晉〕劉昫撰，楊家駱主編：《新校本舊唐書》，卷167，〈列傳117・宋申錫〉，頁4372。申錫自居內廷，及為宰相，以時風侈靡，居要位者尤納賄賂，遂成風俗，不暇更方遠害，且與貞元時甚相背矣。申錫至此，約身謹潔，尤以公廉為己任，四方問遺，悉無所受。既被罪，為有司驗劾，多獲其四方領所還問遺之狀，朝野為之歎息。

〔註221〕吳燕玲：〈杜荀鶴的干謁詩〉，《和田師範大學學報》，第28卷第1期，（2008年1月），頁94。另外周祖譔等考證是大順二年（西元891）。參見傅璇琮主編：《唐才子傳校箋》，第4冊，卷第9，頁268。

〔註222〕〔清〕聖祖御定：《全唐詩》，第20冊，卷691，頁7929，〈郊居即事投李給事〉。

〔註223〕談家勝：〈杜荀鶴的仕進與退隱的心態解析〉，《池州師專學報》，第15卷第2期，（2001年5月），頁63～64。

〔註224〕高等院校編寫組：《社會心理學》（天津：南開大學出版社，1990年），頁228～229。

惶惶不安，〔註225〕所以長期的壓抑，一旦解除，短期間仍須調適。

二、假借幽禽，卑微拜詣

　　有時詩人不明確指出禽鳥名稱，乃以隱晦表徵，也是手法之一，此處總稱爲「幽禽」。雖然是幽微，但其積極之心，並未減少，先以盧照鄰〈贈益府群官〉爲例：

　　　　一鳥自北燕，飛來向西蜀。單棲劍門上，獨舞岷山足。昂藏多古貌，哀怨有新曲。群鳳從之遊，問之何所欲。答言寒鄉子，飄搖萬餘里。不息惡木枝，不飲盜泉水。常思稻梁遇，願棲梧桐樹。智者不我邀，愚夫余不顧。所以成獨立，耿耿歲云暮。日夕苦風霜，思歸赴洛陽。羽翮毛衣短，關山道路長。明月流客思，白雲迷故鄉。誰能借風便，一舉凌蒼蒼。（《全唐詩》，第 2 冊，卷 41，頁 517。）

盧照鄰從小就獲得良好的培育，十餘歲即「余幼服此殊惠分，遂閱《禮》而聞《詩》。於是裹糧尋師，搴裳訪古，探舊篆於南越，……千里不辭於勞苦。」〔註 226〕其刻苦自勵，學成之後，便帶著躋身仕途和建功立業的渴望積極入仕了。在他的詩作中，最能體現其春風得意、慷慨豪情的莫過於〈戰城南〉：「將軍出紫塞，冒頓在烏貪。笳喧雁門北，陣翼龍城南。彫弓夜宛轉，鐵騎曉參驔。應須駐白日，爲待戰方酣。」〔註227〕備戰氣勢；〈劉生〉：「劉生氣不平，抱劍欲專征。報恩爲豪俠，死難在橫行。翠羽裝刀鞘，黃金飾馬鈴。但令一顧重，不吝百身輕。」〔註228〕的捐軀熱情；〈紫騮馬〉：「騮馬照金鞍，轉戰入皋蘭。塞門風稍急，長城水正寒。雪暗鳴珂重，山長噴玉難。不辭橫絕漠，流血幾時乾。」的壯烈氣勢；這些氣概都是詩人的化身，以及急於立功的強

〔註225〕　呂明、陳紅雯譯：《第三思潮：馬斯洛心理學》（台北：師大書苑，1992 年），頁 46～48。
〔註226〕　〔唐〕盧照鄰著，徐明霞點校：《盧照鄰集》，頁 60～61。
〔註227〕　〔清〕聖祖御定：《全唐詩》，第 2 冊，卷 41，頁 512～513。
〔註228〕　〔清〕聖祖御定：《全唐詩》，第 2 冊，卷 42，頁 522。

烈渴望。不過盧照鄰雖獲得鄧王賞識，〔註 229〕但擔任的也只是小官階，且好景不長，不久他的仕途就陷入懷才不遇的慨歎中。是以此詩正是希望能獲得大臣們青睞，有力促銷自己之作。

此詩以五言古體爲之，詩可分爲三層處理，第一層詩中作者將自己化爲「一隻鳥」，從遙遠的北燕向西蜀飛翔；而這隻鳥雖能棲身於蜀地重要的要塞，但卻是孤獨的。緊接著論及孤鳥外型上具有昂藏古貌，內在哀怨但品行高潔，群鳳隨之遨遊時，自稱是寒鄉子，因「飄搖萬里」只得奮力南翔。至於牠的習性則是「不息惡木枝，不飲盜泉水。」十分的潔身自愛。第二層則談到，來到南方以後，希望有稻梁可吃有梧桐可棲，但是遺憾的是智者不邀我，愚者不顧我，所以經年累月只能與孤獨爲友。第三層則是以愷切的心表示，思歸之情朝思暮想，但礙於外在的白雲迷故鄉，自我的羽翮短淺，所以渴盼有大風迎逆，讓衝霄之質再次隨風凌飛。

前述〈同臨津紀明府孤雁〉以及此首，二者都以轉化手法讓鳥具擬人特性，其鬱積的當然是盧照鄰內心深處壯志難酬、有才無時的抑鬱憤慨。不僅有揭露權貴淫逸奢靡，也宣洩懷才不遇的憤懣內容，是初唐詩壇一片頌聖宴樂聲中的別調。〔註 230〕當然對於鬱積的壯志，

〔註 229〕 在兩《唐書》中有相關紀錄，在《舊唐書》方面有 1.：「鄧王元裕，高祖第十七子也。貞觀五年，封鄶王·十一年，改封鄧王，賜實封八百戶，歷鄧、梁、黃三州刺史。元裕好學，善談名理，與典籤盧照鄰爲布衣之交。」參見〔後晉〕劉昫撰，楊家駱主編：《新校本舊唐書》，卷 64，〈列傳第 14·鄧王元裕〉，頁 2433。2.「盧照鄰字昇之，幽州范陽人也。年十餘歲，就曹憲、王義方授蒼、雅及經史，博學善屬文。初授鄧王府典籤，王甚愛重之，曾謂侍官曰：「此即寡人相如也。」俊拜新都尉，因染風疾去官，處太白山中，以服餌爲事。」參見〔後晉〕劉昫撰，楊家駱主編：《新校本舊唐書》，卷 190 上，〈列傳第 140 上·文苑上·盧照鄰〉，頁 5000。而在《新唐書》方面，則是「照鄰字昇之，范陽人。十歲從曹憲、王義方授〈蒼〉、〈雅〉。調鄧王府典籤，王愛重，謂人曰：「此吾之相如。」〔宋〕歐陽修、宋祁合撰，楊家駱主編：《新校本新唐書》，卷 201，〈列傳 126·文藝上·盧照鄰等〉，頁 5742。這些文獻都可以了解到二人之交情與備受肯定的理由。

〔註 230〕 郭預衡主編：《中國古代文學史長編·隋唐五代卷》（北京：首都師

除了繼續以「筆」爭取，似乎也別無他法。

詩中的鳥當然是不隨俗流的自我形象寫照，所以時時刻刻希望能藉朝臣大官的羽翼，爲自己漂流的命運注入佳機，也爲朝廷注入一股清流，所以干謁之心毫不掩抑。又如劉長卿〈小鳥篇上裴尹〉：

> 藩籬小鳥何甚微，翩翩日夕空此飛。只緣六翮不自致，長似孤雲無所依。西城黯黯斜暉落，眾鳥紛紛皆有託。獨立雖輕燕雀群，孤飛還懼鷹鸇搏。自憐天上青雲路，弔影徘徊獨愁暮。銜花縱有報恩時，擇木誰容托身處。歲月蹉跎飛不進，羽毛憔悴何人問。繞樹空隨烏鵲驚，巢林只有鷦鷯分。主人庭中陰喬木，愛此清陰欲棲宿。少年挾彈遙相猜，遂使驚飛往復迴。不辭奮翼向君去，唯怕金丸隨後來。

（《全唐詩》，第 5 冊，卷 151，頁 1575～1576。）

劉長卿（生卒年不詳），寫這首詩是天寶四載至十三載（西元 745～754）期間，大概是二十歲到二十九歲因爲應進士舉，頻繁來往於洛陽、長安兩地。〔註231〕詩中的裴尹當爲河南尹裴迴，〔註232〕裴迴善接文士也。

此詩也具干謁之旨，詩中藉由「藩籬小鳥」代言，先描述此小鳥日夕空此飛，可惜眾鳥皆有依，惟獨他孤棲，況且還得擔憂鷹鸇的搏擊。其次，論及也想學大鵬展翅上青雲，也想學燕雀銜花來報恩，但是「歲月蹉跎飛不進，羽毛憔悴何人問」，到頭來除了烏鵲驚，就剩鷦鷯同巢林。最後一層則是明確告知，主人庭院有喬木，愛此清陰欲棲宿，所以極力奮翼向君去，但畏懼金丸會隨後來相欺。

從詩中的「歲月蹉跎飛不進，羽毛憔悴何人問。」當屬天寶後期所作。但這些都是屢試不第的難堪之詞；既然願意「不辭奮翼向君去」，那麼對於如此勇於任事的人，只要能被任用，干謁又有何不妥的。

範大學，2000 年），頁 81。

〔註231〕〔唐〕劉長卿著，儲仲君：《劉長卿詩編年箋注》，〈簡表〉，頁 579。

〔註232〕〔唐〕劉長卿著，儲仲君：《劉長卿詩編年箋注》，頁 33。編注者引《金石萃編》之言，此詩所獻，蓋即迴也。

　　另外如李群玉〈始忝四座奏狀聞薦蒙恩授官旋進歌詩延英宣賜言懷紀事呈同館諸公二十四韻〉：

> 兩鬢有二毛，光陰流浪中。形骸日土木，志氣隨雲風。冥默楚江畔，蕭條林巷空。幽鳥事翔翥，斂翼依蒿蓬。一飯五放箸，愀然念途窮。孟門在步武，所向何由通。祇微大易言，物否不可終。庶期白雪調，一奏驚凡聾。昨忝丞相召，揚鞭指冥鴻。姓名挂丹詔，文句飛天聰。解薜龍鳳署，懷鉛蘭桂叢。聲名仰聞見，煙漢陪高蹤。峨峨群玉山，肅肅紫殿東。……（《全唐詩》，第 17 冊，卷 568，頁 6582。）

晚唐詩人李群玉（西元約 813〜860）早年即懷抱「南溟吞越絕，極望碧鴻蒙。龍渡潮聲裏，雷喧雨氣中。趙佗丘壟滅，馬援鼓鼙空。邈想魚鵬化，開襟九萬風。」〔註 233〕的偉大志向，但幾經科舉未中，遂廣為干謁，如〈雨夜呈長官〉：「遠客坐長夜，雨聲孤寺秋。請量東海水，看取淺深愁。愁窮重於山，終年壓人頭。朱顏與芳景，暗赴東波流。鱗翼思風水，青雲方阻修。孤燈冷素豔，蟲響寒房幽。借問陶淵明，何物號忘憂。無因一酩酊，高枕萬情休。」〔註 234〕中的「愁窮重於山，終年壓人頭。」可見其焦急與渴望的心境；又〈自澧浦東遊江表途出巴丘投員外從公虞〉：「短翮後飛者，前攀鸞鶴翔。力微應萬里，矯首空蒼蒼。誰昔探花源，考槃西岳陽。高風動商洛，綺皓無馨香。一朝下蒲輪，清輝照巖廊。孤醒立眾醉，古道何由昌。經術震浮蕩，國風掃齊梁。文襟即玄圃，筆下成琳琅。霞水散吟嘯，松筠奉琴觴。冰壺避皎潔，武庫羞鋒鋩。小子書代耕，束髮頗自強。艱哉水投石，壯士空摧藏。十年侶龜魚，垂頭在沅湘。巴歌捒白雪，鮑肆埋蘭芳。騷雅道未喪，何憂名个彰。飢寒束困厄，默塞飛星霜。百志不成一，東波擲年光。塵生脫粟甑，萬里違高堂。中夜恨火來，焚燒九回腸。平明梁山淚，緣枕霑匡床。依泊洞庭波，

〔註 233〕　〔清〕聖祖御定：《全唐詩》，第 17 冊，卷 569，頁 6587，〈登浦澗寺後二巖三首之三〉。

〔註 234〕　〔清〕聖祖御定：《全唐詩》，第 17 冊，卷 568，頁 6570〜6571。

木葉忽已黃。哀碪擣秋色，曉月啼寒螿。復此櫂孤舟，雲濤浩茫茫。朱門待媒勢，短褐誰揄揚。仰羨野陂鳧，無心憂稻粱。不如天邊雁，南北皆成行。男兒白日間，變化未可量。所希困辱地，剪拂成騰驤。咋筆話肝肺，詠茲枯魚章。何由首西路，目斷白雲鄉。」〔註235〕其中「朱門待媒勢，短褐誰揄揚。仰羨野陂鳧，無心憂稻粱。不如天邊雁，南北皆成行。」皆見其深諳尋求有利後台，攀附干謁的重要性。

年過四十以後，他終於在投詩求官中，獲得宰相令狐綯薦舉，被授官弘文館校書郎。〔註236〕剛接收到這個消息，滿懷欣喜，遂寫下這首詩。從詩的開頭可知兩鬢花白，形骸已老，長期猶如「幽鳥事翔翥，斂翼依蒿蓬。」而今日辱蒙丞相召見，則似「揚鞭指冥鴻。」高興與感激溢於言表。

三、翔翥大翼，高調渴求

這類詩的化身則是以大型禽鳥為依據，如大鵬、鷹或是鶴，都是詩人的心思寄託與喜愛的特定表徵。先以李白有名的〈上李邕〉為例：

> 大鵬一日同風起，摶搖直上九萬里。假令風歇時下來，猶能簸卻滄溟水。世人見我恆殊調，聞余大言皆冷笑。宣父猶能畏後生，丈夫未可輕年少。（《全唐詩》，第 5 冊，卷 168，頁 1740。）

〈上李邕〉是他二十歲時干謁李邕〔註237〕所寫，因為年輕，所以本詩格外能令人看出其年輕豪邁的英雄氣概。受到莊子〈逍遙遊〉文中所描繪的大鵬形象啟發，李白在〈上李邕〉詩的開頭，就以「大

〔註235〕 〔清〕聖祖御定：《全唐詩》，第 17 冊，卷 568，頁 6577～6578。
〔註236〕 李群玉：〈進詩表〉，《全唐文》，卷 793，頁 8317。
〔註237〕 一般以為這是李白在天寶四、五年間所寫，然若真如此，當時李白已經四十五、六歲，且又因曾 供奉翰林，理應有些聲望，無須在此時干謁李邕。是以此根據〔唐〕李白著，安旗等編：《李白全集編年注釋》之編年；又施逢雨寫李白〈政治追求與詩歌創作〉一文，也認為這是年輕時的作品，才會有自稱「年少」。參見施逢雨《李白詩的藝術成就》（台北：大安出版社，1992 年），頁 15。

鵬一日同風起，扶搖直上九萬里。假令風歇時下來，猶能簸卻滄溟水。」顯示不管是飛天還是入海，都具撼動天地的能耐。而後兩句則是有極大的反差，諸多的輕蔑並不是可以視而不見的，所以呈現些許的無奈：「世人見我恆殊調，聞余大言皆冷笑。」畢竟志存高遠卻又驚世駭俗，總是難以獲得眾人的理解。而這樣被冷嘲熱諷是否涵蓋李邕無法得知，倒是最後兩句，李白掌握先機，引用孔子「後生可畏」〔註238〕的眞知灼見，提醒李邕「丈夫未可輕年少」，爲了避免遺珠之憾，也能夠賞識他這個青年才俊。

　　將自己化爲鵬，待高飛而起；以大鵬自比的李白，大鵬在他眼裏是一個帶著超凡絕俗又充滿浪漫色彩的英雄形象，所以常把它視爲自己精神的化身。不管任何時刻，他總是能覺得自己就是一隻大鵬正在高飛，或正準備展翅。另外他也會將自己比喻爲珍禽，如〈賦得鶴送史司馬赴崔相公幕〉：

> 崢嶸丞相府，清切鳳凰池。羨爾瑤臺鶴，高棲瓊樹枝。歸
> 飛晴日好，吟弄惠風吹。正有乘軒樂，初當學舞時。珍禽
> 在羅網，微命若遊絲。願托周周羽，相銜漢水湄。（《全唐詩》，
> 第6冊，卷185，頁1890。）

作爲觀念的物質託付，吉祥物具有特殊的靈力、特殊的功效、特殊的時限和特殊的空間。〔註239〕是以詩中藉由鶴送之事與友人得官相提並論，特別是「願托周周羽，相銜漢水湄。」更見其衷心期盼之所在。

　　另外一個以詩積極干謁者是杜甫，在〈贈韋左丞丈〉表現十分清楚：

> 左轄頻虛位，今年得舊儒。相門韋氏在，經術漢臣須。時
> 議歸前烈，天倫恨莫俱。鴒原荒宿草，鳳沼接亨衢。有客
> 雖安命，衰落豈壯夫。家人憂几杖，甲子混泥途。不謂矜

〔註238〕　〔宋〕朱熹：《四書章句集注》（台北：大安出版社，1999年），《論語集注卷5・子罕》，頁154。

〔註239〕　居閱時、瞿明安主編：《中國象徵文化》（上海：上海人民出版社，2001年），頁691。

餘力，還來謁大巫。歲寒仍顧遇，日暮且踟躕。老驥思千
里，飢鷹待一呼。君能微感激，亦足慰榛蕪。(《全唐詩》，第
7 冊，卷 224，頁 2388。)

韋左丞丈就是韋濟。天寶七年（西元 748），以韋濟為河南尹，遷尚書
左丞。杜甫在投贈這首詩之前，先有〈奉贈韋左丞丈二十二韻〉：「紈
褲不餓死，儒冠多誤身。丈人試靜聽，賤子請具陳。甫昔少年日，早
充觀國賓。讀書破萬卷，下筆如有神。賦料揚雄敵，詩看子建親。李
邕求識面，王翰願卜鄰。自謂頗挺出，立登要路津。致君堯舜上，再
使風俗淳。此意竟蕭條，行歌非隱淪。騎驢三十載，旅食京華春。朝
扣富兒門，暮隨肥馬塵。殘杯與冷炙，到處潛悲辛。主上頃見徵，欻
然欲求伸。青冥卻垂翅，蹭蹬無縱鱗。甚愧丈人厚，甚知丈人眞。每
於百僚上，猥誦佳句新。竊效貢公喜，難甘原憲貧。焉能心怏怏，衹
是走踆踆。今欲東入海，即將西去秦。尙憐終南山，回首清渭濱。常
擬報一飯，況懷辭大臣。白鷗沒浩蕩，萬里誰能馴。」〔註240〕詩中以
第一人稱說明自己的能力與志向，但可惜騎驢已經三十載旅食京華
春，卻一無所獲；就算朝扣富兒門，暮隨肥馬塵，也是沒有成功。這
一段天寶五載到天寶十四載（西元 746～755）旅食長安的歲月，他先
是在天寶六載（西元 747）參加制舉考試，可惜沒有成功不斷投獻權貴，
好不容易皇上下詔書徵召，天寶十載（西元 751）獻〈大禮賦〉、〈雕賦〉
〔註241〕等，得到玄宗賞識，得以待制集賢院。玄宗命宰相試文章，杜
甫原本以為壯志能伸了，但後來遭李林甫破壞，〔註242〕此〈奉贈韋左

〔註240〕　〔清〕聖祖御定：《全唐詩》，第 7 冊，卷 216，頁 2252。案：天寶
　　　　　中詔徵天下士有一藝者，皆得詣京師就選，李林甫抑之，奏令考試，
　　　　　遂無一人得第者。

〔註241〕　〔清〕浦起龍：《讀杜心解》（台北：台灣中華書局，1988 年），卷
　　　　　3 之 1，頁 259。

〔註242〕　其有〈奉贈鮮于京兆二十韻〉：「王國稱多士，賢良復幾人。異才應
　　　　　間出，爽氣必殊倫。始見張京兆，宜居漢近臣。驊騮開道路，鵰鶚
　　　　　離風塵。侯伯知何等，文章實致身。奮飛超等級，容易失沈淪。脫
　　　　　略磻谿釣，操持郢匠斤。雲霄今已逼，台袞更誰親。鳳穴雛皆好，

丞丈二十二韻〉詩中「青冥卻垂翅，蹭蹬無縱鱗。」就是其無法實現目標的沮喪感慨。詩的後半段自覺對不住的是「甚愧丈人厚，甚知丈人眞」，所以用「愛憐著終南山，並常回頭眺望渭水之濱」的心境掩飾；也因爲無法報答一飯之恩，只好情意滿懷的告別眾大臣。日後將像白鷗隱遊出沒在浩蕩的大海，翱翔萬里任誰都無法制馴的。

　　不過在長安這段時間，他仍是不斷投獻權貴，以求仕進的，無怪乎清代浦起龍言：「天寶間詩，大抵喜功名，憤遇蹇，憂亂萌三項居多。」〔註 243〕所以緊接著他又以這首〈贈韋左丞丈〉投贈給韋濟。浦起龍以爲這首詩：「前八句賀其（韋）遷官，述其門地，期其入相也。後十二句自言窮而來謁，望其薦拔也。」〔註 244〕特別是後面的「老驥思千里，飢鷹待一呼。」更是自比爲鷹，多想經由推薦，可以一飛沖天雄掣雲端；畢竟見鷹而慨往事，回憶起愛馬飼鷹的玄宗，當年新豐巡幸驪山羽獵的情況，是何等風光；慨當此時國勢衰微，時局不安，倘若自己如同君王身邊的飛鷹，能獲得「一呼」的啓動，那實踐報國的想望也就不遠了。終於十四載（西元 755）得到右衛率府冑曹參軍之職，但不久安史之亂兵起。

　　其他如〈投贈哥舒開府翰〉是獻給西平郡王哥舒翰的作品；另外〈贈鮮於京兆二十韻〉是投給當時的京兆尹鮮于仲通的（鮮于仲通天寶末爲京兆尹）；而〈上韋左相二十韻〉，是給尚書韋見素；至於〈贈特進汝陽王二十韻〉則又是給汝陽王李進的，諸如這樣的干謁詩作，大多是在這段期間所投贈，但結果卻是累試不第，未能如願。

龍門客又新。義聲紛感激，敗績自逡巡。途讁欲何向，天高難重陳。學詩猶孺子，鄉賦念嘉賓。不得同晁錯，吁嗟後　說。訏疏疑輔墨，時過憶松筠。獻納紆皇眷，中間謁紫宸。且隨諸彥集，方覬薄才伸。破膽遭前政，陰謀獨秉鈞。微生霑忌刻，萬事益酸辛。交合丹青地，恩傾雨露辰。有儒愁餓死，早晚報平津。」其中的「破膽遭前政，陰謀獨秉鈞。微生霑忌刻，萬事益酸辛。」就是在說李林甫的陰謀詭計傷害賢良。〔清〕聖祖御定：《全唐詩》，第 7 冊，卷 224，頁 2390。

〔註 243〕〔清〕浦起龍：《讀杜心解》，〈提綱〉，頁 47。
〔註 244〕〔清〕浦起龍：《讀杜心解》，卷 5 之 1，頁 515。

　　天寶十四載（西元 755）另外寫了〈自京赴奉先縣詠懷五百字〉一首，詩中清楚表示：「杜陵有布衣，老大意轉拙。許身一何愚，竊比稷與契。居然成濩落，白首甘契闊。蓋棺事則已，此志常覬豁。窮年憂黎元，歎息腸內熱。取笑同學翁，浩歌彌激烈。非無江海志，蕭灑送日月。生逢堯舜，不忍便永訣。當今廊廟具，構廈豈云缺。葵藿傾太陽，物性固莫奪。顧惟螻蟻輩，但自求其穴。胡為慕大鯨，輒擬偃溟渤。以茲悟生理，獨恥事干謁。兀兀遂至今，忍為塵埃沒……。」
〔註 245〕他是恥事干謁的，算是為自己多年來不蒙采錄找個台階下。此後他透過反思，知道這條干謁路是行不通的，所以慢慢不再書寫相關詩文，甚至還挺身勸戒他人不要干謁，如〈別李義〉：「神堯十八子，十七王其門。道國洎舒國，督唯親弟昆。中外貴賤殊，余亦忝諸孫。丈人嗣三葉，之子白玉溫。道國繼德業，請從丈人論。丈人領宗卿，肅穆古制敦。先朝納諫諍，直氣橫乾坤。子建文筆壯，河間經術存。爾克富詩禮，骨清慮不喧。洗然遇知己，談論淮湖奔。憶昔初見時，小襦繡芳蓀。長成忽會面，慰我久疾魂。三峽春冬交，江山雲霧昏。正宜且聚集，恨此當離尊。莫怪執杯遲，我衰涕唾煩。重問子何之，西上岷江源。願子少干謁，蜀都足戎軒。誤失將帥意，不如親故恩。」
〔註 246〕時大曆二年（西元 767）杜甫在夔州，時年五十六歲。詩中的李義當是道國之裔，杜甫則舒國後裔之外孫也。所以希望李義「願子少干謁，蜀都足戎軒。」在家鄉亦可有所發展。

　　杜甫的儒家思想主要表現在重視門第階級，以及對功名的進取，其中尤以「後者」最明顯。假若杜甫不熱衷功名，能像陶淵明一樣安於農事，其實是可以恬淡度日的。但杜甫若沒有那份入世為官的慾望，杜甫就不是杜甫了，後人也就少了許多好詩可欣賞。只是對於其干謁之舉，還是有很多人不以為然，如清代王夫之就批評得很苛刻：「若夫貸財之不給，居食之不腆，妻妾之奉不諧，遊乞之求未厭，長

〔註 245〕　〔清〕聖祖御定：《全唐詩》，第 7 冊，卷 216，頁 2266。
〔註 246〕　〔清〕聖祖御定：《全唐詩》，第 7 冊，卷 222，頁 2367～2368。

言之嗟嘆之緣飾之為文章，自繪其渴於金帛、沒於醉飽之情，靦然而不知有譏非者，唯杜甫耳。」〔註247〕相較於李白的「安能摧眉折腰事權貴，使我不得開心顏」〔註248〕屈節求人的次數少；則杜甫不僅反覆不一，且自嘲說「苦搖求食尾，常暴報恩腮。」〔註249〕的行徑，的確很難不引人詬病的。

　　而中晚唐的姚合〈從軍行〉也透露出無限期待之情：

> 濫得進士名，才用苦不長。性癖藝亦獨，十年作詩章。六義雖粗成，名字猶未揚。將軍俯招引，遣脫儒衣裳。常恐虛受恩，不慣把刀槍。又無遠籌略，坐使虜滅亡。昨來發兵師，各各赴戰場。顧我同老弱，不得隨戎行。丈夫生世間，職分貴所當。從軍不出門，豈異病在床。誰不戀其家，其家無風霜。鷹鶻念搏擊，豈貴食滿腸。（《全唐詩》，第 15 冊，卷 502，頁 5714。）

姚合（生卒年不詳），陝州硤石人，是姚元景之曾孫，宰相姚崇之曾侄孫。〔註250〕元和年間登進士第，以詩聞。

　　姚合與賈島同時，號「姚賈」，自成一法。島難吟，有清冽之風；合易作，皆平澹之氣。〔註251〕而今人李建崑探討中晚唐苦吟詩人時則認為姚合與其他苦吟詩人相較，際遇較佳，官場地位較高者，歷任武功縣主簿、金州、行州刺史、諫議大夫、給事中、觀察使、秘書監等。〔註252〕但其實他也經歷很長時間的貧賤生活，所以這首詩中所

〔註247〕　〔清〕王夫之：《詩廣傳》（台北：河洛圖書公司，1974 年），〈邶風十論〉，頁 22。

〔註248〕　〔清〕聖祖御定：《全唐詩》，第 5 冊，卷 174，頁 1780，〈夢遊天姥吟留別〉。

〔註249〕　〔清〕聖祖御定：《全唐詩》，第 7 冊，卷 232，頁 2562，〈秋日荊南述懷三十韻〉。

〔註250〕　傅璇琮主編：《唐才子傳校箋》，第 3 冊，卷 6，頁 114。元代辛文房從兩《唐書》、《唐詩紀事》以為合乃「崇之曾孫」；然今人吳企明從羅振玉〈李公夫人吳興姚氏墓誌跋〉以及《唐書・宰相世系表》求證，推翻辛氏看法。本文依據後者求證之實。

〔註251〕　傅璇琮主編：《唐才子傳校箋》，第 3 冊，卷 6，頁 124。

〔註252〕　李建崑：〈中晚唐苦吟詩人探論〉，《興大中文學報》，第 13 期，（2000

充滿的期待與渴望，雖有些與處士態度有異，但何嘗不是希望擺脫「濫得進士名」，希冀名實皆具。

詩中接受將軍延攬深感惶恐，因為怕手無縛雞之力，無法為國效命；又深怕若不提振精神鼓舞自己，將使敵方更為坐大；特別是「從軍不出門，豈異病在床。」更是自我譏諷，連自己都無法原諒自己；於是遂以「鷹」自喻，表明「鷹鶻念搏擊，豈貴食滿腸。」的心跡；願像蒼鷹搏擊勇猛，貢獻一己之力。

第四節　小　結

本文主要是探討詩人與週遭的互動表現，共分為三節論述，第一節是「緣禽寄鳥，傾訴關懷」；第二節是「禽鳥為題，爭勝唱和」；第三節則是「禽鳥比德，干謁攀附」。

一、緣禽寄鳥，傾訴關懷

在這一節次裡，觸角集中在家人、妻子、親故與友人。第一單元分析作家之兄弟情意，詩中大致以「雁」與「鶺鴒」為用，其中在「雁」的方面有作家張九齡、劉長卿、劉商、許渾等為例，其作品多以其弟為對象，藉由雁的候鳥特質，轉達深切的關懷與叮嚀；而在「鶺鴒」方面有孟浩然、杜甫、李群玉等為例，書寫多偏於思念與祝福。

第二單元則是探究作家其夫妻間的關係。在唐代能夠記得為其妻子寫詩，聊慰苦悶，算是十分可取也不多見，更談不上可以與之唱和，而這並非因為透過禽鳥連結之有無。這些作家若是因為被貶官，當不至於拋家棄子，可共享天倫；反倒是藉由「讀萬卷書得要行萬里路」之際，私底下狎妓、進出歡樂場成為常態，意即私生活並不是中規中矩，多姿多彩不足為奇。相對的，遺忘或是開不了口成了必然，能夠像李白、杜甫、白居易等侃侃而談者，畢竟不多。文中列舉的詩，其象徵的禽鳥主

年 12 月），頁 13。

要有鴛鴦、雁、燕等；而作家方面則以李白爲主。這些作品大多基調爲
「關懷」、「思念」與「祝福」，但並無肉慾橫流的煽情，或是綺麗玄想。
以李白爲例，給第一任妻子的是「念此送短書，願因雙飛鴻。」等，而
給第二任其「寄書道中歡，淚下不能緘。」等，都在強調思念與自責，
而不是如〈長干行之一〉中的「相迎不道遠，直至長風沙。」〔註253〕
般的急切與熾熱。其他又如李郢〈爲妻作生日寄意〉、盧照鄰〈長安古
意〉、李德裕〈鴛鴦篇〉等，也都具有溫婉的情思。

　　這些表現出的情愛關係，對照西方學者卡爾·羅傑斯（Carl
Rogers）所言：「愛是深深的理解和接受。」〔註254〕似乎是是十分吻
合的。因爲對心理學家馬斯洛來說，愛不是像弗洛伊德所謂「來自性
慾的」一種錯誤的判斷；〔註255〕而是一種兩個人之間健康的、親愛
的關係，它包括了信賴。〔註256〕但可惜的是，中西方畢竟不同，在
容許三妻四妾的中國，甚或是以唐代作爲一個觀察，這些男性作家的
愛，還得分對象是誰，而其愛的定義又太過複雜了，絕非西方思想家
所可以全然理解或是說得通的。畢竟妻子對於長年熱衷功名的男人而
言，並非重要者；而能否繼續之間的關切，也往往得視心境而定。所
以這些萬中一選被列入對象的妻子，從文學的立場而言，至少仍然受
到讀者的羨慕，不管是過去、現在或是未來。

　　第三單元則是論述詩人與其他的親人的互動，大抵以「鴻」、「雁」
等作爲表徵的載體；而詩人對於親故的表意，以沉痛、懷念居多，就
算是祝福，也往往有神傷落寞之苦。

　　第四單元是詩人與友人的互動，主要傳遞的是慰勉、期待與祝福。
其一是快意瀟灑的，如李白、王維的，這些人的送別就如同葛曉音所
言：「詩人們對時代和人生進行積極的思想。」〔註257〕即便是贈別也

〔註253〕〔清〕聖祖御定：《全唐詩》，第5冊，卷163，頁1695。
〔註254〕呂明、陳紅雯譯：《第三思潮：馬斯洛心理學》，頁49。
〔註255〕呂明、陳紅雯譯：《第三思潮：馬斯洛心理學》，頁49。
〔註256〕呂明、陳紅雯譯：《第三思潮：馬斯洛心理學》，頁50。
〔註257〕葛曉音：《詩國高潮與盛唐文化》（北京：北京大學出版社，1998

要是盛唐氣象，而不是沉淪的。其二是離情依依的，在那種只伴鷓鴣飛的氛圍下，若再加上遷徙的處境，則其「不知雲上雁，何得每年歸」就只會更加沉痛罷了。其三是屬於慰勉鞭策的，其如鷗鳥的羽翼潔淨，常保翩翩之姿，總是運用之必然。其四，暗藏死別意涵，有些是真誠弔念，有些是戲謔成分居多，但「蘭無香氣鶴無聲」總是事實。

二、禽鳥爲題，爭勝唱和

唱和風氣至元白詩人，漸漸由集體轉變爲個人。這賦予了唱和詩新的生命，此後以兩人的友情爲基礎，以贈答、同和、追和爲主要手段，沖破地域限制和身份限制的私人唱和，成爲了唱和詩的主流。元白的唱和使得唱和詩在內容與藝術，得到初步開拓和發展，並成爲抒寫情志的一種重要形式。〔註258〕宋代唱和詩大盛，正是基於這樣的背景。

這當中涵蓋「唱答兼併」、「單純唱和」以及「答詩」三類，都是以禽鳥爲依據，而這些禽鳥並非只是「無生命」的穿插，反而是有意義的對應。其中又以元稹、白居易的「大嘴鳥」唱答最具代表性，彼此依其「大嘴」特性，暴露貪婪的況味，絕不只是任意取材、隨意呼應而已；比起唱和詩中其他素材來，作者之主觀意識的宣達更強烈。

三、禽鳥比德，干謁攀附

唐人的「干謁權門，投贈風氣」，是十分普及的。作家以「禽鳥」爲主體，失敗則「垂頭喪氣」羽翼無光；成功則「飛揚高舉」沖天入霄，比起單純由「人的本體」去推薦，的確是更具意象性的。不過以「詩歌干謁」一事的效應性而言，正如心理學家認爲：「需要總是反映有機體內部環境，或外部生活條件的某些要求。」〔註259〕它不僅

年），頁333。

〔註258〕岳娟娟：《唐代唱和詩研究》（上海：復旦大學文學博士論文，2004年），頁58。

〔註259〕張煥庭：《心理學》（河海大學出版社，1988年），頁211。

是個人需求的反映，同時也是社會需求的反映。〔註260〕雖然風氣盛行，但可以順利如願的極少，就算有成，也不見得從此一路坦途。

據傳白居易初應舉時，到長安向當時名士顧況「行卷」。雖被嘲諷：「長安米貴，居大不易」，但當顧況讀其〈賦得古草原送別〉一首，不由得擊節讚賞：「有才如此，居亦易矣。」於是「為之延譽，聲名大振。」〔註261〕又如李賀，十八歲時向當時的國子監博士韓愈行卷，首篇就是著名的〈雁門太守行〉，韓愈大為賞識，遂「即緩帶，命邀之。」〔註262〕此後韓愈積極為之揚譽，毫不避諱，雖然李賀後來因人言可畏，放棄考進士，但其「行卷」之舉，的確對於他日後成為「詩鬼」起了極大的作用。另外中唐的朱慶餘向詩人張籍行卷，張籍當時官階只是水部員外郎，只好向其友人如韓愈、白居易等當朝大官推薦，「朝列以張公重名，無不繕錄而吟詠之，（朱）遂登科第。」〔註263〕由此可知以詩作為交際、干謁的作用之大。但畢竟因行卷、溫卷而及第的現象是少之又少的，〔註264〕大多數都是石沉大海。但對於用世熱情的文人而言，不干謁可是少之又少的。特別值得一提的是，唐代以後，科舉考試採取糊名方式，行卷之風隨之煙消而雲散。對於後世文壇而論，以詩文陳述自己的觀點與想法，必然對於文學產生影響，就算某些作品素質不高，但促進詩文的進步已然全面發酵。

從上述互動的詩作中，大抵體會到詩人與詩人間以「禽鳥入詩」的寓意以平和為主，就算是一再干謁，也往往語帶誠摯，而非攻擊或激怒。

〔註260〕 張燦廷：《心理學》，頁212。
〔註261〕 〔唐〕張固：《幽閒鼓吹》，《景印文淵閣四庫全書》，第1035冊，子部341小說家類，頁552。
〔註262〕 〔唐〕張固：《幽閒鼓吹》，《景印文淵閣四庫全書》，第1035冊，子部341小說家類，頁552。
〔註263〕 〔唐〕范攄：《雲溪友議》，《古今詩話叢編》（台北：廣文書局，1971年），頁43～44。
〔註264〕 金諍：《科舉制度與中國文化》，頁76。